# J'ai tué Zoé Spanos

**Kit Frick** a étudié les beaux-arts et la création littéraire avant de devenir éditrice, puis romancière. Elle est aujourd'hui autrice de thrillers et de poésie. Après avoir vécu près de vingt ans à New York, elle habite désormais dans sa ville natale de Pittsburgh, en Pennsylvanie, avec son mari, sa fille et leurs animaux.

*Pour Osvaldo.*

*La nuit dernière, j'ai rêvé qu'on retournait à Manderley.*

Titre original : *I killed Zoe Spanos*

Publié pour la première fois par MARGARET K. McELDERRY BOOKS
An imprint of Simon & Schuster Children's Publishing Division,
1230 Avenue of the Americas, New York, New York 1002
Les personnages et les situations de ce récit étant purement fictifs, toute ressemblance avec des personnes ou des situations existantes ou ayant existé ne saurait être que fortuite.

18, rue Barbès, 92128 Montrouge
ISBN : 979-10-363-2440-6
Dépôt légal : juin 2023
Première édition

Loi n° 49-956 du 16 juillet 1949 sur les publications destinées à la jeunesse.

KIT FRICK

# J'ai tué Zoé Spanos

Traduit de l'anglais (États-Unis)
par Sidonie Van den Dries

bayard

# 1re PARTIE

## Le village

Il est très difficile de maintenir la frontière entre le passé et le présent. Vous voyez ce que je veux dire ?

– Edith Bouvier Beale, dite « Little Edie »,
*Grey Gardens*

# 1

# MAINTENANT

## Août

Poste de police du village de Herron Mills, Long Island, État de New York

– Anna ? On filme.

La caméra fait un travelling, longe une fissure dans le linoléum et s'arrête sur la silhouette voûtée d'une jeune fille. Elle est assise au bord d'une chaise en métal branlante, comme pour éviter d'entrer en contact avec le tissu bleu élimé de l'assise. Son débardeur rouge vif tranche avec le décor terne de la pièce. Les bras croisés autour de la taille, elle essaie de se faire toute petite. Elle a la tête baissée et fixe ses chaussures. Ses cheveux bruns emmêlés tombent en rideau devant son visage.

– Vous avez compris, Anna ? La caméra est allumée.

Une série de chiffres blancs, en bas à gauche de l'écran, indique la date et l'heure : le 5 août, 21 h 02.

– Oui.

– Très bien.

La voix, bien que féminine, n'est ni affectueuse ni encourageante. Les mots de l'inspectrice Holloway sont coupants comme du silex. Elle se place devant l'objectif, donne la date et l'heure, et annonce qu'elle va s'entretenir avec Anna Cicconi, une mineure qui n'est pas – encore – mise en examen. Puis elle se tourne vers Anna.

– Pouvez-vous répéter ce que vous venez de nous dire, à l'inspecteur Massey et à moi ?

L'homme en question est partiellement hors cadre. L'inspecteur adjoint Massey, âgé d'une petite trentaine d'années, ne tient pas en place. Assis derrière un petit bureau, face à Anna, il va et vient sur son siège à roulettes et laisse sa partenaire, plus expérimentée, mener l'interrogatoire. Depuis six heures, il s'est montré très discret, se contentant d'aller et venir entre le bureau et le distributeur de boissons. Il observe. Prend des notes.

Il n'y a pas de parents, pas d'avocat. Le père de la jeune fille est aux abonnés absents depuis des années. Sa mère a été prévenue seulement après qu'Anna a été emmenée sur les lieux où le corps a été retrouvé. Gloria Cicconi est en route, mais il lui faudra deux heures au moins pour traverser Long Island avec la voiture du voisin. Les policiers étaient censés l'appeler tout de suite, mais personne ne s'en est chargé. Est-ce un oubli, un malentendu, ou une omission volontaire ? Anna aurait peut-être dû refuser de s'exprimer sans la présence de sa mère. Les choses se seraient sans doute passées différemment si Gloria avait été là.

Anna a l'habitude de se débrouiller seule. Elle a appris à ne pas dépendre des adultes, que ce soit pour se remettre sur les rails ou pour la sortir du pétrin quand elle y est tombée. Ce qui lui arrive souvent. Sa mère ne s'est jamais vraiment émue de ses échecs. Il n'y a pas de raison pour que ça change.

Après avoir vérifié si la caméra est bien allumée, l'inspectrice revient s'asseoir à côté d'Anna. Dans le cadre, elle semble proche. Trop proche au goût de la jeune fille, qui se décale légèrement vers la droite.

– Répétez ce que vous venez de nous dire, insiste la policière.

– Sur Zoé ?

Anna lève la tête, révélant des lèvres gercées, des yeux bleu-vert perçants, profondément cernés. Son visage pâle est fantomatique dans la lumière blanche de la torche à LED – un des derniers investissements du poste de police de Herron Mills.

– Si vous repreniez depuis le début ?

Ce n'est pas vraiment une suggestion. L'inspectrice Holloway tend une main vers Anna, puis se ravise et la pose sur l'accoudoir de la chaise.

– Le soir du Nouvel An.

– Par exemple.

Anna a la voix rauque, tendue. Sur l'enregistrement, on dirait qu'elle est enrhumée, mais en réalité, elle a parlé à la police pendant plusieurs heures avant que quelqu'un se décide à l'enregistrer. Anna est arrivée au milieu de l'après-midi, bouleversée, mais déterminée. Une détermination qui a faibli quand l'inspectrice a commencé à l'interroger. Si cette pièce avait des fenêtres, elle saurait qu'il fait nuit depuis plus d'une heure.

– On a commencé la soirée chez Kaylee, dit-elle. Tôt, vers six heures et demie. Elle habite à cinq rues de chez ma mère, à Bay Ridge.

– C'est à Brooklyn ?

– Ouais. Oui. À Brooklyn. On, euh... on commençait souvent la soirée chez Kaylee. Son père aussi est parti, et sa mère travaille de nuit. On buvait pas mal avant de sortir, puis on retrouvait Starr et les autres. Il y a plusieurs bars dans le coin, où ils nous connaissent bien. Ou alors, on prenait le train pour Coney Island. On allait danser.

– Et c'est là que vous avez passé le réveillon du Nouvel An ? À Coney Island ?

Pour une femme de quarante ans, l'inspectrice Holloway a le visage assez lisse. Mais son mascara forme des paquets aux coins de ses yeux et elle a la bouche pâteuse. Ils sont sur cette affaire depuis trois heures de l'après-midi, et elle est pressée d'en finir. D'inculper la jeune fille.

– Oui, mais on n'est pas allées danser. Je n'ai pas décollé de chez Starr. Elle est plus vieille que nous. Genre, vingt-deux ans... Starr nous avait plus ou moins prises sous son aile, Kaylee et moi, l'an dernier. Avant de déménager à Orlando.

– Quand a-t-elle déménagé ?

– Juste après le Nouvel An. Elle a trouvé un job là-bas, dans un parc à thème.

– Je vois. Mais ce soir-là, vous étiez toutes les trois, Kaylee, Starr et vous, dans son appartement de Coney Island.

– Nous, plus quelques autres. Ian, le mec de Kaylee. Et un type, Mike, qu'on connaît d'ailleurs.

– Ailleurs ?

– De Brooklyn. Pas du lycée.

Anna arrache un fil de son short effiloché.

– Et à quelle heure avez-vous quitté l'appartement de Starr ?

Anna prend son temps pour répondre. Elle se penche en avant, les coudes posés sur les genoux. Ses cheveux retombent devant ses yeux. Dans l'objectif de la caméra, entourée d'adultes en uniforme, elle paraît toute petite. On ne lui donnerait jamais dix-sept ans.

– Il devait être neuf heures, neuf heures et demie…

– Il *devait être*, ou il *était* ? demande l'inspectrice d'une voix coupante.

Celle d'Anna est sourde, étouffée derrière ses cheveux.

– Je ne m'en souviens pas vraiment… Si je suis allée à Herron Mills en voiture, et que je suis arrivée avant minuit, j'ai dû partir dans ces eaux-là. Ou plus tôt, si j'ai pris le train.

L'inspectrice soupire.

– Bien. De quoi vous souvenez-vous ?

Elle se renverse sur son siège, mais laisse une main sur l'accoudoir d'Anna.

– On était sur le balcon, à Windermere. Le grand. Celui qui longe la façade de la maison, au deuxième étage.

– Qui est « on », Anna ?

– Moi et Kaylee. Et Zoé.

– Seulement vous trois ?

– Seulement nous trois.

– Où étaient les Talbot ?

– En ville, chez leur amie Doreen, je crois. Ils n'étaient pas chez eux.

L'inspectrice Holloway fixe Anna un long moment. La jeune fille soutient son regard.

– Continuez.

– On buvait du whisky. Du Glenlivet, un truc chic. On n'aurait jamais eu les moyens de s'acheter ça, Kaylee et moi.

Un soupçon d'amertume, si léger qu'il passerait presque inaperçu, teinte ses paroles.

– Caden cachait une bouteille dans un box vide de l'écurie de Windermere. Je suppose que c'est là qu'on l'a trouvée.

– Vous supposez, ou vous vous en souvenez ?

– Je suppose. Je me souviens juste qu'on se passait la bouteille, sur le balcon.

– Et qui buvait de la bière ? demande l'inspectrice.

– Pardon ?

Anna relève brusquement le menton. Ses cheveux s'écartent à nouveau. Un bref instant, elle croise le regard de la femme. Puis elle fixe ses genoux pâles.

– Tout à l'heure, vous m'avez dit que vous buviez du whisky et de la bière.

– Ah bon ?

Sur la vidéo, on voit Anna se mordre les lèvres. Elle passe sa langue sur sa peau gercée.

– C'est possible, lâche-t-elle au bout d'un moment. Je buvais depuis des heures. Je ne me souviens pas très bien. Il y avait aussi de la bière, sûrement.

– Racontez-moi comment Zoé est tombée, propose l'inspectrice Holloway.

Elle retire sa main de l'accoudoir et la pose délicatement sur l'épaule d'Anna, qui ne réagit pas. La jeune fille a le regard vague, mais s'exprime d'une voix claire :

– La balustrade est basse. À hauteur de cuisse. On se tapait un délire, tous les trois. Je me souviens que Kaylee me pinçait pour m'empêcher de m'endormir. Je devais être dans les vapes. Zoé riait. Son rire était contagieux. Un rire qui vous réchauffait de l'intérieur.

L'inspectrice Holloway lui serre brusquement l'épaule.

– Comment est-elle tombée, Anna ?

– Ah.

Anna lève les yeux et fixe la caméra. Comme si elle venait seulement de se rappeler où elle est. Pourquoi elle est venue.

– Kaylee est partie chercher un truc à grignoter dans la maison. Je suis restée avec Zoé sur le balcon.

On virevoltait en se tenant par les mains, les bras entrecroisés. C'était amusant. Jusqu'à ce que j'aie le tournis. Je crois que je l'ai lâchée…

– Vous croyez ? Soyez honnête, Anna.

La jeune fille tressaille.

– Je me souviens qu'elle s'est cognée contre la rambarde du balcon. Elle était trop basse. Ses genoux ont cédé, et elle s'est envolée.

– Assez d'effets de style ! s'emporte l'inspectrice Holloway. Contentez-vous de dire la vérité.

– Elle est tombée sur le dos, sur la pelouse.

Anna écarquille brièvement les yeux, puis son regard s'assombrit. Le silence s'installe. Elle croise les mains sur ses genoux.

– Le temps que j'arrive en bas… Je ne me souviens pas vraiment d'avoir vu son corps. Je me rappelle juste la terreur, glaciale, qui m'a envahie. « Elle est morte, et c'est ma faute. » Je n'ai pas trouvé son sac. Il avait disparu. Je ne sais pas pourquoi, ça me paraissait important.

L'inspecteur adjoint Massey se lève brusquement. Sa chaise à roulettes se cogne contre le mur. Anna et l'inspectrice Holloway le regardent comme si elles avaient oublié sa présence.

– L'avez-vous poussée ? demande-t-il d'une voix aiguë.

Anna inspire profondément.

– Non.

– Je vais vous reposer la question.

Il s'avance de trois pas et se penche au-dessus de la jeune fille. Il est mince et musclé. Son pantalon est trop large, trop court. La caméra le filme des épaules jusqu'aux pieds. Une menace sans tête.

– L'avez-vous poussée ?

Pour la première fois, Anna bredouille.

– N-non. On tournait sur nous-mêmes. J'ai lâché ses mains.

L'inspectrice Holloway fusille son jeune partenaire du regard. Il recule d'un pas.

– Que s'est-il passé ensuite, Anna ? demande-t-elle.

– Je crois que je l'ai emmenée au bord du lac, en voiture.

– Vous avez emmené Zoé en voiture. Seule.

– Oui.

– Dans quelle voiture ?

Anna fixe à nouveau ses mains.

– Je ne sais plus. Peut-être que j'ai pris celle de Zoé. Ou alors, une de celles qui étaient garées à Windermere. Tout le monde a des voitures, ici. Et Mrs Talbot n'est pas du genre à fermer les portières à clé.

L'inspectrice Holloway émet un grognement, moitié son, moitié souffle.

– De quoi vous souvenez-vous, Anna ?

La jeune fille aspire une grande bouffée d'air.

– Je me souviens de l'eau grise et terne, comme la peinture d'une vieille voiture. Je me souviens de m'être agenouillée sur la rive en fixant la surface du lac, quand Zoé a coulé. Je me souviens du froid. Le vent soufflait fort et j'avais les joues trempées. Mais je me souviens surtout de la culpabilité. Elle m'empêchait de respirer.

L'inspectrice reste un instant silencieuse. Elle assimile les paroles d'Anna.

– Revenons en arrière, suggère-t-elle enfin. Comment avez-vous coulé la barque à moteur où vous avez placé son corps ?

Anna se mord la lèvre.

– Je ne m'en souviens pas.

– Faites un effort.

– Avec des seaux d'eau…

– Et quoi d'autre ?

La jeune fille réfléchit.

– Avec des pierres ?

Les policiers échangent un regard perplexe.

– Entendu. Quelles pierres ?

Anna hésite. Elle arrache un morceau de peau de sa lèvre et le mordille entre ses incisives.

– Des pierres de Windermere, je suppose. J'ai dû ramasser de gros cailloux dans le parc, et les mettre dans le coffre.

Elle se tortille sur son siège, roule un fil de son short entre le pouce et l'index, tandis que l'inspecteur Massey griffonne sur son bloc-notes.

L'inspectrice Holloway s'éclaircit la gorge et se lève.

– Parlez-moi de votre relation avec Zoé, demande-t-elle d'une voix plus douce. Comment l'avez-vous connue ?

– On était amies, répond simplement Anna.

On dirait qu'elle hésite à livrer une information. L'inspectrice Holloway patiente, les mains dans le dos.

– Vous vous connaissiez depuis longtemps ?

La question est simple, mais Anna ne veut pas répondre. Ou alors, elle ne sait pas.

– Laissez-moi reformuler. Comment vous êtes-vous rencontrées, Zoé et vous ?

– Je crois que…

Anna s'interrompt.

– Ce sera plus facile si je vous montre. Sur mon téléphone.

Du nouveau… Une lueur s'allume dans les yeux de l'inspectrice Holloway. Elle adresse un signe de tête à son partenaire, qui récupère le téléphone d'Anna dans un petit panier en plastique, sur l'unique bureau de la pièce.

– Qu'est-ce que je dois chercher ? demande-t-il.

– Messenger. En bas du premier écran, je crois. C'est un petit éclair.

L'inspecteur adjoint ouvre l'application. Puis il s'accroupit près d'Anna et lui présente son téléphone.

– Faites défiler, lui dit-elle. Attendez, ce serait plus simple si je…

Elle lève les yeux pour solliciter l'autorisation de l'inspectrice Holloway. Puis elle prend son téléphone et fait défiler les conversations.

– Là.

Elle montre du doigt deux messages de Zoé Spanos, datés du 10 et du 28 décembre. Le silence plane un long moment, tandis que les inspecteurs déchiffrent les mots de la jeune fille décédée. Anna ose à peine respirer.

Les inspecteurs lui reprennent son téléphone et enregistrent les messages, en guise de preuves. Après quoi, l'inspecteur adjoint Massey regagne sa chaise à roulettes et l'inspectrice Holloway se rassied près d'elle. Alors, seulement, la jeune fille reprend son souffle.

– Avez-vous autre chose à nous dire ? demande l'inspectrice.

Anna reste un instant silencieuse. Puis elle se tourne vers la femme.

– On adorait toutes les deux le poème de Tennyson. Vous le connaissez peut-être. *La Dame de Shalott* ?

L'inspecteur adjoint Massey se lève lentement. Sa chef le sermonne du regard : « attendez ! ».

– Parlez-moi de ce poème, Anna, propose-t-elle.

– La Dame vit dans un château sur une île, près de Camelot. Un mauvais sort l'a condamnée à rester assise devant un métier à tisser, et à tisser seulement ce qu'elle voit dans un miroir.

Elle marque une pause.

– Je l'explique mal.

– Ça va, affirme l'inspectrice. Continuez.

– Euh… Donc, la dame voit de jeunes mariés dans le miroir, et elle les envie. Ils sont réels, alors qu'elle ne possède que l'ombre de la réalité. Puis elle aperçoit Sir Lancelot. Elle se retourne pour regarder directement par la fenêtre, et la malédiction s'abat sur elle. Elle quitte son château, trouve un bateau et tente de rejoindre Camelot, bien qu'elle soit certaine de mourir avant d'arriver. Le bateau devient sa tombe.

Pendant un long moment, l'enregistrement ne capte que le « scritch-scritch » du pantalon de l'inspecteur adjoint Massey, qui se trémousse d'une fesse sur l'autre, mal à l'aise.

– Et donc, vous avez trouvé un bateau pour Zoé ? conclut l'inspectrice Holloway.

Sa voix est plus mélodieuse, moins tranchante.

– J'ai dû me dire que c'est ce qu'elle aurait voulu. Peut-être que j'essayais d'arranger les choses.

– D'arranger les choses ? répète l'inspectrice.

– En quelque sorte. Après ce que j'avais fait. C'est un accident, mais… J'ai tué Zoé Spanos.

# 2

# AVANT

## *Juin*

Deux mois plus tôt...
Gare de Bridgehampton, Long Island, État de New York

J'étais persuadée que la gare serait au bord de l'océan. J'imaginais déjà les portes du train s'ouvrir en coulissant sur le cri aigu des mouettes et les embruns, le sable soulevé par la brise marine me picoter la peau.

La réalité est très différente. Je descends du wagon sur le quai en béton crasseux de Bridgehampton. Devant moi se dresse une gare miniature. Derrière les fenêtres, j'aperçois des bancs et un distributeur de billets. La balustrade verte qui borde le quai donne sur un parking.

Je chausse mes lunettes de soleil et plisse les yeux, éblouie par le soleil couchant. Les passagers du train déferlent sur la rampe d'accès au parking, puis montent dans les voitures, les taxis et les navettes qui les attendent. On est lundi. Je n'ose même pas imaginer la foule des vendredis, quand les touristes et les « estivants » débarquent pour passer le week-end dans les Hamptons.

Je ne suis pas en vacances. Je viens ici pour travailler. Je n'ai rencontré Emilia et Paisley Bellamy qu'une seule fois, et je me demande soudain si je vais les reconnaître. Je suis entourée de mères de famille élégantes avec leurs enfants non moins pomponnés, de couples, d'hommes d'affaires, de bandes de filles. Je cherche du regard les fins cheveux blonds de Paisley, son profil délicat. La coupe au carré châtain de sa mère, sa silhouette de joueuse de tennis. C'est mon premier jour de travail, et je suis déjà stressée. Une vague anxiété me plombe l'estomac, comme quand j'arrive en cours sans avoir rien préparé.

Mon téléphone vibre au fond de mon sac à dos. Je regrette déjà d'avoir mis cette robe d'été, sans poche. On m'a prévenue que je devrais « m'habiller » pour le dîner, mais j'espère que le reste du temps, je pourrai m'en tenir à mon uniforme habituel : short en jean et débardeur. Sans quoi, je devrai porter les quatre mêmes robes jusqu'à ce que j'aie touché mon premier salaire.

Je fais rouler mon encombrante valise violette sur le quai et la cale contre la rambarde. Puis je retire mon sac à dos pour y repêcher le téléphone tout neuf que maman m'a offert pour fêter mon diplôme. Sa coque dorée brille encore, et l'écran n'a pas une rayure. C'est le truc le plus précieux que je possède. Je devrais en prendre soin, mais je me connais…

Les SMS ne viennent pas d'Emilia Bellamy ni de Tom, son mari, que je n'ai pas encore rencontré. C'est Kaylee qui m'écrit.

J'hallucine que tu m'aies abandonnée !

Ça ne fait même pas dix secondes qu'on est diplômées.

Qu'est-ce que je vais faire tout l'été ?

Anna ? Tu es là ?

J'ai un petit pincement de culpabilité. J'aurais dû prévenir Kaylee de mes projets pour l'été, mais je connaissais d'avance sa réaction. Je ferme l'application et m'assure que la sonnerie est réglée au maximum, au cas où les Bellamy m'appelleraient. Il n'y a plus grand monde sur le quai, et le parking est quasiment vide. J'espère que je ne me suis pas trompée d'endroit. Ou d'heure. Ça me ressemblerait assez de déconner dès le premier jour, et c'est précisément pour ça que j'ai voulu venir ici. Sortir de Bay Ridge. M'éloigner de Kaylee. De moi-même. Dans deux mois, j'entre en première année à New Paltz, l'Université d'État de New York, et Kaylee dans un collège communautaire à Brooklyn. Nous allons entamer une nouvelle vie, chacune de son côté. En tout cas, moi, c'est sûr. Mais deux mois, c'est trop long. J'ai besoin de prendre un nouveau départ tout de suite.

J'hésite à appeler Emilia, quand une Lexus noire rutilante se gare sur le parking en contrebas. Un homme au visage et aux bras bronzés passe la tête par la fenêtre.

– Anna Cicconi ?

Il est séduisant, dans le genre « papa ». C'est-à-dire qu'il correspond à l'idée que je me fais d'un jeune père qui réussit. J'en avais un dans le même genre, autrefois. Quand j'étais petite, il travaillait non-stop. Aujourd'hui, je me rappelle à peine son visage.

Je lui adresse un petit salut maladroit.

– Monsieur Bellamy ?

– Appelle-moi Tom, dit-il en me faisant signe de le rejoindre.

Mon sac à dos à l'épaule, je descends la rampe, flanquée du monstre violet à roulettes.

Le trajet dure à peine dix minutes entre la gare et Herron Mills, une des nombreuses villes qui s'alignent sur la côte sud-est de Long Island, telles des pierres précieuses sur une couronne de sable. À ma grande surprise, nous dépassons autant de fermes entourées de champs que de galeries d'art et de maisons individuelles. Le soleil couchant darde ses rayons orangés au-dessus des arbres. Éblouie, je plisse les yeux pour ne rien perdre du paysage. Je n'ai pas encore aperçu la mer, mais il est évident que cet endroit n'a rien à voir avec Brooklyn.

– C'est la première fois que tu viens dans les Hamptons ? s'enquiert Tom.

Je m'arrache à la contemplation des haies et des portails qui dissimulent les maisons – probablement somptueuses – à la vue des passants.

– Oui. Je crois…

J'ai passé un entretien pour ce job de baby-sitter le mois dernier, à Manhattan. J'ai rencontré Emilia et Paisley au café-terrasse du MoMA, et nous avons passé l'après-midi ensemble. Emilia a payé mon ice-tea, mais pas mon entrée au musée. Je parie qu'ils ont un abonnement. Et quand on est riche, on ne pense pas à des choses dérisoires, comme le prix exorbitant des billets tarif étudiant (quatorze dollars). Je serre et desserre les mains sur mes genoux.

– Je te fais un petit topo sur la région ? me propose Tom.

Ses dents blanches contrastent avec sa peau cuivrée. Je me demande comment il a pu bronzer autant. Le beau temps n'est revenu que depuis une semaine.

– Les Hamptons s'étirent sur l'extrémité est de Long Island. On compte une vingtaine de hameaux et de villages en tout. Nous sommes sur la South Fork, la branche sud de la péninsule qui rejoint l'Atlantique. Au nord, il y a la baie, puis la North Fork, la branche nord.

– Je vois.

En fait, j'ai regardé sur Google Maps. Seulement ce matin, après avoir bouclé ma valise, mais quand même. Je préférerais qu'il me parle de l'histoire locale plutôt que de géographie, mais j'ai peur de paraître impolie si je l'interromps.

– Herron Mills est l'un des villages les plus anciens. On y trouve un véritable mélange d'architecture, depuis le style colonial hollandais jusqu'aux constructions ultra modernes, en passant par la Restauration anglaise, bien sûr. Clovelly Cottage est une construction de 2011 qui s'inspire du style traditionnel de la campagne anglaise. Elle se fond donc parfaitement dans l'architecture plus ancienne de Linden Lane. Nous avons fait quelques rénovations depuis notre arrivée, mais on l'a achetée clé en main. Emilia avait besoin d'être installée avant l'arrivée de Paisley. C'était moins une ! On a emménagé fin février et elle a accouché trois semaines plus tard.

Je hoche la tête pour paraître attentive, alors que je l'écoute à moitié. D'après ce que j'ai compris de mes échanges avec Emilia, Clovelly Cottage est le nom de la maison des Bellamy. Car, bien sûr, ces gens-là baptisent leur maison. S'ils ont emménagé l'année où Paisley est née, ils vivent ici depuis huit ans. Quant au reste, je le découvrirai en arrivant sur place.

– Où étiez-vous avant ?

– Dans l'Upper West Side. C'était très bien desservi, parfait pour le travail, mais Emilia ne voulait pas élever d'enfants en ville.

Il hausse les épaules avant d'ajouter :

– Tout est question de compromis.

Tom ralentit pour tourner dans Main Street, la rue principale, où s'alignent les boutiques Tory Burch et Ralph Lauren. Elles encadrent une maisonnette convertie en pop-up store pour la collection « lifestyle » de Gwyneth Paltrow. On dirait qu'on a copié une partie de la Cinquième Avenue pour la coller dans cette rue de village pittoresque, bordée d'arbres, avec des trottoirs en brique, une multitude de bancs et de places de stationnement.

– Ce n'est pas le chemin le plus direct pour rentrer chez nous, mais je voulais que tu voies le centre-ville avant la nuit. Je suis sûr que Paisley te traînera en ville demain. Ou à la plage.

Je ferme les yeux une seconde pour me transporter en pensée sur la plage, quand mon téléphone se remet à gazouiller. Probablement une nouvelle série de SMS énervés de Kaylee. Je glisse une main dans mon sac à dos pour baisser le son.

Tom quitte Main Street et bifurque plusieurs fois avant de s'engager dans Linden Lane. Il roule au pas.

– Cette première maison se nomme Seacrest. Elle appartient aux Fulton-Barr, nos voisins les plus récents. Jeffrey et Arvin l'ont fait dessiner par Michael Kent. Ça se voit à son côté anguleux, et à l'utilisation du verre.

Je penche la tête pour regarder dehors. La maison est en retrait, partiellement dissimulée derrière une haie. De la rue, on n'aperçoit que le premier étage. Du moins, ce que je devine être le premier étage, car Seacrest est entièrement vitrée, et ses angles vifs rendent sa structure incompréhensible. Je ne saurais pas dire si l'édifice est réellement futuriste, ou s'il ressemble davantage à l'idée qu'un architecte des années 1970 se faisait d'un bâtiment du futur.

– C'est hideux, non ?

Tom rit. Je suis tellement soulagée que j'en fais autant.

– Sept millions deux. C'est ce qu'on appelle une maison premier prix, par ici.

J'avale ma salive pour masquer ma sidération. Une maison « premier prix » ?

– La suivante se nomme Magnolia House. Une construction des années 1920, toujours en excellent état. Kyra et Jacques en prennent grand soin. On ne voit pas grand-chose de la rue, mais c'est la plus grande demeure du quartier, sur deux hectares de terrain. Une splendeur. Et ça…

Tom ralentit encore, et je me dévisse le cou pour bien voir.

– C'est Windermere. La propriété appartient à la famille Talbot depuis sa construction, en 1894. Quel dommage qu'ils l'aient laissée à l'abandon depuis quelques années.

Faute d'être taillée, la haie qui sépare le domaine de la rue s'élève à une hauteur vertigineuse et penche dangereusement vers la chaussée. Par les brèches entre les arbustes, j'aperçois, au bout d'une allée pavée, une grande maison bardée de bois, aux murs colonisés par la vigne vierge, ornée de colonnes blanches. Ses trois niveaux sont surmontés d'un grenier en forme de clocher. Un long balcon entoure le deuxième étage. Une balancelle et plusieurs rocking-chairs meublent une véranda, au rez-de-chaussée. C'est à la fois beau et effrayant. Gothique. À travers les feuilles, il me semble voir s'ouvrir la porte d'entrée, et une silhouette s'avancer sous le porche. Mais nous continuons notre route, et Windermere est à nouveau engloutie dans un rideau de verdure.

– Qui vit dans cette maison ?

– Meredith Talbot, la propriétaire. Son mari est décédé il y a quatorze ans. Leur fils Caden est rentré de Yale cet été pour l'aider.

Je hausse les sourcils. Yale, bien sûr. L'idée d'avoir un voisin de mon âge n'est pas pour me déplaire, mais j'imagine qu'il a des choses plus importantes à faire que se lier d'amitié avec la nounou des voisins. Je chasse Caden Talbot de mes pensées quand Tom s'arrête devant Clovelly Cottage et appuie sur la télécommande pour ouvrir le portail. Deux robustes panneaux de bois, amarrés à des piliers de pierre, pivotent sans bruit vers l'intérieur.

Au début, je ne vois que des arbres verts luxuriants à ma droite et, à ma gauche, une longue rangée de buissons en fleurs qui forment des taches rose poudré devant d'autres arbres. Un bâtiment se dessine dans le fond, au bout d'une longue allée de gravillons.

– Voilà, dit Tom. C'est ici que tu vas passer l'été. Bienvenue à Clovelly Cottage.

L'édifice qui se dresse devant nous est tout sauf un « cottage ». Ce n'est même pas une maison. Clovelly Cottage mériterait plutôt le nom d'hôtel particulier. Je comprends ce que Tom voulait dire quand il m'a signalé que leur demeure se fondait dans l'architecture plus ancienne des environs. Elle est en parfait état, mais rien n'indique qu'elle a été construite en 2011. Contrairement à Seacrest et ses formes bizarres, Clovelly Cottage est symétrique et grandiose. À l'avant, deux ailes sont reliées entre elles par un bâtiment rectangulaire orné d'une entrée incurvée. La façade est peinte en rose, d'une teinte plus sombre que les fleurs qui bordent l'allée. On la croirait tout droit sortie de la campagne anglaise, entourée de landes venteuses et de calèches. C'est sûrement voulu.

Tom contourne une fontaine de pierre assez grande pour servir de piscine à un enfant et gare la voiture dans l'allée circulaire, juste devant la porte d'entrée. Derrière la fontaine, les arbres et les buissons en fleurs, j'aperçois un court de tennis privé. Son gazon impeccable et les filets n'étaient pas visibles depuis la rue. Mes paumes deviennent moites, et je regrette à nouveau de ne pas avoir de poches où fourrer les mains.

– Tu joues ? demande Tom, qui surprend mon regard.

Je secoue la tête. Mes cheveux tombent devant mon visage, et je lève les bras pour les rassembler, soulagée d'employer mes mains à quelque chose. J'ai failli opter pour une coupe courte après la remise des diplômes : un nouveau look pour aller avec la nouvelle Anna, mais j'aime trop mes cheveux. C'est ce que j'ai de mieux.

– Tu pourras essayer. On ne manque pas de raquettes. Paisley serait ravie d'avoir une nouvelle adversaire.

J'acquiesce courageusement, en me demandant si j'aurai le temps de m'entraîner un peu avant de me faire humilier par une gamine de huit ans. Je me garde bien d'avouer à Tom que je n'ai jamais touché une raquette de ma vie.

Il ouvre sa portière et sort dans l'allée.

– Allons-y ! dit-il. Paisley meurt d'envie de te voir. Elle était excitée comme une puce aujourd'hui. Une des nombreuses raisons pour lesquelles je ne suis pas un adepte du télétravail.

Tom m'explique que je ne le verrai quasiment pas de la semaine. Du lundi au jeudi, il loge dans un appartement du Financial District[1]. Il est revenu aujourd'hui pour faire ma connaissance, mais repartira en ville demain, avant mon réveil.

J'ouvre ma portière et je ramasse mon sac à dos, pendant que Tom sort sans difficulté le monstre violet du coffre. Le soleil s'est couché derrière la maison. Je relève mes lunettes de soleil sur ma tête et je regarde autour de moi. Majestueux, c'est le mot qui convient. La maison incarne le mélange de beauté classique et d'argent qui suinte par les pores des Bellamy.

Tom apparaît soudainement à côté de moi.

– Emilia n'a pas exagéré, dit-il. Tu lui ressembles vraiment.

Je n'ai pas le temps de lui demander de précisions, car la porte s'ouvre et Paisley sort en trombe de la maison.

---

1. Le Financial District est un quartier d'affaires situé au sud de Manhattan, dans la ville de New York.

Elle descend les trois marches du perron dans un flou de cheveux blonds et de robe verte.

Emilia se tient sur le seuil, vêtue d'un pantalon en lin repassé, d'un chemisier bleu pâle et d'un blazer en lin assorti. Elle me salue d'un geste et me sourit. Paisley s'arrête net devant nous et hésite : à qui doit-elle s'adresser en premier ?

– Salut mon ange !

Tom s'accroupit, embrasse brièvement sa fille, puis la tourne vers moi.

– Tu te souviens d'Anna ?

– Salut, Paisley.

Je m'accroupis à mon tour, une main tendue. Elle la prend solennellement dans la sienne et la serre fort.

– Enchantée de te voir, Anna.

Prononcé par sa voix douce et fluette, ce salut paraît trop formel.

J'esquisse un sourire. Elle est aussi précoce et charmante que dans mon souvenir. J'ai résolu de donner le meilleur de moi-même pour cette petite fille, cet été. C'est la promesse que j'ai faite quand j'ai accepté ce travail. Aux Bellamy, bien sûr, mais surtout à moi-même. C'est ma nouvelle feuille de route. Je vise la perfection.

– Moi aussi, je suis contente de te voir.

Je lui serre la main avant de me relever.

– Tu me montres ta maison ?

Une demi-heure plus tard, nous terminons la visite de Clovelly Cottage. Paisley m'a entraînée de pièce en pièce si vite que j'ai dû en rater la moitié, et Emilia s'est efforcée de compléter les commentaires de sa fille : « c'est la meilleure pièce pour jouer à faire semblant ; c'est la fenêtre par laquelle elle a vu trois bébés lapins, un jour », avec une litanie de détails concernant la décoration. Paisley, qui cachait mal son impatience, n'avait de cesse de m'entraîner vers la prochaine étape.

J'apprends que le plan de travail de la cuisine est en stéatite bleu foncé provenant d'une carrière du voisinage. Il est assorti au plafond, dont la peinture brillante – la « laque », dit Emilia – est censée se marier avec les ustensiles en inox et la décoration marine omniprésente. Mon regard s'attarde un instant de trop sur le placard vitré qui laisse apparaître l'impressionnant choix d'alcools des Bellamy, sur l'étagère du haut. Mes joues s'embrasent, et je me force à regarder ailleurs avant de trahir l'intérêt qu'ils m'inspirent. J'espère que Tom et Emilia n'ont rien remarqué.

Le salon, qualifié de « cathédrale », s'élève sur une hauteur de deux étages. Le séjour, qui abrite la collection complète de DVD des Princesses Disney de Paisley, est décoré d'un tapis en fibre naturelle assorti au pantalon et au blazer en lin d'Emilia. Les planchers de chêne rustique donnent à la maison un côté ancien, très « tournant du siècle ». En me guidant vers l'escalier qui mène au premier étage, Tom me fait remarquer les imperfections dans le sol du couloir. Elles ont été conservées intentionnellement, afin de donner à l'ensemble une apparence plus authentique. Mon Dieu ! Où ça va se nicher ?

La maison compte six chambres et quatre salles de bain à l'étage. Au sous-sol, une salle de jeux et une cave à vin vitrée aux murs de briques blanches, comme on en trouve dans les bistrots français, en ville.

Dehors, sur le terrain d'un hectare que Tom estime « parfaitement adapté » – et qui me paraît immense –, se trouvent le court de tennis que j'ai vu en arrivant et un garage indépendant, sur le côté de la maison. À l'arrière, je découvre une splendide piscine à débordement. Paisley n'a pas besoin de barboter dans la fontaine. L'eau se déverse par le long côté, face aux arbres. le bassin est encadré par un jacuzzi et une petite dépendance aménagée en studio, avec une chambre, une salle de bains et une cuisine indépendantes. Emilia m'apprend que ce sera mon chez-moi pour l'été.

– Bien sûr, si tu préfères, tu peux t'installer dans une des chambres d'amis, dans la maison, ajoute-t-elle. On s'est dit que tu aimerais avoir un peu d'intimité, mais c'est toi qui décides.

– Une séparation entre le travail et la vie. Au moins la nuit, explique Tom. On sait que ce job est un peu…

– … prenant, compète Emilia. Lindsay, notre dernière jeune fille au pair, a passé quatre étés avec nous. Elle aimait son travail, mais elle a toujours apprécié d'avoir son espace à elle.

Paisley serre vigoureusement ma main, et je me mords la lèvre. Emilia emploie le terme « au pair ». C'est celui qui figurait sur l'annonce, et qu'elle a utilisé pendant notre entretien. J'ai vérifié. Théoriquement, on n'est au pair que si l'on vient d'un pays étranger pour travailler dans le cadre d'un accord d'échange. Cela dit, Brooklyn et les Hamptons se ressemblent si peu qu'on croirait des pays différents. Il y a beaucoup d'argent à New York, mais rien de tel. Les espaces verts, la vue dégagée. Le calme. Les étoiles qui scintillent comme de petites ampoules dans le ciel. Sous la puanteur des privilèges, omniprésente, on sent quelque chose d'indéniablement paisible. Je peux mettre mon séjour à profit pour m'améliorer, devenir quelqu'un d'autre. Plus responsable. Je le sens.

– Ce sera parfait, dis-je. Je vous remercie.

Paisley pointe un index vers le ciel. Je suis son regard.

– C'est la Grande Ourse, explique-t-elle en traçant la constellation du bout du doigt. Et là, la Petite Ourse.

– Tu t'intéresses à l'astronomie ?

Elle acquiesce.

– J'apprends toutes les constellations. Mais c'est plus facile en hiver, quand il fait nuit tôt.

Comme pour lui donner la réplique, des lumières étincelantes s'allument autour de la piscine. L'eau miroite et clapote dans la lueur jaune. Il est huit heures et quart, et l'obscurité tombe seulement.

– Tu peux déposer tes affaires dans le studio, me propose Emilia. Ensuite, on passera à table. En général, on dîne plus tôt, mais on voulait attendre ton arrivée. Mary nous a fait du saumon et des pommes de terre nouvelles.

Mon estomac gronde. J'ai sauté le déjeuner, l'appétit coupé par la nervosité. Les quelques chips et la demi-barre de céréales écrasée que j'ai mangées dans le train ne m'ont pas rassasiée.

– Génial.

Paisley lâche ma main pour la première fois depuis que nous sommes sortis. Elle incline la tête pour me regarder dans les yeux.

– Bien, conclut-elle. Parce que c'est presque l'heure de me coucher, et je suis affamée.

Je lui souris et me dis que j'ai fait le bon choix pour cet été, malgré les protestations de ma mère, qui prétendait avoir besoin de moi à la maison, sans me donner plus de détails. Malgré les accusations de Kaylee, qui se plaint que je l'aie abandonnée. Si elle doit reprocher à quelqu'un de l'avoir délaissée, qu'elle s'en prenne plutôt à Starr. Ça fait des mois qu'elle est partie à Orlando. Depuis son départ, je suis seule pour assouvir la soif de fête, de défonce et d'aventure de ma meilleure amie. Toute la pression m'est retombée dessus, et suivre Kaylee dans ses délires n'est pas une sinécure. Les soirs où on ne buvait pas, on piquait des cachets dans la réserve de ma mère, ou on fumait avec Mike et Ian. Avant le départ de Starr, il m'arrivait de me terrer à la maison pendant plusieurs jours, le temps de recharger mes batteries. Depuis qu'on n'est plus que toutes les deux, il y a une espèce de frénésie dans l'air. L'atmosphère est électrique, explosive. Les derniers mois de l'année de terminale ont été brumeux et passionnants, mais épuisants.

Bay Ridge ne me manque pas vraiment. J'enfonce les ongles dans mes paumes et j'essaie de ne pas penser à la bouteille de tequila que j'ai aperçue dans la cuisine des Bellamy. Je me promets d'être la meilleure baby-sitter – jeune fille au pair – que Paisley ait jamais eue. Je me suis dépouillée pour de bon de mon ancienne peau ; je l'ai abandonnée en tas devant l'Atlantic Terminal, à Brooklyn. La fille que j'étais hier encore ne peut plus m'atteindre ici. Je suis déjà différente.

# 3

## AVANT

### *Juin*

Herron Mills, État de New York

Nous avons à peine étendu notre serviette sur le sable blanc que Paisley se jette à l'eau.

– Elle nage comme un poisson, m'a assuré Emilia au petit déjeuner, avant de nous déposer à la plage.

Ses bras m'ont paru étonnamment musclés dans son top en soie sans manches à col en V. Sa peau fraîche, bien hydratée. Je me suis demandé si elle avait toujours l'air aussi pimpante à huit heures du matin.

– Il faut que tu la surveilles, mais tu n'es pas obligée de te baigner avec elle.

C'est une bonne nouvelle, car même tartinée d'écran total, j'étais sûre d'être couverte de coups de soleil en un rien de temps. Comme son père, Paisley a la peau mate et bronze facilement. Je ne peux pas en dire autant.

Je m'allonge à plat ventre à l'ombre du parasol à rayures rouges et blanches des Bellamy, le menton dans les mains pour regarder Paisley barboter dans les vagues. La plage est petite – encore une surprise – : longue, mais étroite, et je n'ai aucun mal à garder la petite dans mon champ visuel. Moins de cinq minutes plus tard, Paisley a déjà trouvé une amie, une grande fille aux cheveux roux. Elles ont l'air de se connaître, c'est probablement une camarade de classe. Je saisis des bribes de leur conversation, quelque chose sur les crabes des sables et *Vaiana*.

Je prends une grande inspiration et mes poumons s'emplissent d'air salé. J'en rêve depuis que j'ai décroché ce job, le mois dernier. Des embruns, enfin ! Les cris légers des mouettes. L'eau bleue qui clapote sur le sable blanc. Bien que bondée, la plage conserve son aspect chic, exclusif. Rien à voir avec les plages animées de la ville, où l'on se posait avec Kaylee durant les longs après-midi d'été.

Sous le parasol, je détache mes cheveux et mets un chapeau de paille. On n'est jamais trop prudent. Emilia m'a prêté quelques magazines, mais je suis trop stressée pour quitter Paisley des yeux. Imaginez qu'elle fugue pendant que je m'informe des tendances de l'été en matière de réceptions ? Les surveillants de baignade stationnés à intervalles réguliers me rassurent, mais c'est mon premier jour de baby-sitting. Je ne prends aucun risque.

Tout en surveillant Paisley, je laisse mon esprit vagabonder. La vie des Bellamy semble si facile. Tom a un job en ville qui lui rapporte des millions, tandis qu'Emilia dirige son entreprise de graphisme depuis son studio à domicile. Ils s'adonnent à leurs passions, ont une fillette magnifique et une belle maison à quelques minutes de la plage. Rien à voir avec ma vie à Bay Ridge avec maman. Elle est technicienne à temps partiel dans un laboratoire d'analyses médicales. Comme ils ne peuvent pas l'employer assez d'heures, elle complète son salaire en travaillant comme femme de ménage. Son travail lui donne des douleurs dans le dos, alors, elle se gave d'Oxycodone, de Demerol, de Vicodin[1]… un flot de pilules sans fin. Ça ne me dérangeait pas qu'elle soit trop stone pour réagir quand le lycée se plaignait de mes absences. Quand les flics me raccompagnaient à la maison après une énième cuite. Quand je lui piquais des médocs pour faire la fête avec Starr et Kaylee. Jusqu'à ce que je commence à avoir envie qu'elle se soucie de moi.

Enfin, au moins, elle est restée, m'a nourrie et permis de passer le cap du lycée. Ce n'est pas rien. Si j'avais autant d'argent que les Bellamy, je déménagerais pour m'installer ailleurs, plus loin de New York. Herron Mills est un petit paradis, mais Tom est obligé de passer quatre nuits par semaine dans un appartement en ville. Je crois que je préférerais habiter dans un endroit avec toute ma famille, tout le temps.

Je fantasme sur Nashville, San Diego et Seattle. Des villes où pourrait se trouver mon père, qui a mis les voiles quand je suis entrée à l'école maternelle. J'imagine qu'il ne voulait pas élever un enfant en ville lui non plus.

---

1. Des médicaments antidouleur très puissants appartenant à la famille des opioïdes.

Je scrute le rivage devant moi, et Paisley n'est plus là. Je l'imagine déjà flotter sur le ventre, trop loin, dans l'eau sombre et agitée, un halo de cheveux blonds autour de sa petite tête. Le soleil tape sur le parasol, mais je suis transie de froid. Que s'est-il passé ? Je ne la quittais pas des yeux, et puis… quelque part entre le Vicodin et les voitures de police, j'ai dû me laisser distraire. Je me lève et m'apprête à crier son nom, quand, quelques mètres plus loin sur ma gauche, Paisley et son amie surgissent de l'océan et courent sur la plage en criant, main dans la main. L'instant d'après, elles sont à genoux et creusent le sable, à la recherche de coquillages. Je pousse un long soupir tremblant.

– Z ?

Je redresse brusquement la tête. À quelques mètres de moi, un garçon se penche en avant, les mains sur les genoux, la tête inclinée pour regarder sous mon parasol. Il est fin et musclé, et doit avoir un an ou deux de plus que moi. L'insigne blanc de la garde de Herron Mills est brodé sur son maillot rouge de maître nageur. Il m'empêche de voir Paisley. Je m'assieds, baisse mes lunettes sur le bout de mon nez et le regarde en plissant les yeux.

– On se connaît ?

Il a les cheveux roux, courts, et le nez constellé de taches de rousseur. Je suis quasiment sûre de ne l'avoir jamais vu.

– Oh.

Il recule d'un pas, puis s'accroupit, une main sur la poitrine. Finalement, il se frotte le visage et siffle entre ses lèvres.

– Pardon ! Je t'ai prise pour quelqu'un d'autre.

On dirait qu'il a vu un fantôme.

Je remets mes lunettes de soleil, rassemble mes cheveux et les attache avec un élastique.

– Ce n'est pas grave. Je m'appelle Anna. Je suis la jeune fille au pair des Bellamy cet été.

– Ah, d'accord. Paisley joue avec ma petite sœur. Je m'appelle Kyle. Bienvenue à Herron Mills.

Il me tend une main. Je suis obligée d'étirer le bras pour la saisir.

– Tu es maître nageur ?

C'est tout ce que j'ai trouvé à dire.

– Pendant les vacances seulement. J'étais sur le point de m'attaquer à leur glacière.

Il m'indique du menton un petit groupe installé sur des transats, quelques mètres plus loin, que Paisley est en train de rejoindre.

– Viens, je te présente mes parents.

Je prends un paréo en mousseline dans mon sac et l'enfile par-dessus mon maillot. Je me rends compte que j'aurais dû aller me présenter moi-même. Imaginons que ce soient des gens infréquentables ? Et si Emilia me demande qui Paisley a rencontré à la plage aujourd'hui, et que je ne sais même pas lui donner le prénom de son amie ? Mon estomac se serre. Un terrible sentiment d'imposture s'empare de moi. J'ai obtenu ce travail par erreur, et même si je suis animée des meilleures intentions, je n'ai aucune idée de ce que je dois faire. Je vais tout foutre en l'air, comme d'habitude. La même Anna dans un plus beau décor.

Avant que me consume de honte, Kyle me présente :

– Coucou, la famille, voici Anna…

– Anna Cicconi, dis-je. Je suis la baby-sitter de Paisley.

Je souris et serre la main des Paulson-Gosse, qui se présentent : Hilary et Elizabeth. Raychel, l'amie de Paisley, frappe dans mon poing.

Paisley me tend un sachet de chips de patate douce.

– Tu en veux ?

– Ce sont les chips de Raychel, dis-je pour faire ma nounou responsable. Tu devrais lui demander, non ?

– Non, répond Raychel. On partage tout.

Je n'ai pas encore digéré la pâte à tartiner d'Emilia, qui compte quatre ingrédients de plus que celle que je mange chez moi, mais je pioche quelques chips pour être polie.

Kyle en prend une poignée, puis consulte sa grosse montre étanche.

– Il faut que j'y retourne. Ravi de t'avoir rencontrée, Anna.

Il prend une canette de soda dans la glacière aux pieds de sa mère et s'en va.

– Comment trouves-tu Herron Mills, Anna ? me demande Hilary.

Elle est grande et mince comme ses enfants. Comme eux aussi, elle a les cheveux roux et des taches de rousseur.

– Je ne suis arrivée qu'hier soir. Je n'ai pas vu grand-chose. Mais ça me semble charmant.

Elizabeth, petite et ronde dans un maillot une pièce bleu marine, explique qu'ils prennent quelques jours de vacances en famille, surplace. C'est ce qu'on fait quand on vit à la plage, j'imagine. Je regarde vers le large, et je suis soudain frappée par une intense vague de nostalgie. *L'écume qui mousse sur le rivage. La gueule immense de l'océan. L'étroit ruban de sable.*

Maman et moi ne sommes pas vraiment des voyageuses. Je ne suis jamais allée en vacances à la mer, et les plages de Brooklyn n'ont rien à voir avec ça. Pourtant, cette étendue de sable m'est si familière que je jurerais être déjà venue ici. J'ai l'impression de revivre une journée que j'ai déjà vécue, de voir la mer à travers les yeux de celle que j'étais alors. Le souvenir est là, tout près, à la limite de ma conscience. Mais hors d'atteinte.

– Il faut que Paisley t'emmène chez Jenkins.

La voix d'Elizabeth m'arrache à ma rêverie, et la partie logique de mon cerveau m'assure que je n'ai jamais mis les pieds ici.

– C'est le glacier sur Main Street, précise-t-elle. De père en fils, depuis deux générations.

– Si tu as une voiture, il y a aussi l'aquarium de Riverhead, ajoute Hilary.

– Et le Grand Canard ! couine Paisley.

Je chasse les bribes de mon pseudo-souvenir, convaincue que c'était un mirage. Puis je glisse mes mains sous mes aisselles et j'agite les bras comme des ailes. Paisley et Raychel explosent de rire. Je peux faire le clown, c'est dans mes cordes. Imaginer des aventures aussi. Être responsable, c'est plus difficile. Je me promets de redoubler d'efforts.

Ce soir-là, après m'être régalée de côtelettes d'agneau grillées et d'une salade de pois gourmands sur la terrasse, derrière la maison, avec Emilia et Paisley, je m'allonge sur un transat au bord de la piscine et j'écoute le doux clapotis de l'eau. Je contemple la cascade noire ininterrompue du débordement, et il me vient une envie soudaine de la dessiner. Mon carnet de croquis est resté dans ma valise. Je le sortirai ce soir, quand l'obscurité m'obligera à rentrer. Tout est si beau, ici. La nature, et la beauté qui va de pair avec la richesse matérielle. Je veux tout capturer.

Mes journées de travail se terminent officiellement après le dîner, servi à dix-huit heures trente. Emilia passe ensuite un moment en tête à tête avec sa fille et s'occupe de la coucher. C'est un bon arrangement. Je devrais me réjouir d'avoir autant de temps libre. Mais ce soir, à la fin de ma première journée à Herron Mills, j'aurais bien besoin d'une occupation. Ou de quelqu'un à qui parler. Depuis combien de temps ne me suis-je pas retrouvée seule aussi tôt dans la soirée ? Sans maman, sans Kaylee, sans un mec de passage ? Je tuais le temps en écoutant leur bavardage, et me traînais ainsi d'une journée de cours à la suivante.

La moiteur de l'air me fait penser à Kaylee, et j'ai une bouffée de nostalgie. Parfois, quand on avait de l'argent, on allait au ciné, ou on s'achetait une part de pizza. Mais la plupart du temps, les soirs d'été, on remplissait nos bouteilles d'eau d'un mélange de vodka et de jus de pamplemousse, avec beaucoup de glace pilée, et on s'installait dans l'escalier de secours, à l'extérieur de son immeuble. On se vernissait les ongles de pied et on regardait des vidéos hilarantes sur YouTube jusqu'à ce que l'ennui nous déloge. On poursuivait la soirée dans un bar, où on se faisait offrir des verres par des mecs plus vieux que nous. On débarquait chez Starr, ou on allait danser dans les boîtes qui nous laissaient entrer gratuitement, sans poser de questions, sans réclamer de pièce d'identité. En juillet dernier, les flics m'ont ramenée à la maison pour la première fois. C'est encore arrivé à deux reprises pendant les vacances d'hiver. Ça, je m'en souviens.

Ma bouche s'emplit de salive, mais je ne sais pas si c'est l'effet de l'envie ou du dégoût. Quand j'y réfléchis, je n'éprouve même pas de plaisir à boire autant. Passé les premières gorgées, l'alcool perd le goût de l'évasion. Les promesses d'une nouvelle nuit, de nouveaux visages, d'une nouvelle Anna s'envolent, et il ne reste que la déception. Le lendemain matin, je suis toujours la même.

J'ai réussi à faire le minimum pour avoir de bonnes notes et entrer dans une université correcte, mais les derniers mois de cette année de terminale ont été… Je me rappelle que c'est la raison pour laquelle je suis venue ici. J'ai tout l'été pour me reprendre en main. Pourtant, cette nuit moite et les heures vides qui s'étirent devant moi me rendent fébrile. Mes paumes me démangent et j'ai les lèvres sèches…

Je fouille dans mon sac à la recherche de mon téléphone, histoire d'occuper mes mains. Erreur. J'ai reçu trois nouveaux messages de Kaylee depuis notre retour de la plage, et je n'ai toujours pas répondu à ses SMS d'hier. Je soupire et tape une réponse rapide. Je lui dis que mon travail est très prenant et qu'elle me manque. Je lui promets de l'appeler bientôt, puis termine par un émoji parasol.

Je sais qu'elle va mal le prendre ; c'est une réponse de merde. Mais pas question de me laisser entraîner dans les histoires de Kaylee en ce moment, même si elle me manque beaucoup. Il faut que j'apprenne à être seule, que je me laisse la possibilité de devenir cette nouvelle Anna. Une fille capable de passer une soirée d'été tranquille au bord de la piscine, avec un livre ou un carnet de croquis pour unique compagnie. Une fille qui n'a pas besoin de mecs pour lui payer à boire. Qui n'a pas besoin de boire tout court.

Mon téléphone sonne, et je me prépare à subir les reproches de Kaylee. Mais ce n'est pas Kaylee.

– Salut, maman.

– Alors tu es toujours en vie ?

– Je ne suis arrivée qu'hier. J'avais prévu de t'appeler ce week-end.

Ça ne ressemble pas à ma mère de se comporter de façon aussi… maternelle. Elle n'a jamais été du genre « appelle-moi quand tu arrives ».

– Ce n'est pas pour rien que je t'ai acheté un nouveau téléphone.

– Je sais.

– Tu peux rentrer à la maison. Si tu changes d'avis.

– Tout va bien. C'est super, ici. Paisley est adorable, les Bellamy sont sympas. Ça se passe bien.

J'essaie d'y mettre de la conviction. La méthode Coué.

– Je te fais confiance, ce n'est pas le problème, Anna.

– C'est quoi, alors ?

J'ai à peine prononcé ces mots que je comprends. C'est la première fois que je quitte la maison. La première fois que je lui donne un motif d'inquiétude. Elle avait probablement davantage de raisons de s'inquiéter quand j'étais encore à Brooklyn. Mais à la fin de la nuit, je rentrais toujours à la maison. Elle est au courant de mes projets d'aller étudier à New Paltz depuis un bon moment, alors que j'ai sorti ce job de mon chapeau du jour au lendemain. Je ne lui ai pas laissé beaucoup de temps pour s'habituer à l'idée.

– Je suis désolée, dis-je, sans attendre sa réponse. J'essaierai de t'appeler plus souvent.

– Tu te plais vraiment à Herron Mills ?

– Oui, c'est super ! Je vais économiser pour la rentrée. Je suis contente d'être venue ici, maman.

Elle soupire.

– Je n'en doute pas, ma chérie. Tu me manques, c'est tout.

Je l'écoute me raconter les déboires d'une de ses collègues au laboratoire, puis je lui promets de lui envoyer des photos de Clovelly Cottage et de la plage. Après avoir raccroché, je repose ma tête contre la chaise longue et laisse la lumière déclinante me caresser la peau. L'arrière de la maison est orienté à l'ouest, et comme hier à la même heure, le disque orange aveuglant du soleil descend derrière les arbres. C'est un spectacle magnifique. J'essaie de me détendre, de me concentrer sur la fille que je veux devenir. *Respire*.

# 4

# MAINTENANT

## Août

Centre de détention pour mineurs de Pathways, East New York, Brooklyn

– Meuf, tu as trop de chance !

– Euh, salut…

– C'est trop génial qu'ils t'aient envoyée à Pathways ! Quand Ryan Denny s'est fait gauler avec ses cultures de weed en seconde, ils l'ont enfermé à Rikers. T'imagines ?

Au bout du fil, Anna prend le temps de digérer les paroles de Kaylee. Elle ajuste le récepteur en plastique poisseux contre son oreille et jette un coup d'œil à la gardienne postée au bout du couloir. Elle la surveille. Depuis deux semaines, Anna n'a guère eu l'occasion de se considérer comme chanceuse. Certes, elle est de retour à Brooklyn, mais cette prison pourrait se trouver n'importe où. Elle ne s'est jamais sentie aussi loin de chez elle.

– Ouais, sûrement…

Anna déplace son poids d'un pied sur l'autre. Les baskets qu'on lui a données à son arrivée à Pathways couinent sur le sol en béton.

Elle a l'impression que cette soirée passée avec l'inspectrice Holloway et son adjoint, l'inspecteur Massey, appartient à une autre vie. Dans les deux semaines qui ont suivi son arrestation, elle a été inculpée, transférée en détention provisoire, soumise à des examens médicaux, dentaires et psychologiques. Après avoir évalué ses traumatismes, on l'a confiée à une assistante sociale prénommée Aubrey, une jeune femme volubile, à peine plus âgée qu'Anna, un ovni dans ce système judiciaire pour les mineurs. Anna devrait être chez elle, occupée à boucler ses valises avant de partir pour le campus de SUNY New Paltz. Elle va manquer le début du semestre, la semaine prochaine. La date de son procès n'a même pas encore été fixée.

– Tu nages en plein délire, reprend Kaylee. Tu t'en rends compte, au moins ?

Ce n'est pas la première fois qu'Anna s'interroge sur sa santé mentale, son « bien-être psychique », comme ils disent ici. La nuit, allongée sur sa couchette, elle ferme les yeux et envoie un projecteur imaginaire à l'intérieur de sa tête, à la recherche d'un indice, d'une zone déficiente. Mais son esprit reste impénétrable. Et elle a passé son test d'entrée. Personne n'a parlé de maladie mentale. Pas en face d'elle. Soit elle a trompé tout le monde, y compris elle-même, soit ses souvenirs de cette nuit-là sont réels.

– Peut-être, concède-t-elle. Mais je sais ce que je me rappelle. Ce que j'ai fait.

– Un assassinat, Anna ? réplique Kaylee d'une voix suraiguë. Tu crois sérieusement que tu as tué une fille dans les Hamptons ?

Anna éloigne le récepteur de son oreille. Le silence s'installe au bout du fil. Elle déplace son poids d'avant en arrière en écoutant couiner ses baskets.

– Pas un assassinat. Un homicide, précise-t-elle doucement.

– Tu peux m'expliquer la différence ?

Depuis deux semaines, Anna est devenue experte en la matière.

– Ils m'accusent d'homicide involontaire au second degré. Cela signifie que j'ai causé sa mort par imprudence.

Puis elle a dissimulé le cadavre, ce qui constitue un second crime. La combinaison des deux accusations lui fait encourir entre huit et vingt ans de prison. Anna aura dix-huit ans en décembre. Si elle est condamnée, elle sera probablement incarcérée à Rikers Island. On parle depuis des années de fermer le célèbre complexe pénitentiaire, mais cela n'arrivera pas assez tôt pour Anna.

– Tes souvenirs, c'est n'importe quoi, affirme Kaylee.

Les pensées d'Anna volent en éclats, telle une vitre sous l'impact d'une pierre.

– Tu leur as dit que j'étais *avec toi* cette nuit-là. Tu essaies de me punir pour ce qui s'est passé sur la plage ? C'est ça ?

Anna met une bonne minute à comprendre à quoi Kaylee fait allusion. Elle se revoit en pensée un mois et demi plus tôt, le 4 juillet, sur la plage de Montauk. La dernière soirée qu'elles ont passée ensemble.

– C'était juste une fête. Et je n'ai jamais été en colère contre toi. J'ai cru que toi, tu m'en voulais.

De toute façon, c'est totalement hors sujet. Cette histoire n'a rien à voir avec Kaylee.

– Tu veux plonger ? Très bien.

Kaylee ne voit pas Anna tressaillir. Ses mots sont pourtant assez mal choisis.

– Mais ne me mêle pas à ça. Depuis le début, je me dis que tu étais trop défoncée ce soir-là pour te souvenir de quoi que ce soit. Apparemment, tu étais encore plus stone que je le pensais.

– Qu'est-ce que tu…

– Écoute-moi, Anna. Si tu as un minimum de souvenirs concrets, tu dois savoir qu'on n'est pas responsables de ce qui s'est passé – quoi qu'il se soit passé, d'ailleurs.

Anna voudrait déglutir, mais elle a l'impression d'avoir la bouche pleine de sable.

– J'ai précisé que tu étais dans la maison quand elle est morte, articule-t-elle. Et que tu n'avais rien à voir avec la dissimulation de son corps.

– Encore heureux ! Je n'étais même pas dans les Hamptons, Anna ! Et toi non plus, tu n'y étais pas. Je ne sais pas comment tu as pu t'embrouiller à ce point. Tu sais que les flics sont venus chez moi en début de semaine ? Ils voulaient que je leur raconte ma version du Nouvel An.

Anna inspire brusquement.

– Qu'est-ce que tu leur as dit ?

– La vérité, évidemment. Enfin, les choses qui comptent. Que je n'ai jamais quitté Brooklyn. Qu'*on* n'a jamais quitté Brooklyn.

Anna voudrait tellement que ce soit vrai. Hélas, Kaylee se trompe.

– Mais…

– Non, écoute-moi ! l'interrompt son amie. L'histoire que tu as racontée à la police… Celle qu'ils voulaient que je confirme… Eh bien, meuf, tu es complètement à côté de la plaque. Laisse-moi te rafraîchir la mémoire. On était chez Starr. Tout le monde voulait aller danser, mais tu étais HS sur le canapé. Mike et moi, on t'a mise dans un taxi, et tu es rentrée avant 22 h. Tu me suis ?

Une nouvelle pièce trouve sa place dans le puzzle d'Anna. Kaylee l'a mise dans un taxi. Mais elle ne dit pas l'exacte vérité, car elle est montée dans ce taxi, elle aussi. Elle l'a accompagnée à Windermere. Anna se souvient qu'elles étaient toutes les trois sur le balcon. Le rire argentin de Zoé résonne encore dans son oreille. Kaylee lui pince la joue, rassemble ses cheveux… Elle sent encore la morsure glacée du vent nocturne, venu de l'océan.

– Tu as un avocat, Anna ? demande Kaylee d'une voix tendue, teintée d'exaspération.

– Bien sûr.

– Qu'est-ce qu'il dit ?

– *Elle* dit que je n'aurais pas dû parler à la police avant l'arrivée de maman. Avant de l'avoir engagée.

Kaylee soupire si bruyamment qu'Anna a l'impression de sentir son souffle dans le récepteur.

– Bon. Et je suppose que c'est trop tard, maintenant.

Au fond du couloir, la gardienne adresse à Anna un signe du menton. Elle se tapote le poignet. *Allez, c'est fini.*

– Je dois y aller.

– Dis-leur d'arrêter de fouiner chez moi. Je suis sûre qu'au fond de ton cœur, Anna Cicconi, tu sais qu'il n'en sortira rien de positif.

– Je dois vraiment y aller.

– Ce que tu dois faire, c'est remettre tes idées en place. Dis-leur que tu t'es trompée. Que tu n'as rien fait. Débrouille-toi pour que ton avocate obtienne un non-lieu.

Mais Anna est coupable. Sinon, comment expliquer qu'elle ait tous ces souvenirs de Herron Mills ? De Zoé ? Elle ignore s'il s'agit vraiment d'un homicide involontaire. Ses souvenirs la feraient plutôt pencher pour un accident. Mais ils lui ont précisé que Zoé ne buvait jamais, à cause des médicaments qu'elle prenait. C'est donc Anna qui a dû la faire boire, ce soir-là. Anna et sa mauvaise influence. Anna, qui s'est comportée imprudemment. Ça ressemble tellement à celle qu'elle était. À celle qu'elle était avec Kaylee.

La gardienne s'avance vers elle. Anna repose le combiné sans dire au revoir à son amie et l'interpelle :

– Excusez-moi ? Savez-vous si la mise à jour que j'ai demandée – celle de ma liste de visiteurs autorisés – a été effectuée ?

– On ne peut ajouter que des membres de la famille.

La gardienne éloigne Anna de la cabine téléphonique.

– Tu connais le règlement.

– Mais Aubrey dit que Pathways pourrait faire une exception. Comme je n'ai que ma mère, et qu'elle ne peut pas…

– Parles-en au bureau, ma grande.

Elle fait signe au détenu en tête de file.

– Au suivant !

# 5

## AVANT

### *Juin*

Herron Mills, État de New York

Le troisième soir, aussitôt la table débarrassée, je m'installe au bord de la piscine de Clovelly Cottage avec mon carnet de croquis et des fusains. Je veux profiter du peu de lumière qu'il reste pour capturer la façon dont l'eau noire se fond dans le paysage, comme par magie. Je commence par dessiner la piscine, puis le jardin luxuriant au-delà, le tapis d'herbes fines qui s'étend jusqu'à la lisière des arbres soigneusement taillés. J'ai apporté mes crayons aquarelle et quelques tubes de peinture à l'huile. Quand j'aurai fait des croquis, je m'amuserai peut-être à peindre les reflets argent et outremer de la piscine, la pelouse et les lauriers émeraude, les vrilles orange et rose qui dégoulinent, tel un sorbet fondant, dans le ciel d'un bleu poudreux.

La nuit tombe trop vite. À huit heures et demie, l'éclairage de la piscine nimbe le patio d'une lumière jaune éclatante, et le monde au-delà de l'eau devient d'un noir d'encre. Ma gorge me démange. Je tousse dans mon coude, mais la démangeaison empire. Pour moi, les nuits d'été étaient jusque là synonymes de bars obscurs, où la climatisation peine à lutter contre la chaleur des corps. De longues promenades sur les plages désertes avec Starr et Kaylee, dans un monde adouci, émoussé par l'effet des cachets. D'aventures d'un soir, maladroites et alcoolisées, dont l'intérêt nous apparaît surtout après-coup, quand on les raconte. L'été, c'était le mouvement perpétuel. Je n'ai pas envie de retourner à Brooklyn, pas vraiment, mais je ne sais pas comment m'occuper quand je ne travaille pas. Hier, j'ai ouvert ma valise et rangé mes affaires à la nuit tombée. Mais ce soir, j'ai fini de m'installer, et il me reste au moins trois heures à tuer avant de me mettre au lit, si je ne veux pas me coucher comme les poules.

En posant mon carnet de croquis sur la petite table près de la fenêtre, je me demande si je n'aurais pas mieux fait d'accepter une chambre d'amis dans la maison. Le « studio » que j'occupe est aussi grand que l'appartement que je partage avec ma mère à Bay Ridge. J'apprécie d'avoir de l'intimité, mais c'est presque trop calme. Je troque ma robe d'été respectable numéro trois contre mon short effiloché et mon débardeur. J'irais bien voir si Emilia souhaite un peu de compagnie, mais je n'ose pas. Ce serait bizarre, non ? Elle doit être en train de coucher Paisley. Je ne veux pas la déranger.

Je sors mon téléphone et surfe un petit moment sur ModCloth, en quête de robes à poches. Puis je scrolle sur Instagram pour savoir ce qui se passe à Brooklyn. Quelles fêtes j'ai manquées. Je fais défiler des photos de la plage, peuplée de baigneurs de toutes origines, si différente de celle de Herron Mills, avec sa foule majoritairement blanche et friquée. Sur l'une d'elles, je vois Mike chahuter avec Kaylee. Les cheveux de mon amie brillent comme des mèches d'or filées sur le brun cuivré de ses bras. Une autre la montre en train de poser sur son perron avec Vic, une copine du lycée, et Wanda, une autre fille avec qui on sort quelquefois.

Je clique sur le compte de Starr pour voir si elle a posté quelque chose récemment. Il n'y a rien. Cela dit, elle ne postait déjà pas grand-chose quand elle était à Brooklyn. Comme on échangeait plutôt sur Messenger, j'ouvre l'appli et lui envoie un petit mot, ce que je n'ai pas fait depuis le printemps. Je l'ai assez mal pris quand elle a quitté la ville sans me dire au revoir. Elle avait confié ses projets à Kaylee et Mike, mais je ne méritais sans doute pas d'être prévenue. Maintenant, elle ne répond même plus à mes messages. J'essaie de me convaincre qu'elle n'a rien contre moi, qu'elle a voulu prendre un nouveau départ, comme moi en ce moment. On s'amusait bien, mais je sais que sa vie à Brooklyn n'était pas géniale. Vingt-deux ans, pas de fac, un boulot minable de serveuse dans un restaurant de nuit à Brighton Beach. Brouillée avec sa famille ultraconservatrice en Arizona, des mecs qui défilaient. Elle a toujours aimé Disney. Je ne le prends pas personnellement.

À neuf heures, je deviens carrément claustrophobe. Mes doigts me démangent. Ils dansent sur l'écran, ouvrent mes messages, envoient des SMS à Kaylee. Mon téléphone est resté étonnamment silencieux aujourd'hui. Soit Kaylee a décidé de se passer de moi, soit elle se venge. Connaissant ma meilleure amie, je pencherais plutôt pour la seconde option.

Je pose mon portable à l'envers sur la couette et j'enfile un sweat à capuche. Puis je vaporise de l'anti-moustiques sur mes jambes, je prends une mini-lampe torche dans le saladier en verre posé sur le comptoir de la cuisine, et je sors dans la nuit.

J'achève en un rien de temps ma visite de Clovelly Cottage sous les étoiles. Tom avait raison : un hectare, ce n'est pas si grand, finalement. Je longe les arbres, la piscine, puis dépasse le garage et la fontaine qui gargouille pour rejoindre le court de tennis. Je cherche en vain comment allumer les projecteurs. De toute manière, les raquettes doivent être rangées dans le cabanon.

Je renonce à mon projet de frapper quelques balles en solo et descends l'allée de gravillons en direction de la rue. Sur mon passage, des grappes de LED s'allument, nimbant les buissons d'un voile blanc. Les fleurs roses des azalées – selon Emilia – s'agitent dans la brise. Leur aspect fantomatique me fait frissonner malgré la tiédeur de l'air. Je remonte la fermeture éclair de mon sweat.

J'avais le projet de prendre à droite sur Linden Lane pour explorer le tronçon de rue que l'on n'a pas emprunté en voiture quand je suis arrivée avec Tom. Mais mes pieds prennent spontanément la direction de Windermere, la propriété voisine au jardin en friche. Arrivée devant la somptueuse grille de fer forgé envahie par les lianes, je constate que la maison est beaucoup plus proche de la rue que Clovelly Cottage, ou les autres demeures plus récentes de Herron Mills. En me postant dans l'axe de l'allée, j'arrive à la distinguer entre les barreaux du portail.

La lumière du porche baigne la balancelle et les rocking-chairs bleus d'une douce lueur. J'éteins ma torche et la range dans ma poche avant de me glisser dans l'ombre d'un pilier. D'après Tom, Windermere a été construite en 1894. Ce doit être l'une des maisons les plus anciennes du village. J'essaie de me représenter cette partie des Hamptons avant la construction de Seacrest, Magnolia House ou Clovelly Cottage : un paysage champêtre, parsemé de fermes, où les champs s'étiraient jusqu'à l'horizon. À l'époque, on n'avait sûrement pas besoin de haies ni d'arbres massifs pour se dissimuler à la vue des voisins. Sur Linden Lane, le silence devait être encore plus profond que ce soir.

– Bonjour.

Je m'écarte brusquement du pilier, les poils des bras hérissés par la peur. Ou l'électricité statique.

– Bonjour.

Le mot franchit mes lèvres, presque chargé de reproche. Comme si ce n'était pas moi qui m'étais tapie dans l'ombre devant la maison d'inconnus, à la nuit tombée.

De l'autre côté du portail, une silhouette s'engage dans l'allée. Un garçon mince et pas très grand – un mètre soixante-quinze à tout casser. Il a les mains dans les poches de son jean, et une montre en argent brille à son poignet.

– Tu es perdue ?

Je plisse les yeux pour tenter de distinguer son visage dans la lueur du porche. Sa peau est brun clair. Il a mon âge, peut-être un peu plus. Mon pouls ralentit. Ce doit être Caden Talbot, l'étudiant à Yale.

– Je m'appelle Anna. Je suis la baby-sitter de Clovelly Cottage.

– Ah, d'accord.

Il s'appuie tranquillement contre le pilier, imitant ma position d'il y a un instant.

– Emilia nous a prévenus qu'elle avait engagé quelqu'un.

– Désolée pour mon indiscrétion, dis-je dans un souffle. Ce n'est pas dans mes habitudes d'espionner les gens.

Un frisson désagréable parcourt ma colonne vertébrale. Ce garçon est un parfait inconnu, mais l'espace d'un instant, j'ai cru voir nos vies s'imbriquer, nos secrets les plus inavouables et nos peurs les plus secrètes s'exposer dans le silence de la nuit.

Il sourit, et la sensation disparaît comme elle est venue, emportant mes délires de pseudo-médium. Sûrement un effet de la solitude et de l'ennui.

– Ce n'est pas grave, dit-il. Windermere vaut le coup d'œil. Je m'appelle Caden.

Il passe une main entre les barreaux. Je la prends, m'efforçant de rester dans mon rôle d'inconnue affable. Sa peau est lisse et tiède. Une odeur de sauge et de vanille flotte autour de lui. Son apparence soignée contraste vivement avec la maison derrière lui.

– Je suis arrivée lundi, dis-je. Je visite les environs.

– En pleine nuit ?

Je hausse les épaules. L'obscurité m'enveloppe comme un manteau.

– Il n'y a pas grand-chose à faire le soir. J'avais la bougeotte.

– Ouais, moi aussi.

Il indique d'un geste une partie de la pelouse que je ne vois pas, à ma gauche.

– On avait un étang à carpes koï. C'est devenu le paradis des grenouilles et des mauvaises herbes. Je réfléchissais à la façon de le nettoyer.

– En pleine nuit ?

Il rit. Un rire chaleureux et spontané qui embrase mes joues sous la capuche de mon sweat.

– C'est la nuit que je réfléchis le mieux. En plus, je suis coincé ici en ce moment.

– Chez toi ?

– Oui. Ma mère panique quand je quitte Windermere la nuit.

Dans la pénombre, Caden ne me voit pas hausser les sourcils. Un étudiant avec un couvre-feu ? D'aussi loin que je me souvienne, j'ai toujours été libre de sortir en ville.

Je n'imagine pas rester chez moi le soir pour faire plaisir à ma mère. Même si j'habitais dans une maison entourée d'un parc de plusieurs hectares.

– Tu as quel âge ?

La question m'a échappé. Caden s'esclaffe à nouveau, mais son rire manque de chaleur.

– Dix-neuf ans. Ma mère ne va pas très bien. C'est pour elle que je suis rentré à la maison cet été.

– Ah, désolée.

Maintenant, je me sens stupide.

– Tu es à Yale, c'est ça ?

– Je viens de finir ma deuxième année. Emilia t'a parlé de moi ?

– J'ai eu droit à une visite guidée de Linden Lane quand Tom est allé me chercher à la gare.

Caden grogne doucement. J'essaie de voir son visage, mais il est toujours en contrejour, devant la lumière du porche.

– Et toi, tu es encore au lycée ? demande-t-il.

– Je viens d'avoir mon diplôme. Je commence mes études à SUNY New Paltz à l'automne.

Il me dit qu'il aime la région de New Paltz. Qu'un de ses amis y étudie le théâtre. Il me recommande un chemin de randonnée, et je prends note pour le mois de septembre. Je me demande un instant s'il va ouvrir le portail, m'inviter à entrer. C'est peut-être le début de quelque chose… ou la suite d'un souvenir qui affleure. Mais une lumière s'allume au deuxième étage de la maison, une silhouette furtive assombrit la fenêtre. Caden se tourne pour suivre mon regard.

– Il faut que je rentre, déclare-t-il d'une voix forte.

Je n'ai pas envie que cette conversation se termine. Je voudrais l'interroger sur sa mère. Lui demander ce qui ne va pas, pourquoi il ne peut pas partir. Mais je vois son corps se tendre, les épaules se voûter, et je comprends que ce n'est pas le bon moment.

– Ravi de t'avoir rencontrée.

Il s'éloigne du portail à reculons et me salue de loin avant de se retourner.

– À bientôt, Anna.

De retour dans mon studio, je sors mes crayons aquarelle de mon sac. Le carnet de croquis posé sur le lit, je dessine un garçon mince à la peau brun clair, qui porte une montre argentée. Son bras et son flanc sont gracieusement appuyés contre un pilier de pierre envahi de lierre. Ses pieds se croisent à la base du pilier. Dans mon dessin, il se tourne pour regarder la maison derrière lui, où une fenêtre est éclairée. Son visage disparaît dans l'ombre.

# 6

## AVANT

### *Juin*

Herron Mills, État de New York

Paisley veut une glace. Au petit déjeuner. Je lève les yeux de mon bol de granola au yaourt et j'attends la réaction d'Emilia, assise au bout de la table. Selon toute logique, elle devrait répondre à sa fille d'attendre l'heure du goûter. Mais non. Elle hoche la tête et sort un billet de son portefeuille, avant d'aller s'enfermer dans son bureau. Pendant que je débarrasse la table, Paisley parle avec animation de Jenkins, le glacier très prisé de Main Street, qui résiste depuis deux générations aux marques de luxe convoitant sa boutique. Depuis que je suis arrivée à Herron Mills, il y a quelques jours, on me l'a déjà recommandé trois fois. Je fais patienter Paisley jusqu'à onze heures, heure d'ouverture de l'échoppe. Quand le soleil entre par les fenêtres de Clovelly Cottage et se répand sur le plancher, tel un coupon de gaze jaune doré, nous laissons Emilia à ses clients et partons à pied.

Au bout de l'allée, Paisley me prend par la main et m'entraîne vers la droite. J'hésite. Ce n'est pas le chemin le plus court pour rejoindre le centre-ville.

– Viens, insiste-t-elle. C'est plus joli par ici.

Je la suis à contrecœur. J'aurais préféré passer devant Windermere et avoir une chance de voir Caden en plein jour. La nuit dernière, il m'a suivie dans une série de rêves dont j'ai oublié les contours. Les traits de son visage changeaient, se réorganisaient pour former des images cubistes, à la Picasso. Je me rappelle sa silhouette, je le revois se tourner pour regarder sa mère, derrière la fenêtre du deuxième étage. Mais son visage reste un mystère pour moi, un enchevêtrement infini de possibilités qui ne laissera pas mon cerveau d'artiste en paix tant que je ne l'aurai pas revu.

C'est un besoin artistique, rien de plus. Du moins, j'essaie de m'en convaincre.

Le chant des oiseaux et le bavardage enjoué de Paisley me font rapidement oublier Caden et Windermere. Alors que nous descendons Linden Lane, Paisley m'offre une visite guidée à sa manière, précisant quelles familles ont des enfants, de quel âge, qui est à Herron Mills en ce moment, et qui a préféré partir en voyage en Europe ou au Japon après avoir loué sa maison.

*Un joli panel de possibilités*. Je me mords les lèvres.

– Tu as des amis dans ta rue à Brooklyn ? me demande Paisley.

– Bien sûr, même si on a déménagé plusieurs fois. Quand j'avais ton âge, j'avais deux super copines dans mon quartier, Krista et Jayla. Nos parents nous appelaient Triple-A.

Paisley plisse le nez, perplexe. Je m'explique :

– Parce que nos noms se terminent tous par A. Krista, Jayla, Anna…

– Ce serait mieux s'ils commençaient par un A, objecte-t-elle.

Elle m'entraîne dans une rue de traverse. Elle a l'air de savoir où elle va, mais j'ai vérifié l'itinéraire sur mon téléphone, au cas où. L'appli prévoit une arrivée chez Jenkins à 11 h 15. J'espère qu'ils ont de la glace au café.

En débouchant sur Main Street, je m'étonne de voir la rue aussi animée un jeudi matin. Les portes des boutiques s'ouvrent et se ferment sans interruption, les tables des cafés en terrasse sont toutes occupées. Le silence des rues résidentielles a laissé la place à un léger brouhaha.

– Personne ne travaille, ici ?

Je regrette aussitôt mon intonation légèrement méprisante. Paisley me répond très sérieusement :

– Pas les touristes. Ils sont en vacances. Maman et papa travaillent, eux.

– Oui, bien sûr. C'est pour ça que je suis là. Pour m'occuper de toi.

Chez Jenkins, une carte géante est fixée au mur. On dirait un tableau noir, mais les inscriptions sont trop blanches et trop nettes pour avoir été tracées à la craie. Paisley et moi sommes les seules clientes. Un homme en blouse blanche, accroupi derrière le comptoir, trafique je ne sais quoi au pied du congélateur. Douze parfums sont disponibles, ainsi que tout un assortiment de garnitures. Il y a aussi une machine à glace à l'italienne avec des leviers pour le chocolat, la vanille, le panaché, et deux parfums de fruits différents. Au centre du menu, une étoile bleu vif met à l'honneur le parfum vedette de la boutique : Pop-corn chocolat caramel.

– Je voudrais deux boules Beurre de cacahuètes, dit Paisley.

Je l'écoute sans réagir, hypnotisée par l'étoile bleue sur la carte. Ce n'est vraiment pas le genre de parfum que j'aurais l'idée de commander. Pourtant, j'ai l'impression de sentir son goût sur ma langue, comme un souvenir. « Pop-corn chocolat caramel. » Je fixe l'inscription jusqu'à ce que ma vue se brouille. Les mots palpitent sur le fond noir comme la lumière d'un phare par une nuit de tempête. Prise d'un léger vertige, j'appuie ma hanche contre le verre pour garder l'équilibre.

– Prends un cornet gaufrette, me conseille Paisley.

Je détourne les yeux de la carte et fais l'effort de me concentrer sur elle.

– Monsieur Jenkins remplit le fond de chocolat, pour que la glace ne coule pas, précise-t-elle.

– Secret d'atelier, signale l'homme derrière le comptoir.

Sa voix grave et rocailleuse me ramène à la réalité. Il se redresse, puis se penche légèrement au-dessus du comptoir pour sourire à Paisley.

– Laisse donc la surprise à ton amie, coquine ! la taquine-t-il.

Il a la cinquantaine, les joues rouges et le menton piqueté de barbe. Son nom, Lou Jenkins, est brodé sur son impeccable blouse blanche. Quand je croise ses yeux noisette, encadrés de fines rides de gentillesse, son expression change aussitôt. Un mélange de surprise et d'émerveillement se lit sur son visage.

– Z-Zoé ? bredouille-t-il.

Avant que j'aie pu répondre, Paisley intervient d'une voix flûtée :

– Elle s'appelle Anna Cicconi. Elle vient de Bay Ridge, à Brooklyn. Anna est ma baby-sitter cet été.

Lou Jenkins recule d'un pas pour mieux me voir. Il passe une main sur son visage, un geste qui me rappelle celui de Kyle, le maître nageur, l'autre jour sur la plage. Il a eu le même air ahuri après avoir regardé sous mon parasol.

– Pardon. Je suis désolé, je vous ai prise pour quelqu'un d'autre.

– C'est qui, Zoé ?

Mon ventre se serre. Je rassemble mes cheveux, les empile au sommet de ma tête et les attache sommairement avec l'élastique resté sur mon poignet.

– Zoé Spanos a disparu en janvier dernier, me confie Paisley. Personne ne sait ce qui lui est arrivé.

– C'est horrible ! Elle habite à Herron Mills ?

– Elle a grandi ici, explique Lou.

Il n'a pas retrouvé son air jovial, mais ne me regarde plus comme une revenante.

– Elle était à l'université, et était venue passer les vacances de Noël ici. Elle est sortie le soir du Nouvel An. Personne n'a eu de nouvelles depuis.

Je pose la question qui me brûle les lèvres, même si cela revient à enfoncer une porte ouverte :

– Et je lui ressemble ?

Paisley acquiesce avec enthousiasme. Comme si c'était un jeu, et pas une troublante coïncidence.

– Surtout les cheveux. Et le visage.

Je ris. Ma tension bouillonne, puis éclate tel un chewing-gum sur mes lèvres.

– Juste les cheveux et le visage ?

Lou incline la tête.

– Avec les cheveux relevés, la ressemblance est moins frappante. Et elle a le teint plus mat… Mais vous pourriez être sœurs.

Il sourit.

– Désolé, je ne voulais pas vous mettre mal à l'aise. Tout le monde est un peu à cran à Herron Mills depuis la disparition de Zoé.

Je fais le calcul. Le Nouvel An, c'était il y a presque six mois. Je ne suis pas une spécialiste des disparitions, mais les chances qu'on la retrouve en vie après tout ce temps me paraissent assez minimes.

– Qu'est-ce que je vous sers, mesdemoiselles ? embraye Lou d'une voix énergique. Une glace ? Un café ? Un thé ?

J'accueille le changement de sujet avec soulagement. Paisley passe sa commande, et, tandis que la partie rationnelle de mon cerveau me conseille de prendre un café noir – la seule chose que je pourrai avaler après cet échange perturbant – j'opte pour une boule de glace pop-corn chocolat caramel.

– Dans un cône ? s'enquiert Lou.

– Plutôt en pot, s'il vous plaît.

Je promets à Paisley de commander un cornet la prochaine fois, à condition que la visite chez Jenkins soit programmée après le déjeuner.

Le soleil d'été qui inonde la rue chasse mon malaise diffus. Paisley et moi nous installons sur un banc en bois, à une cinquantaine de mètres de chez Jenkins, pour déguster nos glaces en regardant passer les gens. La mienne a le goût des œufs de Pâques et du pop-corn qu'on vend au cinéma. Un goût d'enfance. Elle est délicieuse. Je tends mon pot à Paisley.

– Tu veux goûter ?

– Non, merci. Je connais déjà. C'est leur parfum le plus célèbre. Papa dit que c'est le vieux monsieur Jenkins qui l'a inventé. Le père de Lou. Je préfère le beurre de cacahuètes.

– Salut Paisley !

Deux filles de mon âge s'arrêtent devant notre banc. La première arbore une robe vintage en vichy rouge et blanc et des Mary-Jane plates, d'une couleur qui rappelle la garniture des tartes aux cerises. Ses cheveux noirs brillants, raides comme des baguettes, sont attachés en queue de cheval, et sa peau est d'un brun fauve velouté. La seconde porte un short en jean et un débardeur, comme moi. Elle n'est pas très grande : un mètre soixante, soixante-cinq au maximum, mais tout en muscles. Certainement une nageuse, ou une gymnaste. Sa coupe pixie souligne la rondeur de ses pommettes et la fraîcheur de sa peau mate. De grandes boucles dorées en forme de spirale tombent sur ses oreilles.

– Aster !

Paisley me confie son cornet et se lève d'un bond pour sauter au cou de la jeune fille. Les deux amies me regardent fixement. Leur expression est la même que celle de Lou Jenkins quelques minutes plus tôt. Je me lève à mon tour.

– Je m'appelle Anna, dis-je, pressée de dissiper le malentendu. Je suis la baby-sitter de Paisley.

– Martina Green.

La fille à la robe vintage me tend une main, puis la laisse retomber en constatant que les deux miennes sont occupées. Sa copine lève les yeux au ciel.

– Elle s'appelle Martina Jenkins, rectifie-t-elle. Green, c'est son nom de scène.

Martina lui décoche un sourire agacé.

– C'est mon nom professionnel, dit-elle, comme si ça expliquait tout.

Elle ne doit pas être plus âgée que moi. Quel genre de profession peut-elle bien exercer, qui nécessite un pseudonyme ? Elle doit être apparentée au glacier. Je me demande brièvement si elle est mannequin. Je doute qu'elle soit assez grande, mais elle pourrait être dans la mode avec son look branché, genre Urban Outfitters.

Je dois faire une drôle de tête, car Martina soupire, comme si elle se résignait à me fournir une explication qui la fatigue.

– Je veux devenir journaliste, et ma mère ne veut pas que j'associe notre nom de famille à mon travail d'investigation. Elle est de la vieille école.

– Journaliste, comme à la télé ?

– Pour l'instant, je suis rédactrice en chef du journal de mon lycée. Et je fais une série de podcasts. Enfin, je faisais.

Elle décoche un faible sourire à Aster, puis baisse les yeux.

Le silence plane un instant. Décidément, cette matinée est placée sous le signe du malaise.

– Le podcast parle de Zoé, m'explique Paisley d'un ton grave. Aster est la sœur de Zoé, et Martina va découvrir ce qui lui est arrivé.

Aster et Zoé. De A à Z. Je regarde l'intéressée et note qu'on ne se ressemble pas du tout. Elle doit donc être assez différente de Zoé. Preuve que les frères et sœurs ne se ressemblent pas forcément. Je me souviens que Lou a parlé du teint mat de Zoé. En voyant le soleil scintiller sur les boucles d'oreilles dorées et les épaules bronzées d'Aster, je me dis que les Spanos doivent être d'origine grecque.

– J'ai fait de mon mieux, affirme Martina, l'air penaud. Je suis vraiment désolée.

Aster passe un bras musclé autour de ses épaules et l'attire brusquement contre elle.

– C'est la police qui a lâché l'affaire, pas toi, dit-elle doucement.

Mon regard s'arrête sur ses yeux bordés de rouge. Comme si elle était au bord des larmes depuis des mois.

Martina se penche pour embrasser le sommet du crâne de son amie. Un sourire étire les lèvres d'Aster.

– Allez, on ne parle plus de Zoé avant le déjeuner ! enchaîne-t-elle en se redressant. Il te reste du temps pour aller manger des sushis avant d'attaquer le boulot ? demande-t-elle en lorgnant la boutique du glacier.

Martina sort son téléphone de sa poche – elle a une robe à poches, elle ! – et l'allume.

– Plein. Papa peut garder la forteresse pendant encore une heure, au moins.

Les filles se disent ravies de m'avoir rencontrée et me saluent d'un geste. Je rends à Paisley son cornet de glace fondue, qu'elle lèche avec avidité.

– Zoé me gardait quand elle était au lycée, me confie-t-elle. Aster a trois ans de moins. Elle est devenue ma baby-sitter quand Zoé est partie à l'université.

– Je croyais que tu avais Lindsay. Ce n'était pas votre dernière jeune fille au pair ?

– Seulement pendant l'été. Comme toi. J'avais Zoé et Aster le week-end, ou quand maman et papa sortaient le soir. Zoé était super sympa, mais je préfère Aster. C'était ma baby-sitter préférée.

– Pourquoi ?

Paisley se concentre sur sa glace, tandis que nous descendons lentement Main Street.

– Parce qu'elle est courageuse, lâche-t-elle enfin. Un jour, l'an dernier, je lui ai parlé de Markus, un garçon, qui m'embêtait à l'école. Ma maîtresse le laissait faire, alors Aster imaginé un plan pour se venger de lui. Markus organisait une fête d'anniversaire chez lui. La veille, on est entrées en catimini dans son jardin et on a versé des seaux d'eau avec du colorant alimentaire jaune dans sa piscine. On aurait dit qu'elle était pleine de pipi !

Paisley glousse à ce souvenir.

– Ce n'est pas très mature, mais c'est très drôle, dois-je reconnaître.

Le sourire de la fillette s'efface soudain.

– Aster a dû être encore plus courageuse cette année, reprend-elle. Et ses parents aussi. C'est ce que dit maman. Parce que Zoé ne reviendra sûrement pas.

Je jette le reste de ma glace fondue dans une poubelle et tends un bras. Paisley glisse sa petite main dans la mienne.

– Pourquoi tu ne m'as pas dit que je lui ressemblais ?

Paisley hausse les épaules et plonge le nez dans son cornet.

– Tout le monde aime Zoé. Ce n'est pas un problème.

Elle a sûrement raison. N'empêche, je prends note de commander des chapeaux de paille en plus de mes robes à poches, dès que j'aurai reçu ma première paie. Je n'ai pas envie qu'on me regarde de travers tout l'été.

– Tu as écouté le podcast de Martina ?

– Maman ne veut pas. Elle dit que c'est pour les grands.

– Ah. Mince.

Paisley mord dans la gaufrette, comme pour lui faire payer toutes les injustices subies par les enfants.

– Je peux la comprendre, dis-je. Ça a l'air affreux, cette histoire.

– Oui.

Paisley fixe nos pieds, qui battent le trottoir en cadence.

– Anna, tu crois qu'elle va revenir ?

Une bouffée d'appréhension envahit ma cage thoracique et se concentre entre mes poumons. Comment répondre à cette question ? Que dirait Emilia ?

– Je ne sais pas, dis-je d'une voix calme. J'espère.

***

Ce soir-là, je tape Zoé Spanos sur Google. Les résultats envahissent l'écran de mon téléphone. Des dizaines d'articles datant de l'hiver et du printemps derniers évoquent la jeune fille de dix-neuf ans, originaire de Herron Mills, qui a disparu sans laisser de trace. Je clique sur le premier et j'ai un coup au cœur en découvrant les photos de Zoé. On ne m'a pas menti : la ressemblance est frappante. La même cascade de cheveux bruns, les mêmes pommettes hautes, et un grand sourire tout en dents. Mais sa peau est mate et veloutée tandis que la mienne est d'un blanc laiteux. Ses iris bruns sont mouchetés de jaune, les miens sont bleu-vert. Elle a une tache de naissance marron à la base du cou, pas moi. Sur certaines photos, une fine médaille ornée des initiales ZS la recouvre en partie.

C'est moi sans être moi. Je plisse les yeux, et je me vois ; puis je les rouvre progressivement, et je disparais. Je me rappelle soudain qu'en troisième, un nouveau, Bryan, m'avait dit que je lui rappelais sa meilleure amie, restée dans son ancienne ville. Il m'avait tendu son téléphone à la cafétéria, pour me montrer la photo d'une inconnue. J'avais eu l'impression de me voir dans un miroir déformant, à la fête foraine. J'ai la même sensation aujourd'hui.

Je parcours rapidement les résultats, à la recherche d'un podcast. Rien. J'essaie à nouveau en tapant Martina Green, et j'atterris sur SoundCloud, où figurent quatre épisodes d'un podcast intitulé *Missing Zoé*. Sur la vignette, je reconnais le visage de Martina, qui porte des lunettes œil de chat noires et un rouge à lèvres bordeaux. Ses cheveux sont attachés en queue de cheval, comme aujourd'hui. La description du podcast promet une enquête approfondie, dont le seul but est de découvrir ce qui est arrivé à Zoé le soir du Nouvel An. Un mélange de peur et de curiosité parcourt ma colonne vertébrale, tel un doigt glacé. Je mets mes écouteurs.

# TRANSCRIPTION DE *MISSING ZOÉ*

## PREMIER ÉPISODE : QUI A PARLÉ DE FUGUE ?

[MUSIQUE DE FOND ÉLECTRONIQUE]

**VOIX D'HOMME ADULTE :** La loi n'interdit pas de disparaître.

**VOIX DE JEUNE FILLE :** Si Zoé était passée, je l'aurais su. Zoé n'est jamais venue ce soir-là.

**VOIX DE FEMME ADULTE :** 911. Veuillez énoncer la raison de votre appel.

**SECONDE VOIX MASCULINE :** Je m'appelle George Spanos, et ma fille Zoé a disparu.

[FIN DE LA MUSIQUE DE FOND]

**MARTINA GREEN :** Nous sommes le mardi 11 février, et Zoé Spanos est portée disparue depuis six semaines jour pour jour. Vendredi dernier, la police du village de Herron Mills a classé l'affaire, au motif que Zoé aurait fugué. C'est pourquoi j'ai décidé de prendre la parole ici.

Si vous connaissez Zoé, vous savez comme moi qu'elle n'a pas fugué.

Zoé Spanos a disparu. Et Zoé nous manque.

[THÈME INSTRUMENTAL DE *MISSING ZOÉ*]

**MARTINA GREEN :** Bonjour, je m'appelle Martina Green. Vous écoutez le premier épisode de *Missing Zoé*, une série de podcasts sur la disparition de Zoé Spanos, une jeune fille de dix-neuf ans domiciliée à Herron Mills, dans l'État de New York, dans la nuit du 31 décembre au 1er janvier de cette année.

Vous devinez sûrement à ma voix que je n'ai pas le profil type de l'animatrice d'un podcast dédié au crime. Je suis en première au lycée Jefferson de Herron Mills. C'est à l'extrémité est de Long Island, une de ces villes balnéaires pittoresques, très prisée des touristes en été. On y vient pour admirer l'océan, déguster des lobster rolls, se détendre loin de la ville. Pour beaucoup gens, Herron Mills est synonyme d'évasion. Pour d'autres, comme Zoé et moi, c'est simplement chez nous.

Commençons par une petite promenade dans le village. Une façon de vous souhaiter la bienvenue…

**ALFRED HARVEY :** Vous n'aurez pas manqué de remarquer que le village a subi récemment un léger boom commercial. [RIRES]

**MARTINA GREEN :** Notre historien local, Alfred Harvey, est incollable sur le village d'origine de Zoé. Je me suis entretenue avec lui dans son bureau de la Société historique de Herron Mills.

**ALFRED HARVEY :** Pour autant, il n'a pas tourné le dos à son passé agricole, ainsi qu'en témoignent les fermes environnantes, et les nombreux restaurants « de la ferme à l'assiette » qui ont vu le jour. Sans oublier, bien sûr, les moulins à vent.

**MARTINA GREEN :** Il y a aussi une tradition artistique de longue date, n'est-ce pas ?

**ALFRED HARVEY** : En effet. Le village a été fondé au XVIe siècle et possède sa propre administration depuis 1873. Des artistes et des écrivains ont commencé à affluer dans les Hamptons, y compris à Herron Mills, à la fin du XIXe siècle, attirés par le calme, la beauté de la campagne et la lumière. Chez nous, la création fait partie du paysage. De nos jours, quand les gens entendent « les Hamptons », ils pensent richesse, célébrité, privilèges. Mais ce n'est qu'une partie de l'histoire. Une communauté afro-américaine prospère est installée à Sag Harbor, du côté de la baie, depuis la Seconde Guerre mondiale. À Southampton, la réserve de Shinnecock compte entre six et sept cents membres de la tribu. Les Hamptons ne se limitent pas à l'élitisme et la richesse.

**MARTINA GREEN :** Les résidents de Herron Mills se connaissent tous entre eux. Je connais Zoé depuis que je suis bébé ; sa sœur Aster est ma meilleure amie. Je vous donne ces précisions dans un souci de transparence. Je ne suis pas une journaliste impartiale, une outsider qui s'intéresse soudain à un sujet brûlant. Je n'ai pas vingt ans de carrière dans le journalisme, même si j'espère que ce sera un jour le cas. Mais je ne crois pas que ce soit le plus important pour trouver Zoé. Nous avons surtout besoin d'une personne intégrée à la communauté. Quelqu'un qui la connaît bien, qui connaît les gens, et n'a pas peur de poser les questions délicates auxquelles la police ne semble pas vouloir s'intéresser.

**INSPECTEUR ADJOINT PHILIP MASSEY :** La loi n'interdit pas de disparaître.

**MARTINA GREEN :** Je me suis entretenue au téléphone avec l'inspecteur adjoint Philip Massey, un des policiers qui enquêtent sur l'affaire Zoé Spanos.

**INSPECTEUR ADJOINT MASSEY :** Je ne peux pas m'exprimer sur le cas des Spanos en particulier, mais en général, un adulte a parfaitement le droit, légalement, de laisser sa vie derrière lui pour commencer une nouvelle existence. Ce peut-être blessant ou cruel, mais aucune loi ne vous oblige à dire à qui que ce soit où vous allez.

**MARTINA GREEN :** Pourquoi ne pouvez-vous pas parler de Zoé en particulier ? Vos services n'ont-ils pas clos l'enquête la semaine dernière ?

**INSPECTEUR ADJOINT MASSEY :** Comme nous l'avons déclaré publiquement vendredi dernier, des preuves solides suggèrent que miss Spanos a volontairement quitté Herron Mills dans la nuit du 31 décembre de l'année dernière. C'est tout ce que je peux vous dire. L'enquête est toujours en cours.

**MARTINA GREEN :** En théorie, l'enquête est toujours en cours, mais il est clair que la police locale a cessé ses recherches. Certes, Zoé a dix-neuf ans, et c'est une adulte aux yeux des forces de l'ordre. Elle a donc parfaitement le droit d'abandonner ses études à Brown, d'interrompre ses vacances avec sa famille et ses amis pour commencer une nouvelle vie. Sans un mot. Sans une explication. Sans avoir donné aucune nouvelle, six semaines plus tard.

Mais je n'y crois pas, et c'est pour ça que je suis là. Je suis en colère, et c'est pour ça que je suis là.

Revenons donc à la fin du mois de décembre de l'an dernier. Ceux d'entre vous qui ont suivi l'affaire n'apprendront rien de nouveau. Je vais me contenter de récapituler ce qui a été abondamment diffusé dans les médias durant les semaines qui ont suivi la disparition de Zoé. Mais il me paraît important de commencer par les faits sur lesquels nous pouvons nous mettre d'accord, les choses dont nous sommes sûrs. Et d'examiner de manière critique la position des forces de l'ordre dans cette affaire.

Environ deux semaines avant sa disparition, Zoé était rentrée de Brown pour passer les vacances en famille. Des habitants de Herron Mills l'ont croisée en ville.

**JUDITH HODGSON :** Elle a passé plusieurs après-midi à la bibliothèque. Cela n'avait rien d'exceptionnel. Zoé a toujours pris ses études très au sérieux.

**MARTINA GREEN :** Vous venez d'entendre Judith Hodgson, responsable de la bibliothèque publique de Herron Mills. Quant à moi, j'ai vu Zoé à deux reprises : une fois à l'épicerie, où elle accompagnait sa mère ; une autre fois le lendemain de Noël, quand j'ai passé l'après-midi chez les Spanos avec Aster. Zoé préparait des biscuits dans la cuisine. Nous avons brièvement discuté du stage de biologie marine qu'elle avait effectué en Californie l'été précédent, et du cours de perfectionnement en recherche qu'elle allait intégrer au printemps.

**PROFESSEUR DAVID BRECHER :** J'étais impatient de travailler avec miss Spanos au semestre du printemps. Elle s'est donné beaucoup de mal pour assister à mes cours. Je n'accepte que très rarement des élèves en début de cursus, mais miss Spanos possédait tous les prérequis. C'était une élève très prometteuse.

**MARTINA GREEN :** Le professeur David Brecher m'a parlé au téléphone depuis son bureau de Brown. Pourquoi Zoé se serait-elle démenée pour assister à ses cours, si elle n'avait pas l'intention de retourner à l'université ? Rien dans son comportement ne laissait présager qu'elle voulait rompre toutes ses attaches et disparaître.

Revenons maintenant à la veille du Nouvel An, un mardi. Zoé part de chez elle aux alentours de vingt et une heures. Elle a dit à ses parents qu'elle allait retrouver des amis à une fête organisée par Jacob Trainer, un ancien élève de sa classe. De nombreux témoins, parmi lesquels l'amie de Zoé, Lydia Sommer, affirment qu'elle n'est jamais venue à cette fête.

**LYDIA SOMMER :** Je lui ai envoyé plusieurs SMS cette nuit-là, mais elle ne m'a jamais répondu. Ça ne lui ressemblait pas du tout.

**MARTINA GREEN :** Est-il possible qu'elle soit allée chez Jacob avec quelqu'un d'autre ? Que vous ne vous y soyez pas croisées ?

**LYDIA SOMMER :** Certainement pas. Si Zoé était passée, je l'aurais su. Quelqu'un l'aurait vue. Tous les anciens élèves de Jefferson, ou presque, ont participé à cette fête. On se connaissait tous. Zoé n'est pas venue ce soir-là.

**MARTINA GREEN :** Le lendemain matin, au réveil, Mr et Mrs Spanos ont constaté que Zoé n'était pas rentrée. Si vous lisez les commentaires des articles de presse publiés les jours suivants, ou si vous vous plongez dans le fil Reddit consacré à Zoé, vous verrez que de nombreuses personnes se sont montrées très critiques vis-à-vis de ses parents, leur reprochant d'avoir été négligents. N'oublions pas que Zoé a dix-neuf ans et qu'elle est en deuxième année dans une université de l'Ivy League. Ses parents étaient habitués à ce qu'elle ne vive plus chez eux. De plus, comme la police a été si prompte à le souligner, Zoé est adulte. Ses parents savaient qu'elle allait à une fête à deux pas de chez eux. Ils n'avaient aucune raison de lui imposer une heure de retour. Arrêtons de blâmer les Spanos. Ils n'ont rien fait de mal.

En réalité, ils étaient parfaitement dans leur rôle.

Le matin du mercredi 1er janvier, alors que Zoé ne répondait pas aux appels téléphoniques ni aux SMS, Mr Spanos a appelé le 911.

**STANDARDISTE DU 911 [ENREGISTREMENT] :** 911. Veuillez énoncer la raison de votre appel.

**MARTINA GREEN :** C'était le 1er janvier. La police locale avait reçu un nombre considérable d'appels durant la nuit et la matinée. Deux accidents de voiture s'étaient produits sur Grove et Ocean Avenue. Ils avaient aussi reçu des plaintes pour nuisances sonores, vandalisme, vol de bateau – nous y reviendrons très bientôt – dépôts d'ordures sauvages, tentatives de cambriolages, etc. Si vous devez disparaître, le réveillon du Nouvel An est sûrement le moment le plus mal choisi.

Ou le meilleur moment, si l'on en croit la police.

**GEORGE SPANOS [ENREGISTREMENT] :** Je m'appelle George Spanos, et ma fille Zoé a disparu. Nous habitons au 45 Crescent Circle, à Herron Mills, dans l'État de New York. Elle n'est pas rentrée à la maison hier soir.

**MARTINA GREEN :** La standardiste du 911 a transféré l'appel de Mr Spanos à la police locale. Nous n'avons pas accès à l'enregistrement de leur conversation, mais d'après les interviews télévisées diffusées la semaine suivante, les policiers ont conseillé à Mr Spanos d'appeler les hôpitaux des environs, les amis de Zoé et leurs parents. Ils lui ont dit que leur fille avait dû passer la nuit chez une amie et que la batterie de son téléphone devait être déchargée. Ils lui ont recommandé de continuer à la chercher, mais de ne pas s'inquiéter. Zoé n'était pas mineure. Elle était responsable et intelligente. Le scénario suggéré par la police était parfaitement plausible. C'était le plus probable. C'était logique. Mais faux.

Les Spanos ont passé de nombreux appels. Zoé n'a été admise dans aucun hôpital de Long Island. Personne ne l'a vue. Elle n'est pas allée à la fête de Jacob Trainer.

Elle n'a appelé personne pour prévenir qu'elle n'irait pas. Elle n'a pas répondu aux appels ni aux SMS que trois de ses amis – dont Lydia Sommer – lui ont adressés entre 23 h 35 et 01 h 17.

Zoé Spanos a quitté son domicile de Herron Mills aux alentours de 21 heures, le 31 décembre, et s'est volatilisée.

Le matin du jeudi 2 janvier, alors que Zoé n'était toujours pas rentrée chez elle et n'avait contacté personne, la police a enfin commencé les recherches. Deux agents ont fait du porte-à-porte dans le voisinage. Zoé a été déclarée disparue, sa photo et sa description ont été communiquées à la télévision et à la presse locales. La police a collaboré avec la famille Spanos pour organiser une battue dans la matinée du 4 janvier. Ils s'agissait de passer au peigne fin les bois derrière la propriété des Spanos. Mais dans l'intervalle, ils ont fait une autre découverte.

Vous vous rappelez le bateau disparu dont j'ai parlé plus tôt ? Le matin du 1er janvier, Mrs Catherine Hunt, une habitante de Herron Mills, avait signalé la disparition de sa petite barque à moteur, amarrée dans la marina de White Sand, l'une des deux marinas locales où les résidents peuvent louer des emplacements.

**CATHERINE HUNT :** J'ai d'abord cru que des jeunes l'avaient empruntée pour faire la fête dans les parages. C'était le Nouvel An, après tout. Mais le jeudi après-midi, j'ai entendu aux infos qu'il y avait peut-être un lien entre mon bateau et la jeune fille disparue. Ça m'a fait un choc.

**MARTINA GREEN :** Deux jours plus tard, alors que la barque n'était toujours pas réapparue – et les enregistrements GPS du téléphone portable de Zoé l'ayant située dans un rayon de trente mètres autour de la marina à deux heures douze du matin, le 1er janvier –, la police a fait le rapprochement.

Mais c'est là, je pense, qu'ils se sont trompés. La battue a donc eu lieu le matin du 4 janvier, mais avec beaucoup moins de participants que prévu initialement. J'y étais. La famille de Zoé aussi. Nous étions une trentaine au total : des amis de fac de Zoé, des voisins, des amis de la famille. Les recherches dans les bois n'ont rien donné.

Simultanément, la police de Herron Mills a fait draguer le fond de l'océan, dans la marina de White Sand et à proximité. Des dizaines de personnes ont choisi d'assister à ces recherches, au lieu de participer à la battue.

**CATHERINE HUNT :** On s'est dit, sur le moment, que les plongeurs trouveraient peut-être quelque chose. La marina n'est pas grande. Je suis sûre qu'ils ont fait un travail consciencieux. Mais si Zoé a réussi à atteindre la pleine mer…

**MARTINA GREEN :** La théorie sur laquelle la police travaillait au départ, était que Zoé était arrivée à la marina très tôt mercredi matin, qu'elle avait emprunté la barque de Mrs Hunt, peut-être déjà détachée de ses amarres par les fêtards du Nouvel An, qu'elle avait essayé de partir en bateau et s'était noyée.

La famille Spanos a accueilli la nouvelle avec effroi, mais la police a immédiatement remplacé cette théorie par une autre : Zoé ne se serait pas noyée. Elle aurait pris le bateau et se serait littéralement volatilisée dans la nuit.

**INSPECTEUR ADJOINT MASSEY [ENREGISTREMENT] :** Nous venons de clore une première enquête portant sur les mouvements du compte bancaire de miss Spanos. À deux heures douze, elle a effectué une transaction PayPal avec son téléphone portable, enregistré chez Verizon, afin d'acheter un billet de bus aller simple d'Asbury Park à Philadelphie pour la soirée du 1er janvier. Le téléphone de miss Spanos a été éteint après la transaction, et aucune autre activité n'a été enregistrée depuis.

**MARTINA GREEN :** Nous venons d'entendre l'interview de l'inspecteur adjoint Philip Massey sur Channel Four News, diffusée dans la nuit du 7 janvier. Vous avez bien entendu, chers auditeurs. La police pense que Zoé Spanos a tenté rejoindre la côte de Jersey en bateau à moteur, pour monter dans un bus à destination de Philadelphie. Et qu'elle a réussi.

Ce serait possible pour un plaisancier expérimenté, ce que n'était pas Zoé. Sachant qu'elle était diplômée en biologie marine, la police en a déduit qu'elle était une navigatrice chevronnée. Scoop : la connaissance universitaire du calmar géant ne donne pas d'équivalence en matière de navigation de plaisance.

Une personne désespérée aurait sans doute pu envisager de s'enfuir ainsi. Mais il y a un hic. Bien que l'achat du billet soit incontestable, les responsables de la compagnie Greyhound Lines ne peuvent pas confirmer que Zoé est montée dans ce car. Le reportage qui suit a également été diffusé sur Channel Four, le 9 janvier au soir.

**PORTE-PAROLE DE GREYHOUND [FEMME] :** Rien n'indique que le billet acheté par Zoé Spanos ait été scanné. Notre scanner était en état de fonctionnement, et les autres voyageurs l'ont utilisé. Nous avons remis nos enregistrements à la police. Il est donc très peu probable que Zoé Spanos ait voyagé sur la ligne 317 dans la nuit du 1er au 2 janvier.

**MARTINA GREEN :** Si Zoé a éteint son téléphone après cette transaction PayPal, comment a-t-elle fait pour conduire la barque à moteur de Mrs Hunt jusqu'au New Jersey ? La théorie de la police supposerait qu'elle ait préparé son départ. Elle supposerait aussi que Zoé ait été stupide et désespérée, deux choses qui ne collent pas avec la personne que nous connaissons.

Alors, que sait-on de Zoé ?

Première chose : Zoé avait les clés du véhicule de ses parents. Si elle avait voulu se rendre à Asbury Park, voire à Philadelphie, elle aurait pu y aller en voiture.

Deuxième chose : Zoé avait également accès au réseau ferré. Si elle craignait d'être accusée de vol de voiture, elle aurait pu monter dans un train.

Troisième chose : Si Zoé avait vraiment eu l'intention de disparaître, pourquoi aurait-elle créé une piste numérique évidente avec cette transaction PayPal ? Elle n'a pas retiré de liquide avant sa disparition et n'a accédé à aucun de ses comptes depuis.

Quatrième chose : Zoé n'avait aucune raison de vouloir changer de vie. C'est le détail qui fait tiquer la police, le mobile qu'ils ne parviennent pas à trouver. Seulement, ils n'ont pas besoin de mobile, car le prétendu choix de Zoé – celui de disparaître – n'est pas un crime.

Durant ces six dernières semaines, la police a échafaudé toute une série de théories. Que Zoé s'est noyée dans l'océan avant d'atteindre Asbury Park (le scénario le plus vraisemblable pour qui pense que Zoé a tenté la traversée en barque, ce qui n'est pas mon cas). Que Zoé s'est rendue à Asbury Park avant de changer d'itinéraire. Qu'elle a retrouvé des amis en voiture. Qu'elle a acheté le ticket de car pour nous tromper sur ses intentions. Mais qui sont ces amis dans le New Jersey ? Et où est la barque ?

Depuis vendredi dernier, les recherches à Asbury Park, à Philadelphie et le long du trajet supposé de Zoé dans la baie ont officiellement cessé. D'après ce que nous avons pu voir à Herron Mills, elles ont pris fin beaucoup plus tôt, officieusement. On nous a affirmé qu'il n'existait aucun moyen de suivre sa piste. Qu'en l'absence de message de

Zoé, qui ne veut manifestement pas qu'on la retrouve, autant chercher une aiguille dans une botte de foin.

J'ai donc décidé de poser les questions que les autorités ne veulent pas poser. Car Zoé Spanos n'avait aucune raison de disparaître, et encore moins de cette manière. Je pars du principe qu'il n'existe aucun lien entre Zoé et cette barque disparue. Certes, elle – ou son téléphone – était à proximité de la marina cette nuit-là. Elle – ou quelqu'un qui avait accès à son téléphone – a acheté ce ticket de car. Mais ça s'arrête là.

Il est arrivé quelque chose à Zoé Spanos le soir du Nouvel An, et quelqu'un sait ce qui s'est passé. Quelqu'un sait où se trouve Zoé.

Zoé, j'espère que tu es vivante. J'espère que tu es toujours là. Tu manques à beaucoup de gens. Et quoi qu'en pense la police, moi, Martina Green, je vais faire de mon mieux pour découvrir la vérité et te ramener chez nous.

[CODA DU THÈME INSTRUMENTAL DE *MISSING ZOÉ*]

# 7

# MAINTENANT

## *Septembre*

Herron Mills, État de New York

Martina attend patiemment que le centre de détention pour les mineurs de Pathways la mette en relation avec Anna Cicconi. Son téléphone, placé sur haut-parleur, est posé sur la table de la cuisine, prêt à enregistrer. Elle prend une assiette de tostones froides, un reste du dîner d'hier soir qui l'attendait dans le frigo quand elle est rentrée. Elle envisage un bref instant de placer les galettes de plantain au micro-ondes, mais se ravise et se contente de les saupoudrer de sel. Elle a trop faim pour patienter.

Martina aurait préféré rendre visite à Anna à Brooklyn, mais le règlement du centre de détention est très strict. Les visites ne sont autorisées qu'à la famille proche, et seulement aux adultes. Comme Martina n'est ni l'un ni l'autre, c'est réglé. De toute façon, Mami ne l'aurait jamais laissée partir. Elle voit ce podcast d'un mauvais œil, et désapprouverait certainement que sa fille rende visite à une criminelle en prison. Martina y serait allée quand même, si Pathways avait accepté. Elle a dix-sept ans et est en terminale à Jefferson. Elle va bientôt rédiger ses lettres de candidature pour entrer à l'université et prévoit de déménager. Avec un peu de chance, elle sera acceptée à l'université de New York, où elle suivra un double cursus en journalisme et sociologie. Elle est presque adulte. Ce que Mami ne sait pas ne risque pas de la contrarier.

Martina tressaille et se félicite intérieurement de ne pas avoir prononcé ces mots à haute voix, à portée d'oreille des voisins. Un mois entier s'est écoulé depuis l'arrestation d'Anna. Même si le corps de Zoé – ou ce qu'il en restait –, a été retrouvé, Martina ne s'est pas encore faite à l'idée qu'elle est morte. Ses parents l'ont formellement identifiée, et le dossier dentaire a achevé de confirmer son identité, mais la famille ne peut pas encore organiser les funérailles. Du moins, pas s'ils veulent enterrer Zoé. Les résultats de l'autopsie n'ont toujours pas été communiqués. Ce n'est pas comme à la télé, où les autopsies se succèdent à la vitesse de l'éclair, et où les affaires sont classées le temps d'un épisode de soixante minutes.

Elle a toujours du mal à croire qu'on l'a trouvée dans le bateau à moteur de Catherine Hunt, au fond du lac Parrish – et non dans l'océan Atlantique. Martina s'est trompée pour la barque, mais elle avait raison sur l'essentiel. Zoé n'essayait pas de fuir. Quelqu'un a mis son cadavre dans ce bateau avant de le faire couler. Et ce quelqu'un pourrait être Anna…

Martina sait qu'elle a avoué. Elle a compris que les choses ne se présentaient pas très bien pour la jeune fille qu'elle a rencontrée l'été dernier. Pourtant, comme dans les théories fumeuses de la police sur Zoé la Fugueuse, elle trouve que beaucoup de choses ne collent pas dans les aveux d'Anna. Officiellement, les détails ne seront pas rendus publics tant que l'affaire n'aura pas été jugée, mais tout le monde semble savoir ce qu'Anna a dit à la police. Les secrets ne tiennent pas longtemps à Herron Mills, et Kaylee, l'amie d'Anna, les a éventés à la vitesse de l'éclair. Elle a affirmé à qui voulait l'entendre qu'Anna avait raconté n'importe quoi. Curieusement, les démentis de Kaylee n'ont pas eu l'effet escompté, au contraire. Ils ont contribué à accréditer l'histoire. Chacun croit savoir désormais comment Anna a fait boire Zoé avant qu'elle tombe du balcon de Windermere, cette nuit-là. Comment Anna a traîné son corps jusqu'au lac et l'a dissimulé dans la barque.

– Martina Jenkins ?

Martina se dépêche d'avaler la bouchée de galette qu'elle vient d'enfourner.

– Oui.

– Vous pouvez vous entretenir pendant dix minutes avec miss Cicconi.

Martina entend un léger frottement au bout du fil. Puis la voix d'Anna :

– Martina ?

– Salut ! Es-tu d'accord pour que j'enregistre notre conversation ?

Un silence, puis :

– Bien sûr. Tout est enregistré de ce côté-ci, de toute façon.

– Désolée de ne pas t'avoir appelée plus tôt. J'étais… en colère, au début. Puis super triste. Et après, j'ai dû passer une espèce d'examen probatoire en trois étapes, juste pour te parler au téléphone.

– Oui. Ils adorent ce genre de trucs, ici.

Anna émet un bruit qui ressemble presque à rire.

– Je voulais que tu saches que je travaille sur un nouvel épisode du podcast.

– Ah. Pour quoi faire ?

Martina prend une grande inspiration avant de prononcer les mots qu'elle répète depuis la sortie des cours :

– Je pense qu'il reste beaucoup de questions sans réponse, sur ce qui s'est passé cette nuit-là. Je crois que… Je ne suis pas sûre que tu aies pu faire ce dont on t'accuse. Ou peut-être que je ne comprends pas, et je veux comprendre. J'aimerais discuter avec toi, Anna. Encore une fois.

– Tu parles d'une espèce d'interview ?

– Exactement. Sous forme d'entretiens téléphoniques, comme ce soir. Est-ce que tu serais d'accord ?

Martina se rend compte qu'elle s'exprime de façon très formelle. La relation qu'elle a nouée avec Anna durant l'été, et qui commençait à ressembler à une véritable amitié, est enfouie sous le poids de ce qui est arrivé à Zoé. Du lieu où Anna est enfermée. Des circonstances qui entourent cet appel téléphonique.

– Je crois que oui, répond finalement Anna. Je commence à me poser des questions, moi aussi. À propos de cette fameuse nuit.

– Toi et moi, on veut la même chose, dit Martina avec précaution. Juste comprendre ce qui s'est passé. Obtenir de vraies réponses pour Aster et ses parents.

Plus que tout, plus encore que le désir de découvrir quelque chose d'important, qui lui permettra d'entrer à l'université de New York malgré ses piètres résultats aux tests standardisés – Et Dieu sait si elle souhaite ardemment entrer à NYU ! – Martina veut pouvoir donner des réponses à sa meilleure amie. Les vraies réponses. Quand on a découvert le corps de Zoé, elle a vu les derniers espoirs quitter les yeux d'Aster. Son amie s'est effondrée. Martina ne peut pas lui rendre sa sœur. Personne n'en a le pouvoir. Mais elle est déterminée à faire tout son possible pour lui apporter un peu de paix. Des réponses solides, définitives, qui aident à dormir la nuit.

– Tu vas m'aider ? demande-t-elle.

– Oui, accepte Anna.

Martina soupire.

Anna baisse la voix.

– Je peux te demander un truc ?

– Bien sûr.

– Est-ce que Caden… a dit quelque chose ? Sur moi ?

Martina se mord la joue. Petite, elle se sentait proche de Caden, même s'il avait trois ans de plus qu'elle. Quand vous vivez dans une ville peuplée d'une écrasante majorité blanche, comme Herron Mills, vous remarquez forcément les autres enfants métis que vous croisez à l'école (et eux, ils n'étaient que deux). Sans forcément devenir amis, vous échangez des regards. Vous vous tenez au courant. Mais depuis six mois, Caden est si distant qu'elle ne ressent plus aucune connexion avec lui.

– Il est reparti à Yale, lâche-t-elle enfin. Je ne l'ai pas vu.

– OK, dit Anna rapidement. Bien sûr.

– Je vais voir avec l'administration pour programmer notre prochaine conversation.

Puis les deux filles se font leurs adieux.

Seule dans sa cuisine, Martina appuie vigoureusement sur le bouton rouge de son téléphone pour raccrocher. Anna devrait être à l'université, elle aussi, en ce moment. Aura-t-elle l'occasion d'y aller un jour, ou devra-t-elle étudier en prison ?

La jeune fille jette un coup d'œil aux tostones et décide qu'elle est rassasiée. Elle préfère penser à l'université que se demander si Anna est vraiment coupable. Pourtant, c'est précisément ce qu'elle doit découvrir. Pour Aster et Zoé. Pour toute la famille Spanos. Pour elle-même. Car, une fois encore, la police s'est accrochée à la première explication. Ils ont leur suspecte, ses aveux. La solution de facilité. Pourtant, Martina a repéré au moins trois énormes invraisemblances dans ce qu'on lui a rapporté du témoignage d'Anna. Des invraisemblances que la police a choisi d'ignorer, très certainement par commodité, pour clore l'affaire au plus vite.

Martina a vu tous les documentaires criminels disponibles sur Netflix et Investigation Discovery. Elle a écouté assez d'épisodes de *The Vanished*, de *Criminal* et de *True Crime Garage* pour se méfier des forces de l'ordre. Elle a vu des vidéos d'enquêteurs soutirant des aveux à des mineurs à force de cajoleries, en l'absence de leurs parents. Elle a écouté les témoignages déchirants de personnes condamnées à tort et des histoires de services de police bâclant leurs enquêtes par manque de moyens, de communication, d'expertise, ou simplement parce qu'ils ont la conviction de tenir leur coupable.

En même temps, Martina sent instinctivement qu'Anna ment. Soit elle est innocente, soit il s'est passé cette nuit-là des choses bien pires que ce qu'elle a raconté à la police. Elle voudrait lui faire confiance, mais Anna ne lui a jamais parlé des messages téléphoniques de Zoé. Que lui a-t-elle caché d'autre ? Peut-être que ses aveux paraissent bancals parce qu'Anna maquille les détails. À tout prendre, ne vaut-il pas mieux être accusée d'homicide involontaire au second degré que de meurtre ?

Martina réitère la promesse silencieuse qu'elle s'est faite pendant l'enregistrement du premier épisode de *Missing Zoé,* en février dernier. Elle entreprendra tout ce qu'elle pourra pour découvrir ce qui est arrivé à la sœur de sa meilleure amie. Elle mettra à profit sa passion pour le journalisme et le reportage criminel afin de répondre aux questions que les inspecteurs auraient dû poser. Si Anna est innocente, elle tentera d'empêcher qu'elle soit victime d'une erreur judiciaire. Et si Anna est coupable, elle cherchera, pour la famille Spanos, à faire émerger la vérité de ses aveux confus.

# 8

## AVANT

### *Juin*

Herron Mills, État de New York

Il pleut. La violente averse qui s'abat sur le toit de Clovelly Cottage et martèle le jardin transforme le débordement de la piscine en cascade torrentielle. Il n'est que dix heures et demie, et Paisley en a déjà assez de jouer à Quiddler et aux Aventuriers du rail. Je lui propose de regarder *Vaiana*, puis *Happy Feet*, puis *Matilda*, mais elle n'est pas d'humeur. Elle veut « faire quelque chose ».

Pour la plage, c'est mort, et, à moins d'une éclaircie, je ne vois pas trop comment tuer le temps en ville. Emilia est dans son bureau, au téléphone. Je saisis des bribes d'une conversation animée qui porte sur les fournisseurs fiables d'imprimés haut de gamme. Je suis livrée à moi-même pour trouver une activité d'intérieur amusante.

Je promets une surprise à Paisley, à condition qu'elle range les jeux de société. Elle me regarde comme si j'étais transparente, mais me signifie son accord d'une poignée de main délicate. Je m'éclipse du salon en me demandant comment tenir ma promesse. J'essaie de me rappeler ce que ma mère faisait de moi quand j'avais l'âge de Paisley. Le plus souvent, elle m'envoyait jouer avec les enfants des voisins, ou me collait devant la télévision. Elle travaillait beaucoup et n'avait pas les moyens de se payer une nounou.

Mais parfois, on cuisinait ensemble. Le week-end, on préparait des pancakes, un gâteau à la banane ou des mini-muffins aux myrtilles. Pendant les vacances, elle sortait la machine à gaufres et on faisait ces petits biscuits gaufrés italiens que mes parents avaient dégustés toute leur enfance. Misant sur le penchant de Paisley pour les sucreries, j'arpente la cuisine immaculée des Bellamy, en espérant que leur cuisinière, Mary, ne nous en voudra pas trop de mettre du désordre avant qu'elle vienne préparer le dîner à quinze heures.

Je trouve rapidement les ingrédients de base : farine, sucre, beurre, œufs, lait. Un grand placard abrite un plateau tournant contenant toutes les épices imaginables, ainsi que du cacao en poudre, des pépites de chocolat, de la levure, de la vanille et une foule d'autres ingrédients. Il n'y a plus qu'à se lancer.

Accoudée au comptoir, je fais défiler les recettes sur mon téléphone, quand Paisley arrive.

– Ah, tu es là…

Elle passe en revue les ingrédients disposés autour de moi, et son visage s'illumine.

– On fait des cookies ?

Je pousse un soupir de soulagement.

– Ou des brownies. Je regarde les recettes…

– Si on faisait des cookies beurre de cacahuètes-confiture ? propose Paisley.

Alors que je tape sa demande dans le moteur de recherche, elle me montre une belle boîte en pierre couleur crème posée sur le comptoir, près d'un billot de boucher intégré.

– Elle est dans la boîte à recettes.

– Ah.

Je pose mon téléphone pour soulever le couvercle, lourd et froid au toucher.

J'ignorais que certaines personnes possédaient encore de vraies boîtes à recettes. À voir l'écriture serrée, les gribouillages et les bords jaunis des fiches, je devine qu'elles ont été transmises de génération en génération. À l'intérieur, tout est classé par catégorie : poissons, volaille, apéritifs, etc. Je vais directement aux desserts.

La recette des cookies beurre de cacahuètes-confiture est dans les premières. Contrairement aux autres, le texte dactylographié est collé sur une fiche rose. Il y a une tache grasse dans le coin supérieur gauche. Sûrement du beurre de cacahuètes séché.

Tandis que Paisley localise le robot mélangeur et réunit les ingrédients manquants, je préchauffe le four et nous nous mettons au travail. Préparer la pâte est enfantin : il suffit de mélanger des œufs, de la farine, de la levure, du sucre, du beurre de cacahuètes et de la vanille en poudre.

Paisley enfonce le pouce au centre de chaque biscuit pour former une petite dépression, que nous remplissons de confiture d'abricot, de fraise ou de framboise prélevée dans un assortiment de petits pots conservés au réfrigérateur. Quand arrive l'heure du déjeuner, trois fournées refroidissent, une quatrième plaque est au four et deux autres attendent la cuisson. On a peut-être un peu exagéré sur les quantités, mais Paisley a sûrement des amis prêts à nous débarrasser de quelques biscuits encore tièdes.

Je la charge de ranger les ingrédients qui vont au réfrigérateur, pendant que je remplis le lave-vaisselle. Il ne tombe plus qu'une bruine grisâtre. Si jamais le soleil se montre, nous pourrons passer l'après-midi à effectuer des livraisons dans le quartier.

Installées dans le patio, Paisley et moi grignotons des cookies et les sandwiches crevettes-cresson que Mary nous a laissés pour le déjeuner, tout en préparant notre plan d'attaque pour l'après-midi. Elle sait quelles familles vivent à une distance raisonnable à pied, ont des chances d'être chez elles et ne sont pas allergiques aux arachides. Les connaissances de base des enfants en école primaire, j'imagine. Quand nous débarrassons nos assiettes, les premiers rayons de soleil font scintiller la pelouse et l'eau de la piscine. L'air est chargé d'humidité, mais les nuages blancs se dissipent rapidement. L'épisode pluvieux est terminé.

Les assiettes en carton que je trouve dans la cuisine sont ornées d'un motif floral et bordées d'une fine bande dorée. J'hésite à ouvrir le paquet, mais Emilia a fermé la porte de son bureau, et, dans le pire des cas, je les remplacerai. Je lui laisse un mot sur la table de la cuisine avec une vingtaine de cookies. Alors que je dispose le reste des biscuits sur les assiettes pour les recouvrir de plastique alimentaire, Paisley s'éloigne de la table et tripote les boutons de la cuisinière. Je sursaute.

– Qu'est-ce que tu fais, Paisley ?

Elle se retourne, l'air coupable.

– Le four était resté allumé. Je ne voulais pas que tu aies d'ennuis.

– Ah.

Mes épaules s'affaissent. J'abandonne les biscuits et je m'accroupis devant la fillette.

– Excuse-moi. C'est ma faute, pas la tienne. La prochaine fois, dis-moi juste que j'ai fait une bêtise. D'accord ?

Elle hoche la tête.

– D'accord.

Je lui tapote l'épaule, puis j'enfonce fermement le bouton d'arrêt du four. J'essaie de me convaincre que ce n'est pas grave, que la maison n'aurait pas pris feu en deux heures, le temps de notre petite promenade. Mais si Emilia ou Mary l'avaient remarqué, elles n'auraient peut-être pas été du même avis. L'estomac noué, je lorgne l'armoire à alcool bien garnie, fixée au-dessus de ma tête.

Cinq minutes plus tard, les assiettes de cookies sont empilées dans un fourre-tout avec deux bouteilles d'eau et un tube de crème solaire. Paisley et moi nous mettons en route. Dehors, l'air est encore plus poisseux que dans le patio. Le temps d'arriver dans la rue, je suis en nage. Les nuages se sont presque tous dissipés et le soleil au zénith transforme les pétales des azalées en petits miroirs roses. Mes cheveux collent à ma nuque moite. Je passe les doigts sur mon poignet nu, à la recherche d'un élastique qui n'est pas là. Je sors la crème solaire de mon sac et j'arrête Paisley pour nous tartiner le visage et les bras avant d'aller plus loin.

Paisley a prévu quatre arrêts sur notre itinéraire. Le premier se situe deux maisons plus bas sur Linden Lane, dans la direction qu'on a empruntée hier pour descendre en ville. Je sonne à la grille, et en attendant qu'on nous laisse entrer, Paisley m'explique que Claudia a presque le même âge qu'elle, mais qu'elle est dans la classe au-dessus à cause de sa date de naissance. C'était sa meilleure amie jusqu'au printemps dernier, quand Claudia lui a expliqué que ses camarades se moquaient d'elle parce qu'elle jouait avec une élève de deuxième année.

L'interphone crachote et nous nous présentons. Quand le portail s'ouvre, Paisley plisse le nez.

– Elle est super gentille avec moi depuis le début des vacances. Comme il n'y a plus personne de sa classe, elle croit que ça va redevenir comme avant.

– C'est gentil de lui apporter des cookies. Elle finira par comprendre que l'amitié est plus importante que l'opinion de certaines filles qui racontent n'importe quoi.

– Et si elle ne le comprend pas ?

– Alors, tant pis pour elle. Tu mérites mieux. Dans la vie, il faut s'entourer de gens qui nous soutiennent.

Paisley me regarde toujours d'un air béat quand la porte s'ouvre sur une femme pulpeuse aux cheveux blond cendré, hérissés. Elle est tout de noir vêtue, à l'exception d'un collier rouge géant, et ses yeux sont soulignés d'eye-liner noir et de mascara. On dirait plus une habitante du West Village que des Hamptons.

– Paisley ! s'exclame-t-elle pendant que j'entortille mes cheveux pour les coincer dans mon débardeur.

Par sécurité, je garde mes lunettes de soleil. Malgré ces précautions, je me prépare mentalement à une remarque sur ma ressemblance avec Zoé.

– Bonjour, Mrs Cooper, répond Paisley en souriant à la mère de Claudia.

– Je suis Anna. La nounou de Paisley, dis-je, une main tendue.

Elle me serre la main, impassible, et je pousse un soupir de soulagement. Ses ongles sont peints du même rouge que son collier.

Mrs Cooper remercie chaleureusement Paisley pour les cookies et lui signale que Claudia est à sa leçon d'équitation jusqu'à seize heures.

– C'est toujours d'accord pour demain après-midi ? demande-t-elle.

Je la regarde sans comprendre.

– Les filles ont un rendez-vous piscine, explique-t-elle. Vous n'aurez qu'à déposer Paisley à quatorze heures. Emilia ne vous en a pas parlé ?

Paisley hoche la tête et me tire la main.

– On en a discuté au petit déjeuner, me rappelle-t-elle.

Vraiment ?

– Si, si, bien sûr. Pas de problème, dis-je avec un sourire. Où avais-je la tête ?

Nous quittons Linden Lane pour nous enfoncer dans le quartier résidentiel de Herron Mills. Deux des trois familles sont chez elles. Nous passons presque une heure chez les Paulson-Gosse. Paisley et Raychel chahutent à l'étage de leur banale maison de banlieue, tandis qu'Elizabeth et moi discutons de mes projets d'université en sirotant un verre de thé vert glacé dans la cuisine. (Oui, je vais loger dans un dortoir ; non, je n'ai pas encore choisi de spécialité…)

Quand je vois Elizabeth regarder à la dérobée l'horloge du micro-ondes, j'appelle Paisley et je prétends qu'il nous reste une ou deux étapes avant de rentrer, même si nous avons terminé notre tournée. Paisley et moi regagnons Clovelly Cottage d'un bon pas. Il fait chaud et nous transpirons abondamment. Chaque fois que je cligne des yeux, je vois la température du four s'afficher derrière mes paupières. Comment ai-je pu être aussi négligente ?

Un plongeon dans la piscine débarrasse notre peau des miasmes de l'après-midi.

À seize heures trente, nous sommes douchées et changées pour le dîner. Les serviettes et les maillots de bain sèchent au bord de la piscine. En allant dans la cuisine chercher des carottes miniatures et du hoummous, je rencontre Mary, une grande femme plantureuse, vêtue d'une veste de chef blanche à boutons noirs. La délicieuse odeur d'ail et de vin blanc qui flotte autour d'elle me met l'eau à la bouche.

– On dîne à dix-huit heures trente, me rappelle-t-elle, et je lui promets de garder de l'appétit pour le repas.

Elle lorgne l'énorme assiette de cookies posée sur la table.

– Je vois que Paisley vous a présenté ses préférés.

– On a un peu exagéré. Servez-vous.

Je me rappelle soudain que la quatrième assiette en carton est restée dans mon fourre-tout. Il me vient une idée.

– Paisley ?

J'entre dans le salon, où la fillette, vêtue d'un short et d'un top en coton blanc assortis, regarde une émission pour enfants que je ne connais pas. Je pose l'hoummous et les carottes sur la table basse devant elle.

– Ça te dirait d'apporter la dernière assiette de biscuits aux voisins ?

Elle me regarde en fronçant le nez.

– Les Anderson sont à Lucerne jusqu'en août.

– Les autres voisins. Les Talbot.

Paisley pâlit sous son bronzage.

– À Windermere ? demande-t-elle dans un souffle.

Elle secoue la tête, presque violemment, et ses fins cheveux blonds, encore humides, claquent contre le dossier du canapé.

Je fronce les sourcils, intriguée par sa réaction.

– C'est ça, dis-je. À Windermere. Je suis sûre que les Talbot aiment les cookies.

– Je ne veux pas y aller.

Paisley se recroqueville, les genoux contre le menton. Je vois se hérisser le duvet blond qui couvre ses bras et ses jambes. Elle baisse la voix et me regarde droit dans les yeux avant d'ajouter :

– C'est hanté.

Je m'assieds près d'elle sur le canapé et lisse ma robe sur mes genoux en me retenant de rire. Windermere a connu des jours meilleurs, c'est clair, et je peux comprendre qu'une fillette soit effrayée par la végétation qui dissimule la maison de la route. Elle semble tout droit sortie d'un conte de fées gothique. J'essaie de rassurer Paisley :

– La maison n'est pas hantée. Juste un peu négligée. Et Caden a l'air très sympa.

Paisley hoche la tête.

– Oui, Caden est gentil. Mais je n'irai pas là-bas.

Elle se retourne vers la télévision, et je comprends qu'elle ne cédera pas.

La porte du bureau d'Emilia est toujours fermée. J'espère qu'elle ne m'en voudra pas de m'absenter quelques minutes. Mary est là, après tout. Je vais à la cuisine pour lui demander si elle peut garder un œil sur Paisley jusqu'à ce que je revienne.

Je récupère les cookies dans mon sac et m'engage dans l'allée. Arrivée dans la rue, je tourne à gauche en direction de Windermere.

Il me faut une bonne minute pour localiser l'interphone au milieu des lianes. Je finis par trouver un petit bouton crème niché dans un panneau, sur un des piliers de pierre. Il ressemble davantage à une sonnette ordinaire qu'aux interphones sophistiqués installés à l'entrée de Clovelly Cottage et des autres maisons où nous nous sommes arrêtées aujourd'hui. Je l'enfonce d'un doigt et une lumière terne s'allume sous le plastique. Avec un peu de chance, quelque part dans la maison, un carillon sonne.

J'attends une minute, puis deux, puis trois... Deux véhicules sont garés au bout de l'allée : une vieille voiture de sport et une autre, noire, longue, luxueuse.

Il y a quelqu'un dans la maison. L'interphone est-il toujours en état de marche ? Ont-ils entendu mon appel ? Je sors un pied de ma sandale et gratte une piqûre de moustique à l'arrière de mon mollet, avec mon gros orteil. Malgré le spray, je me suis fait littéralement dévorer ces derniers jours. Mes jambes sont couvertes de gros boutons rouges et enflés qui me démangent.

Kaylee rirait si elle me voyait. Tous les étés, quoi que je fasse, les moustiques grouillent autour de moi, alors qu'ils la laissent parfaitement tranquille. Je l'imagine à la plage avec Ian, le type avec qui elle est sortie par intermittence pendant la terminale. Je les vois en pensée replier leurs affaires, tandis que le soleil plonge lentement vers l'océan. J'ai un pincement de culpabilité en songeant que je ne l'ai toujours pas appelée, et me promets d'y remédier bientôt.

J'hésite à sonner à nouveau, quand la porte d'entrée s'ouvre. Caden sort sur le perron et s'avance vers moi, élégamment vêtu. Il a troqué son jean et sa chemise à carreaux de la veille contre un pantalon kaki repassé, une chemise vert olive et des chaussures marron. J'imagine qu'ils s'habillent aussi pour le dîner, à Windermere. Il s'approche du portail d'un pas hésitant et me regarde entre les barreaux et le lierre. J'ai l'impression qu'il ne me reconnaît pas.

– C'est Anna, dis-je. La baby-sitter de Paisley…

Il continue de s'avancer sans répondre, puis s'arrête. Je distingue enfin son visage, et une douce chaleur envahit ma poitrine. Ses traits sont fins et harmonieux, à l'exception de ses sourcils, qui traversent son front tels deux coups de pinceau audacieux. Son regard est étonnamment dur. Il me dévisage en plissant les yeux et ma gorge se serre. À la lumière du jour, je ne suis manifestement pas à la hauteur de ses espérances.

Je me sens rougir. Comme Caden n'a toujours pas prononcé un mot, je lui tends l'assiette de biscuits. Je n'ai qu'une envie : la glisser à travers les barreaux et partir en courant.

– On a fait de la pâtisserie avec Paisley, dis-je d'une voix tremblante.

Caden appuie sur quelque chose, sur la face du pilier que je ne vois pas. Le portail coulisse en grinçant, comme avalé dans une fente de la pierre.

– Viens, marmonne-t-il en me montrant la maison du menton.

Je remonte l'allée à ses côtés, agrippée à mon assiette de cookies. Je sens les yeux de Caden fixés sur mon visage et m'applique à regarder n'importe quoi, sauf lui. Sur notre gauche, je repère l'étang qu'il a parlé de nettoyer ; la pelouse autour a été tondue. Un gros tas d'herbes et de débris s'accumule sur le bord. Je promène mon regard jusqu'à la maison, majestueuse. Elle n'a pas été négligée assez longtemps pour être vraiment délabrée. S'ils faisaient venir quelqu'un pour tailler la vigne vierge et nettoyer le jardin, quatre-vingt-dix pour cent du travail serait fait, mais je m'abstiens de tout commentaire. Ça ne me regarde pas.

– Tu es différente sans ton sweat à capuche, lâche finalement Caden, au pied du perron.

Il s'arrête sur la première marche. Je l'imite et m'oblige à me tourner vers lui. Notre soudaine proximité me met mal à l'aise, mais j'hésite à reculer, de peur que ce soit encore plus gênant. Il tend lentement une main vers moi et prend une mèche de cheveux noirs entre ses doigts.

– Corbeau, commente-t-il.

Au-dessus de nous, j'entends un froissement, puis une série de cris. Caden glisse les mains dans ses poches. Je me décide enfin à reculer et lève les yeux juste à temps pour voir un nuage de plumes noires s'envoler du balcon au deuxième étage. Une vingtaine d'oiseaux, peut-être plus, s'éloignent à tire-d'aile.

– Des corbeaux, répète Caden.

Je me demande si j'ai mal compris la première fois.

– Ma mère apprivoise des oiseaux, ajoute-t-il. Des perruches surtout, parfois des canaris. Les oiseaux sauvages sont attirés par la nourriture ; ils sont toujours là.

Il y a une certaine raideur dans sa voix, dans sa posture. Rien à voir avec l'autre soir, quand il s'appuyait avec désinvolture contre le pilier et bavardait volontiers. J'ai l'impression qu'il fait l'effort d'être poli. L'estomac noué, je continue à fixer le balcon, et je suis prise d'un soudain vertige. Comme si l'édifice s'inclinait vers moi. Comme si l'allée ondulait sous mes pieds.

En voulant avancer d'un pas, je titube et perds l'équilibre. De ma main libre, je me retiens aux bardeaux bruns du mur, tandis que Windermere tangue autour de moi. Je ferme les yeux en attendant que le vertige s'estompe. J'inspire profondément.

– Ça va ? me demande Caden, l'air soucieux.

– Ça va. J'ai juste eu un petit vertige. J'ai dû lever la tête trop vite.

L'explication est plausible, mais je ne suis pas sûre qu'elle soit vraie. Je n'ai jamais été fan des cimes. Pour autant, regarder en bas ne me pose pas de problème. Quelque chose dans ce balcon m'a perturbée.

Caden acquiesce, rassuré, puis pivote brusquement et monte les marches du perron.

– Entre, puisque tu es là, suggère-t-il en ouvrant la porte.

Des aboiements fusent, et nous sommes accueillis par un chien brun et blanc de taille moyenne, une espèce d'épagneul.

– C'est Jake, dit Caden en lui ébouriffant les oreilles. Il est sympa.

Je rejoins Caden sur le porche et laisse Jake renifler ma main, où il s'empresse de fourrer le museau. Son pelage est brillant et il a l'air bien soigné. Mais quand je m'accroupis pour le caresser, le souffle me manque. Il pue. Une infection !

Je me redresse et fais un pas vers la maison. C'est là que je me rends compte que l'odeur ne vient pas de Jake.

La source de la puanteur est immédiatement identifiable. Le hall d'entrée est plein d'oiseaux – et de fientes. Des cages sont accrochées çà et là, d'autres posées sur des meubles, probablement magnifiques autrefois, mais changés en nichoirs.

Ma surprise n'échappe pas à Caden.

– Tu es là tout l'été. Tu l'aurais forcément vu tôt ou tard, soupire-t-il.

– Ma mère est malade, ajoute-t-il. Je crois te l'avoir dit l'autre soir.

Il me montre d'un geste nonchalant un tableau suspendu au pied du grand escalier qui se dresse sur ma gauche : le portrait d'une jolie jeune femme à la peau claire et aux cheveux bruns soyeux. La rambarde ouvragée est poussiéreuse et enduite de fientes.

– Elle a à peine trente ans sur ce portrait. L'homme sur le tableau voisin, c'est mon père. Il est mort quand j'étais petit. Je ne me souviens pas de lui.

Les deux parents de Caden ont la peau blanche. Je me demande s'il a été adopté, mais le moment est mal choisi pour lui poser la question.

– Je suis désolée. Pour ton père.

Caden hausse les épaules sans répondre.

– Et que ta mère soit malade…

Je me sens comme une intruse. Cette maison a dû être splendide autrefois, et le mobilier du hall d'entrée, ancien et robuste, devait être très coûteux. Une tapisserie poussiéreuse recouvre un mur, et à gauche, derrière l'escalier, s'ouvre un petit salon. Les rideaux tirés devant les hautes fenêtres plongent la pièce dans une obscurité moite. Caden m'a-t-il invitée à entrer pour s'amuser de mon air stupéfait ? Pour tester mon caractère ? Si oui, je ne suis pas sûre d'être reçue à l'examen.

Je lui tends à nouveau l'assiette en carton et je répète :

– J'ai apporté des cookies. On en a fait dix fois trop, avec Paisley. J'espère que tu aimes le beurre de cacahuètes.

Les épais sourcils de Caden s'arquent soudainement. Il regarde pour la première fois l'assiette couverte de plastique. Puis il tend brusquement la main pour me la prendre.

– Qu'est-ce que c'est ?

– Euh… Des cookies beurre de cacahuète et confiture.

Un nuage passe sur son visage et une boule obstrue ma gorge. Je me lance dans une explication fébrile :

– Je crois que, euh, qu'on a utilisé trois confitures différentes. Mais si tu ne les aimes pas, je suis sûre qu'on en fera d'autres plus tard.

– Reprends-les, lâche Caden d'une voix glaciale.

Il pousse l'assiette vers moi, le bras raide et les yeux durs. J'essaie d'avaler ma salive, mais j'ai la bouche trop sèche.

– OK, pas de problème.

Je récupère les biscuits en me maudissant de ne pas avoir emporté un sac où les ranger. J'ai fait une bourde, un truc grave, irréparable. Un mystérieux faux pas. Jake frôle mes jambes. Je lui tapote la tête pour retrouver un semblant de contenance.

– Tu devrais partir, dit Caden.

Je me tourne déjà vers la porte, prête à quitter Windermere pour ne jamais y remettre les pieds. Peut-être que Paisley avait raison. Cette maison est hantée. Pas par les morts ; par les secrets des vivants.

Je descends les marches du porche et cours vers le portail. Par chance, Caden l'a laissé ouvert, comme s'il avait prévu que mon séjour dans le parc de Windermere serait de courte durée. Je tourne à l'angle de Linden Lane et sprinte vers Clovelly Cottage. Je tape le code avec les doigts tremblants. Je me trompe une première fois. Je prends le temps de respirer avant de faire une nouvelle tentative. La Lexus de Tom est garée en bas de la rue, juste après la maison de Claudia Cooper. Il est à l'extérieur du 4 × 4, appuyé contre la portière, côté conducteur, et passe une main dans ses cheveux. Je lui fais signe, mais il ne me voit pas. Il parle avec animation au téléphone, et ne semble pas prêt à clore la conversation. Je me concentre et tape à nouveau le code d'accès.

Je contourne la maison. En passant derrière la piscine, je salue furtivement Mary et Paisley, qui mettent le couvert sur la table du patio. Puis je me glisse dans mon studio. Je fourre l'assiette de biscuits dans la poubelle et m'écroule sur le lit, les yeux pleins de larmes.

Je les essuie d'un geste vif, furieuse de m'être laissée déstabiliser par Caden. Il a été désagréable et grossier sans raison. Je n'ai rien à me reprocher. Du moins, je l'espère.

Si j'en crois mon téléphone, il reste une heure avant le dîner. J'ai besoin de bouger, pour me changer les idées. Et tant pis si je n'ai pas le temps de me doucher.

Après avoir troqué ma robe d'été contre mon unique tenue de sport et mes baskets, je prends mon téléphone, mes écouteurs, et je commence à courir avant même d'arriver dans la rue. La Lexus de Tom n'est plus garée dans Linden Lane. Au lieu de la musique, je fais défiler mes podcasts et je lance le deuxième épisode de *Missing Zoé*.

# TRANSCRIPTION DE L'ÉPISODE 2 DE *MISSING ZOÉ* :

# LA THÉORIE DU PETIT AMI

[MUSIQUE DE FOND ÉLECTRONIQUE]

**VOIX DE JEUNE FEMME :** C'était « le » couple, vous voyez…

**VOIX DE JEUNE HOMME :** J'ai bien pensé qu'il s'était passé quelque chose, mais je ne voulais pas être indiscret. Puis j'ai croisé Zoé avec Caden au concert de gospel, juste avant les vacances, et tout allait bien en apparence. C'est la dernière fois que je l'ai vue.

[FIN DE LA MUSIQUE DE FOND]

**MARTINA GREEN :** Bonjour, chers auditeurs, et bienvenue ! Aujourd'hui, j'ai le plaisir de vous présenter le deuxième épisode de *Missing Zoé*. Si vous n'avez pas écouté l'épisode 1, je vous conseille de commencer par là, afin de découvrir qui est Zoé Spanos, la jeune femme qui a disparu de son domicile de Herron Mills, le soir du Nouvel An, et pourquoi nous nous intéressons à son cas. Allez l'écouter sans inquiétude : je serai encore là quand vous reviendrez.

[BREF SILENCE]

Ça y est, tout le monde est prêt ? Nous sommes mardi 18 février, et cela fait sept semaines jour pour jour que Zoé Spanos a disparu. Zoé n'est pas revenue, et elle nous manque.

[THÈME INSTRUMENTAL DE *MISSING ZOÉ*]

MARTINA GREEN : Si vous connaissez personnellement Zoé ou si vous avez suivi la couverture médiatique de l'enquête, vous avez sûrement remarqué que j'ai omis quelque chose – ou plutôt quelqu'un – d'important dans l'épisode de la semaine dernière. Il s'agit de Caden Talbot, le petit ami de longue date de Zoé.

C'était une omission volontaire, car j'avais prévu de consacrer l'essentiel de ce deuxième épisode à la relation entre Caden et Zoé. Si vous regardez des documentaires criminels, si vous lisez des romans policiers, ou des histoires de disparitions de jeunes filles, si vous regardez *New York, police judiciaire* ou *Les Experts*, vous savez que la police commence toujours par interroger le mari ou le petit ami de la personne disparue.

En juillet 2017, les Centres pour le contrôle et la prévention des maladies (CDC) ont publié un rapport indiquant que plus de la moitié des femmes tuées aux États-Unis étaient victimes d'un proche. J'ai contacté Judith Corrado Smith, la directrice adjointe de la communication au CDC, dans son bureau d'Atlanta, en Géorgie. Voici ce qu'elle m'a dit :

**JUDITH CORRADO SMITH :** Nous avons mené une étude sur dix mille dix-huit meurtres de femmes dans dix-huit États entre 2003 et 2014. Parmi ces décès, cinquante-cinq pour cent étaient liés à un proche violent. Ce terme de « proche » inclut les membres de la famille et les amis du partenaire de la victime. Cependant, dans quatre-vingt-treize pour cent des cas, l'auteur était un partenaire sexuel ancien ou actuel de la victime.

Seuls seize pour cent des homicides commis sur les femmes l'ont été par des inconnus. Les meurtres commis au hasard par de mystérieux inconnus relèvent davantage du récit populaire, et, s'ils alimentent les légendes urbaines, ce ne sont pas les scénarios les plus plausibles, loin de là.

**MARTINA GREEN :** Même si ces histoires d'agressions par des inconnus ont la part belle dans notre inconscient collectif, les films et les séries actuels explorent abondamment le récit confirmé par cette étude du CDC. Dans la vraie vie comme dans la fiction, il est fort probable que le coupable soit le mari ou le petit ami.

Prenons maintenant un peu de recul. Vous devez vous demander si je soupçonne Caden Talbot d'avoir causé la disparition – voire la mort – de Zoé. La réponse est non. Nous n'avons aucune preuve que Zoé est morte, et je ne crois pas que Caden ait commis de violences à son encontre.

**MISS CAROLINE FOX-RIGG :** N'étant pas une professionnelle, je ne suis pas habilitée à faire de commentaires sur la santé mentale de Caden. En revanche, je peux vous assurer que c'était un membre très apprécié de notre petite communauté de Jefferson, entre autres pour sa personnalité. C'était un élève gentil et appliqué, un de nos éléments les plus brillants. Il excellait surtout dans le domaine des sciences humaines, bien qu'il se soit également distingué dans ma classe. Et il était très attaché à Zoé.

**MARTINA GREEN :** Vous venez d'entendre Miss Fox-Rigg, professeure de chimie au lycée Jefferson. Vous aurez l'occasion de faire plus ample connaissance avec elle dans notre troisième épisode.

Si je m'intéresse autant à Caden, c'est parce que la police, qui a immédiatement adopté la thèse de la fugue, l'a négligé au cours de l'enquête. C'est à mon sens une grave omission. Que Caden soit ou non impliqué dans la disparition de Zoé, il est susceptible de détenir des informations précieuses, qui peuvent sembler insignifiantes ou sans rapport, mais s'avéreraient néanmoins essentielles pour l'enquête.

**INSPECTEUR ADJOINT PHILIP MASSEY :** Caden et Meredith Talbot ont été identifiés comme des témoins importants dès le début de notre enquête. Ce ne sont pas des suspects. Comme l'enquête est toujours ouverte, je ne suis pas autorisé à commenter nos interactions avec les Talbot.

**MARTINA GREEN :** Vous vous souvenez peut-être d'avoir entendu l'inspecteur adjoint Massey dans le premier épisode de ce podcast. C'est un des policiers chargés de l'enquête. Il n'a pas souhaité nous le confirmer, mais, à ma connaissance, Caden Talbot et sa mère Meredith Talbot n'ont été interrogés qu'une fois par la police après la disparition de Zoé.

J'ai proposé à Caden de s'entretenir avec moi pour cet épisode, mais il a refusé. Je réitérerai ma demande pour les prochains épisodes.

Bien que la police n'ait pas souhaité examiner ce que j'appelle la « théorie du petit ami », je pense que la clé du mystère de ce qui s'est passé le soir du Nouvel An est à chercher dans la relation entre Zoé et Caden.

Commençons par le début, avec quelques informations sur les familles Talbot et Spanos. Je me suis à nouveau entretenue avec l'historien du village, Alfred Harvey.

**ALFRED HARVEY :** Les Talbot sont des résidents de longue date de Herron Mills. La famille vit dans la région depuis la fin du XVIIIe siècle, peu après la création du village. C'est l'une des rares familles des environs qui était présente aux origines, et l'est encore aujourd'hui.

**MARTINA GREEN :** Que pouvez-vous nous dire sur les dernières générations de Talbot ?

**ALFRED HARVEY :** Laurence et Faye, nés respectivement en 1968 et 1971, sont la cinquième génération résidant à Windermere, le domaine familial de Linden Lane. Leurs parents Daniel et Martha ont déménagé à Londres au début des années quatre-vingt-dix, laissant Windermere aux bons soins de leur fils Laurence. Faye vit près de Boston avec sa femme Carla, et à ma connaissance, ils n'ont jamais souhaité s'occuper de la propriété.

Laurence Talbot, que ses amis et collègues surnommaient Larry, était un marchand d'art très prospère jusqu'à sa mort en 2006, à trente-huit ans, d'un cancer de l'estomac. Il a légué Windermere à sa femme Meredith, et à son fils, Caden, qui l'habitent aujourd'hui.

**MARTINA GREEN :** Et la famille Spanos ?

**ALFRED HARVEY :** Il y a moins de choses à dire. George et Joan Spanos sont arrivés beaucoup plus récemment à Herron Mills. Ils ont quitté le Queens en 1995, pour s'installer dans notre village, quand George a établi son entreprise de paysagiste dans l'East End. Joan était alors rédactrice adjointe de *Home and Design*, un magazine de décoration basé à New York. Elle est devenue entre-temps rédactrice en chef de cette publication. Comme vos auditeurs le savent, ils ont deux filles, Zoé et Aster.

**HARRIET BENYON** : Avec trois ans d'écart, on pourrait s'attendre à ce qu'elles aient été en concurrence, mais ça n'a jamais été le cas.

**MARTINA GREEN** : Vous venez d'entendre Harriet Benyon, une amie de lycée d'Aster – et de moi. Je pourrais vous parler une journée entière des sœurs Spanos, mais j'ai préféré vous faire entendre un autre point de vue que le mien.

**HARRIET BENYON** : Il leur arrivait de se disputer, comme tout le monde. Je ne dirais pas qu'elles étaient les meilleures amies ; chacune avait son groupe. Même si Aster était la plus jeune, elle s'occupait tout le temps de Zoé. Je me rappelle une des premières fois que je suis allée chez elles. Je crois qu'on avait onze ans, Aster et moi. Zoé en avait quatorze. On a regardé un film, une histoire de sorcières, et Aster a tenu la main de Zoé pendant toutes les scènes effrayantes. Ça représente assez bien leur relation. La disparition de sa sœur a été une épreuve très difficile pour Aster. Vous me direz que c'est naturel. Mais elle se reproche d'avoir été négligente, de ne pas avoir été là, en personne, pour empêcher qu'il arrive malheur à Zoé.

**ELLE COLERIDGE** : George et Joan ? Ils ont le profil type des parents de Herron Mills.

**MARTINA GREEN** : Là encore, j'ai voulu vous apporter un point de vue extérieur. Vous allez entendre Elle Coleridge, une autre camarade de classe d'Aster et de moi-même. Elle préside le club de futurs entrepreneurs du lycée Jefferson, et fait partie de l'équipe de natation avec Aster.

Elle, peux-tu nous préciser ce que tu entends par « profil type des parents de Herron Mills » ?

**ELLE COLERIDGE** : Ah. Eh bien, tu sais... Super occupés. Focalisés sur leur carrière. De grandes ambitions pour leurs enfants. Ils étaient fous de joie quand Aster est devenue capitaine de l'équipe, cette année. Aster est un peu petite pour une nageuse, mais elle a une puissance incroyable. En général, c'est George qui vient assister aux compétitions ; je pense que Joan passe beaucoup de temps en ville pour son travail.

**MARTINA GREEN** : As-tu l'impression qu'ils ne sont pas assez présents pour leurs filles ?

**ELLE COLERIDGE** : Non, ce n'est pas ce que je voulais dire. Je pense que comme la plupart des parents ici, Mr et Mrs Spanos jonglent entre un travail prenant et l'éducation de leurs enfants. On attend des parents modernes, en particulier des mères, qu'ils soient tout le temps disponibles. Ce n'est pas réaliste. Les Spanos sont de bons parents. On leur reproche d'avoir été négligents, on essaie de leur faire porter la responsabilité. C'est choquant. Vous savez que les meurtres du *serial killer* de Long Island n'ont jamais été élucidés. Comme ces filles étaient des prostituées, personne n'a signalé leur disparition. Pendant des années, la police ne s'y est pas intéressée. C'est tellement triste. Je ne dis pas que ce serial killer a tué Zoé, mais dans cette affaire, les parents sont très investis. Je ne peux même plus aller sur Reddit. Ce qu'il nous faut, c'est une véritable piste. Pour que les gens arrêtent de juger la famille. Comme si c'était un péché de laisser sa fille étudiante aller à une fête le soir du Nouvel An.

**MARTINA GREEN :** En effet. Intéressons-nous maintenant à Caden et à la relation qu'il entretenait avec Zoé.

Zoé et Caden sont des amis d'enfance. Ils ont commencé à sortir ensemble pendant l'été, à la fin de la troisième. Mrs Talbot a toujours apprécié Zoé, et de son côté, la famille Spanos s'est littéralement entichée de Caden.

Au lycée, tout le monde admirait leur couple et les enviait en secret. Leur relation était parfaite, et pas seulement vue de l'extérieur. Comme chacun le sait, les relations amoureuses sont scrutées à la loupe au lycée. J'ai parlé au téléphone avec Di MacAdam, l'ancienne déléguée de la classe de terminale de Jefferson, aujourd'hui étudiante à Skidmore.

**DI MACADAM :** Zoé et Caden étaient… [SILENCE.] Waouh, désolée, je suis toujours sous le choc. [NOUVEAU SILENCE.] OK. Zoé et Caden étaient… « le couple », vous voyez ? Ça leur était complètement égal d'être populaires. On leur a proposé plusieurs fois d'être le roi et la reine du bal de fin d'année, mais ils ont refusé. Ils avaient des amis, bien sûr, mais ils passaient beaucoup de temps en tête à tête. Je crois que c'est pour ça que tout le monde les aimait tant. Ils n'affichaient pas leurs sentiments en public, mais c'était évident qu'ils étaient très amoureux. Elle était toujours adorable avec lui. Et quand elle parlait, on voyait bien qu'il l'écoutait vraiment.

**MARTINA GREEN :** Étiez-vous une amie proche de l'un ou de l'autre ?

**DI MACADAM :** J'étais plus proche de Caden. Il a fait partie du conseil des étudiants pendant quatre ans. On a passé pas mal de temps ensemble à planifier des évènements, à participer à des réunions, ce genre de choses. Il prenait sa relation avec Zoé très au sérieux. Je me souviens qu'un jour, il m'a demandé mon avis avant de lui faire un cadeau. Il voulait lui offrir un collier, et se demandait si elle le porterait vraiment. C'était un bijou magnifique, une chaîne délicate, avec ses initiales en or. Le truc parfait.

Dans notre annuaire de terminale, ils ont été désignés comme le « Couple le plus susceptible de se marier », c'est dire ! C'est assez rare qu'un couple réussisse à passer le cap du lycée. Mais bon, c'était Caden et Zoé, quoi ! Ils vivaient dans leur petite bulle de bonheur.

**MARTINA GREEN :** L'été avant d'entrer à l'université, Caden et Zoé étaient plus amoureux que jamais. J'ai beaucoup vu Zoé à ce moment-là. Je passais pas mal de temps chez les Spanos avec Aster. Zoé allait entrer en première année à Brown, et Caden à Yale. On pourrait croire que fréquenter des universités différentes allait les séparer, mais non. Zoé m'a confié qu'ils n'avaient pas demandé les mêmes facs, parce qu'ils ne voulaient pas être définis par leur relation. Ils ont choisi des campus situés au nord-est du pays, pas trop éloignés l'un de l'autre. Ainsi, ils pourraient se voir souvent tout en se concentrant sur leur vie et leurs études. Une sacrée preuve de maturité.

J'ai discuté au téléphone avec Kelly Ann Bate, la colocataire de Zoé en première année à Brown. Kelly Ann se promenait entre les bâtiments du campus lorsque nous avons parlé. Ne vous étonnez donc pas si vous entendez des bruits de fond et du vent. Je suis désolée. Je mettrai en ligne une transcription de cette partie de l'épisode.

**KELLY ANN BATE :** Je dirais que Zoé s'absentait un ou deux week-ends par mois, pendant cette année-là. Et Caden venait la voir à peu près à la même fréquence. Ils dormaient dans un petit Bed & Breakfast, pas loin d'ici. Elle a toujours respecté le fait qu'on partageait une chambre. [RIRES ET CRIS BRUYANTS.] Je ne peux pas en dire autant de certaines à Brown. Je pense que la vie d'étudiants a transformé leur relation, mais ça continuait à fonctionner. Zoé n'avait pas de problème à intégrer son petit ami dans son nouveau cadre de vie. [RAFALE DE VENT.] Ils venaient ensemble aux matchs de basket, mangeaient avec nous au Ratty. Ils se voyaient trois week-ends par mois et passaient leur temps au téléphone.

**MARTINA GREEN :** Et le semestre d'automne de la deuxième année ?

**KELLY ANN BATE :** Je ne sais pas trop. Comme on ne vivait plus ensemble, je n'étais pas au courant des allées et venues de Zoé. On était amies, mais chacune avait son propre groupe. J'ai vu Caden plusieurs fois sur le campus à l'automne dernier, c'est sûr. Zoé avait une chambre individuelle, et je pense qu'ils ont dû y passer beaucoup de temps. Elle avait fait un stage de biologie marine en Californie durant l'été. J'imagine qu'ils avaient envie de se retrouver en tête à tête.

**MARTINA GREEN :** J'ai aussi parlé au téléphone avec Tim Romer, un ami de Caden à Yale.

**TIM ROMER :** Zoé ? Oui, on la voyait souvent la première année. Genre, deux fois par mois. Elle avait envie de faire connaissance avec les amis de Caden, ce qui n'était pas forcément le cas des copines de mes autres potes. J'ai toujours bien aimé Zoé. C'était cool quand elle venait.

**MARTINA GREEN :** Et cet automne ?

**TIM ROMER :** Elle venait moins souvent. Caden était très occupé avec la station de radio, et il avait un projet de recherche avec Mrs Eaton, la directrice du département d'études afro-américaines. Comme elle n'accepte généralement que des étudiants de troisième cycle, il prenait les choses très au sérieux. J'ai pensé qu'il s'était passé quelque chose, mais je n'ai pas osé demander. Puis j'ai croisé Zoé avec Caden au concert de gospel, juste avant les vacances, et tout m'a paru normal. C'est la dernière fois que je l'ai vue.

**MARTINA GREEN :** J'ai l'intuition – mais ce n'est qu'une intuition – que la clé pour comprendre ce qui est arrivé à Zoé Spanos se trouve dans les événements du premier semestre de sa deuxième année de fac. L'automne qui a précédé sa disparition. Que faisait Zoé quand elle ne rendait pas visite à Caden à Yale ? Était-elle simplement occupée, ou avait-elle rencontré de nouvelles personnes ? Si oui, qui étaient-elles, et que savait Caden ? La police a-t-elle pris la peine de se renseigner ?

J'en doute, et voici pourquoi. Selon leurs dires, Caden Talbot et sa mère n'étaient pas à Herron Mills dans la nuit du 31 décembre au 1$^{er}$ janvier derniers.

Les Talbot passent habituellement la semaine de Noël avec des amis, dans l'Upper West Side. Aster, qui n'a pas souhaité que je l'enregistre dans cet épisode, m'a appris que ses parents avaient immédiatement appelé les Talbot, le matin du 1er janvier, après avoir constaté que Zoé n'était pas rentrée. D'après elle, les Talbot avaient prévu de revenir à temps à Herron Mills pour que Zoé et Caden passent le Nouvel An ensemble. Ils devaient aller à la fête chez Jacob Trainer, et Zoé était enchantée. Mais à la dernière minute, les Talbot ont reporté leur retour au lendemain, parce que Mrs Talbot n'était pas en état de voyager. Quand Mr Spanos leur a téléphoné le 1er janvier, ils étaient toujours à New York. Caden lui a déclaré qu'il avait échangé des textos avec Zoé pour la dernière fois vers quatorze heures, pour l'avertir du changement de programme. Caden et sa mère sont rentrés à Windermere dans l'après-midi du 1er janvier et ils ont été entendus par la police dès le lendemain. Le dernier SMS que Zoé et Caden ont échangé a été versé au dossier de l'enquête.

C'est là, je crois, que la police locale a commis sa première erreur. Comme Caden et Meredith Talbot n'étaient pas à Herron Mills la nuit où Zoé a disparu, les enquêteurs n'ont pas jugé utile de poursuivre leurs investigations. Leurs alibis ont-ils fait l'objet d'une enquête ? Ont-ils été confirmés ? Des incertitudes planent.

Voici ce que je sais : Meredith a affirmé que Caden était avec elle jusqu'à vingt-deux heures trente, heure à laquelle elle est partie se coucher. À six heures trente, en allant aux toilettes, Doreen Winn-Carey, l'amie qui les hébergeait, a vu Caden endormi dans le canapé du salon. Nul ne sait ce qu'il a pu faire entre vingt-deux heures trente et six heures trente. Pourtant, la police s'est contentée de cet alibi.

Encore une fois, je ne suggère pas que Caden – ou sa mère – ait perpétré des violences à l'encontre de Zoé, et je ne les soupçonne pas davantage d'être impliqués dans sa disparition. Seulement, je trouve qu'ils ont été écartés un peu trop vite de l'enquête. Et je crois que Caden possède des informations – sur cet automne, sur cette nuit en particulier, sur la vie de Zoé – qui pourraient nous permettre de la retrouver.

Caden, si tu m'écoutes, j'aimerais beaucoup te parler, que ce soit en privé ou en public. N'hésite pas à me contacter.

[CODA AU THÈME INSTRUMENTAL DE *MISSING ZOÉ*]

# 9

# AVANT

## *Juin*

Herron Mills, État de New York

Je ne suis pas au top de ma forme pendant le dîner. Heureusement, les autres non plus. Tom arrive à table au milieu du repas, en tenue débraillée et assez agité. Il embrasse Emilia en se plaignant d'avoir été retenu par une réunion interminable au bureau. Elle est visiblement excédée. Je bois une grande gorgée d'eau et me tais. Il est revenu depuis au moins dix-sept heures, mais ça ne me regarde pas.

Tout en mangeant, Tom m'interroge sur ma première semaine à Clovelly Cottage. Je bute sur chacune de ses questions. Je suis ailleurs, avec Caden et Zoé. Le poulet rôti à l'ail de Mary passe mal. J'ai les lèvres engourdies, je n'arrive pas à articuler les mots. Paisley vole à mon secours et raconte nos balades en ville sur un ton enjoué, avec force détails. Je la remercie en pensée de ne pas signaler que j'ai oublié d'éteindre le four, et que je l'ai laissée à la garde de Mary pendant presque une heure ce soir.

La vérité bourdonne dans mes oreilles, tel un moustique obstiné. Caden est à Zoé. Caden *aime* Zoé. Mais Zoé a disparu, et il passe un été solitaire à Herron Mills. Il fait profil bas, s'occupe de sa mère qui souffre de je ne sais quelle maladie – responsable de la décrépitude de Windermere. En restant cloîtré chez lui, Caden se soustrait aux regards indiscrets de ses voisins et à leur compassion.

Je pense encore à Windermere toute la journée du samedi. Emilia nous charge d'une série de courses et de tâches ménagères en prévision de la garden-party que les Bellamy organisent dimanche, pour le trente-huitième anniversaire de Tom. L'après-midi, j'emprunte la voiture d'Emilia pour déposer Paisley à son rendez-vous piscine chez les Cooper, et je vais récupérer chez le fleuriste de Main Street un bouquet, que l'artisan a oublié de livrer aux Bellamy.

De retour à Clovelly Cottage, je jette un coup d'œil à la liste des invités. Il y a cent trois réponses positives. Les noms de Caden et Meredith Talbot figurent sur la petite liste des personnes qui n'ont pas répondu à l'invitation. Je pousse un soupir de soulagement.

En sortant les meubles de jardin de la remise pour les installer derrière la piscine, je rumine mes obsessions. Je n'ose pas imaginer ce que Caden a pensé en me voyant faire irruption à Windermere deux fois en trois jours. Ce qu'il pense de mon étrange ressemblance avec sa petite amie disparue. Et de ma tentative ratée pour lui faire un cadeau. Il a dû me trouver pathétique, et je peux le comprendre. J'avais besoin d'un prétexte pour le voir. Pour entrer chez lui. Pour m'immiscer dans sa vie. J'ai agi inconsciemment, mais c'est le résultat qui compte. Pas étonnant qu'il m'ait rendu les cookies après m'avoir bien regardée.

La fête n'a pas commencé depuis une heure que je suis déjà complètement larguée. Je suis censée m'occuper de Paisley, mais elle cavale partout avec Raychel et une petite bande d'amis. Elle n'a pas besoin de moi, et c'est bien dommage. Si je devais m'occuper d'elle, je serais moins tentée de m'approcher du bar, installé près du jacuzzi.

La terrasse grouille d'invités élégants qui sirotent des cocktails chics aux noms étranges, tels que Negroni, ou Paloma. Je me replie sur la pelouse. Je n'ai aucune envie d'échanger des banalités avec les amis des Bellamy. Je sens leurs regards intrigués, même si j'ai tenté de gommer ma ressemblance avec Zoé en cachant mes cheveux sous un grand chapeau.

Plus j'écoute le podcast de Martina, plus j'en apprends sur Zoé et son étrange disparition, plus je me demande ce que je fais ici. Je suis convaincue que ce n'est pas une coïncidence. Ce job, mon double mystérieusement disparu… Seulement, je n'ai pas la moindre idée de ce que cela signifie.

Revenue à l'avant de la maison, je me glisse sous le grand barnum blanc installé en diagonale entre la fontaine et le court de tennis, et je remplis une petite assiette de carottes violettes et de tartelettes aux champignons. La plupart des invités discutent autour de la piscine. Ce côté de Clovelly Cottage est presque désert, à l'exception des enfants qui font des roues sur le terrain de tennis. Je m'installe à l'ombre, près d'une grande table ronde sur laquelle je peux poser les coudes et surveiller Paisley du coin de l'œil.

– Quelle jolie robe.

Le compliment est teinté d'autre chose : de la pitié, peut-être. Ou du mépris. Je pivote brusquement. La femme qui vient de parler est grande et âgée, avec un corps en forme de quille de bowling. Elle est vêtue en blanc de la tête aux pieds et s'appuie d'un air guindé sur une ombrelle fermée, comme s'il s'agissait d'une canne. Elle a des épaules étroites et voûtées, des bras minces et la taille fine, mais des hanches et des cuisses imposantes, qu'on devine sous une jupe ample.

– Merci, dis-je avec hésitation.

Comment a-t-elle fait pour arriver sans que je la voie ? De l'endroit où je me tiens, j'aperçois l'allée entière. Et si elle avait été derrière la piscine, je l'aurais forcément remarquée parmi les autres invités, plus jeunes, avec leurs robes d'été décontractées et leurs costumes en lin lavé.

Elle se penche en avant et fait trois pas vers moi, ombrelle à la main. Je suis incapable de lui donner un âge. Cinquante ans ? Soixante-quinze ?

– Enlevez votre chapeau ! commande-t-elle.

Voyant que j'hésite, elle a un geste d'impatience.

– Allez, qu'est-ce que vous attendez ?

Lentement, je retire mon chapeau et le pose sur la table. Cette femme est autoritaire et désagréable, mais curieusement, je me sens obligée de lui obéir. Sous mon chapeau, quelques épingles à cheveux se sont détachées. Des mèches dégringolent sur mes épaules et dans mon dos.

– Hmph.

Elle est tout près de moi, à présent. Si proche j'en suis mal à l'aise. Je me sens jaugée, comme une antiquité endommagée, dont on a surestimé la valeur.

– Pas aussi frappant qu'on me l'avait laissé entendre, mais je vois une vague ressemblance, en effet. Surtout dans les pommettes et les cheveux.

Je devine soudain à qui j'ai affaire. Cette femme ressemble à celle du tableau, en beaucoup plus âgé. Je hasarde :

– Mrs Talbot ?

Elle recule d'un pas pour me tendre une main pâle. De toutes les personnes que j'ai rencontrées à Herron Mills, c'est la seule qui n'ait pas la peau hâlée.

– Oui.

Quand elle me serre la main, un petit frisson me traverse. Sa peau est glacée, sa poigne vigoureuse.

– Je m'appelle Anna, dis-je d'une voix étranglée. Mais j'imagine que vous le savez déjà.

– Anna Cicconi, la jeune fille au pair, dit-elle en lâchant ma main.

Cette fois, j'identifie son intonation. Elle est pleine de jugement.

J'entends soudain des pleurs sur le court de tennis. Une fillette joufflue aux cheveux châtains bouclés, assise par terre, empoigne son genou écorché. C'est Claudia, l'ex-meilleure amie de Paisley.

– Anna ! hurle Paisley avec de grands signes des bras, comme si j'étais à l'autre bout du village.

– Vous devriez vous en occuper…

La voix légèrement moqueuse de Mrs Talbot trahit ce qu'elle pense de mes talents de baby-sitter. Je me retiens de protester que je surveillais les enfants avant son arrivée, et que Claudia n'est pas sous ma responsabilité. Son regard noir me réduit au silence ; je me sens toute petite, puérile.

Je cours rejoindre les filles sur le terrain. Je sais où les Bellamy rangent leur trousse de premiers secours. Et ce n'est qu'un genou éraflé. Je vais soigner Claudia en un rien de temps. Ça, je sais faire.

– Et, Anna…, ajoute Mrs Talbot, alors que Paisley me prend par la main pour m'entraîner vers son amie blessée.

Je me force à la regarder à nouveau, par politesse.

– Je ne souhaite pas vous revoir à Windermere. Nous n'avons pas besoin de… remuer la vase.

Elle n'attend pas de réponse. Son ombrelle sur l'épaule, elle tourne les talons et traverse la pelouse, vers le bosquet qui sépare Clovelly Cottage de Windermere. Je m'explique mieux son arrivée furtive. Elle n'a pas emprunté l'allée. Elle s'est faufilée entre les arbres.

J'invite Paisley à emmener ses camarades au bord de la piscine, où leurs parents pourront les voir. Puis je prends dans mes bras la petite Claudia en pleurs et je l'emmène dans la maison.

Peu après six heures, alors que Tom et Paisley barbotent dans la piscine et que les invités commencent à prendre congé, je me retrouve seule au bar avec Emilia. Une bretelle de sa robe a glissé sur son épaule bronzée et le vent ébouriffe son élégante coupe au carré. Quand elle passe commande au barman – un Negroni pour elle, de l'eau de Seltz avec une rondelle de citron vert pour moi –, je note que sa voix est légèrement pâteuse.

J'inspire profondément. C'est le moment de lui poser mes questions. L'alcool la rendra peut-être plus indulgente, et, avec un peu de chance, elle aura tout oublié demain.

– Je peux vous demander quelque chose ?

– Bien sûr, Anna, dit-elle, en fixant mon nez.

– Ça concerne mon travail…

– Ah.

Elle fronce les sourcils.

– Ce n'est pas ce que tu attendais ?

– Si, si, bien sûr ! Tout va bien. Je voudrais juste, euh… savoir pourquoi vous m'avez engagée.

– Ah.

Emilia va prendre nos boissons au bar et s'installe sur une chaise longue. Elle m'invite à m'asseoir sur un siège en osier à côté d'elle, puis me tend mon eau de Seltz.

Dans la piscine, Tom chahute avec Paisley, qui pousse de petits cris ravis.

– C'est Paisley qui a choisi, à vrai dire. On a reçu trois candidates au printemps. On devait en voir deux autres après toi, mais on les a rappelées pour annuler. Paisley avait fait son choix.

– Savez-vous pourquoi ?

Emilia se mord les lèvres.

– Eh bien… Quelqu'un a dû te dire que tu ressemblais à Zoé Spanos…

Je hoche la tête, impatiente d'entendre la suite. Mon cœur bat la chamade. Enfin, quelqu'un m'explique que ce n'est pas une coïncidence. Que je ne suis pas ici par hasard.

– Quelle tragédie, poursuit Emilia. Zoé était la baby-sitter préférée de Paisley. Je pense qu'elle a été séduite par votre ressemblance. Et aussi, bien sûr, parce que tu as été formidable avec elle ! Tom et moi, nous sommes convaincus que c'était la bonne décision.

Elle sourit d'un air rassurant, mais je me sens tiraillée. Je suis ici *à cause* de Zoé. Parce que nous nous ressemblons, et que ce hasard étrange a plu à une fillette. Tous ces regards gênants, ces conversations embarrassées… Ce n'est pas une coïncidence, en fait. Pas vraiment.

– Vous auriez pu me prévenir, dis-je, au risque de paraître impolie.

J'aspire une longue gorgée d'eau de Seltz à travers ma paille.

Emilia se rembrunit.

– Tu as raison. Je suis désolée. J'avoue que je ne savais pas comment t'en parler. J'avais peur que tu refuses le job.

Je me demande soudain si les parents de Zoé sont au courant. Comment réagiront-ils si je les croise en ville ?

– Est-ce que George et Joan…

Emilia me coupe la parole :

– Quoi, Joan ?

– Oh, je…

Je m'interromps, mortifiée. Le podcast de Martina m'a donné un faux sentiment de familiarité avec les Spanos. Un peu comme ces personnages de série télévisée, qu'on finit par considérer comme des amis. Emilia me regarde attentivement, puis se tourne vers Tom, qui barbote toujours dans la piscine. En mentionnant Mrs Spanos, j'ai visiblement déclenché quelque chose. J'en oublie la question que je voulais poser.

– Non, rien. C'est sans importance.

Emilia se détend.

– Ce n'est pas la seule raison pour laquelle nous t'avons engagée, tu sais. Tu nous as convaincus pendant l'entretien. Tu as été géniale avec Paisley pendant notre sortie au MoMA. Ne crois pas que j'aie laissé Paisley me mener par le bout du nez.

Elle se renverse sur sa chaise en riant. Ses cheveux s'étalent en éventail sur le dossier.

– Non, bien sûr.

C'est clair, à présent. J'ai obtenu ce boulot grâce à la jeune fille disparue. Ça n'explique pas tout ce que j'ai ressenti : la bouffée de nostalgie à la plage, la drôle d'impression chez le glacier, le vertige en regardant le balcon de Windermere. Mais c'est un début. Des éléments rationnels, qui tissent un lien entre le destin de Zoé et le mien.

Mary est de repos ce soir, et les Bellamy m'ont proposé de manger les restes dans la cuisine si j'ai faim, plus tard. C'est peu probable : j'ai l'estomac noué et je suis en proie à une sensation étrange. Je me sens vide, éthérée, comme si plus rien ne pouvait me donner une consistance. J'attends le départ des derniers invités pour me faufiler dans le studio et je ferme la porte à clé.

Je me débarrasse à la hâte de mon chapeau, de ma robe de soirée, et je remplis la baignoire à ras bord d'eau brûlante. J'ai besoin d'un long bain pour me détendre. Mais pas seulement. Je me sens trompée, et en même temps, j'ai la vague impression d'avoir fait quelque chose de mal. Je suis une intruse à Herron Mills, dans le monde de Caden Talbot. Même si je ne suis pas responsable de cette situation. Même si ce sont les Bellamy qui m'ont fait venir ici.

J'entre dans la baignoire en serrant les dents, jusqu'à ce que ma peau s'accoutume à l'eau chaude. Faute de bain moussant, je verse du gel douche sous le robinet jusqu'à ce que quelques bulles se forment. Mon téléphone est posé au bord de la baignoire. Je ne l'ai que depuis deux semaines, et il y a déjà un éclat en haut à gauche de l'écran.

Je le récupère pour mettre de la musique. Mon doigt s'attarde sur le verre brisé et dérive sur les podcasts. Je n'ai pas vraiment envie d'écouter ça, mais j'ai besoin de savoir. Je sélectionne l'épisode 3 et j'appuie sur « play ».

Martina Green se plie en quatre pour son amie. Je mets le volume à fond et m'enfonce dans le bain en inhalant la vapeur. Le troisième épisode de *Missing Zoé* rassemble des interviews des proches de Zoé, mais fin février, huit semaines après sa disparition, Caden n'a toujours pas accepté de s'entretenir avec Martina. Quant aux Spanos, ils ne sont guère disposés à discuter de la disparition de leur fille et sœur chérie avec une enquêtrice en herbe, réalisatrice de podcasts pour adolescents. On peut les comprendre.

Martina interviewe un professeur de son lycée, quelques amis, et le coordinateur bénévole du refuge pour animaux où Zoé promenait les chiens et nettoyait les cages avant de partir à la fac. En écoutant ces témoignages, il me paraît évident qu'au fil des semaines, tous ont perdu l'espoir de revoir Zoé vivante.

Je calcule de tête. Nous sommes le 28 juin. Il y a presque dix-huit semaines que Martina a enregistré cet épisode, et vingt-six semaines que Zoé a disparu. Mardi, cela fera six mois. Il reste un épisode de *Missing Zoé*, mais je sais qu'on ne l'a pas retrouvée. Depuis l'épisode 4, Martina est dans une impasse.

J'écoute le professeur de Zoé parler de ses prouesses scolaires. Elle excellait en mathématiques et en sciences, était un exemple pour ses camarades. Elle était engagée dans de nombreux clubs et activités. Il n'est pas surpris que la jeune fille ait décroché ce stage en Californie dès la fin de sa première année à Brown, alors que ces places sont généralement réservées aux étudiants de deuxième année.

J'écoute ses amis évoquer sa personnalité solaire, sa passion pour les animaux et la pâtisserie, les surprises qu'elle préparait chaque année pour les anniversaires de ses proches. Comme elle ne buvait pas d'alcool, elle apportait aux fêtes des mélanges de jus de fruits de sa composition. Une habitude qui aurait pu passer pour ringarde, mais qu'on trouvait attachante. Elle était folle de Caden. Elle aimait sa famille. Elle ne comptait pas ses heures de bénévolat.

Le personnage de Zoé commence à prendre forme. Tout le monde l'aimait, et il paraît assez improbable qu'elle ait eu des ennemis à Herron Mills. Martina achève l'épisode en rappelant son souhait de parler à Caden Talbot, à Aster, George et Joan Spanos. Elle promet de disséquer des informations que la police a écartées, ou jugées insignifiantes. Des événements qui ont eu lieu l'automne précédent, et lors de la fameuse soirée. Mais j'ai vu le regard qu'elle a lancé à Aster sur Main Street, au début de la semaine. Elle avait l'air vaincue. Une expression que je connais bien.

Quand l'épisode s'achève, mon bain est tiède et mes doigts plissés comme des pruneaux, mais je n'ai pas envie de sortir de l'eau.

– Je suis désolée, dis-je tout bas, sans trop savoir pourquoi.

« Désolée qu'on se ressemble ? Désolée d'être ici, à Herron Mills, à ta place ? Désolée d'être entrée dans ta vie par inadvertance ? »

« Je ne sais pas. Je ne sais pas. Je ne sais pas. »

– Je suis désolée, dis-je encore. Je suis sincèrement désolée, Zoé.

L'envie de m'excuser est si forte qu'elle me déchire la gorge, telles les serres d'un rapace furieux.

Je sors de la baignoire en titubant. Drapée dans mon peignoir, les cheveux entortillés dans une serviette, je m'assieds au milieu du lit et j'ouvre Google. Je tape « Zoé Spanos » dans la barre de recherche et clique sur les premiers résultats. La plupart des liens renvoient à des articles de presse de janvier, qui s'intéressent à la disparition de Zoé. Il y en a d'autres, plus récents, mais sans intérêt. J'atterris sur le site web de Jefferson et consulte les archives en ligne du journal du lycée. Finalement, le plus intéressant est un forum en libre accès mis en place par les amis de Zoé à l'université. Des personnes venues de partout – Brown, Jefferson, Herron Mills, etc. – ont posté toutes sortes d'articles : des théories expliquant sa disparition, des photos, des messages destinés à Zoé…

Je lis tout. Je parcours ensuite son profil LinkedIn, sa biographie sur le site web du centre de recherche où elle a effectué son stage d'été. Je survole même un long article sur la collecte de fonds organisée à Brown pour créer un nouveau laboratoire sur le campus. Il ne mentionne Zoé qu'une seule fois, mais je le lis jusqu'à la fin. Quand mon téléphone me signale qu'il ne lui reste que quinze pour cent de batterie, minuit approche. Mes yeux me brûlent et j'ai la chair de poule. Pourquoi tout cela me semble-t-il aussi familier ?

J'attrape mon chargeur et me force à éteindre la lumière.

# 10

## MAINTENANT

*Septembre*

Herron Mills, État de New York

Assise sur le canapé du salon avec Mami, Martina regarde avec impatience les publicités qui précèdent le journal de vingt heures. Pampers. Coleridge. Audi. Un nouveau médicament contre la fibromyalgie…

Son père fait la fermeture du magasin. Elle regrette qu'il ne soit pas là pour détendre l'atmosphère avec son sourire chaleureux et son rire facile. Son frère et sa sœur, plus âgés, ne vivent plus à la maison. Martina est seule avec Mami ce soir. Mami trouve malsain – pour ne pas dire morbide – l'intérêt que sa fille porte à l'affaire Zoé Spanos. Pourtant, elle ne quitte pas l'écran des yeux. Le rapport d'autopsie de Zoé doit être rendu public ce soir. Tout le village est devant sa télé.

Martina envoie un SMS à Aster.

**Ça va ?**

Il rejoint les cinq messages qu'elle a adressés à sa meilleure amie aujourd'hui. Aster n'en a lu aucun. Elle n'a pas donné de nouvelles à Martina depuis ce matin, de bonne heure, lorsqu'elle était en voiture avec ses parents. Les Spanos avaient rendez-vous au bureau du médecin légiste. Martina espérait recevoir des informations en avant-première, mais Aster n'est pas venue en cours cet après-midi, et elle garde le silence. Martina relit son dernier texto :

Les résultats de l'autopsie sont arrivés. On va à Hauppauge en voiture. J'ai la gerbe, et maman a carrément vomi avant de partir. Je ne sais pas si je vais pouvoir supporter ça.

Quoi qu'ait dit le rapport, Zoé n'est pas ressuscitée. C'est un jour sinistre.

Martina cale les poings sous ses cuisses et fixe l'écran, où une femme écarlate aux cheveux blond cendré coupés au carré présente le journal, assise derrière un bureau dans la salle de rédaction de NBC New York :

– Du nouveau dans le comté de Suffolk ce soir, commence-t-elle. Les résultats de l'autopsie ont été communiqués ce matin à George et Joan Spanos, les parents de Zoé Spanos, disparue alors qu'elle se rendait à une fête dans le village de Herron Mills, à Long Island, le soir du Nouvel An. Le corps de la jeune fille a été retrouvé le mois dernier dans un petit bateau, au fond du lac Parrish, à environ trois kilomètres de son domicile. Vous allez entendre notre envoyé spécial, pour Channel Four.

Alors que les mots « ÉLÉMENT NOUVEAU » s'affichent en capitales sur l'écran, la présentatrice passe l'antenne à un jeune journaliste aux lèvres minces et aux lunettes à monture métallique. Il est entouré d'une petite foule, dans le hall d'entrée d'un bâtiment administratif, quelque part dans le comté de Suffolk.

Mami croise et décroise les mains sur ses genoux.

– Merci, Cady. Les résultats de l'autopsie ont été communiqués à la famille de la victime ce matin, mais n'ont pas encore été rendus publics. Nous attendons la déclaration d'un représentant du bureau du médecin légiste, qui ne devrait plus tarder.

La caméra filme un podium en bois, dans une salle de presse moins pleine que Martina ne l'aurait espéré. Celui-ci, hérissé de microphones, est orné d'un sceau noir et or. Une silhouette de bœuf entourée des mots SUFFOLK COUNTY SEAL * NEW YORK * LIBERTÉ ET INDÉPENDANCE. Au-dessus figure le nom de Daniel Medina, superviseur des enquêtes médico-légales.

Martina et sa mère regardent trois reportages d'informations locales en rongeant leur frein avant que Daniel Medina prenne enfin la parole. Il a préparé sa déclaration. Martina se penche vers l'écran tandis qu'il feuillette ses papiers. Mami porte une main à ses lèvres.

Daniel explique à l'auditoire que les médecins légistes n'ont pas pu déterminer la cause du décès de la jeune fille, en raison de l'état de décomposition avancé de son corps. Un flot de bile inonde la gorge de Martina et Mami gémit, les mains crispées. La suite est troublante : le corps de Zoé Spanos ne présente aucune fracture. Autrement dit, il est impossible qu'elle soit tombée du balcon du deuxième étage de Windermere. L'histoire d'Anna ne tient pas debout.

Le pouls de Martina s'affole.

Martina s'agite sur la chaise de bureau, au fond du laboratoire de chimie. Miss Fox-Rigg a gentiment accepté de lui prêter la salle pour son entretien. Elle ne voulait pas interviewer Anna de chez elle, de crainte que Mami entre dans sa chambre pendant l'enregistrement. En outre, le laboratoire a une meilleure acoustique. Martina a une heure devant elle.

Elle vérifie à nouveau l'heure sur son téléphone. Quinze heures cinquante-six. Dans quatre minutes, elle composera le numéro de Pathways. Anna a-t-elle été informée des résultats de l'autopsie ? Elle saura au moins ce qui a filtré dans les médias ces dernières quarante-huit heures. Mrs Cicconi vient d'engager deux nouveaux avocats, une équipe de choc. Tous les journaux en ont parlé. Ils l'auront prévenue, forcément.

Martina fait défiler ses contacts, sélectionne Pathways dans la liste et appuie sur le bouton d'appel. Son dictaphone est allumé. Elle est prête.

– Martina ?

– Salut, Anna.

– Avant de commencer, j'ai un service à te demander. Ils surveillent tout ce qu'on fait sur Internet, ici. J'aimerais que tu me cherches une adresse…

– Bien sûr.

Martina promet de s'en occuper avant la fin de leur conversation.

– Je commence à enregistrer, d'accord ?

Elle s'applique à garder une voix calme, posée. Professionnelle. Elle enfonce les ongles dans la paume de sa main.

– Ouais. Oui.

Martina inspire profondément. Elle avait prévu de demander des tas de choses à Anna aujourd'hui, mais le résultat de l'autopsie a tout chamboulé.

– La réponse est : « je ne sais pas », lâche Anna sans lui laisser le temps de parler.

Elle s'esclaffe.

– Quoi ? demande Martina, désarçonnée.

– Excuse-moi, ce n'était pas drôle. C'est une citation d'un vieux film. Il n'y a que des antiquités, ici.

Anna s'éclaircit la gorge avant d'enchaîner :

– Tu allais m'interroger sur ce qui s'est réellement passé cette nuit-là. Maintenant que les résultats de l'autopsie ont été publiés. Tu allais me demander comment Zoé est morte, si elle n'est pas tombée de ce balcon.

– C'est vrai. Tu te souviens de quelque chose ?

– Honnêtement, non. Je me rappelle que j'étais sur le balcon avec Zoé. Une chute. Je pensais qu'elle était tombée.

– Et que penses-tu maintenant, Anna ?

– Je ne sais pas. Ça fait un mois que je suis ici. J'ai eu tout le temps de réfléchir.

Anna marque une pause, puis se met à chanter : « Time keeps on slippin', slippin' slippin' into the future. »

Martina décèle un soupçon d'hystérie dans sa voix. Elle s'éclaircit la gorge.

– Je devrais avoir tout compris, à force, reprend Anna. Mais apparemment, j'ai raconté n'importe quoi.

Ses paroles sont de l'or en barre. Anna vient d'admettre qu'elle a menti à la police. Martina s'efforce de masquer son excitation.

– Tu sous-entends que tu n'es pas responsable de la mort de Zoé ? Ou qu'elle n'est pas morte comme tu l'as dit à la police ?

Un long silence plane. Si long que Martina se demande si Anna n'est pas partie. Quand elle reprend enfin la parole, elle élude la question.

– Mes avocats disent que c'est une bonne nouvelle. Ils ne voulaient pas que je t'accorde cette interview, mais je me fiche de leur avis. J'ai besoin de savoir ce qui s'est passé. *Vraiment*. Et je suis convaincue que tu vas le découvrir, Martina. Je te fais confiance.

Martina, fébrile, pose les paumes sur le bureau et tente une nouvelle approche :

– Le soir où tu as parlé avec l'inspectrice Holloway et son adjoint. Le 5 août… Disais-tu la vérité ?

Anna soupire.

– Je leur ai raconté ce dont je me souvenais, et ces souvenirs sont intacts. Mais j'étais hyper stressée ce soir-là. J'ai passé sept heures en salle d'interrogatoire. À la fin, je voulais juste qu'ils arrêtent de me poser des questions. Alors, je leur ai dit ce qui me revenait en mémoire, et mon cerveau a rempli les vides. Ou alors, ce sont eux qui les ont remplis.

– Quel genre de vides ?

– J'ai un trou de mémoire, après le balcon. Je ne me rappelle pas avoir conduit jusqu'au lac Parrish, ni avoir mis Zoé dans la barque. Je n'ai aucun souvenir de cela. Mais je me souviens que j'étais au bord de l'eau, après. Je savais qu'elle était au fond, et que je ne pourrais jamais la ramener. J'ai suggéré à la police que j'avais emmené son corps au bord du lac parce que ça me paraissait logique. Parce qu'ils m'ont assuré que j'avais dû le faire. À l'époque, cela répondait à une question que je m'étais posée tout l'été.

– Pourquoi as-tu avoué, Anna ?

– Je ne sais pas comment l'expliquer. Je me suis rappelé des sentiments, des bribes de trucs. Un tas de choses dont je ne savais pas quoi faire. Et après ce que Caden a dit, tout s'est mis en place d'un coup. C'était la seule histoire qui me paraissait plausible.

– As-tu tué Zoé Spanos ?

Seul le souffle d'Anna trahit encore sa présence et indique à Martina qu'elle n'a pas raccroché.

– Je ne crois pas avoir tué Zoé Spanos, ni avoir fait disparaître son corps.

Un flot de sang monte à la tête de Martina. Elle se concentre sur l'écran noir de son téléphone.

– Et soupçonnes-tu quelqu'un ? As-tu un indice qui pourrait faire avancer l'enquête ?

– Je crois, répond lentement Anna, qu'il est grand temps que Caden Talbot parle à la police.

# 2e PARTIE

## *L'écurie*

Nous ne pourrons jamais revenir en arrière, c'est certain. Le passé est encore trop proche de nous.

– Daphné du Maurier, *Rebecca*

# 11

## AVANT

### *Juin*

Riverhead & Herron Mills, État de New York

Paisley veut aller voir les pingouins à l'Aquarium de Long Island. Le lundi matin, Emilia réserve deux billets pour la visite de treize heures trente, puis me confie les clés de sa voiture. Je l'ai déjà conduite plusieurs fois pour de petites courses autour de Herron Mills, mais le trajet jusqu'à Riverhead dure quarante-cinq minutes, et je suis stressée rien que d'y penser. J'ai beau avoir mon permis depuis un an, je manque cruellement d'expérience. En plus, Paisley sera avec moi. Je dissimule mon trac sous un grand sourire. J'ai appris à conduire à Brooklyn. Je devrais pouvoir me débrouiller à Long Island.

La route est magnifique. Pendant que Paisley, assise à l'arrière, joue sur l'iPad d'Emilia, j'essaie de me calmer en admirant le littoral : les rives du lac, les vignobles, les champs cultivés et le plus grand terrain de golf que j'aie jamais vu. Hélas, c'est peine perdue. Mes mains moites collent au volant, et les bruits électroniques du jeu de Paisley me font sursauter.

À la moitié du trajet, les nuages cotonneux s'assombrissent et des gouttes s'écrasent sur le pare-brise. Ce n'est qu'une petite averse, et le soleil apparaît par intermittence entre les nuages. Pourtant, tout mon corps se raidit. Alors que la pluie crépite sur le toit et que l'asphalte mouillé noircit, je me vois en pensée perdre le contrôle du véhicule. Les pneus dérapent, notre petite voiture entre en collision avec celles d'en face. Tout n'est plus que fumée, sang et verre brisé. Je me retourne. Ma ceinture de sécurité me mord le cou et je laisse échapper un cri. Le corps disloqué de Paisley est affaissé sur la banquette arrière. Des flots d'eau noire s'engouffrent par la vitre brisée, emplissent la voiture, mon nez, mes poumons…

– Ça va, Anna ? me demande Paisley.

Je respire. L'eau reflue.

– Oui. Tout va bien.

« Retourne-toi. Concentre-toi sur la route. »

Je fléchis les doigts pour chasser une crampe, le cœur battant. Que m'est-il arrivé ? Paisley n'a rien. Moi non plus. Je roule au ralenti jusqu'à ce que le ciel s'éclaircisse. La pluie n'est plus qu'un souvenir.

Je laisse Google Maps me guider jusqu'au parking et nous admirons les animaux – des alligators aux requins de sable en passant par les ouistitis – en attendant le clou du spectacle : la rencontre avec les pingouins. Je me sens mieux. Mes visions sinistres se sont dissipées et l'étau qui emprisonnait ma poitrine s'est relâché.

Quand nous rejoignons notre guide expert en pingouins sous le panneau « AVENTURES AQUATIQUES », mes angoisses du matin se sont totalement dissipées. Je ne suis plus la même fille. Max Adler est grand et musclé, avec une tignasse brune. À en croire son bronzage, il passe ses journées au soleil. Il a une vingtaine d'années, et se passionne pour les pingouins africains qu'il va nous présenter. Paisley, qui n'a pas cessé de parler de ces petites créatures noires et blanches depuis notre arrivée, se tait soudain et tire sur ma main. Je m'accroupis près d'elle.

– Qu'est-ce qu'il y a ?

– C'est lui, notre guide ? me demande-t-elle à l'oreille, l'air contrarié.

Je fronce les sourcils.

– Ouais, je crois. Pourquoi ? Tu le connais ?

Max énumère les règles à respecter. Je lui fais un demi-sourire pour lui montrer que je suis attentive. Quand nos regards se croisent, il s'interrompt assez longtemps pour s'attirer quelques coups d'œil intrigués du reste du groupe. Puis il reprend ses esprits et continue.

– Je l'ai déjà vu quelque part, souffle Paisley.

Ne sachant comment interpréter ses réticences, je lui serre la main pour la rassurer, avant de me relever. Max achève sa présentation, puis nous emmène au Pavillon des Pingouins. Paisley se détend. Les oiseaux sont craquants. Ils nagent, se dorent la pilule au soleil et font la sieste dans de petites cabanes nichées contre le mur. Nous apprenons que le manchot du Cap vit entre quinze et trente ans, et que ceux de l'Aquarium de Long Island sont nés en captivité, importés illégalement d'Afrique du Sud. Ils vivent dans ce pavillon depuis l'intervention de l'US Fish and Wildlife Service, en 2004.

Une autre employée, Molly, nous explique comment on soigne les pingouins et annonce que chaque visiteur aura le privilège de rencontrer personnellement une de ces adorables petites créatures. Emilia n'a pas dépensé son argent en vain : sa fille est aux anges. Pendant que nous attendons notre tour, Max s'approche de nous et me serre la main. Je sens Paisley se raidir.

– La visite vous plaît ? nous demande-t-il.

Je peux me tromper, mais ce garçon à fossettes me semble totalement inoffensif. Il est amical et chaleureux, et doit être plus jeune que je ne l'ai cru au départ. Son attitude me ferait presque oublier ma déconvenue du week-end avec Caden. Je lance un regard intrigué à Paisley, qui se cache derrière moi.

– Oui, carrément, dis-je.

Molly appelle les volontaires suivants. Je pousse Paisley à la rejoindre à la porte de l'école maternelle des pingouins.

– C'est cool comme job, dis-je à Max. Comment as-tu atterri ici ?

– Je suis tout juste diplômé de Brown en écologie et biologie de l'évolution. Je prends une année sabbatique avant de poursuivre mes études, le temps de savoir ce que je veux vraiment faire.

Max m'explique que son travail ne se limite pas à accueillir les visiteurs et soigner les animaux. Il dirige un projet de recherche à l'aquarium et collecte des données pour un éminent scientifique. Mais je suis restée bloquée sur « Brown » et la biologie. Je comprends mieux son regard insistant à notre arrivée, et la raison pour laquelle il est venu me parler. Je mets les pieds dans le plat :

– Alors, tu connaissais Zoé Spanos ?

Max s'interrompt au milieu d'une phrase. J'anticipe sa réponse :

– Je lui ressemble, je sais. Tu es un ami de Zoé ? C'est pour ça que Paisley t'a reconnu ?

– Oh…, dit Max lorsqu'il retrouve l'usage de sa voix. Pas vraiment, non. J'ai croisé Zoé à la fac. Je la voyais dans les labos. Comme elle avait deux ans de moins que moi, on n'était pas en cours ensemble, ni rien…

Il marque une pause.

– Qui est Paisley ?

– La petite que je garde, dis-je en pointant le menton dans sa direction.

– Ah bon ?

Max semble perplexe.

– Je ne crois pas. Zoé est de Herron Mills, non ? J'habite à Montauk. Ce n'est pas très loin, mais on ne se voyait pas vraiment en dehors du campus.

Je n'insiste pas. Pourquoi mentirait-il ? Le fait qu'il ait connu Zoé est une étrange coïncidence, mais ce n'est rien comparé à toutes les bizarreries de la semaine dernière. Paisley l'a peut-être confondu avec quelqu'un d'autre.

Max hausse les épaules.

– En plus, la ressemblance n'est pas frappante. Zoé était si sérieuse. Elle avait toujours l'air pressée.

Se rend-il compte qu'il parle d'elle au passé ? Est-ce parce qu'il la croit morte, ou simplement parce qu'elle n'était pas sur le campus le semestre dernier ?

– Être amical avec les visiteurs fait partie de mon travail, continue-t-il. Rien de plus.

– Dans ce cas, tu devrais aller voir les autres, dis-je en chassant Zoé de mes pensées. Paisley va bientôt revenir.

Après la « rencontre », Paisley et moi posons pour des photos avec les oiseaux, puis Max me tend une carte de visite. Une adresse et un numéro de téléphone sont griffonnés au dos.

– Si tu es libre samedi, on organise une petite fête sur la plage avec des amis. Pour le 4 juillet… Bière, feux d'artifice, un truc simple. Ça me ferait plaisir que tu viennes, euh… ?

– Anna.

– Ça me ferait plaisir que tu viennes, Anna.

– Tu invites tous les visiteurs du Pavillon des pingouins ?

– Non, se défend Max en rougissant. C'est une invitation personnelle.

Une onde de chaleur envahit ma poitrine. Je ne m'étais pas sentie aussi bien depuis longtemps. J'adorerais passer une journée à la plage, boire une bière fraîche, libre, sans obligations.

– J'aimerais bien, mais ce n'est pas possible. J'ai décidé de me calmer avec les fêtes, cet été. En plus, je travaille.

Je lui montre Paisley, qui fait ses adieux à ses nouveaux amis les pingouins. Max hausse les épaules.

– OK. Au cas où ton emploi du temps changerait...

Il me glisse la carte dans la main. J'ai beau savoir que je ne l'utiliserai pas, je la fourre dans ma poche. Après avoir suscité des réactions bizarres chez tous les gens que j'ai croisés la semaine dernière, je ne suis pas fâchée d'être simplement draguée.

Je passe la soirée du lundi au téléphone. Je commence par ma mère, à qui je raconte les meilleurs moments de mon séjour à Herron Mills, sans mentionner Zoé Spanos. Elle s'est enfin habituée à mon absence. Inutile de l'inquiéter en lui racontant comment j'ai obtenu ce job. Puis je prends mon courage à deux mains et j'appelle Kaylee pour tenter de recoller les morceaux. Elle est toujours en colère, et je n'obtiens qu'un succès mitigé. Je récompense mes efforts par une frénésie d'achats en ligne. À la fin de la semaine, j'aurai une nouvelle tenue à porter au dîner et plusieurs nouveaux chapeaux pour accessoiriser ma garde-robe.

Le mardi, je récupère Raychel chez les Paulson-Gosse et j'emmène les filles passer la journée à la plage. J'ai déjà l'impression de m'installer dans une petite routine, même si ma vie à Herron Mills reste un peu déstabilisante. Après le dîner, je fais quelques croquis au bord de la piscine. Je dessine Max, Paisley avec les pingouins, puis à nouveau Caden. Bien que j'aie résolu de l'oublier, je griffonne son visage malgré moi. Quand le soleil disparaît derrière les arbres et que les lumières de la piscine s'allument, il occupe toutes mes pensées.

Il n'a pas apprécié que je débarque sans prévenir vendredi dernier, et me l'a signifié. Quant à Mrs Talbot, elle m'a carrément demandé de ne pas revenir. Pourtant, je n'arrive pas à chasser l'impression de familiarité que j'ai éprouvée le soir où nous nous sommes rencontrés, Caden et moi. Avant qu'il voie mon visage.

Le besoin de m'expliquer enfle comme une bulle dans ma poitrine. Si je pouvais lui faire comprendre que je ne savais pas. Que je n'ai pas voulu le blesser. J'ai besoin qu'il me donne une seconde chance.

Au risque d'aggraver mon cas, j'enfile les baskets et le sweat à capuche que je portais la première fois que je suis allée à Windermere. Je prends la lampe de poche sur le comptoir de la cuisine. J'envisage un instant de couper à travers le bosquet pour rejoindre le parc de Windermere, comme Mrs Talbot, mais j'y renonce. Je ne tiens pas à être accusée d'intrusion. Je contourne Clovelly Cottage. La fenêtre du salon est éclairée. Les silhouettes d'Emilia et Paisley se découpent devant la télévision.

Arrivée au bout de l'allée, j'aperçois une forme derrière le portail. Je braque la lampe dessus. Une silhouette mince lève un bras pour protéger ses yeux.

– Caden ?

– Anna ? J'allais sonner. Désolé d'arriver à l'improviste. Je n'avais pas ton numéro.

– Pas de problème, dis-je en baissant le faisceau lumineux.

Je tape le code et recule pendant que le portail s'ouvre. Nous sommes à nouveau face à face dans le noir.

– Toujours la bougeotte ? me demande-t-il.

Je sens qu'il scrute mon visage.

– J'allais me promener, dis-je, sans m'étendre sur ma destination

Je ne crois pas avoir mal interprété sa réaction la dernière fois, mais je le laisse venir.

– Je m'en veux pour ce qui s'est passé vendredi, commence-t-il. J'étais dans un état bizarre.

– Ce n'est pas grave. Je comprends.

– On efface tout et on recommence ?

Je hoche la tête avec enthousiasme. Sans doute trop.

– Je ne peux pas m'éloigner de la maison, mais si tu acceptes ma compagnie, on peut aller dans l'écurie.

– L'écurie ?

J'ai exploré le parc de Clovelly Cottage dans ses moindres recoins. Je suis à peu près sûre de n'avoir pas vu de cheval.

Caden s'avance dans l'allée.

– À Windermere, explique-t-il. Mais c'est plus rapide en coupant sous les arbres, et il y a moins de risques que ma mère nous voie.

Je me laisse guider. Entre-temps, les lumières du salon des Bellamy se sont éteintes. Nous traversons l'épais taillis dans lequel Mrs Talbot s'est engouffrée dimanche. Le faisceau de la lampe de poche danse sur le sol devant nos pieds. Bien qu'il ne soit que neuf heures, il fait nuit noire. Je repense à l'interdiction de sorties nocturnes qui frappe Caden. Je comprends mieux la situation, maintenant que je suis au courant pour Zoé. La disparition de la petite amie de son fils a dû inquiéter Mrs Talbot, au point qu'elle veuille le garder près d'elle en permanence. Même si c'est assez égoïste.

Je frissonne en songeant que celui ou celle qui s'en est pris à Zoé le soir du Nouvel An se moquait bien des couvre-feux et des parents inquiets.

Des brindilles et des aiguilles de pin craquent sous nos pieds. Une image soudaine surgit dans mon esprit. Celle d'une jeune fille qui me ressemble comme deux gouttes d'eau. Elle tombe, et la vitesse floute sa silhouette. Elle porte une longue robe de soirée blanche ornée d'une ceinture jaune pâle. La terreur fige ses traits. Je lâche la lampe. Elle clignote par terre et s'éteint.

Caden s'arrête net.

– Anna ? Ça va ?

Je m'accroupis précipitamment et j'explore à tâtons les aiguilles de pin et des cailloux, encore absorbée par la vision – ou le souvenir – de Zoé, qui tombe d'une hauteur vertigineuse. De Zoé morte.

Caden est debout au-dessus de moi. L'écran de son téléphone projette une lueur blême sur le sol. Nous voyons la lampe et l'attrapons en même temps.

– Pardon ! dit-il quand je retire brusquement ma main.

– Non, c'est moi.

Je ramasse la lampe et me relève. Puis je la lui passe.

– Il vaut mieux que tu la tiennes. Je suis trop maladroite.

Je suis tentée de lui parler ce qui vient de m'arriver. Mais si je me fais des films, il va me prendre pour une folle. Et si ce que j'ai vu s'est réellement produit, comment interpréter ma vision ? Cette pensée est si terrifiante que je la repousse tout au fond de ma tête.

L'épisode d'hier en voiture, et maintenant, ça… Il se passe des trucs effrayants dans mon cerveau. Une petite voix intérieure me conseille de garder mes pensées pour moi si je ne veux pas avoir d'ennuis.

Nous nous remettons en marche. Nous quittons bientôt le couvert des arbres et traversons le fatras d'herbes folles qui tient lieu de pelouse. De ce côté de la propriété, les fenêtres ne sont pas éclairées. Caden tourne à droite et m'entraîne vers le parc derrière la maison.

La silhouette d'une grange se découpe dans l'obscurité. Sûrement la fameuse écurie. Derrière, j'aperçois une carrière d'équitation. C'est difficile à dire dans le noir, mais j'ai l'impression que ce bâtiment est en meilleur état que la maison.

Caden tourne la poignée et pousse une lourde porte de bois.

– Charlie est la seule personne que ma mère laisse entrer dans le parc. Il nous donne un coup de main. Maman adore monter, mais les chevaux réclament beaucoup de soins.

Dans l'écurie, Jake l'épagneul se presse joyeusement contre les jambes de Caden. Sa langue pend sur le côté. Caden lui gratte la tête. L'odeur sucrée du foin, celle du cuir, riche et terreuse, et les exhalaisons animales des chevaux emplissent mes narines. Ça sent bon la campagne. Caden me montre la grande jument brune dans le premier box.

– Je te présente Jackie O. Et voici Pike.

Pike est un peu plus petit, et sa robe blanche est tachetée de gris. Caden s'approche pour lui frotter le nez. Je recule d'un pas. Il me regarde d'un air amusé.

– Je croyais que toutes les filles aimaient les chevaux.

– On ne vous apprend pas à éviter les lieux communs, dans votre fac d'élite ?

Caden s'esclaffe.

– *Mea culpa*. Mais Pike est très gentil. Promis.

J'explore du regard le reste de l'écurie. Il y a six stalles, mais les quatre autres sont vides. Au fond, je vois une porte fermée. Sans doute donne-t-elle accès à la pièce où sont rangés les selles, les aliments, et tout ce qu'on stocke dans une écurie. Les panneaux supérieur et inférieur de la dernière stalle sont cadenassés. Caden s'en approche, flanqué de Jake. Il ouvre le vantail du bas et farfouille à l'intérieur. Il en sort une bouteille de whisky et deux canettes de Coca.

– Je te sers à boire ?

J'hésite.

– Juste un coca, dis-je finalement. Je ne bois pas d'alcool en ce moment.

Il me tend une canette glacée. Je m'étonne :

– Vous avez un frigo, là-dedans ?

Caden sourit.

– C'est parfois un peu… intense, à Windermere. Ma mère ne sort que le matin, quand elle monte à cheval. Le reste du temps, l'écurie est vide. Je viens ici pour décompresser.

Je suis tentée de lui raconter mon échange avec Mrs Talbot à l'anniversaire de Tom. Mais notre relation est au beau fixe. Simple, détendue. Comme le soir de notre première rencontre. J'ai trop peur de tout gâcher.

Caden referme la stalle et s'assied par terre, le dos contre la porte. J'en fais autant de l'autre côté du couloir et décapsule mon Coca. Jake s'affale par terre entre nous. J'ai renoncé à évoquer ma conversation avec sa mère, mais je dois parler à Caden de Zoé. Lui dire que je sais qu'elle était sa petite amie. Qu'elle *est* sa petite amie. Que je comprends qu'il ait pu être perturbé par ma présence dans la maison voisine.

Je le regarde boire une longue gorgée de soda, puis verser un filet de whisky dans la canette. C'est du Glenlivet, de la bonne came. Kaylee a toujours été plus portée que moi sur le whisky. Je préfère la tequila, le gin, le rhum. Caden mélange délicatement le whisky dans la canette.

J'en ai l'eau à la bouche. Je me force à détourner les yeux et lâche avant de me lancer :

– Je sais, pour Zoé.

Caden se tourne brusquement vers moi. Je continue :

– La première semaine, les gens me regardaient bizarrement.

– Tu m'étonnes…

Caden sourit faiblement et boit une gorgée.

– Puis j'ai rencontré Lou Jenkins au magasin de glaces. Il m'a expliqué.

Caden grimace et passe la main dans le pelage de Jake. Je l'interroge :

– Tu ne l'apprécies pas ?

– Je n'ai rien contre Lou. Ni contre ses glaces. Mais sa fille exagère.

– Je l'ai rencontrée. Martina, c'est ça ?

– Alors, tu es au courant pour le podcast ?

– J'en ai écouté une grande partie. Il me reste un épisode. J'ai l'impression qu'elle est dans une impasse.

– Comme tout le monde.

Caden avale une nouvelle gorgée.

– Elle voulait absolument m'interviewer. Je peux le comprendre. Mais je ne sais pas ce qu'elle imaginait. Elle croyait que j'allais lui dire des trucs que je n'ai pas déjà racontés à la police ? Elle était persuadée que je dissimulais une information cruciale. Franchement, si j'avais su quelque chose qui puisse aider les flics à retrouver Zoé, je serais allé les voir immédiatement.

Je porte la canette à mes lèvres et bois une longue gorgée de liquide pétillant. Je le crois sur parole.

– Et ce n'est pas…

Caden n'achève pas sa phrase. Son regard passe de la canette à ses mains. Je l'encourage :

– Ce n'est pas quoi ?

– Rien. Tu ne comprendrais pas.

Je me redresse.

– Essaie quand même.

Caden se mord les lèvres et m'observe. Il hésite.

– Un type qui a une relation avec une fille disparue intéresse forcément la police. Et encore, j'ai de la chance qu'ils ne m'aient pas considéré comme suspect. N'empêche, quand tu es noir, quoi qu'en disent les flics, les gens continuent à te soupçonner. Et Martina, avec son podcast… Peu importe les précautions qu'elle a prises, et même si elle a affirmé qu'elle ne me soupçonnait pas d'avoir fait du mal à Zoé… Elle a insinué que je cachais des choses. C'est déjà tellement facile de soupçonner le petit ami. Alors, le petit ami noir…

– Est-ce que les gens ont été…

J'avale ma salive. Caden a raison. Je n'imagine même pas ce qu'il a dû endurer ces derniers mois. Je compatis, bien sûr. Mais ma peau blanche me met à l'abri de ce genre de méfiance.

– … clairement racistes ? achève-t-il pour moi.

J'acquiesce.

– Le problème, c'est plutôt ce que les gens n'ont pas fait. Les habitants de Herron Mills se veulent ouverts d'esprit. « Woke », comme ils disent. Personne ne viendra m'accuser en face. Mais je suis à la maison depuis des semaines, et on ne peut pas dire que les visiteurs se soient bousculés pour prendre de nos nouvelles. Vérifier comment nous nous portons, ma mère et moi. Personne ne se plie en quatre pour nous soutenir, comme pour la famille de Zoé. Je ne dis pas que c'est la faute de Martina. Ce serait arrivé de toute façon. Mais ça n'a pas aidé, c'est sûr.

– Je suis désolée. C'est tellement moche, et…

J'ai honte de ne pas avoir anticipé ses explications.

– Anna. Tu n'as pas à t'excuser pour eux, ni d'avoir écouté le podcast. Ce n'est pas grave.

Il boit une longue gorgée.

– OK. Mais j'ai l'impression qu'en étant là, je rends les choses encore plus difficiles. Je pensais que notre ressemblance n'était qu'une coïncidence bizarre, mais en fait, c'est faux. Emilia a laissé Paisley choisir sa baby-sitter. Je suis sûre que c'est seulement grâce à elle que j'ai eu le job.

Caden rit. L'atmosphère dans l'écurie se réchauffe. Les particules d'air se réarrangent. Son rire est léger et chaud, comme le premier soir.

– C'est possible, admet-il. Paisley adorait Zoé. Zoé l'amenait souvent ici quand elle la gardait. Pendant nos années de lycée, Paisley était chez elle à Windermere. Elle était folle de Jake, des chevaux et de l'étang. Le parc était mieux entretenu à l'époque. Ma mère était plus en forme.

Je ne sais pas ce qui me trouble le plus : imaginer Windermere dans sa gloire passée ou apprendre que Paisley venait régulièrement ici. Alors que je rumine ces pensées, Caden me surprend à nouveau :

– On était fiancés, lâche-t-il. La plupart des gens l'ignorent.

Il regarde fixement sa canette. Jake pousse un soupir quasi humain et se tourne pour s'installer plus à son aise.

– J'en ai assez de garder notre secret. Et comme tu n'es pas d'ici…

– Je ne dirai rien. Je te le promets.

– Je t'aime bien, Anna. Je suis désolé pour vendredi. Je ne pensais pas que tu lui ressemblais autant. Et ces cookies…

– Quoi, les cookies ?

Ma main se crispe sur la canette.

– C'était la recette préférée de Zoé. Beurre de cacahuètes et confiture. Elle en faisait tout le temps.

– C'est Paisley qui a choisi, dis-je dans un souffle.

Je revois en pensée la fiche rose parmi les cartes jaunies, dans l'élégante boîte à recettes des Bellamy. La recette de Zoé.

– Bien sûr, c'est logique. Je n'aurais pas dû réagir comme ça.

Il tend la main pour trinquer tardivement avec sa canette.

– Il n'y a pas de mal.

– Alors, vous étiez fiancés ?

Je change volontiers de sujet pour ramener la conversation sur le secret de Caden. Un secret que même Martina Green n'a pas découvert, apparemment.

– Depuis la fin du lycée, confirme-t-il. Les seules à le savoir étaient ma mère et la sœur de Zoé, Aster.

– Je l'ai rencontrée. Elle se baladait en ville avec Martina, la semaine dernière.

Caden acquiesce, puis appuie la tête contre la porte de la stalle. Son regard se voile un court instant.

– On ne voulait pas spécialement le cacher aux gens. Quand j'ai demandé à Zoé de m'épouser, et qu'elle a accepté, j'avais envie de le dire à tout le monde. J'ai cru que j'allais exploser tellement c'était énorme de garder ce secret. Mais on savait ce que les gens en penseraient. On était trop jeunes, on avait encore quatre ans de fac... On n'avait pas prévu de se marier avant la fin de nos études, mais on était sûrs que les gens nous jugeraient quand même. Ou qu'ils nous mettraient la pression. Alors, on a préféré ne rien dire.

– Je comprends. Est-ce que c'est dur, maintenant ?

Je tressaille et serre la canette jusqu'à ce que le métal se déforme.

– Pardon, c'était une question idiote. Bien sûr que c'est dur. Je voulais dire, est-ce que tu préfèrerais que les gens le sachent ?

– Je pense que c'est mieux comme ça, répond-il, et son regard retrouve son acuité.

Il incline la canette et la vide en une longue gorgée.

– Je suis déjà catalogué comme le petit ami inconsolable, ou le suspect numéro un, selon la personne à qui tu demandes. Révéler qu'on était fiancés ne servirait qu'à dramatiser encore plus la situation, et focaliser encore plus l'attention sur moi. Ils sont tous sûrs qu'elle est morte.

– Pas toi ?

Je me suis appliquée à garder une voix neutre.

– Ce n'est qu'une intuition. Je n'en sais pas plus que les autres, quoi qu'en pense Martina. Mais on a été longtemps ensemble. J'ignore où Zoé est allée, et pourquoi. Mais si elle était morte, je le saurais. J'en suis sûr.

Jake oriente ses oreilles vers Caden, mais laisse son museau entre ses pattes.

Caden est catégorique, comme pour tenir le chagrin à distance. Je fixe le sol de l'écurie. J'ai envie de le croire quand il dit que Zoé est toujours en vie. Que sa disparition est aussi mystérieuse pour lui que pour les autres. Je relève les yeux et cherche les siens, mais il ne me regarde plus. Il a les paupières closes et la mâchoire crispée. Un muscle de sa joue gauche tressaille.

## TRANSCRIPTION DE *MISSING ZOÉ*

## ÉPISODE 4 : LIENS FAMILIAUX

[MUSIQUE DE FOND ÉLECTRONIQUE]

**VOIX D'HOMME JEUNE :** Les flics ? Non, on ne les a jamais vus.

**VOIX D'HOMME PLUS ÂGÉE :** Depuis le début, la police a manqué de rigueur. Ils auraient dû commencer à enquêter tout de suite.

**VOIX DE FEMME JEUNE :** Peut-être qu'elle a une nouvelle vie, dans un endroit de rêve.

[FIN DE LA MUSIQUE DE FOND]

**MARTINA GREEN :** Nous voici de retour pour le quatrième épisode de *Missing Zoé*. Désolée de vous avoir laissés en plan pendant de longues semaines. Dire que l'organisation des interviews pour cet épisode a été éprouvante est un euphémisme. J'ai beaucoup de respect pour la famille Spanos, et je comprends très bien qu'ils aient hésité à parler publiquement de la disparition de Zoé et de l'enquête. Mais je suis heureuse qu'ils aient décidé de participer à cette conversation. J'ai trop hâte de vous la faire partager !

Nous sommes le mardi 24 mars, et Zoé s'est volatilisée depuis douze semaines. Zoé Spanos est toujours portée disparue. Et Zoé nous manque.

[THÈME INSTRUMENTAL DE *MISSING ZOÉ*]

**GEORGE SPANOS :** Quatre-vingt-deux jours. C'est le temps qui s'est écoulé depuis sa disparition. Zoé ne nous a jamais laissés aussi longtemps sans nouvelles. Le maximum, c'était dix jours, pendant sa première série de partiels à l'université. On se téléphonait tous les week-ends. Parfois, elle nous appelait aussi au milieu de la semaine pour nous raconter une histoire, se renseigner sur la température du four, ou du lave-linge…

**ASTER SPANOS :** Des trucs d'adulte.

**GEORGE SPANOS :** Pardon ?

**ASTER SPANOS :** Ces trucs de la vie de tous les jours qu'elle vous demandait, à toi et à maman. Zoé n'est pas toujours au top pour ce genre de choses.

**MARTINA GREEN :** Vendredi, je me suis entretenue avec George Spanos, le père de Zoé et Aster Spanos, sa petite sœur, à Maple Grove, leur maison de Herron Mills. Ils avaient l'air fatigués, fragiles. La semaine avait été longue. Quand je suis arrivée, Aster rentrait de son entraînement à la piscine. Mr Spanos répondait à ses e-mails. La mère de Zoé, Mrs Joan Spanos, a refusé que je l'interviewe pour cet épisode.

**GEORGE SPANOS :** Dès le début, la police a fait preuve de négligence. Nous avons pleinement coopéré en appelant les hôpitaux et nos amis. Nous devions le faire, bien sûr. Mais ils auraient dû commencer immédiatement les recherches. Cela aurait pu faire une différence.

**MARTINA GREEN :** Après la diffusion du deuxième épisode, plusieurs auditeurs m'ont interrogée sur vos interactions avec Caden et Meredith Talbot le matin du 1er janvier. Vous avez appelé Caden ce matin-là, et il vous a appris qu'il était toujours à New York avec sa mère, n'est-ce pas ?

**GEORGE SPANOS :** En effet. Caden m'a dit qu'il avait échangé pour la dernière fois avec Zoé dans l'après-midi du 31 décembre. Il avait prévu de la retrouver le soir, à la fête chez les Trainer, mais Meredith ne se sentait pas bien. Il a annoncé à Zoé qu'ils avaient reporté leur retour au lendemain.

**MARTINA GREEN :** L'existence de ces messages a-t-elle été confirmée ?

**GEORGE SPANOS :** Joan et moi ne les avons pas vus, mais on nous a dit que Caden avait coopéré avec la police, et que ces textos constituaient des preuves. Je crois que les inspecteurs ont aussi des traces des transactions EasyPass des Talbot depuis le 1er janvier. Je doute vraiment que Caden soit impliqué dans cette affaire.

**ASTER SPANOS :** On *adore* Caden.

**MARTINA GREEN :** Était-ce un sarcasme, Aster ?

**ASTER SPANOS :** Quoi ? Non. Laisse tomber.

**MARTINA GREEN :** J'aimerais beaucoup entendre ce que tu penses.

**ASTER SPANOS :** OK. C'est juste que pour moi, tu as raison. Ce que tu as dit dans ton épisode sur la « théorie du petit ami ». Même si la version de Caden est confirmée – et d'ailleurs, suis-je la seule à trouver bizarre qu'il n'ait pas appelé Zoé à minuit, ou qu'il ne lui ait pas envoyé au moins un SMS ? –, je trouve qu'ils l'ont écarté trop vite de l'enquête. C'était le Nouvel An. Est-il vraiment resté toute la nuit chez l'amie de sa mère ? [SILENCE] Je ne sais pas. Peut-être que Caden n'a rien à voir avec ça... Une chose est sûre : aujourd'hui, le monde de Zoé ne tourne plus seulement autour de Herron Mills. La police a-t-elle interrogé des gens à Brown ou à Yale ? Ont-ils essayé d'avoir un point de vue plus général ?

**MARTINA GREEN :** Aster soulève ici un point important : les lacunes de l'enquête menée par la police de Herron Mills. Ils se sont focalisés sur des faits tangibles de cette nuit-là – les données GPS du téléphone, le bateau disparu, l'achat du billet à la compagnie Greyhound.

J'ai reparlé à l'ami de Caden, Tim Romer, et à l'ancienne camarade de chambre de Zoé, Kelly Ann Bate, pour en avoir le cœur net.

**TIM ROMER :** Les flics ? Non, on ne les a jamais vus. Je ne crois pas qu'ils soient venus à Yale. Caden est un de mes meilleurs amis. À New Haven, ils ne sont pas au top, question diversité et intégration. Si des flics étaient venus interroger ou surveiller un étudiant noir sur le campus, je l'aurais su.

**KELLY ANN BATE :** Aucun inspecteur n'est venu ici. Pas à ma connaissance. Comme Zoé n'était pas à Brown quand c'est arrivé, ça ne m'a pas spécialement étonnée. Le campus était fermé pendant les vacances. Mais tu as raison. Ses amis ont peut-être des informations qui seraient utiles à la police. Des trucs qui se seraient passés au dernier semestre, et qui pourraient permettre de deviner où Zoé est allée, si elle a fugué. Maintenant que j'y pense, c'est curieux que personne n'ait posé de questions.

**MARTINA GREEN :** C'est regrettable, oui, mais peut-être pas si étonnant. Comme les médias l'ont montré à maintes reprises, il n'est pas rare que le travail d'enquête soit bâclé, voire inexistant quand la police s'est focalisée sur une théorie ou un suspect. Je ne parle pas du fonctionnement de la police de Herron Mills en particulier. Au vu des affaires que j'ai étudiées, ce genre de pratiques scandaleuses est courant. Je vous en donnerai quelques exemples dans les notes du podcast.

**GEORGE SPANOS :** Ils étaient convaincus dès le début que Zoé avait fugué.

**MARTINA GREEN :** Vous écoutez à nouveau George Spanos.

**GEORGE SPANOS :** Certes, le ticket de la compagnie Greyhound suggère qu'elle avait l'intention d'aller quelque part. Et je ne peux pas l'expliquer. Mais Zoé avait une belle vie. Elle était heureuse. Elle aimait Brown, elle avait plein d'amis. Peut-être s'ennuyait-elle un peu à la maison pendant les vacances. Il ne se passe pas grand-chose à Herron Mills en hiver, et son petit ami passait la semaine à New York. Peut-être avait-elle prévu d'aller voir quelqu'un à Philadelphie, et qu'elle ne nous l'avait pas encore dit. C'est possible. Mais voler un bateau ? Fuguer ? C'est [BIP]. C'est absurde !

**ASTER SPANOS :** Papa.

**GEORGE SPANOS :** Pardon. Je suis désolé. Joan et moi prenons beaucoup sur nous pour ne pas craquer, depuis trois mois. Nous nous sommes fiés à la police, en pensant qu'elle ferait son travail. Avions-nous le choix ? Mais pourquoi Zoé aurait-elle soudainement rompu toute communication avec nous, avec Caden, avec ses amis ? Pourquoi ne retirerait-elle pas d'argent à la banque ? Pourquoi n'utiliserait-elle pas sa carte de crédit ? Nous avons laissé les comptes ouverts, au cas où... au cas où elle en aurait besoin. [SANGLOTS ÉTOUFFÉS]

**MARTINA GREEN :** En effet, depuis douze semaines, il n'y plus aucune activité sur les comptes bancaires de Zoé. Ce qui indique que son enlèvement – si enlèvement il y a eu – n'était pas motivé par des raisons financières.

**GEORGE SPANOS :** [S'ÉCLAIRCIT LA GORGE] J'espère sincèrement que ma fille est toujours en vie. Zoé, si tu m'écoutes, si tu nous as quittés de ton plein gré, ce n'est pas grave. Nous ne sommes pas en colère contre toi. Nous voulons juste savoir que tu vas bien.

Mais je pense qu'à ce stade, nous devons envisager l'alternative. Si Zoé n'a pas fugué, cela signifie qu'elle a été enlevée, ou pire. Et que son ravisseur est toujours dans la nature. (HAUSSE LE TON) Si Holloway, Massey et leur clique faisaient leur [BIP] de travail, on dormirait mieux. Il ne s'agit pas seulement de ma fille, mais de la sécurité de toute notre communauté. [BIP] Je suis désolé. Je préfère m'arrêter là.

**MARTINA GREEN :** Je suis toujours à Maple Grove. Aster et moi sommes montées dans sa chambre, au premier étage. Elle est assise au bord de son lit et applique un masque revitalisant sur ses cheveux.

**ASTER SPANOS :** Il y a des choses que je ne peux pas dire devant mon père. Papa, si tu écoutes cet épisode – ce dont je doute – je suis désolée.

**MARTINA GREEN :** Quel genre de choses ?

**ASTER SPANOS :** Tu sais, ce que mon père a dit… Que c'était absurde que Zoé ait fugué… Je ne suis pas tout à fait d'accord.

**MARTINA GREEN :** Tu penses que la police a raison ? Que Zoé a fugué ?

**ASTER SPANOS :** Je ne sais pas. Mais à l'automne, elle n'était pas heureuse. Moins que pendant l'été, quand elle était en Californie. Moins que l'année dernière.

Je ne crois pas que mes parents l'aient remarqué. À leur décharge, Zoé était toujours joyeuse au téléphone. Elle donnait le change, mais… Quand elle est rentrée à la maison pour Thanksgiving, ça n'allait pas fort. Elle était comme… éteinte. Elle passait beaucoup de temps dans sa chambre, et elle ne voulait pas me dire ce qui se passait. Ça ne lui ressemblait pas.

**MARTINA GREEN :** Caden était-il à Windernere au moment de Thanksgiving ? Zoé a-t-elle passé du temps avec lui ?

**ASTER SPANOS :** Oui, il était là. Zoé est allée à Windermere deux fois pendant week-end. Elle a juré que tout allait bien, mais je suis sa sœur. Je n'étais pas dupe.

**MARTINA GREEN :** Tu crois que quelque chose n'allait pas entre eux ? Qu'ils s'étaient disputés, ou qu'ils avaient des problèmes ?

**ASTER SPANOS :** Je ne les ai jamais vus se disputer. C'était peut-être autre chose. Zoé ne m'en a pas parlé. Pendant les vacances de Noël, elle n'était pas très causante. Elle adorait la période des fêtes. Elle préparait des tonnes des biscuits et des cadeaux personnalisés pour le voisinage. Cette année aussi. Je comprends que nos parents aient pu croire que tout était normal. Mais dès le lendemain de

Noël, elle s'est enfermée dans sa chambre. Elle a prétexté qu'elle voulait lire les textes pour le cours avancé qu'elle devait commencer au printemps. C'était peut-être vrai.

**MARTINA GREEN :** L'inspecteur adjoint Massey n'a pas voulu me parler du contenu de l'ordinateur de Zoé, qui a été examiné peu après sa disparition. Mais la police de Herron Mills a rendu l'appareil à la famille Spanos, ce qui indique qu'ils n'ont rien trouvé de pertinent dans l'historique de recherche ni dans les dossiers. Si Zoé a conçu un plan d'évasion depuis sa chambre après Noël, elle n'en laissé aucune trace sur son ordinateur.

**ASTER SPANOS :** Pour être honnête, j'espère que la police a raison. J'espère que Zoé a fugué.

**MARTINA GREEN :** C'est-à-dire ?

**ASTER SPANOS :** Elle a peut-être une nouvelle vie, dans un endroit de rêve. À Buenos Aires ou à Monte-Carlo. Entendons-nous bien : je lui en voudrais à mort de nous avoir fait ça, si jamais elle rentrait à la maison. Mais pense aux alternatives. Si elle n'a pas fugué…

**MARTINA GREEN :** Aster et moi avons mis fin à notre conversation à ce moment-là. Le point qu'elle soulève est intéressant. J'ai passé cette série de podcasts à contrer la théorie de la fugue, défendue par la police.

Et je pense toujours que j'avais raison. Pourtant, comme Aster, j'espère que je me trompe. J'espère que c'est la police qui a raison et que Zoé a simplement fugué, même si c'est peu probable. Qu'elle a une nouvelle vie fabuleuse, où qu'elle se trouve. Qu'elle écoute ce podcast et se moque de nous.

Mais vraiment, je ne le crois pas.

Si vous avez des informations sur Zoé Spanos, aussi insignifiantes soient-elles à vos yeux, je vous en prie, appelez le numéro mis en place par la famille Spanos : 631-958-2757.

Quant à moi, j'aimerais mener d'autres interviews. Explorer cette histoire sous des angles différents. Je ne sais pas quand notre prochain épisode sera diffusé, mais soyez sûrs que je ne cesse pas d'enquêter.

En attendant la prochaine fois, je m'appelle Martina Green, et vous écoutez *Missing Zoé*.

[CODA AU THÈME INSTRUMENTAL DE *MISSING ZOÉ*]

# 12

## AVANT

### *Juillet*

Herron Mills, État de New York

Juillet succède à juin sans crier gare, et les jours s'égrènent, telles des perles scintillantes sur un fil invisible. Ensoleillés et lumineux, mais pas trop chauds. Le temps idéal. Le mercredi, nous retrouvons notre place habituelle à la plage. Pendant que Paisley ramasse des coquillages, je repense à la soirée de la veille avec Caden, dans l'écurie de Windermere. Avant de nous séparer, nous avons échangé nos numéros de téléphone. Ces dix petits chiffres brûlent dans mon portable. Je m'allonge sous le parasol et réfléchis au SMS que je pourrais lui envoyer, mais je ne trouve rien d'assez intéressant à lui dire.

Le jeudi, Paisley me presse de l'emmener dans un nouvel endroit. Nous optons pour un parc aquatique géant, non loin de l'aquarium. Emilia nous a autorisées à manquer le repas en famille. Nous nous régalons d'aiguillettes de poulet au pop-corn et de frites au cheddar sur la promenade et nous restons au parc toute la journée, avant de nous traîner jusqu'à la voiture, épuisées, quand le parc ferme ses portes à dix-huit heures.

Je suis en pyjama, et je m'apprête à ouvrir le livre que j'ai commencé à la plage – une histoire qui se passe moitié à New York, moitié dans un univers fantastique, sombre et impitoyable –, quand mon téléphone vibre.

Soirée cinéma ?

J'ai entré son numéro dans mon répertoire avec les initiales CT. Pas Caden, ni un mignon surnom comme « Boy Next Door ». Juste CT. Comme si je savais, au fond de moi, qu'il n'a pas sa place ici. Son cœur appartient à Zoé, et Zoé est toujours portée disparue.

Tu veux aller en ville ? Il y a quoi à voir ?

Je suis passée plusieurs fois devant le petit cinéma d'Herron Mills, sans jamais y entrer. Les températures vont bientôt atteindre des sommets. Il sera temps alors d'emmener Paisley voir tout ce que Disney et Pixar proposent cet été.

Je préfère rester dans les parages.

Mes doigts flottent au-dessus de l'écran. Caden doit penser que j'ai un ordinateur portable, mais ce n'est pas le cas. L'ordinateur pour la fac trône au sommet de ma liste des trucs à acheter avec l'argent gagné cet été. Je réfléchis encore à ma réponse, quand le message suivant apparaît.

On a une salle de cinéma au rez-de-chaussée, à Windermere. Viens par le même chemin que la dernière fois. Je te retrouve derrière.

Dix minutes plus tard, je suis rhabillée et je chemine sous les arbres. Il ne fait pas encore nuit. Le ciel est tissé d'ombre, mais les derniers rayons de soleil filtrent entre les branches. Ce soir, pas de vision mystérieuse de fille en robe blanche, pas d'accès de panique. J'ai des préoccupations plus triviales : Caden va-t-il me draguer ? En ai-je seulement envie ?

Il m'accueille à la lisière des arbres avec un sourire penaud.

– Désolé pour le manque de fantaisie, s'excuse-t-il. C'est moins fun que d'aller en ville, mais j'ai une collection géante de comédies musicales classiques et de thrillers en Blu-ray.

– Thrillers ou comédies musicales vintage ? dis-je en piétinant les herbes folles pour rejoindre une vaste cour pavée.

La zone a été défrichée récemment et la cour est propre, contrairement aux chaises à bascule et aux tables couvertes des toiles d'araignée entassées sous le porche de l'entrée. J'ignore comment Caden occupe ses vacances, mais j'ai l'impression qu'il tâche d'entretenir le parc, et tout ce qu'il peut faire sans l'aide sa mère.

– J'aime les films qui capturent les extrêmes de l'être humain, se justifie-t-il. Les grands numéros de chant et de danse me fascinent autant que les trucs gore complètement gratuits.

– C'est bizarre.

– Bienvenue dans ma tête !

Caden ouvre la porte en grand. Je retiens ma respiration et me prépare à être accueillie par des oiseaux et leurs fientes, mais la pièce est étonnamment propre et spacieuse. C'est une sorte de salon ou de salle de séjour, meublé d'un canapé, d'une table basse et d'étagères. Le mobilier n'est pas récent, mais ce ne sont pas des antiquités comme les meubles du hall d'entrée. À gauche, une ouverture laisse entrevoir une cuisine.

Caden répond à ma question avant que je la formule :

– Ce sont les appartements des domestiques. Enfin, ça l'était avant. Cette aile de la maison ne sert plus depuis deux générations.

Une imposante pile de livres de bibliothèque et une canette de Coca vide trônent sur la table basse. *De l'esclavage à la liberté : histoire des Afro-Américains* ; *Femmes, race et classe* ; *The Grey Album*. On dirait que Caden a transformé l'aile inutilisée en bibliothèque.

– Jake n'est pas là ?

Il hausse les épaules.

– Je crois qu'il dort à l'étage. Viens, c'est par ici…

Il m'entraîne vers une petite porte au fond de la pièce, puis se baisse pour tirer le verrou. Il ouvre le battant et m'invite à passer devant lui. Je regarde en bas. Il y a une rampe, mais l'escalier en colimaçon est escarpé. Je me redresse et presse une paume contre le mur. Le sol tangue au pied des marches.

– Passe le premier.

– Tu as le vertige ?

– Un peu…

– Désolé, j'aimerais pouvoir te proposer un ascenseur.

Caden s'engage dans l'escalier sans même tenir la rampe.

– Ça va aller, dis-je en serrant les dents.

Une main contre le mur, j'agrippe la rampe de l'autre et descends en regardant droit devant moi.

Quand j'arrive en bas, le souffle me manque. Caden n'a pas menti en parlant de salle de cinéma. Un véritable écran est suspendu au mur. Il appuie sur un bouton, et un projecteur numérique sort lentement du plafond. Six rangées de sièges vintage en velours rouge sont boulonnées au sol, et une immense collection de Blu-ray s'aligne le long d'un mur. Dans un coin, j'aperçois un rouleau d'essuie-tout, un seau et des produits de nettoyage. Une légère odeur d'antiseptique flotte dans l'air. Caden a fait le ménage en mon honneur.

– Waouh. C'est chic.

– C'est mon père qui l'a conçue, me dit-il. C'était un grand amateur de cinéma. On a une armoire pleine de bobines de films, mais le projecteur est HS. Mes parents organisaient des projections, auxquelles ils invitaient leurs amis.

Je ferme les yeux et j'essaie d'imaginer un autre Windermere. Opulent, animé, plein de gens.

– Ça devait être cool.

Caden hausse les épaules.

– Ils étaient connus pour leurs fêtes légendaires. L'écran n'est pas immense, mais toute la ville venait. Plus des amis de New York. Mais je m'en souviens à peine.

– Pourquoi ?

Je longe le mur de Blu-ray. La collection ne se limite pas aux comédies musicales et aux films d'horreur : il y a de tout. Des comédies récentes et des films de Marvel, ainsi qu'un vaste assortiment de biopics, et un coffret du *Seigneur des Anneaux* en édition limitée.

– Papa est mort quand j'avais cinq ans. J'imagine qu'ensuite, ma mère n'avait plus tellement envie de se divertir.

– Ah, exact.

Impossible de me rappeler si Caden m'a dit que son père avait succombé à un cancer de l'estomac, ou si je l'ai appris dans un podcast de Martina. Je me mords les lèvres, de crainte de gaffer.

– Ça peut se comprendre.

Je repense aux livres de bibliothèque posés sur la table basse, à l'étage, et je lâche sans réfléchir :

– Ce n'était pas trop bizarre ? Je veux dire, de grandir ici, avec des parents blancs ?

– Ah.

Caden se laisse tomber sur un siège au dernier rang et pose les pieds sur celui de devant.

– Pourquoi cette question ?

– Ben, c'est juste que… Il n'y a pas une folle diversité, ici…

J'embrasse d'un geste la salle de cinéma, mais je veux parler de Herron Mills en général.

– … comme tu le disais l'autre soir…

Avec mes amis de Brooklyn, les questions de couleur de peau et d'origine sociale reviennent souvent dans les conversations. Les élèves de couleur représentent plus de la moitié des effectifs de notre lycée, et aucun de nous ne vit dans l'opulence, loin de là. Mais quand j'en parle avec Caden, c'est différent. Peut-être parce que nous nous connaissons à peine. Ou à cause de ce qu'il m'a dit l'autre soir, dans l'écurie. Ou peut-être parce que c'est un garçon, et qu'au lieu de flirter, de me faire offrir à boire, de me laisser peloter par des mains maladroites, j'ai envie de le connaître.

– Eh bien…, reprend-il, rétrospectivement, oui. J'ai conscience de vivre dans un environnement majoritairement blanc et hyper privilégié, forcément. Même avant la disparition de Zoé, c'était parfois un peu étouffant. Mais quand j'étais petit, je ne comprenais pas grand-chose au fait d'être métis.

J'abandonne la collection de films et vais m'asseoir deux rangs plus haut, dos à l'écran, mais face à Caden.

– Ma mère biologique est blanche, reprend-il. Elle avait dix-sept ans quand je suis né. Mon père biologique est noir, mais ils ne sont pas restés ensemble. Alors, même si j'ai bénéficié d'une adoption ouverte, il ne fait pas partie de ma vie. Quant à maman, elle ne savait pas comment m'enseigner la culture noire. C'était une mère géniale, entendons-nous bien. Elle n'a pas toujours été malade. Mais oui, quand même, c'était bizarre. Enfant, je sentais que beaucoup de choses m'échappaient, d'un point de vue personnel ou culturel. Des questions liées à mes origines. Aujourd'hui, j'ai besoin de remettre pas mal d'expériences dans leur contexte.

– C'est différent à Yale ?

– Différent, oui. Mais Yale est un endroit très particulier. New Haven abrite trente pour cent de blancs et plus de soixante pour cent d'Afro-Américains et de Latinos. Pourtant, à Yale, moins de six pour cent des étudiants sont noirs. En tant que Noir, on sent cette tension.

Je hoche la tête en me rappelant les paroles de son ami Tim Romer dans le podcast, sur la police qui surveille les étudiants noirs du campus. C'est gênant de savoir des choses sur la vie de Caden qu'il ne m'a pas confiées. Intrusif. Je me tais, et il change de sujet :

– Tu travailles comme baby-sitter ici tout l'été ? Qu'en pensent tes parents ?

– Ma mère n'était pas enchantée au départ. Elle a mis du temps, mais j'ai l'impression qu'elle s'habitue au départ de son bébé.

Je souris.

– Quant à mon père, je ne l'ai pas vu depuis que j'ai quatre ans. Ça m'étonnerait que ça le dérange.

– Mmh. Le club des « Sans-papa »…

– C'est ça…

Caden sourit à son tour.

– Sois indulgente avec ta mère. Tu es fille unique ?

– Ouais.

Il hausse les épaules, et je devine qu'il pense à la sienne. Il a choisi de passer l'été ici, alors qu'il aurait pu aller étudier à l'étranger, effectuer un stage prestigieux, ou un de ces trucs que font les étudiants de Yale pendant l'été.

J'entortille mes cheveux dans mon dos.

– En parlant de mère, j'ai rencontré la tienne le week-end dernier…

Caden hausse les sourcils. C'est gênant, mais si on doit devenir amis, je ne veux pas que Mrs Talbot se dresse entre nous, tel un secret embarrassant. Autant percer l'abcès tout de suite.

– Pendant la fête d'anniversaire de Tom, elle est venue me voir pour me demander de ne pas m'approcher de toi.

Caden croise les mains derrière la tête et pousse un long soupir.

– Donc, elle t'a bien vue ce soir-là. Le jour où tu as apporté les cookies. Il m'avait semblé l'apercevoir à sa fenêtre, quand on était dans l'allée.

Je fais une moue pensive.

– Ne te laisse pas impressionner, me conseille-t-il. Il faut juste que tu saches que ma mère aimait beaucoup Zoé. Elles étaient très proches. Maman souffre de schizophrénie. Sa maladie a été diagnostiquée quand elle avait une vingtaine d'années. On ne sait pas exactement comment la schizophrénie apparaît. Comme il est possible qu'il y ait des facteurs génétiques, mes parents ont décidé d'adopter. Maman prend un traitement, et elle est suivie par d'excellents médecins. Mais ses troubles se sont aggravés depuis la disparition de Zoé.

Je garde le silence, le temps de digérer ces informations. Je ne connais pas grand-chose à la schizophrénie, mais je sais que c'est une maladie grave, difficile à traiter.

– Ça doit être dur.

– Ça l'est quelquefois, admet Caden. J'adore ma mère. C'est une femme merveilleuse, mais elle est difficile à vivre. Et Windermere…

Il laisse sa phrase en suspens et regarde autour de lui.

– Quand j'étais au lycée, il aurait déjà fallu faire de petites réparations, des travaux de peinture dans la maison. Elle les remettait toujours à plus tard. Après mon déménagement à New Haven, elle a cessé de laisser entrer des visiteurs dans le parc. Puis elle a pris les oiseaux. En première année, j'étais dans le déni total, complètement absorbé par ma vie à l'université. Je me persuadais que tout allait bien à la maison. Que maman allait bien. À Noël dernier, c'est devenu compliqué de ne pas voir le problème. Et c'est encore pire depuis la disparition de Zoé.

– C'est pour ça que tu passes l'été ici.

– C'est pour ça, oui.

Caden lâche le dossier et laisse tomber les mains sur ses cuisses.

– Bon, Anna Cicconi… maintenant qu'on a passé ma vie au peigne fin, si tu me disais quelque chose sur toi ?

Il a raison : je lui ai posé des questions personnelles toute la soirée. Il est presque neuf heures, et on n'a toujours pas choisi de film. Mais avant de reporter mon attention sur les Blu-rays, je dois lui offrir quelque chose en retour. Une bribe de mon passé. Un soupçon de vérité sur la fille que j'étais.

– Avant de venir ici, je faisais n'importe quoi de ma vie. Tu te souviens l'autre soir, à l'écurie, quand je t'ai dit que j'avais arrêté de boire de l'alcool ?

Il hoche la tête.

– Avec mon amie Kaylee, on a passé le dernier semestre à faire la fête. Je déconnais grave, et j'ai commencé à me détester. Du moins, à détester la fille que j'étais quand j'avais bu.

– Quel genre de fille était-ce ? demande Caden.

J'inspire profondément. Qu'est-ce que je peux lui révéler ? Si j'en dis trop, je risque de réduire à néant toutes mes chances d'avoir une histoire avec lui – en admettant que ce soit possible. Je me rends compte que j'ai surtout envie de me faire un ami. D'avoir un mec de mon âge à qui parler. Quelqu'un qui comprend ce que c'est que d'avoir un passé encombrant.

– L'ancienne Anna sortait avec des mecs dont elle ne se souvenait pas le lendemain matin. Elle avait des trous noirs et se réveillait sur le canapé, chez des inconnus.

Elle rentrait régulièrement chez elle à l'arrière d'une voiture de police…

Je marque une pause, attendant un commentaire. Un jugement.

– Mon amie Starr vit seule depuis qu'elle a seize ans, dis-je. J'ai longtemps envié sa liberté totale.

Je hausse les épaules.

– Mais c'est comme tout, on s'en lasse. Ma mère a deux boulots. Elle n'a pas le temps de s'occuper de moi. Je pense qu'au fond, je voulais juste attirer son attention.

– Ça a marché ?

– Pas vraiment.

Je m'esclaffe.

– Mais j'en ai eu marre de moi.

– Et c'est pour ça que tu es là ? demande-t-il, me renvoyant ma question de tout à l'heure.

– Quand on s'occupe d'un enfant, on n'a pas le droit à l'erreur. Pour l'instant, j'assure.

Je me retiens d'ajouter « à peu près ». Je n'aborde pas non plus la raison de ma présence à Herron Mills : mon étrange ressemblance avec Zoé. Il le sait déjà. Et qu'importe la raison pour laquelle j'ai obtenu ce job, je suis une super baby-sitter. Je vais assurer à la fac aussi. Je le sens. Ça ne fait même pas deux semaines que je suis partie de chez moi. Il me reste plein de temps pour achever ma métamorphose.

– Je crois en toi, Anna Cicconi, dit-il, utilisant à nouveau mon nom complet.

Je souris.

– Alors, qu'est-ce qui te tente ? me demande-t-il. Maison hantée, possession, sorcières ou serial killers ?

– Euh... Si on réservait les films d'horreur à un autre soir ? Je serais plus d'humeur pour quelque chose de léger.

– Sage décision.

Caden bondit de son siège et extrait plusieurs films de l'étagère. Je passe en revue sa sélection de comédies musicales et de comédies, et j'arrête mon choix sur *Singing in the Rain*.

– Super ! approuve-t-il, avant d'aller insérer le disque dans le lecteur.

Peu après, le lion de la MGM emplit l'écran et Caden vient s'asseoir à côté de moi. Je retire mes chaussures et remonte les genoux contre ma poitrine en lorgnant sa main posée sur l'accoudoir entre nous. Il la laisse pendant tout le film, mais ne fait pas un seul geste pour effleurer mon bras ou mes doigts. Dans d'autres circonstances, je serais sûrement déçue. Il est mignon, intelligent, et bizarre dans le bon sens du terme...

Seulement, Caden est tout sauf disponible. Sa fiancée a disparu, et il passe l'été à s'occuper de sa mère, atteinte d'une maladie mentale. Il a besoin d'une amie, pas d'une histoire d'été sans lendemain. Et la nouvelle Anna aussi a d'autres ambitions. Je mentirais si je prétendais que je n'ai pas envie de glisser ma main sur la sienne, de caler ma tête dans le creux entre son cou et son épaule. Mais quelque chose me dit que c'est le début d'une véritable relation. Je garde mes bras autour de mes genoux, et décide que les choses sont bien comme elles sont.

Cette nuit-là, je rêve que je suis à Windermere. La maison luit au clair de lune, majestueuse, éthérée. Les lianes qui mangent ses murs ont disparu et les colonnes pâles s'élancent vers le ciel pour soutenir le balcon du deuxième étage. La peinture est immaculée. Les fauteuils à bascule du porche d'entrée sont dans un état impeccable. L'herbe luxuriante scintille encore de la pluie de la fin d'après-midi. Devant, l'étang aux carpes kois est abrité de la route par une haie majestueuse, taillée au cordeau. Les corps orange et blanc des poissons brillent sous la surface, puis disparaissent dans les profondeurs de l'eau.

Je vois la propriété d'en haut, comme si je la survolais. L'instant d'après, je suis assise au bord du balcon, et mes jambes se balancent dans le vide. Dans mon rêve, je n'ai pas le vertige. Je tapote les barreaux de la balustrade comme les touches d'un piano.

Je ne suis pas seule. Une fille est assise à côté de moi. Elle a un an ou deux de plus que moi, la peau hâlée. Une crinière brune – la même que la mienne – cascade dans son dos. Elle porte une robe jaune, presque dorée. Une sandale dorée pend au bout de ses orteils.

– Tu vas la perdre, dis-je.

Elle rit. Le son se perd dans la nuit d'été. Elle renverse la tête et je vois ses dents scintiller, telles deux rangées de perles au clair de lune. Mes yeux descendent jusqu'à sa clavicule, attirés par la lueur dorée des initiales ZS qui se balancent devant une tache de naissance. Elle tend brusquement la jambe, et d'un coup de pied, envoie sa sandale dans le ciel. La chaussure décrit un arc de cercle avant d'atterrir sans un bruit dans l'épais tapis d'herbe, au-dessous.

Quand mon regard revient sur le balcon, je suis seule. Je contemple mon buste. Une robe jaune d'or a remplacé mon short et mon tee-shirt. Un de mes pieds est nu. Et soudain, le sol me semble très loin. Je repasse les jambes entre les barreaux de la balustrade et j'attire mes genoux contre ma poitrine.

Je me réveille en sursaut et cherche mon téléphone à tâtons.

Il est presque trois heures du matin. Je fixe le plafond pendant quelques minutes, le temps que mes yeux s'accommodent à la pénombre. Sûre de ne pas réussir à me rendormir, je lance les jambes sur le côté du lit, j'attrape mon sweat à capuche et je sors sur la terrasse.

Les lumières dansent au bord de la piscine. Il fait frais, mais ce n'est pas désagréable. Je me blottis sur une chaise longue, lance Messenger et ouvre ma dernière conversation avec Starr.

Toujours pas de réponse.

Je tape un nouveau message :

Je pense à toi ce soir. Est-ce qu'on voit les mêmes étoiles depuis le Royaume magique ?

Un verre m'aiderait à me rendormir. Je tends le cou et regarde les fenêtres sombres de la cuisine des Bellamy. Plus que de boire un verre, j'ai envie d'en apprendre davantage sur Zoé. Mais je n'ai plus d'épisodes de podcast et je ne sais pas trop quoi chercher sur Google. J'ouvre Instagram et tape son nom dans la barre de recherche. Son profil est toujours actif, mais aucune nouvelle photo n'a été postée depuis décembre. En revenant en arrière, je trouve principalement des photos de la plage en hiver, puis de Providence en automne, des feuillages aux couleurs éclatantes, le reflet étonné de Zoé capturé dans une flaque. Encore avant, des couchers de soleil orange en Californie et des mouettes qui planent au-dessus d'une marina. Je dois remonter au printemps dernier pour trouver des photos de Caden. Les voici, ensemble à Yale, puis à Brown. Leurs visages s'affichent sur d'innombrables selfies. Je quitte l'application.

Entre deux bâillements, je lance une recherche Google sur Windermere. Il y a beaucoup plus de résultats que prévu. La Société historique de Herron Mills la fait figurer dans sa liste des demeures remarquables, et propose en lien plusieurs articles rédigés au fil du temps. Un passionné d'histoire des Hamptons lui consacre un petit paragraphe, illustré du photogramme d'une invitation à un bal dans le parc en 1906, ainsi que de photos de la maison en 1927 et 1968.

En lançant une recherche d'images, je trouve quelques photos plus récentes, datant du début des années 2000.

Voilà à quoi ressemblait la maison quand Caden était enfant. Elle est pimpante et bien entretenue, comme dans mon rêve.

Je referme les yeux et me laisse à nouveau dériver. Je suis de retour sur le balcon de Windermere, et dans mon rêve. Cette fois, Caden est là aussi. Il est assis derrière moi sur le balcon, et ses bras enlacent ma taille. Ses jambes sont pliées de chaque côté de mes hanches. Avec une douceur infinie, il écarte une mèche de cheveux de mon visage et pose le menton sur mon épaule.

Ses lèvres frôlent mon cou, d'abord légères comme la plume, puis plus insistantes. Je me love contre sa poitrine et j'incline la tête, jusqu'à ce que ma bouche trouve la sienne. Ses lèvres sont douces et tièdes comme l'air de la nuit. Nos gestes me semblent à la fois nouveaux et familiers. Ses doigts passent de mes cheveux à mon épaule, effleurent ma gorge et descendent jusqu'à ma clavicule. Ils s'arrêtent. Caden se recule et fixe la lueur blafarde de ma poitrine, au-dessus du décolleté de mon caraco. Instinctivement, mes doigts se lèvent pour toucher ma peau.

– Ton collier, me dit-il. Il n'est plus là.

L'instant d'après, Caden disparaît à son tour et je suis seule sur le balcon. Derrière moi, les lianes envahissent les bardeaux. Une vitre se lézarde. Je m'agrippe à la balustrade, mais le bois pourri se désintègre à mon contact. Je bascule en avant avec une exclamation muette. Au moment où je crois tomber, une volée de corbeaux descend en piqué, et l'air déplacé par leurs battements d'ailes inverse le sens de ma chute. Je roule en arrière et me recroqueville sur moi-même. Un coup de bec tranchant entame ma chair.

# 13

# MAINTENANT

## *Septembre*

Herron Mills, État de New York

Il faut que tu arrêtes.

Martina est en classe. Son téléphone devrait être dans son casier, et non dans son sac à dos. Et son sac à dos ne devrait pas être ouvert sous son bureau, dissimulant à peine l'écran lumineux. Seulement, elle ne peut pas se déconnecter maintenant. Ça lui est physiquement impossible. Son corps entier bourdonne ; le monde en ligne est soudain plus réel, plus important que tout ce qui pourrait survenir entre les murs de Jefferson. Elle a hésité à sécher les cours aujourd'hui, mais Mami l'aurait tuée – métaphoriquement, bien sûr. En réalité, Mami l'aurait punie et lui aurait confisqué son téléphone. Après cela, elle n'aurait plus été d'aucune utilité à personne. Ç'aurait été bien pire que d'assister au cours de Mr Cohu sur la guerre de Crimée, à neuf heures du matin.

Elle regarde fixement le texto. Ces cinq mots sont-ils un avertissement ou une menace ? Martina a mis en ligne le cinquième épisode de *Missing Zoé* hier après-midi – le premier depuis presque six mois, alors que Zoé n'est plus portée disparue. Mais sa mort reste un mystère, encore plus aujourd'hui que lorsqu'on a retrouvé son corps, au mois d'août. Car le rôle d'Anna dans cette affaire ne semble plus aussi clair, ainsi que Martina le soupçonne depuis les aveux de la jeune fille. Désormais, tout le monde sait qu'Anna n'a quasiment aucun souvenir de la nuit en question, selon ses propres termes.

L'épisode couvre une longue période, depuis la découverte du corps de Zoé dans le lac Parrish, jusqu'au coup de théâtre provoqué par les résultats de l'autopsie, la semaine dernière. Martina y a inséré des extraits d'entretiens avec différentes sources, comme de coutume, mais c'est son interview d'Anna qui a créé le buzz. *Missing Zoé* est brusquement passé de trois cents téléchargements par épisode en moyenne, à sept mille sept cents rien que pour l'épisode 5.

Ça ne fait même pas vingt-quatre heures. Martina consulte les statistiques toutes les cinq minutes. Les gens continuent de télécharger, de commenter, de rebloguer. Son audience ne se limite plus à ses camarades de classe de Jefferson et ses voisins de Herron Mills, des personnes qui ont pris l'habitude, non sans réticences, de suivre son podcast ces sept derniers mois. Depuis que la police a cessé d'enquêter et qu'elle a décidé de s'atteler à la tâche. Désormais, des inconnus l'écoutent. Dans tout le pays. Ils commencent par ce cinquième épisode, puis remontent aux origines de la série.

Martina est de plus en plus souvent taguée dans des billets d'opinion d'étrangers, qui se plaisent à exposer leurs théories. Anna Cicconi, la fille qui a avoué avoir tué Zoé Spanos, est incarcérée depuis six semaines, et elle a accordé sa première interview à Martina, en exclusivité. Cette interview change le regard des gens sur Anna, leur opinion sur l'affaire. Au mieux, elle est innocente. Au pire, c'est une menteuse doublée d'une calculatrice. Peut-être est-elle bien pire que ses aveux ne le laissent supposer.

L'interview suscite autant d'éloges que d'hostilité, des sentiments que les gens ne se privent pas de manifester directement à Martina. Les commentaires envahissent son flux Twitter, ses mails, messages privés, ses SMS... Elle les ignore, la plupart du temps. Elle les lit, mais n'y répond pas. Même si elle le voulait, ce ne serait pas possible : elle est piégée à Jefferson jusqu'à quinze heures quinze. Mais ce dernier texto est plus difficile à ignorer, car il émane de Kaylee, l'amie d'Anna. Avant qu'elle puisse trouver une réponse appropriée, le flot des textos reprend.

Franchement, qu'est-ce qui t'a pris ? Ses avocats flippent comme des malades. Sa mère aussi.

Anna raconte toujours n'importe quoi sur le soir du Nouvel An.
ON N'A JAMAIS MIS LES PIEDS À HERRON MILLS.
ON N'A JAMAIS RENCONTRÉ ZOÉ.

Mets-toi bien ça dans la tête. Cette interview ne nous aide pas.

Martina inspire à fond et ferme son sac à dos avant de se faire surprendre. Qu'est-ce qui lui a pris ? Bonne question. Elle pensait qu'Anna n'avait pas eu l'occasion de s'exprimer depuis que la police avait enregistré ses pseudo-aveux, truffés de « j'ai dû », de « peut-être », et de « je ne me souviens pas ». Elle pensait que si Anna était accusée d'un crime moins grave – ou d'un crime qu'elle n'a pas commis –, la famille de Zoé n'obtiendrait pas vraiment justice. Soit Anna s'en tirerait à trop bon compte, soit elle serait emprisonnée à tort, et le vrai coupable ne serait pas inquiété.

Mais elle pensait aussi à elle-même, à sa quête résolue de vérité, à ses résultats médiocres au PSAT, et au formulaire de demande d'inscription à l'université de New York, à moitié rempli, qui dort dans son ordinateur portable. Pour la première fois depuis qu'elle a parlé à Anna, elle envisage la possibilité, infime, que l'entretien puisse nuire à celle-ci. Peut-être aurait-elle dû lui conseiller d'écouter ses avocats, de faire profil bas. Ne s'est-elle pas montrée égoïste ? L'accusation risque de déformer les propos d'Anna et de les utiliser contre elle. Il semblait légitime à Martina de diffuser cette interview, mais peut-être était-ce irresponsable. Elle a davantage pensé à elle qu'à Anna.

Les heures passent, mais le moment où la cloche sonnera sa libération est encore loin. Au moment du déjeuner, l'épisode 5 a atteint quinze mille téléchargements.

Le nombre a presque doublé en trois heures, depuis que Martina est arrivée en cours. Ses camarades de classe parlent d'elle, mais ce n'est pas nouveau. Tout le pays parle d'elle. L'augmentation rapide du nombre de téléchargements dissipe ses doutes. L'interview apporte une lumière nouvelle et nécessaire à l'affaire. Elle a eu raison de la diffuser.

Elle déchante brusquement quand Aster abat son plateau sur la table de cafétéria, devant elle. Ses muscles de nageuse se dessinent sous sa peau.

– Je n'en reviens pas que tu aies fait ça.

Martina s'étrangle avec sa bouchée de sandwich au poulet. Les larmes lui montent aux yeux.

– Q-quoi ? articule-t-elle d'une voix rauque.

– Ne me dis pas « quoi ». Tu sais très bien quoi.

L'intonation de sa meilleure amie lui rappelle dangereusement celle de Mami.

– J'ai cru que…

La douleur et la perplexité se peignent sur le visage de Martina.

– Les choses avancent enfin.

– Je m'en fous ! s'exclame Aster. Tout le monde se met à plaindre Anna. Elle a avoué, et elle revient sur ses aveux à cause de toi.

Les gens les regardent. Martina sent leurs yeux sur sa nuque. Elle baisse la voix.

– Je ne lui ai pas soufflé ce qu'elle devait dire. Tu as lu le rapport d'autopsie. L'histoire qu'Anna a racontée à la police est fausse, Aster. Ça n'a pas pu se passer comme ça.

Aster se raidit. Ses joues sont cramoisies. Martina note que son amie ne porte plus les boucles d'oreilles en or qu'elle lui a offertes en seconde. Celles qu'elle n'ôtait que pour nager et dormir. Le message est clair : « va te faire foutre ! »

– Cela ne veut pas dire qu'elle est innocente, objecte Aster. Elle a pu la tuer autrement.

– Je suis d'accord !

Martina s'est retenue de crier. Elle sait qu'elle a mené cette interview de manière impartiale. Si, après avoir écouté l'épisode, les gens pensent qu'Anna est innocente, cette conclusion leur appartient. Elle ne les a pas manipulés.

– On ne dirait pas ! crache Aster.

Martina ne sait pas quoi répondre. Elle pensait que son amie comprendrait. La publication du rapport d'autopsie, le fait qu'Anna affirme n'avoir aucun souvenir de ce qui s'est passé cette nuit-là, sont deux pas dans la bonne direction. Celle qui mène à la découverte de la vérité, quelle qu'elle soit.

– Je suis désolée, dit-elle enfin. Je veux juste que ta famille obtienne justice.

– Et comment ça va se passer, maintenant ? crache Aster. Anna va être disculpée.

– Et si elle était innocente, Aster ?

La voix de Martina oscille entre le murmure et le sifflement.

– Tu ne veux pas connaître le coupable ?

Aster darde un regard exaspéré sur son amie.

– Parce que la police a d'autres pistes, peut-être ? Tu penses qu'il y a beaucoup d'assassins tapis dans l'ombre à Herron Mills ?

Elle empoigne le bord de la table.

– Si Anna s'en sort, c'est fini. Tu ne comprends pas ? Elle utilise l'autopsie pour semer le doute. Elle a menti exprès sur les circonstances de la mort de Zoé, dès le début. Elle savait que les résultats de l'autopsie contrediraient ses aveux. Elle se moque de toi, Martina. Elle nous manipule tous.

Martina, garde le silence, choquée. Elle ne croit pas ce que dit sa meilleure amie. Qu'Anna a monté une arnaque. Que tout cela fait partie d'un plan. Mais Aster en est manifestement convaincue. Ses parents aussi, sans doute. Car la jeune fille a raison sur un point : il n'y a aucun autre suspect, aucune autre piste. Pas encore, du moins. Si Anna est libérée, cela ne garantit pas que justice sera rendue. N'empêche, la police va peut-être enfin se décider à élargir l'enquête, désormais. Peut-être s'intéresseront-ils de plus près à Anna – mais pas seulement à elle. La perspective qu'une innocente soit condamnée à tort, la pire qui soit, semble s'éloigner.

Pour la première fois, Martina comprend que son amie ne voit pas les choses comme elle. Pour les Spanos, Anna est le seul espoir d'obtenir des réponses, la vérité, la justice. C'est incompréhensible ; leur raisonnement est tordu. Mais c'est pourtant la réalité. Elle a mal interprété le comportement d'Aster depuis que les résultats de l'autopsie sont arrivés. Son attitude distante au lycée, les textos auxquels elle n'a pas répondu, les invitations qu'elle décline, au motif qu'elle est trop occupée. Aster n'a pas accueilli ce rapport de la même façon que Martina. Elle est furieuse, parce qu'elle est convaincue qu'Anna ment. Et elle accuse sa meilleure amie d'avoir attiré la sympathie du public sur Anna, de la priver de justice.

Martina reste un long moment silencieuse. Elle n'a plus faim. Elle mâchouille distraitement le bout de sa queue de cheval, une habitude qu'elle avait perdue depuis des années. Avant d'avoir trouvé une réponse, elle lève les yeux et s'aperçoit qu'Aster est partie.

# 14

## AVANT

### *Juillet*

Herron Mills, État de New York

Le vendredi matin, le soleil me réveille aux aurores. Je me suis endormie au bord la piscine, et une écharde de la chaise longue s'est plantée dans ma cuisse pendant la nuit. Ma peau est rouge et douloureuse. Je file sous la douche, et je suis à peine habillée qu'Emilia frappe à la porte du studio. Elle me rappelle que Paisley part dans une heure, et qu'il faut finir de la préparer pour son voyage.

Mon cerveau mouline. Le voyage de Paisley ?

Je donne le change jusqu'à ce que j'arrive dans la maison. J'attends qu'Emilia disparaisse dans son bureau pour demander à Paisley où elle va. Elle m'apprend qu'elle va passer quatre jours dans les Catskills avec les Paulson-Gosse. J'aurai donc quelques jours de congé à la fin de la semaine. J'essaie de masquer ma surprise, mais Paisley n'est pas dupe.

– On en a parlé au MoMA, chuchote-t-elle. Et maman a passé en revue le programme de l'été la semaine dernière, souviens-toi.

– Bien sûr.

Je souris, pas très convaincante.

– J'avais juste oublié quel week-end c'était.

Quarante minutes plus tard, je suis devant la maison avec Emilia. En installant Paisley dans le van avec Raychel, Kyle et leurs mères, je me demande ce que je vais faire de moi pendant quatre jours. Paisley ne rentre que lundi soir. Tout ce temps libre me donne le vertige. Lorsque Emilia vérifie pour la troisième fois si la crème solaire et les vitamines de Paisley sont dans sa valise, Elizabeth se racle la gorge et assure que tout va bien se passer. Elle promet de l'appeler en arrivant. Emilia se raisonne et ferme la portière du van. Nous les saluons à grands gestes, pendant qu'Hilary fait demi-tour et s'éloigne dans l'allée.

De retour dans la cuisine, je prends un yaourt parmi les victuailles qu'Emilia a posées sur la table pour le petit déjeuner, et je l'écoute distraitement discuter au téléphone avec Tom. Ils vont passer le week-end à Amagansett avec des amis. Ça aussi, je devrais le savoir. Elle veut qu'il quitte le bureau plus tôt, pour éviter les embouteillages. Je me souviens de vendredi dernier, quand Tom est resté garé devant la maison des Cooper pendant deux heures avant de nous rejoindre pour le dîner. Je l'avais oublié, mais je me demande maintenant à quelle heure il rentre chez lui le vendredi soir.

Je rince mon bol dans l'évier et sors sur la terrasse de la piscine. Je tripote mon téléphone dans ma poche arrière, mais me ravise. Il est trop tôt pour envoyer un SMS à Caden. Ça ne fait même pas douze heures que j'ai quitté la salle de cinéma. « Douze heures qu'on s'est embrassés », ajoute mon cerveau. Sauf que Caden ne m'a pas embrassée. Mon imagination me joue des tours. Je me masse les tempes. J'ai hâte de le revoir, mais je ne suis pas aussi pressée de retourner à Windermere. Une petite pause me fera du bien. Une journée pour me vider la tête. Me baigner. Lire mon livre. Aller me balader en ville avec mon carnet de croquis, me poser un moment sur un banc...

Avant que j'aie arrêté mon choix, deux choses se produisent en même temps. Mon téléphone vibre et Emilia m'appelle dans la maison :

– Anna, un paquet pour toi !

Mes nouveaux vêtements. Je cours jusqu'à la porte d'entrée pour réceptionner la livraison du chauffeur UPS.

De retour dans le studio, j'essaie ce que j'ai commandé. Trois robes d'été et une longue jupe bleue, toutes munies de poches. Deux tops. Deux chapeaux souples. Je suis tellement absorbée par mon défilé de mode que j'en oublie les textos, jusqu'à ce que mon téléphone vibre à nouveau.

J'ai oublié de te dire qu'on partait pour le week-end. En ville, chez des amis de maman.

C'était cool, cette soirée cinéma. On recommence à mon retour ?

Hein ? Je fixe l'écran, tandis que la déception inonde lentement ma poitrine.

Carrément. Amuse-toi bien !

Quitter les Hamptons pour aller passer le 4 juillet à New York ? Quelle drôle d'idée ! Soudain, ces quatre jours de liberté me semblent d'une longueur insupportable. Mon téléphone bipe à nouveau.

Peu probable. 🙁

J'accroche mes nouvelles robes dans la penderie et opte pour une balade en ville. Je ferai quelques croquis. Peut-être que j'irai manger des sushis dans le restau que Martina et Aster m'ont conseillé la semaine dernière. Ça meublera ma journée.

J'attaque le dernier chapitre de mon livre et mon troisième maki au thon et à l'avocat quand mon téléphone s'allume. Je m'empresse de consulter le message. Avec un peu de chance, Caden m'annonce que leur départ est reporté au lendemain. Mais non...

Devine où je suis.

Je mords à l'hameçon.

À Brighton Beach. Assise à la terrasse du café avec les nappes à carreaux noirs et blancs.

Kaylee me répond par un selfie. Je plisse les yeux pour essayer d'identifier l'arrière-plan. Un siège de train, du vert derrière la fenêtre. Elle n'est pas dans le métro. Elle est dans un train.

J'arrive à Bridgehampton à 14 h 15. Viens me chercher.

Elle ne me laisse pas le choix. Bizarre. Comment ai-je pu l'inviter à me rendre visite, alors que je ne me souvenais même pas que j'étais libre aujourd'hui ? Et soudain, ça me revient. Emilia a dû me préciser mes dates de congé pendant l'entretien, ainsi que me l'a rappelé Paisley. Quand Kaylee m'a reproché d'avoir pris ce job, j'ai mentionné ce week-end, comme on brandit un rameau d'olivier. Puis j'ai oublié... Mon estomac se contracte légèrement.

Ces dernières semaines, je nageais en pleine confusion. Ma meilleure amie a une mémoire d'éléphant, et son cerveau retient les promesses comme un piège d'acier. Elle aurait pu m'envoyer un SMS pour me confirmer sa venue, mais pourquoi gâcher la surprise ? Je grimace dans ma soupe miso en me demandant combien de temps elle compte rester.

Deux heures plus tard, je patiente sur le parking de la gare, dans la voiture d'Emilia. Je me suis excusée auprès d'elle pour cette visite impromptue. Elle était occupée par ses projets de week-end, et ne s'en est pas formalisée. Cela dit, elle n'a pas encore rencontré Kaylee.

Quand le train entre en gare à quatorze heures vingt-quatre, j'agrippe le volant si fort que mes articulations blanchissent. Finalement, ce n'est pas plus mal que Kaylee ne m'ait pas prévenue de son arrivée. J'aurais stressé toute la semaine. Au lieu de quoi, toute mon anxiété s'est concentrée sur ces deux dernières heures. Loin de mon amie, j'ai réussi à rester à sobre et raisonnable. Ce n'était pas évident, mais j'ai fait de gros efforts. Qu'adviendra-t-il de mes bonnes résolutions maintenant que nous sommes réunies ? J'ouvre la portière, la mâchoire crispée.

J'entends Kaylee avant de la voir :

– Excusez-moi, je passe devant ! On m'attend pour une mission urgente !

Elle se fraie un passage dans la foule de voyageurs qui s'agglutinent à l'entrée de la rampe d'accès. Ses cheveux blond doré cascadent dans son dos. Elle porte à l'épaule un sac de voyage violet presque aussi grand qu'elle, assorti à ma valise. Elle me l'a emprunté pour une sortie scolaire en troisième ou en seconde, et ne me l'a jamais rendu.

Kaylee porte un minuscule short blanc et un top bandeau orange vif qui met en valeur ses bras bronzés et laisse apparaître le piercing vert fluo ornant son nombril. C'est nouveau, ça !

Elle s'arrête brusquement au milieu de la rampe et agite frénétiquement un bras, comme si je risquais de la manquer. Les autres passagers la contournent en râlant.

– Anna !

– Kaylee ! Salut !

Je me force à sourire et j'agite un bras à mon tour.

– Viens vite. Tu encombres le passage.

Elle dévale la rampe et se pend à mon cou, dans un méli-mélo de bras, de cheveux et de peau moite. Je commence par me raidir, puis m'abandonne à son étreinte. C'est plus fort que moi. Ma meilleure amie m'a manqué.

Si Kaylee est toujours fâchée, elle n'en laisse rien paraître. Assise sur le siège du passager, elle me raconte tout ce que j'ai raté ces deux dernières semaines. Pas grand-chose, à vrai dire. Elle s'est fait percer le nombril le jour de mon départ, un cadeau de fin d'études perso. Je suis un peu jalouse. Kaylee a déjà fêté ses dix-huit ans. Je ne les aurai qu'à la fin du premier semestre de fac. Ça ne m'a jamais dérangée d'être le bébé de notre classe, et n'ai pas spécialement envie d'avoir un piercing fluo, mais j'aurais bien aimé me faire tatouer cet été. Un truc pour marquer la fin de mon séjour à Herron Mills. Ou le début de l'automne. Mon nouveau départ.

Alors que je roule au pas dans les embouteillages, Kaylee évoque la nouvelle copine de Mike et le bar à thème hawaïen qui ouvre à l'angle de la 74^e^ avenue et la 5^e^ rue. Je me demande si une feuille d'automne serait trop cliché. Peut-être sur la cheville ?

– Tourne ici ! ordonne Kaylee en m'indiquant une route adjacente.

Elle a son téléphone à la main et se fie à l'itinéraire qui s'affiche à l'écran. Ses boucles d'oreilles en argent lancent des éclairs.

– Où va-t-on ?

Je pose la question, mais j'ai déjà obéi.

– Au ravitaillement. Il y a un magasin d'alcool à huit kilomètres.

Je plisse les yeux derrière mes lunettes de soleil. Avant de déménager, Starr nous approvisionnait en alcool. Ici, on n'a ni Starr ni sa carte d'identité.

– Ils vont nous demander nos cartes. C'est un week-end de vacances.

– Mais non, objecte Kaylee. Tu t'inquiètes trop.

C'est elle qui est trop confiante. En même temps, s'ils nous demandent une carte, ce ne sera pas la mort. Kaylee se mettra en rogne contre le vendeur, et on n'aura plus qu'à se trouver une autre activité pour s'occuper. Un truc qui s'accommode de la sobriété.

Elle me tire brusquement par la manche.

– Arrête-toi ! Vite !

Je freine et me gare sur le bas-côté, effrayée. La voiture qui me suivait klaxonne, puis déboîte brusquement pendant que je cherche à tâtons les warnings de la voiture d'Emilia. Kaylee ouvre sa portière et saute sur le trottoir.

– Becca, j'hallucine !

Elle se pend au cou d'une petite Chinoise menue avec un anneau dans le nez et des mèches rose vif. Elle est accompagnée d'un grand type émacié en débardeur et short de surf – une tenue savamment étudiée, probablement ironique. Ils sont tous deux chargés de sacs de courses.

Kaylee libère la fille et lui passe une main dans les cheveux.

– Quand est-ce que tu as fait ça ? couine-t-elle.

Je les rejoins sur le trottoir. La fille nous présente son petit ami, Zeb.

– Anna, dis-je.

Je tends la main à Zeb, puis à la fille. Elle glousse et se couvre la bouche.

– Je me souviens de toi.

Kaylee me regarde, l'air intrigué.

– Tu te rappelles Becca, non ? Elle avait les cheveux bleus cet hiver.

Je plisse les yeux. Je ne crois pas avoir déjà vu cette fille.

– Oui, bien sûr. Le rose te change vachement.

Becca s'esclaffe à nouveau, et Zeb lui rappelle qu'ils doivent aller ranger les courses dans leur bungalow avant que la glace ait fondu. Kaylee promet à Becca de lui envoyer un SMS plus tard. Nous regagnons la voiture d'Emilia et nous reprenons la route pour le magasin de spiritueux. Chemin faisant, j'avoue à Kaylee :

– Je n'ai aucun souvenir de cette fille. Comment as-tu…

– Ah bon ?

Kaylee me regarde bizarrement.

– Ça fait quelques mois, d'accord, mais elle était à toutes les fêtes de Wanda l'hiver dernier. Je suis presque sûre que vous avez discuté pendant des heures d'un truc hyper chiant. Genre, la peinture acrylique.

– C'est une artiste ?

– Là ! Tourne !

Je gare la voiture sur le parking du magasin de spiritueux.

– On la connaît de Brooklyn ?

À l'intérieur, Kaylee s'empare d'un petit chariot et file entre les étalages de vin pour rejoindre le rayon des alcools forts, comme si elle était chez elle. Le temps que je la rejoigne, elle a mis une bouteille de Jose Cuervo, une bouteille de Bacardi blanc et un mélange jaune-vert spécial Margarita dans notre caddie.

– Tu es déjà venue ici ?

Kaylee incline la tête et me lance un regard oblique.

– C'est un magasin d'alcool, Anna. Ils se ressemblent tous. Va voir si tu trouves du jus d'ananas et de l'eau gazeuse dans le fond.

Je m'exécute. Alors que je sors du frigo un pack de six canettes de jus d'ananas, j'entends qu'on se racle la gorge derrière moi. Je me redresse, prête à libérer le passage.

– Anna ?

Je pivote brusquement.

– Le mec des pingouins !

– Je préfère « l'expert en pingouins », réplique Max en souriant.

Il écarte une mèche de cheveux bruns, qui retombe aussitôt devant ses yeux.

Je souris à mon tour. Il est encore plus mignon sans son uniforme de l'aquarium, et contrairement à Caden, il n'a pas de fiancée disparue. Pourtant, je me prends à regretter que Caden ne soit pas à sa place sous les néons blafards, tout sourire et les yeux pétillants.

Un chariot géant est stationné devant lui, plein à ras bord de caisses de bière, et, dans une moindre mesure, de bouteilles de vodka et de gin.

– Tu fais souvent tes courses à Herron Mills ?

Il rit.

– Pas vraiment. Je sors du boulot à l'aquarium, et c'est le meilleur magasin d'alcool sur la route de Montauk. C'est rare qu'ils aient à la fois une grande variété de bières et des trucs plus costauds.

– Ah oui, c'est vrai. La fête…

Comme par enchantement, Kaylee surgit à l'angle du rayon en poussant notre chariot – nettement moins bien garni – et s'arrête à côté de nous.

– Une fête ?

– Max, je te présente Kaylee. Kaylee, Max.

Elle lui tend une main, les yeux brillants. Il la prend dans la sienne.

« Je lui laisse, me dis-je. Il ne m'intéresse pas, en fait. »

Le vrai problème, c'est la fête que Max organise à Montauk. Je l'ai chassée de mon esprit aussitôt après qu'il m'y a invitée. J'ai l'impression qu'une éternité s'est écoulée depuis lundi. Me soûler avec Kaylee dans le studio chez les Bellamy, c'est une chose. Il est peu probable qu'on s'attire des ennuis. Alors qu'une fête du 4 juillet sur la plage...

Mon estomac se contracte.

– Je croyais que tu travaillais, dit Max.

Je comprends soudain qu'il s'adresse à moi.

– Exact. Je pensais. Mais Paisley est partie passer le week-end avec des amis.

– Nickel !

Il transfère le contenu de notre caddie dans le sien.

– C'est pour moi. Rendez-vous sur le parking.

– Tu vois ! Je t'avais dit de ne pas t'inquiéter, fanfaronne Kaylee quand nous sortons avec nos bouteilles d'eau gazeuse et de jus d'ananas.

À travers la vitrine, je regarde Max décharger les caisses de bière sur le tapis roulant et parler avec le caissier aux cheveux blancs. Ce type nous aurait réclamé nos cartes, c'est certain.

– C'est pratique, j'avoue.

Est-on vraiment dans le meilleur magasin de spiritueux entre Riverhead et Montauk, ou Max nous a-t-il baratinées ?

Je fais taire ma paranoïa. Il ne nous a pas suivies. Le contenu de son chariot prouve qu'il était déjà dans le magasin depuis un moment quand on est arrivées.

Quelques minutes plus tard, Max tend nos bouteilles d'alcool à Kaylee. Il a deviné au premier coup d'œil que nous étions mineures. Ça pourrait être un peu gênant, mais en fait, c'est sans importance. Ce mec ne m'intéresse pas, et il est trop vieux pour moi.

Kaylee n'a absolument pas l'air gênée. Nous aidons Max à remplir son coffre, puis nous remontons dans la voiture d'Emilia en lui promettant de venir à sa fête le lendemain. Pour me rassurer, je me dis que quoi qu'il arrive, quatre villes nous sépareront de Herron Mills.

Je fais promettre à Kaylee de bien se tenir tant que les Bellamy sont là. Elle lève les yeux au ciel, mais accepte de laisser nos bouteilles d'alcool planquées dans le studio jusqu'à ce qu'ils aillent se coucher. Nous passons le reste de l'après-midi au bord de la piscine, à grignoter des chips en lisant les magazines people qu'elle a apportés de Brooklyn.

Quand le soleil disparaît derrière la cime des arbres, Emilia part rejoindre Tom. Ils dînent dehors et rentrent après dix heures. Ils montent directement à l'étage.

Nous attendons qu'ils aient éteint la lumière pour nous préparer des margaritas, et barbotons dans la piscine, nos verres à la main. Je bois d'abord une petite gorgée, puis une autre, plus longue. Les lumières du bassin rendent nos boissons fluorescentes. On dirait le piercing de Kaylee. Je me sens divinement bien. Mon corps est chaud, tous mes muscles sont détendus. J'ai l'impression de luire de l'intérieur.

Au deuxième verre, alors que l'air tiède de la nuit et la tequila font grésiller ma peau, j'interroge Kaylee :

– On est déjà venues ici ?

– Dans une autre vie ? s'esclaffe-t-elle. Probablement.

– Non, sérieusement.

Kaylee boit autant que moi – si ce n'est plus –, mais elle ne fait jamais de black-out. Ses souvenirs sont plus fiables que les miens.

– À Herron Mills, dans les Hamptons. Est-on déjà venues ici ?

– Quoi ? Non.

Elle pose son verre au bord de la piscine. Soudain, elle a l'air sérieux.

– Pourquoi tu me demandes ça ?

– Laisse tomber.

Je plonge sous l'eau et nage vers elle. J'enlace ses jambes. Elle pousse un petit cri quand je la tire vers le fond, puis elle coule avec moi, et nous remontons en haletant.

# 15

## AVANT

### *Juillet*

Montauk, État de New York

Le samedi après-midi, nous empaquetons le mélange pour tequila et la bouteille de rhum intacte, et j'appelle un Uber pour qu'il nous dépose à la gare de Bridgehampton. Emilia et Tom sont partis à neuf heures et demie. Je les ai entendus charger la Lexus pendant que Kaylee et moi paressions au lit. Max nous a proposé de venir n'importe quand dans l'après-midi ; c'est le genre de fête qui dure toute la journée. Kaylee me presse de décoller depuis une bonne heure, mais j'ai voulu nous préparer un brunch copieux et nettoyer la cuisine des Bellamy avant de partir. Par sûr qu'il y ait autre chose que des chips à manger, là-bas. À quatorze heures, Kaylee trépigne d'impatience, et je n'ai plus de prétexte pour retarder notre départ.

Quand la voie ferrée rejoint le bord de l'autoroute 27, je découvre avec stupeur le monstrueux embouteillage qui l'encombre. Le train est bondé, mais là, c'est du délire. À croire que le monde entier va à Montauk aujourd'hui.

À la gare, je commande un nouvel Uber pour nous conduire à la plage, en évitant de penser au trou que je fais dans la cagnotte destinée à mes études. Kaylee envoie un SMS à Max, qui nous donne de vagues indications pour que nous les rejoignions.

En sortant de la voiture, je sautille sur le sable blanc qui nous brûle la plante des pieds. Tout en m'étonnant de la différence entre cette plage et celle de Herron Mills. Nous n'avons parcouru qu'une trentaine de kilomètres en direction de l'est, mais ici, à la pointe de l'East End, on se croirait au bout du monde. C'est plus rocheux, plus sauvage. Nous arpentons le sable entre des falaises abruptes couronnées d'herbes folles et les vagues ourlées d'écume, qui grouillent de surfeurs. Kaylee ne sait plus où donner de la tête. Les gens sur la plage sont jeunes, beaux, riches. C'est « *the place to be* ». Elle balance ses cheveux dans son dos et bombe le torse. J'aperçois les bretelles de son bikini rose sous sa robe de plage en mousseline blanche, ornée de glands argentés. Elle doit penser que je mène ce genre de vie depuis le début de l'été.

Max et ses copains sont faciles à trouver, à côté d'un *food truck* rouge qui sert de point de ralliement. Kaylee repère aussitôt Max, qui joue au frisbee avec deux autres gars sous le soleil de plomb. Nous étalons nos serviettes sur le sable et je me tartine de crème solaire pour la deuxième fois de la journée, pendant que Kaylee court rejoindre les garçons. J'espérais que Max ou ses amis auraient un parasol, ou une tente où je pourrais m'abriter, mais je ne vois que des draps de bain à des kilomètres à la ronde. Pas la moindre parcelle d'ombre. Heureusement, j'ai apporté un de mes nouveaux chapeaux, bleu pâle, avec un large bord qui couvre partiellement mes épaules.

Sans abri digne de ce nom, je vais cramer. Je jette un coup d'œil derrière moi, en me demandant si j'ai une chance de trouver de l'ombre au pied des falaises d'ici la fin de l'après-midi, quand un truc mouillé et très froid cogne mon genou. Je pousse un cri et fais volte-face.

– Kaylee !

Mais c'est Max, la peau couverte de sel. Il presse une canette métallique contre ma peau et me décoche un sourire espiègle.

– Une bière ? me propose-t-il. On a aussi du cidre, et je crois que quelqu'un a apporté du rosé pamplemousse.

– Ça, c'est parfait.

J'ouvre la bière en décidant de m'accorder un écart de conduite jusqu'au départ de Kaylee. Je ne travaille pas, et l'idée d'être la seule personne sobre à cette fête est trop déprimante.

– On a apporté du rhum et un mélange pour tequila, dis-je. Les bouteilles que tu as achetées, en fait.

– Merci. On va les mettre dans les glacières.

Il appelle d'un geste un barbu ventripotent, Sam, qui récupère notre tote-bag et repart aussitôt. En le suivant du regard, j'aperçois Kaylee. Elle discute avec un type à la pomme d'Adam proéminente qui porte des lunettes de soleil à la John Lennon. Je ne sais pas ce qu'il lui raconte, mais il est mort de rire. Kaylee sourit poliment et trompe son ennui en faisant tournoyer le frisbee au bout de son doigt.

– Anna ?

– Hein ? Quoi ?

Je n'ai pas entendu ce que m'a dit Max.

– Rien. Je me demandais juste si tu passais un bon moment.

– Merci, tout va bien.

Je lui adresse un vague sourire. Je ne suis pas très sensible au charme de Max Adler aujourd'hui – si tant est que je l'aie été. Il a bien quatre ans de plus que moi, il plaît à ma meilleure amie... et surtout, ce n'est pas Caden. Je lui sers la première excuse qui me passe par la tête :

– Il faut que j'aille voir Kaylee.

Quatre heures plus tard, il fait toujours aussi chaud, mais je vois avec bonheur le soleil décliner. J'ai eu beau m'enduire régulièrement de crème solaire, mes épaules ont pris une teinte rose vif. J'ai passé quasiment tout l'après-midi à discuter avec la sœur de Max et son amie, qui viennent de finir leur première année de fac, respectivement à Vassar et à Northwestern. Elles sont très sympas, et s'intéressent davantage au dernier roman de Cassandra Clare qu'aux boissons alcoolisées. On ne pouvait que s'entendre. Elles m'abandonnent pour aller se chercher quelque chose à grignoter dans les glacières, en me promettant de me rapporter un truc salé.

Kaylee est à quelques mètres de moi, déjà considérablement éméchée. Elle drague ostensiblement Max, sous les regards hostiles de deux jolies brunes. À un moment, Becca et Zeb sont arrivés avec une glacière et un ballon de plage géant. Kaylee avait dû leur envoyer un SMS. J'hésite à aller les saluer. Je ne me souviens toujours pas d'avoir croisé Becca l'hiver dernier. En plus, ils se sont intégrés sans difficulté au groupe des amis de Max. Bien mieux que moi. Je suis la seule ici à ne pas me sentir à ma place.

Je soulève mon chapeau et passe une main dans mes cheveux trempés de transpiration. Une vague d'épuisement me submerge. Trop de soleil, sans doute. Je m'allonge sur ma serviette, le chapeau sur les yeux, tandis qu'un gros nuage blanc masque le soleil. Enfin de l'ombre !

***

À mon réveil, j'ai chaud et froid en même temps. Je repousse mon chapeau et cligne des paupières, l'esprit embrumé. Je ne sais pas combien de temps j'ai dormi, mais le nuage a disparu. L'air est frais, et les derniers reflets d'un coucher de soleil flamboyant s'attardent sur l'eau. J'ai la moitié droite du corps au chaud – une chaleur humaine. Je remue les doigts et m'aperçois qu'ils sont prisonniers d'une autre main.

– Zoé ? fait une voix masculine.

Je me retourne brusquement. Max est étendu à côté de moi sur la serviette de Kaylee, qui n'est pas là. Nos doigts s'entrelacent, son flanc est appuyé contre mon bras et ma jambe.

– Tu es réveillée, dit-il.

Sa voix est pâteuse, et ses mots se détachent comme des bulles de cire dans une lampe à lave. Il est ivre mort. Je lui reprends ma main.

– Tu m'as appelée Zoé.

– Quoi ?

Il fixe sa main, l'air perplexe. Puis il roule sur le côté et me dévisage, l'œil vitreux.

– Laisse tomber.

Je m'agenouille et fouille dans mon sac, à la recherche d'un T-shirt. J'ai la chair de poule et la peau rose foncé. Super ! À mon retour à Clovelly Cottage, je serai assortie aux azalées d'Emilia. J'enfile le T-shirt et continue de fouiller dans mon sac, en quête de mon short.

– Où est Kaylee ?

– Qui ?

– Tu es sérieux ? Kaylee, mon amie ! Tu l'as draguée tout l'après-midi.

Max me gratifie d'un sourire lascif.

– C'était pour rire...

Je ne suis pas sûre de le croire. Je plisse les yeux, excédée.

– Hé, détends-toi ! proteste-t-il. Je ne sais pas où elle est. Sam et Shiri sont allés se baigner. Je crois qu'elle est partie avec eux.

Je scrute le rivage sans réussir à identifier les silhouettes qui s'ébattent dans les vagues.

Alors que je me tourne vers Max, sa bouche s'écrase sur la mienne, et on s'embrasse. Enfin, *il* m'embrasse. Ses lèvres sont rêches, gercées par le soleil, sa langue intrusive.

– Arrête !

Je le repousse et j'essuie d'un bras mes lèvres barbouillées de salive.

– Quoi, qu'est-ce qu'il y a ?

Sa voix est l'innocence même. Le mâle dans toute sa splendeur. Comme s'il était là en sauveur, alors que c'est lui qui m'agresse.

– Je ne suis pas dans l'ambiance, là.

Je fais un geste dans l'air entre nous, et j'ajoute, même si c'est faux :

– Désolée.

Je me lève et j'enfile mon short à la hâte. Je ne me sens pas encore assez couverte. Si j'avais un trench, je le mettrais.

Une vilaine grimace déforme le visage de Max.

– Qu'est-ce qui te prend, bordel ?

– C'est Kaylee qui avait envie de venir. Pas moi, dis-je.

Je ramasse ma serviette de bain, la secoue et la drape sur mes épaules comme une cape. Max lève un bras pour se protéger du sable qui vole.

– Anna ! Merde…

– J'avais l'impression que ça collait, vous deux.

– Écoute…

Il se lève péniblement et se dresse devant moi en titubant.

– C'est *toi* que j'ai invitée à cette fête…

– Ouais, mais ça ne garantissait pas qu'il allait se passer quelque chose entre nous. Excuse-moi, je dois y aller.

Je me détourne et marche vers l'océan, à la recherche de Kaylee. La nuit va bientôt tomber. C'est l'heure du feu d'artifice. Je veux juste la trouver et décamper.

Kaylee me trouve la première.

– Salut.

Elle se plante devant moi et emprisonne mon poignet dans sa main, comme une serre.

– Je te cherchais, dis-je.

– C'était quoi, ça ? siffle-t-elle. Avec Max.

– C'était Max qui se comportait comme un crétin bourré.

Elle nous regardait, en plus. Génial !

– Tu l'as embrassé, m'accuse-t-elle.

– C'est *lui* qui m'a embrassée. Et je l'ai envoyé balader.

– Tu savais qu'il me plaisait.

Elle boude. Comme si c'était ma faute. Comme si je n'avais pas dit la même chose à Max il y a deux minutes. Soudain, je me rappelle pourquoi j'avais besoin de faire un break cet été. Pas seulement à cause de l'alcool et des fêtes. Avec Kaylee, je suis cette fille-là. La fille qui se laisse traîner dans des fêtes où elle n'a pas envie d'aller, qui se chope des coups de soleil, qui se dispute à cause de mecs qui n'en valent pas la peine. Je me sens nulle, écœurée, et j'en veux à Kaylee autant qu'à moi-même d'être redevenue cette fille.

J'inspire profondément.

– Je sais, dis-je d'une voix calme. Je suis vraiment désolée. Je ne sais pas pourquoi il a fait ça.

Je contemple l'océan. La baignade est sûrement interdite après le coucher du soleil, mais tout le monde s'en fiche. Des dizaines de corps sombres dansent dans le ressac.

– On va se baigner ?

C'est une offre de paix. La vue de ces formes dans l'eau noire me tord le ventre, mais j'ai envie de clore cette journée avec Kaylee sur une note agréable. On pique toujours une tête dans l'eau avant de quitter la plage. C'est une tradition.

Elle lorgne l'océan, puis recule, loin de l'obscurité qui se répand sur les vagues. Loin de ces corps que la pénombre prive de visage.

– Je ne le sens pas trop, répond-elle d'une voix tendue.

– OK.

Je soupire, soulagée. Je suis soudain pressée de m'éloigner de l'eau.

– J'ai faim, gémit Kaylee en me tirant par le bras.

Elle ne m'a pas pardonné, mais elle me propose une trêve. Pour l'instant.

– Moi aussi. Becca et Zeb sont partis ?

Elle hoche la tête.

– Ça fait un moment.

– Allons-y, alors. J'ai vu une pizzeria près de la gare.

Nous rassemblons nos affaires. Max nous ignore royalement quand nous traversons la plage. La classe ! Kaylee le regarde par-dessus son épaule une fois, puis deux. Mon cœur saigne pour elle.

Dans le train, Kaylee se tait. On mange nos parts de pizza et on s'essuie les mains sur de fines serviettes en papier. Quand le train ralentit dans la gare qui précède Bridgehampton, Kaylee roule sa serviette en boule et la cale contre la fenêtre, puis s'en sert comme d'un oreiller.

– On est presque arrivées, dis-je.

– Je ne descends pas.

– Quoi ?

– J'ai acheté un billet jusqu'à Brooklyn. Je ne descends pas à Bridgehampton.

Je renverse la tête contre le siège et fixe le plafond crasseux. J'ai envie que Kaylee rentre chez elle, mais pas comme ça.

– Il ne m'intéresse pas, dis-je. Même pas un peu.

– Laisse tomber. Je l'ai déjà oublié.

Elle ment, c'est évident.

– De toute façon, je dois être rentrée hyper tôt demain ; maman a besoin de moi.

Ça, c'est peut-être vrai. Kaylee n'a pas précisé combien de temps elle comptait rester. Quand le train ralentit à Bridgehampton, je rassemble mes affaires.

– Tu es sûre ? je demande, même si je connais déjà la réponse.

– Sûre et certaine, répond-elle les lèvres pincées, sans cesser de fixer la fenêtre.

– Je t'appelle, promis.

– Ouais.

La gorge serrée, je hisse mon sac sur mon épaule. Je grimace quand la lanière frotte ma peau brûlée et pars sans me retourner.

# 16

## AVANT

### *Juillet*

Herron Mills, État de New York

Je reste au lit jusqu'à ce que je ne me supporte plus. Ma peau me brûle, puis me démange, puis me brûle à nouveau. J'empeste la sueur, la crème solaire et la pizza graisseuse. À midi et demi, au terme de ma plus longue grasse matinée de l'année, je me traîne dans la salle de bains, puis sous la douche. J'aurais dû en prendre une hier soir, avant de me coucher, sale et pleine de sable. Mais pourquoi ne pas clore cette journée pourrie sur une dernière erreur ? Je n'ai rien prévu pour aujourd'hui, et les Bellamy ne rentrent que demain. Je n'ai plus qu'à passer l'après-midi à faire des lessives.

Une fois que je suis propre, la peau enduite d'une crème à l'aloe vera trouvée dans l'armoire de toilette, je retire mes draps et les fourre dans le sac à linge, avec tout ce que j'ai besoin de laver. Le sac de Kaylee traîne dans un coin de ma chambre. Je fouille dedans. Pour sa taille, il est étonnamment vide. Elle n'a emporté que quelques magazines, une barre chocolatée et des vêtements que je lui rendrai à la fin de l'été. Je le glisse sous mon lit.

Je lance une première machine dans la maison, et ressors sur la terrasse avec des toasts et un verre de jus d'orange, quand un vrombissement aigu emplit l'air. Quelqu'un tond une pelouse, quelque part. On dirait que le bruit vient de Windermere, mais comment est-ce possible ?

J'ouvre mes messages et fais défiler les derniers textos que j'ai échangés avec Caden. Il m'a dit qu'ils passaient le week-end à New York. On n'est que dimanche après-midi, et il n'est pas encore quatorze heures. Ça me semble un peu tôt pour qu'ils soient déjà de retour, mais c'est possible. Je laisse planer mes pouces au-dessus de l'écran, puis change d'avis et éteins mon téléphone. Si Caden tond la pelouse, il n'entendra pas la sonnerie. Je vais plutôt aller voir si leur voiture est là.

Je prends le chemin le plus long, par Linden Lane. Arrivée devant la grille de Windermere, je jette un coup d'œil entre les lianes qui s'entortillent autour des barreaux. La grosse voiture noire de Mrs Talbot n'est pas là. En revanche, la voiture de sport – dont j'ai appris qu'elle appartient à Caden –, est garée près d'un pick-up gris aux pneus boueux. L'enseigne ANDERSON & CO est peinte sur le côté en lettres bordeaux. Je suis sûre qu'ils n'ont pris qu'une voiture pour aller en ville, mais je reste un instant perplexe. Si les Talbot ne sont pas chez eux, comment ce véhicule a-t-il pu entrer ? Après réflexion, je me dis que ce doit être Charlie, le gars qui s'occupe des chevaux. Bien sûr ! Il faut quand même les nourrir, les entraîner – et faire tout ce qu'on fait aux chevaux –, en l'absence des propriétaires.

Je bats en retraite. Il ne manquerait plus que je me fasse surprendre à épier Windermere une deuxième fois en quinze jours.

Le temps s'est rafraîchi. Autant profiter que je suis sortie pour faire une balade. Je descends tranquillement Linden Lane en passant devant Magnolia House et Seacrest, cette monstruosité de métal et de verre, puis je rebrousse chemin. Je n'ai pas conscience d'attendre que Charlie finisse son travail et reparte. Je n'ai pas davantage l'intention de me faufiler sous les arbres pour aller à Windermere dès que le pick-up aura tourné au coin de la rue. Pourtant, au troisième aller-retour, c'est exactement ce que je fais.

Je marche sur l'herbe fraîchement coupée le long de la maison. Caden a dû profiter de leur absence pour se faire aider. C'est beaucoup plus joli ainsi. J'admire aussi le travail qu'il a abattu derrière, dans la cour. Au lieu d'apparaître inopinément, au détour d'une touffe de mauvaises herbes, l'écurie se voit de loin, pimpante et lumineuse. J'y dirige mes pas en salivant à la pensée d'un whisky Coca. Je suis en vacances jusqu'à demain. Personne d'autre que moi ne pourra me juger.

L'écurie est-elle fermée à clé ? J'essaie de me rappeler comment Caden nous a fait entrer l'autre soir, dans le noir. Mais les portes sont maintenues par une simple barre de bois qui se soulève facilement.

– Salut, Jackie O ! Salut Pike !

Je fais un signe de tête aux chevaux, qui mâchent du foin dans leurs stalles. Jackie O. lève la tête et hennit doucement. Ils ne semblent pas gênés de me voir dans leur domaine. Je vais directement au fond de l'écurie, vers la stalle vide où Caden garde sa réserve de whisky. J'ouvre le panneau inférieur de la porte, comme l'a fait Caden l'autre soir, et m'accroupis pour entrer dans le réduit. Quand mes yeux s'accommodent à la pénombre, je repère le mini-frigo dans le coin. Il contient plusieurs canettes de Coca et un paquet de biscuits menthe-chocolat. Les gâteaux me font envie, mais je n'y touche pas et me contente d'une canette.

Je promène un regard autour de moi. Trois bouteilles de Glenlivet sont posées par terre, contre la paroi. Deux intactes, la troisième largement entamée. Mais c'est la petite table adossée au mur du fond qui attire mon attention. Elle est vieille et bancale. On dirait une table de chevet de chambre d'enfant. Une enveloppe est posée dessus. Curieuse, je laisse mon Coca sur le frigo, j'ouvre le panneau supérieur de la porte pour faire entrer de la lumière, et m'approche.

C'est une enveloppe de carte de vœux carrée, adressée à ZOÉ, en lettres majuscules. Le souffle court, je la retourne. Elle est cachetée, bien sûr.

Je remets l'enveloppe où je l'ai trouvée et ouvre le tiroir de la table de nuit. Il est vide, à l'exception d'une clé USB noire à pois jaunes. Je jette un coup d'œil par-dessus mon épaule, en pleine paranoïa. Comme si Caden allait débarquer soudain de Manhattan. Ou Zoé, d'où qu'elle soit. D'outre-tombe, peut-être.

Je prends la clé. Un mélange d'adrénaline, et d'un je-ne-sais-quoi encore plus puissant, inonde mes veines. Je n'ai plus envie de boire. Une information sur Zoé est une drogue encore plus désirable. Surexcitée, je ferme les yeux et commence à échafauder des théories. Si Caden a caché une lettre pour Zoé dans l'écurie, c'est qu'il la croit encore en vie. Il espère qu'elle viendra la chercher. À moins qu'il n'ait fait de cette table une espèce de sanctuaire. Une carte d'anniversaire qu'il n'a jamais pu lui offrir, et une clé USB avec leurs photos préférées. Dans tous les cas, c'est privé. Ça ne me regarde pas.

Je prends les deux objets et ferme soigneusement les portes de la stalle. Pike me gratifie d'un petit hennissement lorsque je sors en catimini de l'écurie. L'instant d'après, je regagne Clovelly Cottage en passant sous les arbres.

Arrivée dans la maison, je pose mon butin sur le comptoir de la cuisine. Mon cœur retrouve peu à peu un rythme normal. Je réfléchis à la suite des évènements en étendant mon linge. La corvée est expédiée en moins de trois minutes. De retour dans la cuisine, je fixe l'enveloppe comme si elle contenait une série d'instructions. Elle est collée seulement en bas, à la pointe du triangle. Je glisse un doigt sous le rabat. Il ne faudrait pas grand-chose pour l'ouvrir.

Je remplis la bouilloire et la pose sur le fourneau. On peut ouvrir une enveloppe à la vapeur, non ? Tout le monde le sait.

En attendant que l'eau bouille, je prends la clé USB et me glisse dans le bureau d'Emilia. Elle a emporté son ordinateur portable à Amagansett, bien sûr, mais l'ordinateur de bureau géant qu'elle utilise pour ses travaux de graphisme me tend les bras. La clé USB chauffe le creux de ma main. J'ai beau savoir que son contenu ne me regarde pas, j'ai soudain le pressentiment du contraire. Je m'approche du bureau. Allez, maintenant que je suis là… L'ordinateur est sûrement protégé par un mot de passe, de toute façon.

Eh bien, non. J'imagine que lorsqu'on travaille à domicile, sans employé, on ne se préoccupe pas de la sécurité informatique. Emilia doit conserver ses dossiers personnels sur son ordinateur portable. En attendant de voir apparaître l'icône de la clé sur le bureau, je parcours distraitement les noms des dossiers. Ce sont pour la plupart des dossiers de clients, triés par projet. Des trucs standards. Je clique sur l'un d'eux, intitulé *Wayfare + Ramble*, le magazine de la mère de Zoé. Les sous-dossiers remontent à des années, avant même ma naissance.

L'icône de la clé apparaît. Je ferme les documents d'Emilia et double-clique dessus, sans trop savoir ce que j'espère – ou ce que je redoute. Il y a deux dossiers, intitulés *CTdocs* et *CTphotos*. CT pour Caden Talbot, j'imagine. Pas très créatif. J'ouvre celui des photos.

Il contient une quinzaine d'images aux titres génériques, tels que IMG_2252.JPG. Je clique sur la première de la liste.

C'est une photo toute simple d'une belle Afro-Américaine, qui rit, les yeux fermés et la bouche ouverte. Elle a l'âge de Caden, peut-être un peu plus. Et ce n'est pas Zoé. Ses longs cheveux sont ramassés dans un foulard rouge et orange.

Je passe à la deuxième photo. On y voit Caden et la même fille ensemble, penchés l'un vers l'autre au-dessus d'une table, dans un café mal éclairé. C'est Caden qui a pris la photo. On aperçoit son bras tendu, qui tient le téléphone à la bonne distance. Le cliché semble assez récent. Caden n'a pas changé. Selon le podcast de Martina, Zoé et lui sont ensemble depuis l'été après la troisième. Si cette photo a été prise au cours des cinq dernières années, il était déjà avec Zoé.

Les dates des fichiers sont toutes identiques. *Créé : Samedi 30 novembre, 15 h 46. Dernière ouverture : Samedi 4 janvier, 23 h 48*. Ils remontent à l'an dernier, exactement un mois avant la disparition de Zoé, et ont été consultés pour la dernière fois quatre jours après. Je clique rapidement sur les autres photos. C'est toujours la même fille, seule ou en compagnie de Caden. Les poses ne sont pas particulièrement suggestives – on n'y voit ni baisers, ni étreintes –, mais quelque chose d'incontestablement intime transparaît dans ces images. Pourquoi Caden aurait-il laissé cette clé dans l'écurie, à l'intention de Zoé, avec la carte qui lui est adressée ? Je n'ai pas la réponse.

Je m'intéresse à l'autre dossier, intitulé « CTdocs ». Avant que j'aie pu en examiner le contenu, un sifflement strident retentit. Je sursaute violemment, puis j'éclate de rire. La bouilloire !

Je regagne la cuisine et approche l'enveloppe de la vapeur. Ça ne marche pas que dans les films : au bout d'une vingtaine de secondes, le papier gondole. L'enveloppe s'ouvre.

Ai-je réussi parce qu'elle n'était collée qu'à la pointe, ou parce qu'elle était cachetée depuis longtemps ? Qu'importe. J'en extrais la carte et pose l'enveloppe avec précaution sur le comptoir.

L'extérieur de la carte, en épais papier crème, porte une inscription en lettres cuivrées : *Pardonne-moi.*

À l'intérieur, je trouve un message :

*Si tu lis ce mot, c'est que tu es rentrée chez toi, ou que tu en as l'intention. Je suis vraiment désolé, Zoé. Je te promets de tout t'expliquer.*

*– C*

Les mains tremblantes, je sors mon téléphone et prends des photos de l'enveloppe et de la carte. Puis je la remets dans l'enveloppe, que je referme. Le soir où on s'est vus dans l'écurie, Caden m'a dit qu'il pensait que Zoé était encore en vie. C'est logique qu'il lui ait laissé un mot. Elle connaît forcément sa cachette dans la stalle vide. Peut-être espère-t-il depuis des mois qu'elle viendra ici et trouvera le message.

Sauf s'il a laissé la carte pour quelqu'un d'autre. Par exemple, pour un adepte de la « théorie du petit ami » de Martina. Quelqu'un qui le soupçonnerait d'en savoir plus sur la disparition de Zoé qu'il ne veut bien le dire. Ou d'être impliqué dans celle-ci. Si Caden avait quelque chose à cacher, ce serait assez futé de sa part de laisser un mot à Zoé.

Je regagne le bureau et clique sur le dossier « CTdocs ». Il ne contient qu'un seul fichier : un document Word. Je l'ouvre.

Ce sont des copiés-collés de nombreux e-mails échangés entre deux comptes : ThurGoldMarshall@ gmail.com et IdaBeWise@gmail.com, et les dates vont du 20 août au 28 novembre de l'année dernière. Il s'agit clairement de noms d'emprunt, inspirés de personnages historiques. Les auteurs n'ont pas voulu utiliser leurs comptes scolaires ou personnels. L'intensité des messages va *crescendo*, depuis de brèves prises de rendez-vous pour travailler sur un projet commun, jusqu'aux échanges passionnés entre deux personnes qui aspirent à être ensemble, en passant par des discussions enflammées, sur des sujets de recherche. En octobre et novembre, les messages sont ardents et confus : « Je crois que je suis en train de tomber amoureux de toi. Je ne sais pas quoi faire. Je ne peux pas te voir. J'ai besoin de te voir. Je me déteste. J'ai besoin de réfléchir à ce qui nous arrive. »

Les mails ne sont pas signés, dans un souci évident d'anonymat. Mais je devine qu'IdaBeWise est la fille des photos et que ThurGoldMarshall est Caden.

Je fouille le bureau d'Emilia, à la recherche d'une clé USB. J'en trouve un paquet de trois, entamé, au fond d'un tiroir, près d'une pile de photos reliées par un élastique effiloché. Sur la première photo, Emilia, à peine plus âgée que moi, arbore une coupe pixie qui lui va étonnamment bien. Elle enlace une amie aux longs cheveux bruns, qui semble avoir une dizaine d'années de plus qu'elle et m'est vaguement familière. Les deux femmes sont radieuses.

Je range les photos et reporte mon attention sur les deux clés USB dans le paquet. Après avoir formulé une brève prière : « Faites que je ne perde pas mon job pour ça », j'en sors une. De tous les actes irréfléchis et intrusifs que j'ai commis aujourd'hui, celui-ci ne me semble pas être le pire, même si techniquement, je vole mon employeur. Je calcule en vitesse le temps qu'il me faudrait pour descendre à pied au magasin CVS en ville, acheter une clé USB et revenir à Clovelly Cottage. Quarante-cinq minutes, si je me dépêche. Mais j'ignore à quelle heure les Talbot ont prévu de rentrer. On est déjà en fin d'après-midi ; ils peuvent revenir d'une minute à l'autre. Je glisse la clé d'Emilia dans un port inutilisé et copie le contenu des deux dossiers.

J'arrive quand même trop tard. Alors que je m'aventure sous les arbres en serrant dans une main l'enveloppe et la clé USB originale, obsédée par la vision de la canette de Coca intacte que j'ai laissée sur le toit du mini-frigo, j'entends des voix. Une portière claque. Caden et sa mère sont de retour. Merde ! Je bats en retraite, traverse la terrasse et me réfugie dans mon studio. Mon cœur bat dans ma poitrine comme un oiseau affolé. Je suis cuite !

Sauf si Caden ne va pas dans la stalle ce soir. S'il se contente d'aller lire dans « l'aile des domestiques ». S'il lui prend l'envie de regarder *La Cabane dans les bois* ou *Le Cercle*, ou de faire des travaux au jardin, ou n'importe quoi d'autre, hormis traîner dans l'écurie avec Pike et Jackie O, Caden ne saura jamais rien de mon larcin. Je me lèverai aux aurores demain, avant le réveil des Talbot, avant le retour de Tom et Emilia, et j'irai remettre la clé USB et l'enveloppe à leur place.

Je règle mon réveil sur quatre heures du matin. Tout peut encore s'arranger.

# 17

## AVANT

### *Juillet*

Herron Mills, État de New York

Ce n'est pas l'alarme qui me réveille.

Ce sont les sirènes.

À deux heures quarante-cinq, j'enfile mes baskets et cours rejoindre les habitants de Linden Lane dans la rue, où plane une fumée suffocante. Le feu fait rage tout près, à la lisière des arbres. À Windermere.

Trois camions de pompiers, une ambulance et deux voitures de police sont garés devant la propriété. Je cherche Caden sans succès parmi les voisins agglutinés dans la rue.

– Que se passe-t-il ?

J'ai déjà vu la femme à qui je viens de m'adresser, mais je mets un moment à reconnaître Mrs Cooper, la mère de Claudia, sans son eye-liner et son fard à paupières charbonneux.

– L'écurie de Windermere, répond-elle. Quelqu'un l'a incendiée.

# PARTIE III

# *Un feu*

Au feu, les pompiers,
V'là la maison qui brûle !
Au feu, les pompiers,
V'là la maison brûlée

# 18

## MAINTENANT

### *Septembre*

Herron Mills, État de New York

– On enregistre.

– Merci, j'avais compris.

– Je préférais être sûre.

– Ton dernier épisode a eu beaucoup de succès.

Ce n'est ni un compliment ni un reproche. Martina décide d'ignorer le sous-entendu. Elle attend cette interview depuis des mois, et sait que l'occasion ne se représentera pas.

– Plus de dix-huit mille téléchargements, confirme-t-elle. Les gens voulaient entendre Anna s'exprimer.

Martina se félicite que Caden ne puisse pas voir sa joue tressaillir. La *plupart des gens* voulaient entendre Anna. Sauf Aster, qui ne lui adresse toujours pas la parole, et probablement toute la famille Spanos. Aujourd'hui, elle tient l'occasion de se racheter aux yeux de sa meilleure amie. Caden en sait plus qu'il ne veut bien le dire. Plus que ce qu'il a révélé à la police. Martina en est sûre. Si elle lui soutire une information qui fasse avancer l'enquête, Aster sera obligée de lui pardonner.

Caden grogne au bout du fil. Martina essaie de se le représenter dans sa chambre de dortoir à Yale. À moins qu'il vive dans une maison, à l'extérieur du campus. Elle ne sait pas grand-chose de lui depuis qu'il est reparti de Herron Mills, est passé en troisième année, a repris une vie normale, comme si de rien n'était. Mais peut-être est-elle injuste. Peut-être Caden est-il aussi déterminé que Martina à découvrir la vérité. Elle en doute.

Quant à elle, elle est enfermée dans le placard de sa chambre. Ce n'est pas l'idéal. Mami est en bas et risque de l'interrompre à tout moment, mais on est samedi, et c'était plus simple d'enregistrer à la maison. La qualité du son est correcte dans le placard.

– J'ai accepté de te parler d'Anna Cicconi, commence Caden. Tu as des questions ?

Il lui a clairement signifié qu'il ne parlerait pas de Zoé durant leur entretien. Et même si Martina meurt d'envie de lui demander ce qui s'est passé entre Zoé et lui l'hiver dernier – ce qu'Anna et elle ont découvert pendant l'été, après la diffusion des quatre premiers épisodes du podcast –, elle respectera ses conditions. Au moins jusqu'à la fin de l'interview, quand elle aura obtenu assez de matière pour son épisode. Le reste ne sera que du bonus.

Elle sait pourquoi Caden a enfin accepté de lui parler. Après la publication des résultats de l'autopsie, les avocats d'Anna ont demandé le rejet des accusations qui pèsent sur leur cliente (et qui n'ont pas été prouvées). Martina soupçonne Caden de douter, comme elle, qu'Anna soit impliquée dans la mort de Zoé. Par ailleurs, les gens écoutent vraiment *Missing Zoé*. L'épisode 5 a été diffusé mardi ; elle n'a guère de temps pour finaliser le suivant si elle veut respecter son calendrier de diffusion. Tout ce qu'elle obtiendra de Caden aujourd'hui, même si ce n'est pas grand-chose, fidélisera ses auditeurs et lui en attirera de nouveaux.

– Commençons par l'incendie, propose-t-elle. Peux-tu nous dire ce qui s'est passé dans la nuit du dimanche 5 au lundi 6 juillet ?

– Bien sûr. Ce week-end-là, Maman et moi étions partis rendre visite à des amis de la famille, à New York. Nous n'étions rentrés à la maison que depuis quelques heures.

– Vos amis de l'Upper West Side ? Ceux chez qui vous étiez la nuit où Zoé a disparu ?

Un silence plane, puis Caden se décide à répondre :

– Je ne vois pas le rapport, mais oui, les mêmes amis. Doreen est une amie d'enfance de ma mère. On leur rend souvent visite.

– OK. Donc vous êtes allés passer les fêtes du 4 juillet en ville avec Doreen et sa famille, et vous êtes rentrés le dimanche ?

Martina enfonce la tête dans l'étoffe des robes vintage suspendues derrière elle.

– On a quitté la ville en début d'après-midi. Il y avait des embouteillages monstrueux, comme pour un week-end de vacances. Nous sommes arrivés à Windermere vers seize heures trente ou dix-sept heures. Je ne sais plus exactement.

– Et l'écurie était encore intacte ?

– Je n'y suis pas entré ce soir-là, contrairement à maman. Elle a emmené Jackie O. faire un tour, peu après notre retour. C'est un de ses chevaux.

– Elle ne t'a rien signalé d'inquiétant ? Un problème électrique, ou un truc dans ce genre ?

Deux mois et demi plus tard, Martina sait que personne n'a été inculpé pour l'incendie de l'écurie. Elle a des raisons de croire qu'il n'a pas été causé par un accident électrique. Par un accident tout court. Mais Caden ne sait pas ce qu'elle sait. Elle est prête à parier qu'il ne lui dira pas toute la vérité.

– Non. Mais ma mère n'aurait pas remarqué un fil électrique abîmé. Elle est très attachée à ses chevaux, mais n'entretient pas elle-même l'écurie.

– Qui s'en occupe ?

– Charlie Anderson. Il dirige une entreprise de soins équestres dans l'East End. Il était venu à Windermere la veille, soigner les chevaux et tondre la pelouse. La police l'a interrogé juste après l'incendie. Il n'y est pour rien.

– Tu en es sûr ?

– Absolument. Sans écurie, Charlie n'a plus de travail. On a mis les chevaux en pension à Pine Neck jusqu'à ce qu'elle soit reconstruite. Le premier entrepreneur s'est désisté, et maintenant que je suis de retour à la fac, ça avance lentement.

– Charlie n'a donc pas mis le feu volontairement. Mais ça pourrait être un accident, non ? C'est officiellement la dernière personne qui est entrée dans l'écurie de Windermere, à part ta mère.

Martina ne pense pas que Charlie soit responsable, mais elle s'interroge sur Mrs Talbot. Que savait-elle des relations amoureuses de son fils ? Connaissait-elle l'existence de la cachette de Caden dans la stalle vide, et de son contenu ? Aurait-elle pu s'apercevoir de sa disparition ? Jusqu'à quel point était-elle attachée à la fiancée de son fils ?

– C'est peu probable. Ce jour-là, Charlie a travaillé à Windermere approximativement entre midi et quinze heures. L'incendie ne s'est déclenché qu'au milieu de la nuit. Le temps que Kyra – notre voisine de Magnolia House – voie les flammes et appelle la police, l'écurie avait presque entièrement brûlé.

– Les pompiers sont arrivés vers deux heures et demie ?

– C'est ça. Presque douze heures après le départ de Charlie. S'il y avait eu un court-circuit, ce serait à cause d'une lampe que ma mère aurait laissée allumée. Charlie n'y serait pour rien. Mais ce n'est pas la cause de l'incendie.

– Tu penches pour un geste criminel ?

Martina ramasse un gilet gris tombé sur le sol de sa penderie et tripote distraitement les boutons.

– Quelqu'un a ouvert les portes de l'écurie et fait sortir les chevaux. C'est très certainement un incendie criminel, oui.

Pour une fois, Martina et Caden sont sur la même longueur d'onde.

– Mais la police n'était pas de cet avis ?

– Une fois le feu éteint, il ne restait plus grand-chose à inspecter. Les portes se ferment avec un loquet en bois, spécialement conçu pour que les animaux ne soient pas piégés en cas d'urgence. Il suffit d'exercer une légère poussée de l'intérieur pour l'ouvrir. En théorie, les chevaux auraient pu quitter leurs stalles et sortir seuls, mais ce n'est pas ce qui s'est passé.

– Comment tu le sais ?

Martina connaît déjà la réponse, mais elle a besoin que Caden la formule pour le podcast.

– Ils n'étaient pas paniqués quand Arvin et Jeffrey les ont trouvés dans leur jardin, à Seacrest, deux maisons plus loin. Ils broutaient tranquillement. Il n'y avait pas de suie sur leur robe. Pas de brûlures, pas d'éclats de bois. Ils n'ont jamais été près de ce feu.

– Et la police n'y a pas vu la preuve d'un incendie criminel ?

Pour Martina, comme pour Caden, cela semble assez évident. C'est l'identité de l'incendiaire qui reste un mystère.

– Apparemment non. Le problème, c'est qu'il n'y a aucune preuve que quelqu'un s'est introduit à Windermere cette nuit-là. Aucune trace de produit inflammable, ou d'allume-feu n'a été trouvée sur les lieux, même si cela ne veut pas dire qu'on n'en a pas utilisé. Rien n'indique une intervention extérieure. L'écurie et tout son contenu ont été complètement détruits ; c'est un miracle que le feu ne se soit pas propagé aux arbres. La police n'avait tout simplement pas la moindre piste.

– Parlons d'Anna. Elle était là, cette nuit-là ?

– Je ne l'ai pas vue, mais plusieurs voisins se rappellent lui avoir parlé. Tous les habitants de Linden Lane étaient sortis dans la rue. Sa présence n'avait rien de surprenant.

– Mais tu as trouvé son comportement étrange ?

Martina sait parfaitement pourquoi Anna a changé d'attitude vis-à-vis de Caden. Ça n'a rien à voir avec l'incendie. C'est à cause de ce qu'elle avait trouvé dans l'écurie, plus tôt ce jour-là. À sa connaissance, Caden ignore toujours qu'Anna a découvert la carte et la clé USB. S'ils étaient restés dans l'écurie, ils auraient brûlé avec le reste.

– Ce n'est pas l'attitude d'Anna le soir même. C'est son comportement dans les semaines qui ont suivi l'incendie.

– C'est-à-dire ?

Martina pose le gilet par terre et se penche en avant.

– C'est difficile à expliquer. Anna et moi n'étions pas vraiment proches, mais on avait commencé à faire connaissance. Comme j'étais coincé à Windermere pour m'occuper de ma mère, elle passait de temps en temps. On avait regardé un film ensemble, au début de la semaine. Et elle était déjà venue dans l'écurie.

– Elle y avait donc accès ?

– Comme je l'ai dit, l'écurie n'était pas fermée. Toute personne ayant accès à Windermere avait accès à l'écurie.

On pouvait entrer par le portail, équipé d'un interphone, ou se faufiler à travers la haie. Mais j'avais montré à Anna un raccourci entre Clovelly Cottage et Windermere, en passant sous les arbres. Elle savait donc comment entrer dans le parc sans passer par la rue.

– Je comprends.

– On avait prévu de se revoir, cette semaine-là, à mon retour de New York. Mais après l'incendie, Anna m'a évité. Elle m'a donné des prétextes bidon pour ne pas sortir avec moi. C'est le premier truc bizarre.

– Il y en a d'autres ? Des trucs qui t'ont semblé étranges ?

Martina meurt d'envie d'entendre la version de Caden. Elle veut comprendre comment les choses ont pu dégénérer au point qu'Anna ait avoué avoir tué Zoé et dissimulé son corps.

– Quand on a fini par se voir, je l'ai trouvée très... bizarre. Elle m'a décrit en détail des endroits de Herron Mills où elle jurait n'être jamais allée. Elle posait beaucoup de questions sur Zoé.

– Elle était peut-être curieuse, comme tout le monde.

– Ce n'était pas de la simple curiosité. On aurait dit qu'elle connaissait Zoé, ou qu'elle pensait la connaître. Elle essayait de relier des points qui n'existaient pas.

– Donc, tu ne crois pas qu'Anna connaissait Zoé. Qu'elle était là la nuit où Zoé est morte.

– Je ne sais pas. J'y ai cru sur le moment. J'ai conseillé à Anna d'aller voir la police, pour leur dire ce qu'elle savait. Quand elle a avoué, ça m'a paru plausible. Elle m'avait convaincu. Elle en savait trop sur Zoé, sur nous. Mais depuis qu'on a reçu les résultats de l'autopsie, et qu'on sait que Zoé n'est pas tombée du balcon, son histoire paraît absurde. Les gens ne cessaient de lui dire qu'elle ressemblait à Zoé. Toute la ville essayait de résoudre le mystère. Je pense qu'elle a été obsédée par l'idée qu'il y avait un lien entre elles. Un lien qui n'existait pas.

Martina inspire profondément. La conversation risque de tourner au vinaigre, à présent. Mais si c'est le cas, elle a ce qu'il lui faut.

– Je voudrais revenir un peu en arrière. Sur ce que tu as dit tout à l'heure.

– D'accord…

– Un piéton aurait facilement pu accéder au parc de Windermere par une brèche dans la haie, ou depuis une propriété voisine.

– Oui, ce n'est pas vraiment sécurisé. Toutes les maisons sont comme ça, dans les parages.

– La nuit où Zoé a disparu, il n'y avait personne à Windermere.

– Exact…

– Alors, pourquoi n'as-tu pas dit à la police qu'à ton retour de New York, le 1er janvier, dans l'après-midi, tu avais trouvé des preuves que quelqu'un avait bu de l'alcool dans l'écurie de Windermere ?

– Qu'est-ce que…

– C'est seulement après la découverte du corps de Zoé, le mois dernier, que tu as signalé à la police ce que tu avais constaté en janvier. Que quelqu'un s'était introduit dans l'écurie pendant que vous étiez à New York. Tu avais trouvé une bouteille de whisky et plusieurs bouteilles de bière vides. Mais, au lieu de le dire à la police, tu t'en étais débarrassé.

– Je ne pouvais pas savoir que ça avait un rapport avec Zoé, proteste Caden d'une voix faible.

– La police aurait pu relever des empreintes, découvrir qui était dans l'écurie ce soir-là. Mais tu as jeté les bouteilles.

– Si ça n'a rien à voir avec Anna, je...

– Je pense que si. Voici ma question. À ton avis, qui a bu de l'alcool dans l'écurie cette nuit-là ? Zoé ? Anna ? Y étais-tu ?

– J'étais à New York, comme tu le sais. J'ignore qui est venu boire dans l'écurie. Tu l'as dit toi-même : n'importe qui aurait pu entrer.

– Un groupe de suspects qui auraient pu être identifiés si tu avais parlé des bouteilles à la police.

– On n'avait aucune raison de penser que Zoé était venue à Windermere ce soir-là. Pas avant qu'Anna avoue y avoir été avec elle. Comment aurais-je pu soupçonner que ces bouteilles vides avaient un rapport avec Zoé, ou avec sa disparition ?

– Peut-être parce que Zoé Spanos était ta fiancée. Peut-être parce qu'elle était souvent à Windermere, et qu'elle savait que tu cachais du whisky dans l'écurie.

– Zoé ne buvait jamais d'alcool. Elle prenait des médicaments contre l'anxiété. Cette information a été largement diffusée. Comment aurais-je pu imaginer que Zoé allait boire, seule ou avec quelqu'un dans l'écurie ?

– Zoé savait-elle que tu étais amoureux d'une autre fille ? Était-elle au courant pour Tiana ?

Pas de réponse. Martina fixe son téléphone et attend une confirmation. Mais Caden a raccroché.

# 19

## AVANT

### *Juillet*

Herron Mills, État de New York

Je finis par retourner me coucher, mais je suis incapable de trouver le sommeil. Quand l'alarme retentit, à quatre heures, je fixe mon téléphone d'un air hébété. Je ne peux pas rapporter les objets que j'ai chapardés. Il n'y a plus d'écurie.

Mon cerveau entre en surrégime. Les conjectures y culbutent comme des serviettes mouillées dans le tambour d'un sèche-linge. Caden est entré dans l'écurie hier soir. Il s'est aperçu que ses affaires avaient disparu, et il a mis le feu. Quelqu'un d'autre – mais qui ? – connaissait la cachette de Caden et son contenu. La mystérieuse fille sur les photos ? Mrs Talbot ? Ou Zoé, si elle est toujours en vie.

En tout cas, ce n'est pas une coïncidence. Celui ou celle qui a allumé ce feu savait que quelqu'un était entré dans l'écurie. L'incendie est un message à mon intention, une mise en garde. « Stop ! Arrête de fouiner. » Ou une tentative pour dissimuler mon larcin.

Mais non, je ne crois pas que l'incendiaire m'ait identifiée. Il ne me vise pas directement ; son message s'adresse à quiconque a pris cette clé USB.

Quand le soleil se lève, je suis épuisée et je n'ai pas davantage de réponses. Caden est mon principal suspect. Il sait ce qu'il a caché. La carte suggère qu'il n'a rien à voir avec la disparition de Zoé, et qu'il espérait son retour au moment où il l'a écrite. Mais il a laissé la clé USB juste à côté, et son contenu donne une piètre image de lui. Il était fiancé à Zoé, mais désirait être avec quelqu'un d'autre. C'est un mobile.

Une voix sinistre au fond de ma tête insinue que Caden a tout mis en scène. Que la carte n'a jamais été destinée à Zoé. Mais mon esprit bloque quand j'essaie de comprendre à qui elle s'adresse. J'ai beau refuser de le croire, Caden est peut-être responsable de la disparition – ou de la mort – de Zoé.

Après ma douche, je me tartine d'aloe vera et prépare un petit déjeuner. Tom et Emilia rentrent cet après-midi. Paisley ce soir. Et demain matin, retour au train-train habituel. Si je veux exploiter ma découverte, c'est maintenant ou jamais.

À onze heures moins le quart, je descends à pied chez Jenkins en prenant le chemin le plus court, qui passe devant Windermere. La propriété est calme, du moins de l'extérieur. Il ne reste aucune trace de l'agitation de la nuit dernière, et l'on ne distingue pas les décombres de l'écurie depuis la route. Je m'arrête brièvement devant le portail, puis me ravise. Je ne veux pas voir Caden. Je ne saurais pas quoi lui dire.

Quand j'arrive, le glacier vient juste d'ouvrir. Je suis déçue de ne trouver ni Martina ni son père derrière le comptoir. Il est tenu par une fille blonde en tablier blanc que je n'ai jamais vue.

– Que puis-je faire pour vous ? me demande-t-elle avec un sourire aimable.

– Je cherche Martina. Elle est là aujourd'hui ?

La fille pivote vers l'arrière-boutique.

– Martina ! Tu as de la visite.

Une minute plus tard, l'intéressée arrive, vêtue d'une robe vintage – verte, cette fois – et d'un tablier blanc.

– Anna, c'est ça ?

– Bravo ! Tu aurais une seconde à m'accorder ?

Nous nous asseyons à la table derrière la vitrine. Elle est assez éloignée du comptoir pour que la serveuse ne puisse pas nous entendre si l'on parle à voix basse. Je pose la carte et l'original de la clé USB entre nous.

– Zoé ? chuchote Martina en lisant l'inscription sur l'enveloppe.

– Je sais qu'on ne se connaît pas, je chuchote. Mais j'ai écouté ton podcast. Et tu es la seule personne ici qui puisse m'aider.

Vingt minutes plus tard, j'ai raconté ce que je sais à Martina : comment j'ai obtenu le job chez les Bellamy, mon amitié naissante avec Caden, où j'ai trouvé la carte et la clé USB, et l'incendie de la nuit dernière. Elle a déjà entendu parler du feu. Toute la ville doit être au courant.

– Mrs Talbot laissait parfois Zoé monter les chevaux, dis-je. Zoé devait bien connaître l'écurie de Windermere. Ça paraît logique que Caden lui ait laissé un message là-bas.

– Comment tu le sais ? me demande Martina. Pour Zoé et les chevaux ?

– C'était dans ton podcast, non ?

Elle me regarde bizarrement.

– Je ne crois pas.

Je hausse les épaules.

– J'ai dû le lire sur Internet.

Je ne sais plus… Je me masse les tempes. C'est comme si l'information avait surgi brusquement dans mon cerveau. Ou comme si elle y était stockée depuis des mois.

– Je dois retourner bosser, s'excuse Martina en voyant sa collègue nous fusiller du regard pour la troisième fois. Zéro privilège pour la fille du propriétaire.

– Bien sûr. Tu crois pouvoir en tirer quelque chose ? J'ai fait des copies, mais je ne peux plus vraiment rendre les originaux, maintenant.

Je devrais les apporter à la police, mais je me suis introduite sur une propriété privée. J'ai volé ces trucs. Les enquêteurs pourraient-ils exploiter des preuves obtenues illégalement ? Même si c'était le cas, je ne suis pas sûre de le vouloir. Pas avant d'en savoir plus. Pas avant d'être sûre que Caden est impliqué dans la disparition de Zoé. S'il est innocent, je serai responsable d'une éventuelle erreur judiciaire. Je ne veux pas avoir ça sur la conscience.

Martina glisse la clé et l'enveloppe dans la poche de son tablier, repousse sa chaise et se lève.

– Je ne suis pas de la police scientifique, mais je vais vérifier, assure-t-elle. Il se pourrait que je reconnaisse la fille, ou que j'arrive à découvrir son identité. Donne-moi ton numéro ; je t'enverrai un SMS.

Nous échangeons nos numéros et je range mon téléphone.

– Promets-moi juste un truc…

– Quoi ?

– Ça reste entre nous. Pas de podcast, pas d'insinuations contre Caden. Sauf si on trouve quelque chose de concret. Et dans ce cas, on va voir la police.

Martina acquiesce.

– Entendu. Ça reste entre nous.

J'insiste :

– Essaie d'éviter Caden pour l'instant. Quoi que tu trouves. Soit il s'est aperçu que la carte et la clé USB avaient disparu, et il a brûlé l'écurie pour envoyer un message…

Martina achève ma phrase, le regard flamboyant :

– … soit il n'en sait rien, et pense qu'elles ont brûlé dans l'incendie.

– Exact. J'ai vraiment envie de croire qu'il est innocent. Mais s'il a mis le feu à l'écurie, il pourrait être… dangereux.

Le mot me fait frissonner. Pourtant, c'est une éventualité qu'on ne peut ignorer.

– Oui, je ne vois vraiment pas Caden Talbot commettre un crime, mais je suis d'accord avec toi : la sécurité avant tout. Ce dont je ne doute pas, en revanche, c'est de son talent pour la dissimulation. J'étais sûre qu'il cachait quelque chose.

Martina plisse les yeux et ajuste sa queue de cheval brune.

– Je t'envoie un message dès que j'ai un truc.

– Je vous sers ? me demande la fille blonde quand Martina disparaît dans l'arrière-boutique.

Je suis toujours attablée derrière la vitrine.

Les clients ne se sont pas bousculés depuis mon arrivée, il y a vingt minutes. J'aurais peut-être culpabilisé un peu si elle avait fait autre chose que consulter son téléphone derrière le comptoir pendant que je discutais avec Martina. Mais je décide d'être correcte.

– Un café, s'il vous plaît. Avec du sucre.

Le mardi matin, le week-end n'est plus qu'un lointain souvenir. Quand je me lève, Tom est déjà parti en ville, et le petit déjeuner d'Emilia est disposé sur le comptoir. Les Paulson-Gosse ont ramené Paisley hier, tard dans la soirée. Ce matin, elle a l'œil vif. Elle est plus bronzée que jamais, et prête à partir pour la plage.

Nous nous installons à notre place habituelle. Je me réfugie sous le parasol à rayures rouge et blanc des Bellamy, tartinée d'aloe vera, de crème solaire, et couverte d'un T-shirt, tandis que Paisley file directement dans l'eau.

– Tu as pris des coups de soleil, commente-t-elle lorsqu'elle vient me réclamer un casse-croûte.

Je lui passe le sac de bretzels et j'acquiesce.

– Oui, tu as vu ? Je suis rouge comme une écrevisse. Je suis restée trop longtemps au soleil samedi.

– Qu'est-ce que tu as fait ?

– Mon amie Kaylee est venue de Brooklyn, et on est allées à une fête.

– Où ça ?

Je souris. C'est un véritable interrogatoire !

– À Montauk. Tu te souviens de Max, l'expert en pingouins ?

Paisley fronce les sourcils et pince les lèvres.

– Oui.

– Eh bien, il nous a invitées. Et tu avais raison : il n'est pas très sympa.

– Vous êtes allées à une fête avec Max.

– Max et ses amis. Ce n'était pas très amusant. Je préfère être ici avec toi.

Sans un mot, Paisley me rend les bretzels et récupère l'iPad d'Emilia dans le sac de plage. Je ne sais pas comment elle arrive à l'utiliser à travers la housse rose imperméable, mais ça ne semble pas lui poser de problème. Elle lance une appli et commence à jouer.

– Paisley ?

L'iPad émet une série de *ping !* et de *vrrr !* Elle ne répond pas.

– Paisley ?

– Je joue à Fruit Ninja.

– Je vois. Paisley ?

– Mmm ?

– Pourquoi tu n'aimes pas Max Adler ?

Elle continue de couper des ananas et des pastèques. Sans lever les yeux de son jeu, elle lâche :

– Il y a eu un incendie à Windermere.

Je soupire. Paisley élude ma question, mais si elle a besoin de parler de l'incendie, je suis là pour ça.

– Oui, c'est vrai.

– Maman dit que l'écurie a brûlé, mais que les chevaux vont bien.

– Exact. Les chevaux ont réussi à sortir. Heureusement, le feu ne s'est pas propagé. C'était effrayant, mais personne n'a été blessé.

– Tu l'as vu ? me demande-t-elle.

– J'ai juste aperçu de la fumée au-dessus des arbres. Les pompiers étaient déjà arrivés quand je me suis réveillée.

Paisley hoche la tête.

– Je suis contente que l'écurie ait brûlé. Elle me faisait peur.

J'essaie de l'inciter à parler, mais elle se referme comme une huître. Je m'allonge sur ma serviette et ferme les yeux. Comme Paisley se tait, mon cerveau mouline. J'essaie de comprendre pourquoi Caden a caché la clé USB dans l'écurie. Zoé devait déjà savoir ce qu'elle contenait, ou avoir appris l'existence de la fille sur les photos. D'où la carte d'excuses. Peut-être qu'ils se sont disputés en décembre dernier. Peut-être que Zoé s'est enfuie après avoir découvert que son fiancé était amoureux d'une autre. Ou peut-être que Caden a fait quelque chose à Zoé...

Je chasse cette pensée et m'intéresse à la mystérieuse IdaBeWise. Elle devait savoir que Caden sortait avec Zoé. En vouloir à Zoé de s'interposer entre Caden et elle. Caden avait peur de rompre avec Zoé, mais il aimait cette fille. Peut-être assez pour la protéger.

– Anna ?

Je relève brusquement la tête. Paisley me regarde comme si ce n'était pas la première fois qu'elle m'appelait.

– On a rendez-vous avec maman sur le parking dans cinq minutes.

Je grimace et saute sur mes pieds.

– Ne dis pas à ta mère que j'ai oublié l'heure, d'accord ?

Paisley acquiesce solennellement.

Nous n'échangeons que quelques mots en attendant qu'Emilia vienne nous chercher. Apparemment, Paisley a commencé à avoir peur de Windermere quand la maison s'est délabrée. Je la comprends un peu : on dirait un manoir hanté. Mais je me demande si son appréhension ne se fonde pas plutôt sur un fait tangible, plus menaçant. Caden m'a menti sur sa relation avec Zoé. Il a menti à tout le monde, même à la police. Quels autres secrets sont enfouis à Windermere ?

# 20

## AVANT

### *Juillet*

Herron Mills, État de New York

Tu as trouvé quelque chose ?

Salut à toi aussi.

Dois-je prendre sa réponse au premier degré ? Martina ne m'a pas paru spécialement à cheval sur les formules de politesse.

J'hésite encore, quand un nouveau texto s'affiche.

😉

Haha. Tu as trouvé quelque chose ?

J'ai passé les seize photos dans la recherche par images sur Google. Rien.

Qu'est-ce que ça signifie ?

Google ne trouve aucune correspondance, car aucune de ces photos n'a été mise en ligne.

Mince. En même temps, ça paraît logique. Si Caden et « IdaBeWise » voulaient rester un minimum discrets, ils n'allaient pas publier leurs photos sur Facebook.

Bon, et maintenant ?

Je continue à creuser.

Je réussis à éviter Caden presque toute la semaine. Je lui envoie quelques SMS, en me disant que ça paraîtrait encore plus étrange que je ne prenne pas de leurs nouvelles, à sa mère et lui, après l'incendie. Mais le soir, je prétexte que je suis fatiguée, ou qu'Emilia m'a demandé de l'aider à Clovelly Cottage. Je ne sais pas s'il me croit. Par moments, en visite au Musée Maritime avec Paisley, ou dans la salle climatisée du cinéma de Herron Mills, je m'aperçois qu'il me manque.

Il existe peut-être une explication rationnelle à ce que j'ai trouvé dans l'écurie. Peut-être que l'incendie est totalement fortuit. Mais j'en doute.

Le samedi soir, je tourne en rond. Kaylee n'a répondu à aucun de mes textos depuis le quatre juillet, je suis toujours sans de nouvelles de Starr, j'ai déjà parlé à ma mère deux fois en trois jours, et je ne sais plus quoi dessiner. Martina risque-t-elle de mal le prendre si je lui envoie un SMS pour lui proposer qu'on se voie ?

Je sors mon téléphone et compose un message en pensée, soucieuse de ne pas paraître trop désespérée, quand l'écran s'allume.

Tu as déjà vu le moulin à vent ?

Caden. Je me mords les lèvres.

Seulement en passant.

Tu viens faire une petite promenade avec moi ?

Il est huit heures et quart. Je n'ai jamais vu Caden quitter Windermere aussi tard. J'ai beau me dire que c'est une mauvaise idée de sortir avec lui en pleine nuit, il a piqué ma curiosité, et je suis accablée d'ennui. Et la partie irrationnelle de mon cerveau refuse de croire que Caden est une mauvaise personne, malgré les preuves photographiques.

Ça ne dérangera pas ta mère ?

Doreen lui tient compagnie ce soir. Ça ira.

Je ne lui demande pas qui est Doreen. Une infirmière ou une amie.

J'hésite encore une minute, mais je m'ennuie vraiment trop. Et si je continue d'éviter Caden, il va forcément se douter de quelque chose. Ma décision est prise.

Dix minutes plus tard, nous marchons côte à côte en direction du centre-ville. Le soleil se couche et l'air est tiède. Après avoir longé une bonne partie de Main Street, Caden m'invite à tourner à droite, juste après la marina. Puis nous prenons une rue à gauche, où je ne suis encore jamais passée avec Paisley.

– Par ici, me dit-il. On va couper à travers Parrish Park.

– Parrish Park ?

– Je suis étonné que Paisley ne t'y ait pas encore emmenée. Une partie du lac est aménagée pour la baignade, et il y a beaucoup plus d'ombre qu'à la plage.

Il jette un coup d'œil furtif sur mes bras, encore très rouges sous la lumière du lampadaire, et déjà à moitié pelés.

– La coquine, dis-je en riant. Elle me fait des cachotteries.

– Le moulin d'Arling est de l'autre côté du parc. C'est plus sympa de passer par ici.

Caden me donne des nouvelles de l'après-incendie. Mrs Talbot a été angoissée toute la semaine. Le traumatisme a aggravé ce qu'il nomme ses « symptômes positifs » : principalement des hallucinations et des troubles cognitifs. Je ne vois pas ce qu'il y a de positif là-dedans, mais Caden m'explique que l'on classe ainsi les comportements psychotiques associés à la schizophrénie. D'où la présence de Doreen ce week-end – l'amie d'enfance de sa mère, qu'ils sont allés voir à New York le 4 juillet.

Caden aurait-il vraiment pu mettre le feu à l'écurie, au risque d'altérer davantage la santé de sa mère ? Ne serait-ce qu'à cause de l'absence de ses chevaux. Il m'apprend que ces derniers sont en pension dans une écurie, à un quart d'heure d'ici, au nord. Je me demande brièvement si Mrs Talbot n'aurait pas déclenché l'incendie elle-même, à la faveur d'une hallucination. Je culpabilise aussitôt de supposer des choses sur sa maladie alors que je n'y connais rien.

Mais si j'élimine les Talbot, ça ne laisse pas beaucoup de suspects.

Caden se comporte normalement avec moi. Il me parle ouvertement des suites de l'incendie, ne me pose pas de questions pièges, et rien dans son attitude n'indique qu'il me soupçonne de l'avoir espionné ou volé. Soit ce n'est pas lui qui a mis le feu, soit c'est un excellent menteur. Soit il ignore que j'ai trouvé la clé USB, soit c'est un comédien hors pair.

C'est fort possible, vu qu'il a trompé toute la ville – peut-être même Zoé – sur ses sentiments.

Certes, si je me me fie aux e-mails, il ne l'a pas véritablement trompée. Zoé comptait assez à ses yeux pour qu'il demande à la mystérieuse fille d'attendre qu'il ait pris sa décision. C'est plutôt respectable. Mais s'il a finalement eu le courage de rompre avec Zoé pendant les vacances d'hiver, et que ça s'est mal passé…

Je coule un regard oblique vers Caden. Où est la fille des photos en ce moment. Peut-être n'est-elle qu'une victime collatérale de tout ce bazar. Ou peut-être qu'« Ida » a pris les choses en main parce que Caden tardait trop à rompre avec Zoé…

Les deux scénarios me tordent l'estomac.

Nous ignorons délibérément le panneau « PARRISH PARK – FERMÉ APRÈS LE COUCHER DU SOLEIL ».

– Je sais que ça risque de te paraître bizarre, dit Caden alors que nous entrons dans le parc, mais honnêtement, c'est presque un soulagement…

– Quoi ?

Je sors ma lampe de poche de mon sac et j'éclaire le chemin devant nos pieds. Caden lance l'application lampe torche de son téléphone.

– L'incendie. C'est la plaie de devoir mettre les chevaux en pension et d'engager quelqu'un pour reconstruire l'écurie, mais maman va déjà mieux depuis l'arrivée de Doreen. Les choses vont redevenir normales.

– Oui. Mais pourquoi est-ce un soulagement ?

Je promène le faisceau de la lampe autour de moi pour me faire une idée du décor. À notre droite, j'aperçois une rangée de grands arbres ; au-delà, la route qui longe le parc. À gauche, une pelouse escarpée descend vers la berge d'un lac. Il est si vaste que je me demande comment j'ai pu ignorer son existence jusque-là. Un siège de maître nageur se dresse au milieu d'une bande de sable, face à la zone de baignade délimitée par des bouées. Au loin, l'eau et le ciel se confondent.

– Je gardais de mauvais souvenirs dans cette écurie, dit Caden. Comme elle a disparu, j'ai l'impression d'avoir fait table rase.

J'avale ma salive. Caden pense que la carte et la clé USB ont brûlé dans l'incendie. Ce doit être à cela qu'il fait allusion. Il ne peut pas savoir que quelqu'un a pillé sa cachette. Ou alors, il me teste, pour voir ma réaction. Je m'efforce de rester impassible.

Le chemin s'éloigne du lac et serpente entre des buissons feuillus.

– Je te présente le moulin d'Arling, lâche soudain Caden, d'un ton léger.

Nous venons d'émerger des buissons, et le moulin à vent se dresse devant nous.

– Il faudra revenir en plein jour si tu veux le visiter. Mais comme il est hanté, le mieux, c'est quand même de le voir la nuit.

– Hanté ?

Ma voix est montée dans les aigus.

– Hé oui. Tu n'as pas entendu la légende locale ?

Je braque ma lampe sur la façade. La base est en pierre, mais le reste du bâtiment est couvert de bardeaux, comme Windermere et la plupart des bâtiments anciens de Herron Mills. Les murs sont percés de plusieurs fenêtres. Au sommet, les quatre pales sont immobiles dans la nuit calme.

– Non, mais tu vas me la raconter…

Caden esquisse un sourire malicieux, et je me gifle mentalement. « Interdit, Anna. Il est sûrement encore amoureux d'une autre. Peut-être dangereux. Quand est-ce que tu te mettras ça dans la tête ? »

– Le moulin d'Arling a été construit au milieu du XVIIIe siècle. Je suis sûr que tu trouveras la date exacte sur Google. Mais pendant les cent premières années qui ont suivi sa construction, il était à une vingtaine de kilomètres d'ici, sur le domaine d'Arling. Il a été restauré et déplacé à Herron Mills dans les années cinquante ou soixante, après la mort du dernier Arling de Long Island.

– Et c'est pour ça qu'il est hanté ? Pas terrible, ton histoire de fantôme.

– Patience, chère Anna ! Ce n'était que l'histoire officielle. J'en viens au fantôme.

Je croise les bras et j'essaie de jouer les dures à cuire. À voir l'air amusé de Caden, c'est raté.

– La jeune Dorothea Arling, que sa famille surnommait Dot, adorait venir jouer dans ce moulin. Un jour, alors qu'elle n'avait que six ans, elle est tombée dans l'escalier et s'est brisé le cou. Aujourd'hui…

Caden lève son téléphone pour éclairer la fenêtre supérieure du moulin avant de poursuivre :

– … des passants rapportent avoir vu le visage blême d'une fillette blonde, là-haut, durant la nuit. Surtout en juillet, le mois où Dot est morte.

– Dingue ! je lui réponds, les yeux rivés sur l'ouverture.

– Bon, je ne connais pas le mois de sa mort, mais le reste est vrai. Ça fait des années que des gens affirment avoir vu son visage à la fenêtre.

Il braque le faisceau lumineux sur le sol. Je l'interroge :

– Et toi, tu l'as déjà vue ?

– Non. Je ne crois pas à ces sornettes.

– C'est pour ça que tu peux regarder tous ces films d'horreur.

– Hmm. Je n'y ai jamais vraiment pensé, mais tu as sûrement raison, Anna Cicconi.

De retour sur Linden Lane, nous nous séparons avec un signe de main. Je pense encore au moulin d'Arling en remontant l'allée de Clovelly Cottage et en contournant la maison pour rejoindre la terrasse. C'est une histoire horrible. D'autant plus effroyable qu'elle se base sur des faits réels. Je vois en pensée une petite fille blonde dévalant les marches, au pied desquelles la mort l'attend. Son corps brisé au bas de l'escalier. La lueur spectrale de son visage dans la fenêtre du moulin à vent. J'enfonce les mains dans mes poches.

Je traverse la terrasse en courant, pressée de me réfugier dans le studio. Je m'arrête net en voyant une silhouette se découper devant la fenêtre de ma chambre. J'ai dû oublier d'éteindre la lumière.

– Anna.

C'est une femme, mais j'ai du mal à reconnaître sa voix. Une légère brise agite sa robe – ou sa chemise de nuit – et gonfle le tissu, la faisant paraître étrangement informe. Un fantôme ! Je me mords les lèvres et tente de me raisonner. Maudit soit Caden et ses histoires !

– Oui ? je réponds d'une voix tremblante.

Elle fait un pas vers moi et sort de la lumière. Je plisse les yeux.

– Je me réjouis que vous soyez rentrée. J'aimerais avoir une petite conversation avec vous.

Elle continue d'avancer. Deux pas. Trois. Je recule en cherchant à tâtons mon téléphone dans ma poche. De près, je distingue enfin ses traits dans la pénombre. C'est Meredith Talbot, pieds nus et vêtue d'une épaisse chemise de nuit en flanelle.

Elle a dû me voir avec Caden, à l'écurie ou dans la salle de cinéma. Elle sait que je lui ai désobéi en venant à Windermere. Mais quand elle s'arrête devant moi, assez près pour que j'en sois incommodée, je comprends que ce n'est pas le sujet qui l'intéresse.

– Vous avez été vue en ville avec la fille Jenkins, lâche-t-elle sur un ton accusateur.

« Vous avez été vue ». Comme si j'avais transgressé je ne sais quelle règle en discutant avec Martina. Quelqu'un a dû nous repérer chez le glacier. Je retiens ma respiration. Qu'est-ce qui m'a pris d'aller m'asseoir derrière cette vitrine ? N'importe qui a pu voir la clé USB posée sur la table, ou épier notre conversation. Je pince les lèvres et j'attends que Mrs Talbot abatte ses cartes.

– J'ignore ce que vous pensez savoir sur mon fils, poursuit-elle. Martina Jenkins nous a déjà causé assez de tort avec son podcast, en désignant Caden. C'est irresponsable d'accuser quelqu'un sans preuve. Si cette fille veut devenir journaliste, elle a beaucoup à apprendre. De préférence sans traîner notre famille dans la boue.

Je respire à nouveau. Si elle savait que j'ai pris la clé USB, elle l'aurait déjà dit. Apparemment, je suis coupable par association, embarquée dans la querelle qui oppose – à juste titre – Mrs Talbot à Martina.

Elle me regarde d'un air soupçonneux.

– Nous avons assez souffert, lâche-t-elle peu après, alors que je garde le silence. J'ai compris votre petit manège. Vous vous liez d'amitié avec Caden, vous gagnez sa confiance. Puis vous allez répéter ce qu'il vous a dit – quoi qu'il vous ait dit – à la fille Jenkins.

« Quoi qu'il vous ait dit. » Mrs Talbot sait que son fils cache quelque chose. Mais elle n'en parle pas, parce qu'elle ne sait pas que je suis au courant. Je respire un peu mieux.

Peut-être est-ce une simple allusion au fait que Zoé et lui étaient fiancés, mais j'en doute. Si la nouvelle fuitait à Herron Mills, elle susciterait quelques ragots, mais ce ne serait pas la fin du monde. Mais si les gens entendaient parler d'« IdaBeWise », et apprenaient que Caden, tombé amoureux d'une autre fille, avait l'intention de rompre avec Zoé juste avant sa disparition, ce serait une autre histoire.

Mrs Talbot me regarde fixement. Je perçois quelque chose derrière son air méprisant. De la peur.

Caden m'a dit combien sa mère aimait Zoé. À quel point elles étaient proches. Toutefois, malgré l'attachement qu'elle avait pour la fiancée de son fils, il me paraît clair qu'elle fera tout pour protéger Caden. J'aimerais lui jurer que je ne veux pas qu'il soit accusé à tort, moi non plus. Que c'est pour cela que je suis allée voir Martina, plutôt que la police. Du moins, jusqu'à ce qu'on en sache plus. Mais je ne veux pas faire de promesses que je ne suis pas sûre de pouvoir tenir.

– Je vais rentrer, dis-je. Avez-vous besoin d'aide pour retourner à Windermere ?

Hormis le fait qu'elle est pieds nus et en chemise de nuit, elle semble parfaitement cohérente. Elle ne présente aucun des symptômes dont Caden m'a parlé. N'empêche, je ne peux pas la laisser là…

– Ça va, lance-t-elle sèchement. Je ne suis pas une enfant.

– Bien sûr.

Je la contourne pour entrer dans le studio. Je me demande si Doreen et Caden ont remarqué son absence, et décide d'envoyer un petit message à Caden dès qu'elle sera partie.

– Bonne nuit, Mrs Talbot.

Je rentre et ferme la porte.

Plusieurs heures après le retour de Mrs Talbot à Windermere, je n'ai toujours pas trouvé le sommeil.

Dans l'intervalle, Caden s'est excusé. Je ne suis pas sûre qu'il aurait pris cette peine s'il connaissait toute l'histoire. Vers deux heures du matin, je renonce à dormir. Je me rhabille, sors, et déambule au hasard des rues jusqu'au quartier résidentiel de Herron Mills. Le village n'est pas très étendu, mais l'excursion au moulin à vent m'a prouvé qu'il me réservait encore bien des surprises.

Après plusieurs kilomètres de marche, je m'arrête brusquement devant une maison, sans vraiment savoir pourquoi elle retient mon attention. Elle est immense, en retrait de la rue, et enveloppée de silence. Comme toutes celles que j'ai vues ce soir. Pourtant, cet endroit m'est terriblement familier. Je suis déjà venue ici. Au 45 Crescent Circle.

Je ferme les yeux. Je suis toujours debout sur le trottoir, mais mon esprit est ailleurs, dans une pièce chaude et humide où plane une odeur de terre, comme dans une serre. J'inspire profondément et me laisse imprégner par le souvenir. Je veux comprendre ce que cette maison réveille en moi.

En pensée, je regarde autour de moi. Je suis à l'arrière de la maison, dans une piscine couverte aux parois de verre. Une végétation luxuriante jaillit de tous côtés. On se croirait dans une forêt tropicale. Le sol est pavé de terre cuite. Des lianes émeraude grimpent sur des poteaux de bronze, et des fleurs fuchsia et jaune pâle dégringolent de jardinières suspendues. Des volutes de vapeur s'élèvent de l'eau. Une petite cascade dévale un mur de pierre pour se déverser dans le bassin.

Les paupières toujours closes, je regarde lentement sur ma gauche. Trois filles en maillot de bain aux couleurs vives boivent des cocktails roses, allongées sur des transats. Deux d'entre elles me ressemblent.

Je halète et rouvre les yeux.

De retour sur le trottoir, je regarde la maison. L'air est chaud et moite de vapeur, comme si le souvenir s'immiscait dans le présent. J'ai trop marché, trop pris le soleil, pas assez dormi. Les jambes fatiguées, je me laisse tomber dans l'herbe près du portail et presse les mains contre mon front.

Je ferme les yeux et j'essaie de revoir les filles. Leurs visages. Mais le souvenir s'est complètement effacé.

# 21

## AVANT

### *Juillet*

Herron Mills, État de New York

Juillet s'étire sous un soleil accablant. Jour après jour, une pellicule de sel recouvre Herron Mills et ses habitants. La peau nous démange, nos aisselles transpirent, et l'océan nous attire comme des mouettes affamées. Aucune odeur sucrée de poubelle ne flotte dans l'air le mardi, comme à Brooklyn, et le silence n'est pas troublé par le gémissement aigu du camion Mr Softee[1]. Mes journées sont placées sous le signe de la plage et du soleil. Mes nuits, dédiées aux douches fraîches et à la clim.

J'évite Caden pendant plusieurs jours. J'ai l'impression de marcher sur un fil avec lui. J'ai du mal à donner le change et à accepter qu'il est au mieux malhonnête, au pire dangereux.

1. Un camion de glaces.

Le mercredi, il m'envoie un SMS à la fin du dîner. Je m'excuse et file dans le studio.

Tu te comportes bizarrement.

Quoi ?

Ne me dis pas qu'Emilia te fait bosser la nuit. As-tu un petit ami secret, Anna Cicconi ?

C'est ironique. Je réfléchis à toute vitesse.

Haha. Épuisée à force de travailler non-stop. Je n'osais pas t'avouer que je me couche à 21 heures. LOL

😂

Si tu es prête à sacrifier quelques heures de sommeil, on peut se refaire une soirée cinéma.

Je ne me vois pas décliner indéfiniment ses invitations. Mes doigts flottent au-dessus de l'écran.

Avec plaisir. On se retrouve derrière à 19 h 30 ?

Je pose mon téléphone et le reprends aussitôt. Je dois parler à Kaylee.

– Salut, articule-t-elle d'une voix lasse.

Je suis presque surprise qu'elle ait répondu. Depuis son retour à Brooklyn, je n'ai eu droit qu'à deux minuscules textos. J'essaie de l'amadouer :

– Si ça peut te rassurer, je n'ai pas entendu parler de Max depuis qu'on est parties de sa fête pourrie. C'est clair que je ne l'intéresse plus.

– Max qui ?

– Ha ha.

– Laisse tomber. De toute façon, on s'est remis ensemble, avec Ian.

Ah. Voilà pourquoi Kaylee était aux abonnés absents. Je ne porte pas vraiment Ian Nussbaum dans mon cœur, surtout parce qu'il est incapable de rester avec Kaylee plus de deux mois d'affilée. Mais je suis soulagée qu'il soit la cause de son silence.

– Ah ouais ? Raconte !

Pendant qu'elle me décrit la dernière idée de Ian pour faire fortune – une application du genre Meetup, pour les accros aux jeux vidéo, qui leur permettrait de commander des chips et de la bière –, et évoque leur projet de s'installer ensemble à l'automne – la double recette du chagrin d'amour et du naufrage financier –, je m'attarde sur le souvenir de notre week-end du 4 juillet. Je suis ravie d'apprendre que Kaylee est passée à autre chose, mais je ne suis pas sûre de pouvoir en dire autant.

Ça n'a rien à voir avec Max Adler, bien sûr. Ce qui me chiffonne, c'est l'attitude de Kaylee. Ça ne lui ressemblait tellement pas de débarquer à Bridgehampton sans m'avoir demandé comment venir. Il y a aussi ce magasin de spiritueux, qu'elle semblait connaître comme sa poche, son amie Becca, que je suis quasiment sûre de n'avoir jamais croisée à Brooklyn. Et le fait qu'elle n'ait posé aucune question sur Herron Mills ou les Hamptons en général. Peut-être que je me prends trop la tête. Mais l'étrange réminiscence de samedi soir continue de me hanter. Kaylee pourrait être la troisième fille qui buvait des cocktails dans la piscine couverte… Zoé, Kaylee et moi.

Je l'interromps :

– Tu connais une fille nommée Zoé Spanos ?

– Qui ?

– Zoé Spanos. Je crois qu'on a fait la fête avec elle, l'an dernier. Peut-être pendant les vacances d'été, ou d'hiver…

– Ça ne me rappelle rien. C'est une copine de Mike ?

– Non, elle est d'ici. De Herron Mills.

– Tu es encore là-dessus ? s'étonne Kaylee. Je t'ai déjà dit que je n'étais jamais allée là-bas. Ton bled est tellement chic. Je m'en souviendrais.

– Oui, c'est clair. Je me disais juste que… Cette fille, Zoé, elle me ressemble beaucoup. Tu te souviens de quelqu'un comme ça ?

– Une fille qui te ressemble ? Non.

Je soupire.

– Laisse tomber.

Mon cerveau bugue depuis le début de l'été. Je n'ai pas complètement menti à Caden quand je lui ai dit que ce job m'épuise. Hormis la pause du 4 juillet, qui n'était pas de tout repos, je n'ai pas eu un seul jour de congé depuis mon arrivée. Je n'ai pas de week-ends. Paisley est adorable, et les Bellamy sont des employeurs de rêve, mais c'est fatigant de s'occuper d'une enfant de huit ans. La succession ininterrompue de journées de travail a quelque chose d'étourdissant. Ça, plus le soleil et les mystères non résolus…

Je raccroche, soulagée d'être réconciliée avec ma meilleure amie. Je quitte la robe que j'ai passée pour le dîner (une nouvelle, avec des poches) et j'enfile des vêtements plus décontractés avant d'aller retrouver Caden.

Comme j'ai quelques minutes devant moi, je passe à la cuisine chercher des trucs à grignoter pour la séance de cinéma. Alors que je remplis un Tupperware de pop-corn à l'huile d'olive et au romarin, le téléphone fixe des Bellamy se met à sonner. Un numéro en 212 s'affiche. Un appel de Manhattan. Peut-être Tom… Emilia est à l'étage avec Paisley. Je décroche.

– Résidence Bellamy.

– Ouais, Tom est là ? demande une voix masculine.

Il a l'air pressé.

– Il est en ville pendant la semaine. Vous avez son numéro de portable ?

Le silence plane au bout du fil, puis :

– C'est Emilia ?

– Non, c'est Anna. La baby-sitter.

Nouveau silence.

– Et vous êtes sûre qu'il n'est pas là ? Il a quitté le bureau très tôt aujourd'hui.

– Ah. Je… je ne sais pas. Enfin : non, il n'est pas là.

Le type raccroche.

Je ferme le Tupperware en décidant que cette affaire ne me regarde pas.

Arrivée à Windermere, j'ai un choc en découvrant les décombres de l'écurie. Je ne m'attendais pas à voir un nouveau bâtiment flambant neuf à la place de l'ancien, mais rien n'a changé depuis la nuit de l'incendie. Le sol est jonché de cendres et de morceaux de bois calcinés. L'herbe est brûlée tout autour de l'édifice. Ce trou noir béant, à l'arrière de la propriété, vole la vedette à la pelouse bien tondue.

– Un entrepreneur doit venir la semaine prochaine, me dit Caden. Enfin, j'espère. Comme tu t'en doutes, j'ai eu du mal à convaincre maman. Elle veut récupérer ses chevaux, mais elle accepte mal l'idée que plusieurs personnes viennent travailler ici. Je dois encore l'amadouer.

– Je comprends.

Je lève les yeux et j'aperçois Meredith Talbot à une fenêtre de l'étage. Elle n'a pas l'air ravie de me voir avec son fils. Je lui fais un vague signe d'excuse.

– Elle ne m'aime vraiment pas, dis-je à Caden.

– Elle n'aime pas les gens nouveaux. Le fait que tu ressembles à Zoé n'arrange rien. Mais si ça peut te réconforter, elle ne t'aurait pas aimée de toute façon.

– Euh… merci.

Nous rions en chœur.

Caden envoie un baiser à sa mère, qui lui rend un sourire avant de battre en retraite.

– Je voulais te demander un truc, je reprends, alors que nous traversons la pelouse pour rejoindre le patio. L'autre soir, je me suis souvenue d'un endroit…

– Un endroit à Herron Mills ?

– Je ne sais pas. C'est ce que j'essaie de découvrir.

– OK, je t'écoute.

Nous nous asseyons à la table. Pendant que je lui décris la piscine vitrée aux allures de serre, avec les lianes rampantes et l'air humide, Jake entre et se laisse tomber aux pieds de son maître. Sa queue frétille. Je me concentre sur le décor, sans mentionner Zoé ni Kaylee. Caden m'écoute en fronçant les sourcils. Quand je me tais enfin, il reste muet.

– Ça te parle ?

– De quand date ce souvenir ? demande-t-il d'une voix coupante.

– Je ne sais pas. Ça va te sembler un peu perché, mais il m'est venu tout d'un coup, pendant que je me baladais en ville, l'autre soir. Je ne suis même pas sûre que ce soit réel.

En prononçant ces mots, je sais que je me trompe. Cette piscine vitrée existe réellement. Je le vois à l'expression de Caden.

– La piscine que tu décris est celle de la famille Spanos, lâche-t-il enfin.

Mon cœur s'arrête.

– George est architecte paysagiste. Il l'a dessinée lui-même et l'a fait construire selon ses plans. Ce n'est certainement pas la seule piscine vitrée au monde, mais c'est la seule ici qui ait un carrelage en terre cuite, une cascade et une végétation tropicale.

Il se penche en avant, les coudes sur les genoux.

– Quand es-tu allée là-bas, Anna ?

Mon esprit entre en ébullition. C'est la maison de Zoé, évidemment. Je n'aurais rien dû dire à Caden. Mais tout au fond de moi, je m'attendais à ce qu'il me réponde qu'il n'avait jamais vu ce genre de piscine. Que c'était une création de mon esprit. Je bredouille :

– J-je ne sais pas. Je ne suis jamais allée chez Zoé.

– Tu prétends qu'une image parfaitement claire de leur piscine vient juste de… t'apparaître ? Jusqu'au carrelage et aux plantes ?

– J'ai peut-être vu une photo quelque part…

Le mois dernier, j'ai cherché sur Google tout ce que je pouvais trouver sur Zoé. Peut-être que ce souvenir n'en est pas un. Je suis restée trop longtemps au soleil et j'ai passé plus de vingt heures sans dormir. Peut-être que mon cerveau s'est embrouillé, et transformé en souvenir des trucs que j'ai trouvés en ligne. Ce doit être possible.

Je réfléchis tout haut :

– Mrs Spanos est rédactrice en chef d'un magazine, n'est-ce pas ? Ils ont pu faire un shooting de leur maison.

– Comment connais-tu le métier de Joan ? réplique Caden, soupçonneux.

Cette fois, j'ai la réponse :

– C'était dans le podcast de Martina. L'historien du village a signalé qu'elle travaillait dans un magazine de déco. S'ils ont diffusé une photo, j'ai pu la voir sur Internet.

– Oui, sans doute…

– J'ai googlé Herron Mills quand j'ai passé un entretien d'embauche, dis-je en guise de défense. J'ai lu un tas de blogs et d'articles.

Caden se renverse sur sa chaise.

– Peut-être. Il y a tout le temps des articles sur des maisons dans les Hamptons.

– Je te jure que je ne suis jamais allée là-bas. Je n'aurais pas dû appeler ça un souvenir. Aster est le seul membre de la famille Spanos que j'aie rencontré. Je l'ai croisée une fois devant chez Jenkins.

– C'est bizarre, Anna. Tu as décrit des sensations. L'odeur, l'atmosphère. Tu avais l'air sûre de toi.

– J'ai une imagination débordante. Quand j'étais petite, ma mère me prédisait une carrière d'écrivaine, ou d'inventrice. Elle n'est pas tombée loin. C'est peut-être pour ça que je fais des croquis. Je canalise cette imagination dans mes dessins. Je devrais la laisser sur le papier…

Je divague. Caden me regarde d'un air dubitatif. Il ne sait manifestement pas quoi penser de mon histoire. Ni de moi.

– Mmh, lâche-t-il enfin. De plus en plus étrange…

Il recule sa chaise et se lève.

– Si on allait voir ce film ?

En regagnant Clovelly Cottage à dix heures et demie, je trouve un nouveau message de Martina.

Suis en train de consulter l'annuaire en ligne des étudiants de Yale. C'est douloureux.

J'essaie d'éclairer le sol avec ma lampe torche d'une main, tout en écrivant de l'autre. C'est lent, mais je ne suis pas fâchée d'oublier un instant cette soirée calamiteuse. Caden et moi n'avons plus échangé un mot jusqu'à la fin du film, un thriller de série B des années quatre-vingt. Je suis partie aussitôt après le générique.

Douloureux comment ?

Trois points flottent sous mon message pendant que Martina tape la réponse.

Ce n'est pas une simple liste. Il faut chercher par combinaisons d'au moins trois lettres. Puis lancer une recherche d'images avec les noms des étudiantes qui apparaissent, pour voir si l'une d'elles ressemble à Ida. Qui ne s'appelle évidemment pas Ida.

Mince. Désolée.

Tu savais que les noms en A sont les plus courants ? Je crois que je vais passer à U, ou à X.

Il y a des ordinateurs à la bibliothèque ? Je pourrais y aller après mon boulot, demain, et te donner un coup de main.

La bibliothèque ferme à 16 heures, mais merci. J'ai envoyé quelques photos d'Ida à la sœur de mon ami. Elle est en deuxième année à Yale. Elle ne l'a pas reconnue, mais elle va se renseigner discrètement.

Tu es sûre qu'Ida est étudiante à Yale ?

Non. Mais c'est le plus probable. Elle n'est pas d'ici, en tout cas. Et Caden a passé le reste de son temps là-bas.

Peut-être qu'elle habite juste à New Haven.

J'espère que non. Sinon, c'est mort. J'ai déjà vérifié son compte Gmail. Il est enregistré au nom d'Ida B. Wells, évidemment. C'est une impasse.

Exact. Merci, Martina.

De rien. Je te tiens au courant.

Je me réfugie dans le studio. Mes épaules se détendent à la seconde où la porte se referme. Je ne m'étais pas aperçue que j'étais aussi crispée. Je m'écroule sur le lit et j'essaie de comprendre ce qui s'est passé ce soir. La piscine vitrée appartient aux parents de Zoé. C'est devant leur maison que je me suis arrêtée l'autre soir. Elle est située dans une rue appelée Crescent Circle, mais j'ai oublié l'adresse exacte. J'aurais dû la noter.

Je prends mon téléphone. Une minute de recherche en ligne suffit à confirmer mes soupçons. George et Joan Spanos sont domiciliés au 45, Crescent Circle.

J'ai peut-être vu la piscine dans un article de magazine, mais ça m'étonnerait. C'est un souvenir. Je suis déjà allée là-bas.

Avec Zoé.

# 22

## AVANT

### *Juillet*

Herron Mills, État de New York

– Trois coups de fil en deux semaines ? Tu as un problème ?

Je grogne intérieurement. Je ne peux pas gagner à ce jeu-là. Soit je n'appelle pas assez souvent ma mère, soit je l'appelle trop. Mais aujourd'hui, ce n'est pas seulement pour lui donner des nouvelles. Mon appel a un but précis.

– Je te dérange ?

– Bien sûr que non, ma chérie. Quoi de neuf ?

– Je voudrais te poser des questions sur Herron Mills…

Maman laisse planer un long silence. Je continue :

– J'ai l'impression de me rappeler des trucs. Par exemple, la semaine de mon arrivée, il m'a semblé que j'étais déjà venue sur la plage. Elle est très différente de celles qu'on a en ville. Étroite, mais super agréable. Et il y a un marchand de glaces avec des parfums incroyables.

En égrenant mes pseudo-souvenirs, je me rends compte qu'ils manquent un peu de consistance.

– Anna...

– Et je me suis souvenue d'une piscine vitrée...

– Anna..., répète maman. Ce que tu me décris ressemble beaucoup à Stone Harbor.

– Où ça ?

– Stone Harbor ? C'est sur le Jersey shore. Quand on était encore ensemble, avec ton père, on y allait souvent l'été. Il y avait une très belle plage. Et tu adorais le marchand de glaces. Notre hôtel avait une piscine intérieure.

Mon cœur sombre.

– Avec des lianes, et tout ?

– Il y avait des jardinières, en effet. Beaucoup de lianes et de fleurs. Tu l'appelais « la forêt tropicale ». Je me demande bien comment tu pouvais savoir à quoi ressemblait une forêt tropicale...

Mon cœur sombre encore plus profondément.

– Et on n'est jamais venus ici ? À Herron Mills ?

Maman pouffe si bruyamment que je décolle le téléphone de mon oreille.

– Dans les Hamptons ? Seigneur, non ! Ton père était bien trop radin.

Paisley et moi passons la matinée du mardi au lac Parrish. C'est la deuxième fois que nous y allons depuis que Caden m'a vanté ses berges ombragées. L'après-midi, je lui promets une glace si elle accepte de passer quelques heures à la bibliothèque avec moi. Comme elle adore la salle de lecture des enfants, c'est gagnant-gagnant.

Je passe les premières minutes à piocher au hasard des R dans l'annuaire des étudiants de Yale. Martina n'est sûrement pas allée aussi loin dans l'alphabet. Elle a raison, c'est une vraie galère. Il faut entrer des combinaisons d'au moins trois lettres pour faire apparaître des noms. Je commence par Raa, puis Rab, puis Rac, et ainsi de suite. Muriel Raab. Rabia Sadik. Rachel Henson. Je transfère chaque nom sur Google, et lance une recherche d'images pour voir si la fille ressemble à l'Ida des photos. J'abandonne assez vite.

Ce n'est pas pour cela que je suis venue. Je ferme l'annuaire de Yale et tape un nouveau nom dans la barre de recherche :

*John R. Cicconi.* Mon père.

J'aboutis aux mêmes résultats que d'habitude. Ce n'est pas la première fois que je me livre à ce petit jeu. J'essaie de le trouver depuis un moment. À mon entrée au lycée, j'ai pris une résolution : assez pleurniché sur ce type qui, à l'évidence, ne s'intéresse pas à moi. Assez fantasmé sur le jour où il reviendra à la maison, riche et beau, et nous emmènera vivre dans une belle maison de banlieue, maman et moi. J'ai arrêté de me dire qu'il reviendra tout court.

Mais là, pour la première fois depuis des années, j'éprouve le besoin de lui parler. Je voudrais juste qu'il confirme les dires de maman. Entendre sa voix rauque, mais douce – une voix que je n'ai pas entendue depuis des années – me susurrer à l'oreille : « Tu te souviens de Stone Harbor parce que ce sont les derniers bons moments qu'on a passés ensemble, en famille. »

Je vois les deux villes balnéaires se métamorphoser, fusionner dans ma mémoire. Cela expliquerait beaucoup de choses, mais pas le souvenir précis que j'ai de la piscine vitrée. Caden était certain que je lui décrivais la maison de Zoé. Et quand je pense à cette piscine, je vois Zoé et Kaylee.

Je ne glane rien de nouveau sur Google. Aucun indice qui pourrait m'indiquer où mon père vit en ce moment, ce qu'il a fait depuis douze ans. Maman ne le sait pas, ou ne veut pas le savoir. Elle refuse catégoriquement de parler de lui. Si j'avais un nom de ville, ou même d'État, je pourrais le retrouver. Mais je n'ai pas le début d'une piste. Mon père ne veut plus être mon père depuis longtemps. Il ne veut pas être retrouvé.

C'est seulement en arrivant sur le trottoir que je me rappelle que Paisley est restée dans la bibliothèque.

Le soir, Martina m'envoie un SMS.

J'ai des nouvelles, mais je travaille jusqu'à 22 heures.

Rendez-vous devant la boutique ?

Quand j'arrive, quelques minutes plus tard, Martina est dans la salle, occupée à ranger les chaises sur les tables. La fille blonde de l'autre jour lui fait un signe d'adieu et sort.

– On est fermés, me dit-elle en me voyant m'installer sur un banc, devant l'échoppe.

– J'attends Martina.

Elle hoche la tête, ouvre sa voiture et s'installe au volant. Quelques minutes plus tard, Martina vient s'asseoir à côté de moi, tout sourire.

– Je l'ai trouvée ! annonce-t-elle. Tiana Percy, brillante étudiante senior à Yale. Elle a un an d'avance sur Caden.

Elle me tend son téléphone. Je fais défiler les photos publiques de Tiana. C'est la même fille, en effet.

– Comment tu as fait ?

– L'amie de la sœur de mon ami l'a reconnue sur le campus. Elle ne se rappelait pas son nom de famille, mais en cherchant Tiana dans l'annuaire, je l'ai trouvée assez vite. La seule chose qui la reliait à Caden, c'est une photo de groupe, sur le site web du département des études afro-américaines.

Elle me reprend son téléphone et scrolle, avant de me présenter à nouveau l'écran.

J'examine la photo d'étudiants souriants, massés derrière une table.

– Ils ne sont même pas assis à côté l'un de l'autre.

– Non, mais ça prouve qu'ils se connaissent. Tiana Percy est notre Ida.

– OK.

Je rends son téléphone à Martina.

– Et maintenant, on fait quoi ?

– Je lui ai envoyé un mail en prétextant que j'enquête pour le journal de mon lycée sur les organisations d'étudiants de couleur des campus de l'Ivy League. Elle est à la tête de la Black Women's Coalition de Yale. Ça devrait marcher.

– Tu penses qu'elle va accepter ?

Martina hausse les épaules.

– Je l'ai envoyé il y a quelques heures seulement. Mon compte au lycée est au nom de Martina Jenkins, pas de Martina Green, et je suis la rédactrice en chef du journal du lycée. Elle ne fera le lien avec le podcast que si elle cherche vraiment.

– Et si elle le fait ?

– Alors, je continuerai de creuser seule. Pour voir ce que je trouve d'autre.

– Merci, Martina.

Je glisse les mains dans la poche de mon sweat à capuche. Les journées sont étouffantes, mais il fait frais le soir, près de l'océan.

Des phares apparaissent, puis s'éteignent. La voiture se gare devant nous. Martina se lève et fait un signe au chauffeur.

– C'est pour moi, dit-elle en rangeant son téléphone dans la poche de sa robe.

Je me lève aussi.

– Un dernier truc, Martina. Je sais que tu as beaucoup d'amis, mais je ne connais personne de mon âge ici, à part Caden, et…

– Tu n'es pas très à l'aise avec lui en ce moment ?

– C'est le moins qu'on puisse dire. Je ne veux pas m'imposer, mais si Aster et toi avez envie de sortir, un soir… Je suis libre après le dîner.

– Carrément.

Martina sourit.

– On a prévu de se voir vendredi. Tu n'auras qu'à venir. Je t'enverrai un texto quand je saurai ce qu'on fait.

– Avec plaisir !

Martina contourne la voiture pour monter à l'avant, côté passager. Je lui souris et formule un vœu silencieux. « Faites que ce plan implique d'aller chez Aster ! » Je dois entrer dans cette maison. Voir la piscine de mes propres yeux.

Restée seule sur le banc, devant la boutique fermée, je laisse le silence m'envelopper. Un peu plus loin dans la rue, un auvent bruisse. Une voiture passe. On n'a jamais un tel silence à Brooklyn. C'est presque oppressant.

Quand j'ouvre Messenger, les messages auxquels Starr n'a pas répondu me sautent aux yeux. J'en tape un nouveau.

Sais-tu que je passe l'été dans les Hamptons ?

Mais si ça se trouve, tu t'en fiches…

# 23

## AVANT

### *Juillet*

Herron Mills, État de New York

Le vendredi, comme il pleut à verse, nous dînons dans la salle à manger des Bellamy. Mary s'est écartée de son habituel répertoire méditerranéen, et son pad thaï a un drôle de goût, mais je le mange quand même, par politesse. Tom, distrait, consulte son téléphone toutes les dix secondes. Je me sens donc autorisée à sortir le mien quand il bipe. Martina m'a envoyé un SMS pour me proposer une soirée chez Aster.

Apporte ton maillot de bain.

Il y a une piscine couverte ; c'est encore plus cool sous la pluie.

C'est presque trop parfait. Je souris malgré moi.

– Des projets pour ce soir ? me demande Emilia.

– Oh, pardon !

Je me dépêche de ranger mon téléphone.

– Oui. J'ai rendez-vous avec deux filles de Herron Mills. Martina et Aster…

– Aster Spanos ? intervient Tom, qui participe à la conversation pour la première fois de la soirée.

Il pose son portable sur la table.

– C'est moi qui les ai présentées, signale Paisley.

À mon intention, elle ajoute :

– Je n'en reviens pas que tu sortes sans moi !

Elle me taquine, mais je sens qu'elle est un peu vexée.

Emilia rit et souligne l'injustice faite aux enfants. Bien qu'elle s'adresse à Paisley, elle continue de me fixer. Ma nuque me démange. Elle attend que Paisley soit installée devant la télévision, et que Tom parle de nouveau au téléphone pour ajouter tout bas :

– Passe le bonjour à Joan.

À sa voix tendue, je devine que j'ai abordé un sujet délicat. Je promets de transmettre le message, même si je sais que je n'en ferai rien.

À sept heures et quart, la mère de Martina gare sa voiture devant le portail de Clovelly Cottage. Je descends l'allée à la hâte sous un parapluie qui me protège vaguement de l'averse tiède, et me glisse sur la banquette arrière en culpabilisant d'avance à l'idée de la flaque qui va se former sur le plancher.

La mère de Martina, une femme silencieuse qui écoute de la musique instrumentale à un volume presque inaudible et conduit dix kilomètres-heure sous la limitation de vitesse, nous dépose chez Aster. Avant de repartir, elle nous demande de l'appeler au plus tard à dix heures et demie pour le trajet retour.

Quand je sors du véhicule, le souffle me manque. Nous sommes devant la propriété de l'autre soir, comme je l'avais prévu. J'avais eu la confirmation de l'adresse sur Internet, mais revenir sur place est encore plus troublant. Je connais cette maison.

Martina tape le code et m'invite à la suivre.

– Ma mère ne veut jamais me prêter sa voiture, se plaint-elle en remontant l'allée. Ce serait tellement plus simple. Mais c'est une maniaque du contrôle.

Maman et moi avions une voiture jusqu'à l'automne dernier. Elle est morte sans crier gare, après quatorze ans de bons et loyaux services, en affichant plus de deux cent mille kilomètres au compteur. Je venais juste d'obtenir mon permis. Maman veut en acheter une autre, mais elle n'a pas encore assez économisé. J'ai pu conduire pendant quelques mois. J'utilisais notre vieux tacot pour aller chez Kaylee, à cinq rues de chez moi, alors que j'aurais mis moins de temps à pied. Mais c'était possible, alors je le faisais. Les parents ici sont tellement « investis ».

En marchant vers la porte des Spanos, j'essaie de capter le moindre détail, malgré la pénombre et la pluie battante. La maison – nommée Maple Grove à cause des nombreux érables plantés à l'arrière de la propriété, ainsi que me l'apprend Martina –, est immense et moderne, comme la plupart des demeures de Herron Mills. Elle me semble familière, mais pas complètement. Alors que nous fermons nos parapluies sous le porche, je chuchote à Martina :

– Tu ne lui as rien dit, hein ? Tu ne lui as pas parlé de Tiana Percy ?

Je me demande à nouveau de quoi Tiana serait capable. Ce qu'elle aurait pu faire pour se débarrasser de Zoé.

– Pas un mot, répond Martina à voix basse.

Elle joint le pouce et l'index et les fait courir devant ses lèvres, comme pour tirer une fermeture éclair.

– C'est bizarre de garder le secret, mais ça ne sert à rien de les contrarier pour l'instant, avant d'en savoir plus.

Aster nous accueille à la porte en paréo rouge et turquoise. Un petit chien blanc décrit des cercles autour de ses pieds.

– Je te présente Julia Child, me dit-elle. C'est Zoé qui l'a baptisée.

Je m'accroupis pour lui tendre une main à renifler, mais elle m'ignore et file au fond de la maison.

– Ne te vexe pas, me dit Aster. Elle a neuf ans, mais c'est encore une pile électrique.

Nous entrons dans la cuisine. À ma grande déception – ou est-ce du soulagement ? – je ne reconnais rien. C'est une belle maison, joliment meublée, mais elle ne réveille pas de souvenir en moi comme l'autre soir. Maman a raison : ce n'est pas impossible que j'aie confondu Herron Mills et ma récente incursion dans la vie de Zoé avec des souvenirs d'enfance.

Aster et Martina vont et viennent dans la cuisine pour rassembler des verres, des pailles et un pichet de boisson qui ressemble à de la citronnade. On me confie un saladier plein de biscuits apéritifs, et nous passons sous une grande arche de pierre rouge pour rejoindre un coin petit déjeuner aéré, puis la piscine. En franchissant les portes coulissantes, je suis fixée. Je n'ai pas la mémoire d'éléphant de Kaylee, mais la vue de la piscine balaie mes doutes.

Je me mords les lèvres pour tenter de masquer ma surprise et mon trouble. Il y avait peut-être une piscine couverte à l'hôtel de Stone Harbor, mais celle-ci correspond parfaitement à mon souvenir.

Je m'applique tellement à garder une expression neutre que j'ai arrêté de marcher sans m'en rendre compte. Plantée sur le carrelage en terre cuite, je contemple la végétation luxuriante, les fleurs roses, orange et jaunes, la cascade. Tout ce que je m'attendais à voir, en somme. Le chien déboule en jappant et vient se frotter contre mes jambes.

– Qu'est-ce qu'il y a, Belle ?

Je m'accroupis et tends à nouveau la main. Aster se retourne lentement.

– Comment tu l'as appelée ?

Le chien glisse son petit museau rose et blanc dans la main. Je lève les yeux.

– Euh. Julia Child, c'est ça ?

– Exact, acquiesce-t-elle, la tête inclinée. J'ai cru que…

Martina dissipe le malaise en se raclant la gorge et indique la verrière.

– Étonnant, non ?

– C'est magnifique, dis-je en me redressant. Je trouvais la piscine des Bellamy impressionnante, mais là, c'est carrément autre chose…

– Mon père est architecte-paysagiste, signale Aster, qui a quitté son paréo et arbore un tankini noir.

Elle passe derrière une table de verre pour remplir de boisson citronnée trois gobelets en plastique en forme d'ananas. Je me fais violence pour aller déposer les biscuits salés sur la table. Martina retire sa robe, révélant un maillot une pièce bleu à pois blanc, avec une petite jupe. Un modèle vintage, ou une parfaite imitation.

– Il a travaillé avec un autre architecte spécialisé dans le verre pour concevoir la piscine quand on a emménagé ici, poursuit Aster. Je suis sûre qu'il viendra nous voir ce soir. Il est intarissable sur le sujet. Lemon Spritz ?

Elle me tend un gobelet.

– Ne te réjouis pas trop vite, c'est un cocktail sans alcool, précise Martina, tandis que je place la paille en carton rose et blanc entre mes lèvres.

– Je ne bois pas d'alcool. Enfin, j'essaie. Donc, c'est parfait.

Nous nous installons sur les chaises longues au bord du bassin.

– Cette piscine a l'air sortie d'un magazine, dis-je en guise de préambule.

Aster rit.

– Mon père est paysagiste et ma mère, rédac-chef d'une revue déco… En gros, mes parents sont obsédés par l'esthétique.

– La revue a déjà publié un article sur la piscine ?

– Je ne crois pas. Mais c'est une bonne idée.

– Mrs Spanos est un phénomène, signale Martina. Elle a été opérée de l'épaule à l'automne dernier, et elle n'a pris qu'un seul jour de congé.

– Pire ! objecte Aster. Elle a travaillé depuis son lit d'hôpital.

– Tes parents sont comme les Bellamy, dis-je. À part le 4 juillet, je ne les ai pas vus prendre une journée de vacances cet été.

Martina hausse les épaules.

– C'est typique. Quand les gens entendent le mot « Hamptons », ils se représentent un lieu de villégiature de rêve. Mais ici, tout le monde est accro au travail.

J'enlève mes vêtements humides et les suspends au dossier de la chaise, même si je n'ai guère d'espoir qu'ils sèchent dans la moiteur ambiante. Le soleil s'est caché et la pluie ruisselle sur les parois vitrées. Pour la première fois de l'été, je peux oublier la crème solaire.

J'écoute distraitement Martina et Aster évoquer des camarades de classe en sirotant mon cocktail. L'acidité de la citronnade et le pétillement de l'eau gazeuse me sont familiers. Comme un souvenir sur mes papilles. Je vide mon verre en un clin d'œil.

– C'est bon, hein ? dit Aster. Le Lemon Spritz est une spécialité de George Spanos.

– Quelqu'un a prononcé mon nom ?

Nous pivotons ensemble vers les portes coulissantes. Un homme barbu d'une quarantaine d'années à la taille épaisse se tient sur le seuil. Il porte un bermuda écossais et un polo vert anis. Julia Child jappe joyeusement et jaillit de sous la chaise longue d'Aster. Pendant qu'il se penche pour la ramasser, j'entortille à la hâte mes cheveux et fixe ce semblant de chignon avec l'élastique qui me sert de bracelet. Je chausse aussi mes lunettes de soleil, malgré la faible luminosité. C'est le père de Zoé. Il n'a pas besoin de trouver un fantôme dans sa piscine, en plus de tout le reste.

– Salut, papa.

Aster se lève pour aller remplir un bol de pop-corn romarin parmesan et s'adresse à son père :

– Je te présente Anna, une amie de Martina.

Mr Spanos me dévisage. Malgré mes efforts, ma ressemblance avec Zoé ne lui échappe pas. Je lui parle en vrac de mon job de baby-sitter auprès de Paisley, de mon séjour de rêve à Herron Mills et de mes projets d'études. Il se détend légèrement. Je suis sûre que ma diarrhée verbale me distingue assez nettement de sa fille, brillante étudiante.

Quand il se retire au salon pour regarder un film avec sa femme, je garde mes lunettes de soleil. Quelques minutes plus tard, c'est Mrs Spanos qui nous fait l'honneur d'une visite. Je suis certaine de l'avoir déjà vue quelque part.

J'ai dû la croiser en ville. Quelque chose me dit qu'elle a changé de coupe de cheveux, mais je ne sais absolument pas à quoi elle ressemblait avant. À neuf heures, Mr Spanos passe à nouveau une tête par la porte.

– On les voit beaucoup, ce soir, observe Martina. C'est vrai qu'ils sont un peu…

– Surprotecteurs ? s'esclaffe Aster. Ils ont toujours été du genre « hélicoptère », mais c'est encore pire depuis… janvier, achève-t-elle d'une voix sourde.

– C'est à cause de moi, non ? Je sais que notre ressemblance est étrange.

Je leur parle de Paisley, et d'Emilia, qui a laissé la fillette choisir sa baby-sitter.

– C'est trop drôle, pouffe Martina.

– Et pas étonnant du tout, ajoute Aster. Paisley adorait Zoé. *Adore Zoé.*

Nous restons un moment silencieuses, tandis que le lapsus d'Aster plane dans l'air. Sans le vouloir, elle a formulé la question que personne ne semble vouloir poser : après presque sept mois, se pourrait-il que Zoé soit encore en vie ?

– Elle me manque tellement, soupire Aster. Je pensais que ça finirait par s'estomper, mais maintenant, je n'y crois plus.

Martina quitte sa chaise longue pour aller prendre la main de son amie. Me sentant de trop, je me lève pour me resservir un Lemon Spritz. Aster s'éclaircit la gorge.

– J'aurais dû les avertir de l'effet sosie. C'est ma faute.

Je sens ses yeux s'attarder sur ma nuque.

– C'est moins frappant avec les cheveux attachés, observe Martina.

– Tu crois que je devrais les couper ?

– À cause de Zoé ? demande Aster. Non, évidemment. Ce serait comme si… on laissait le malaise gagner.

– Ça te va bien, cette longueur, commente Martina.

Je soupire.

– J'aime bien aussi. Mais je ne serais pas fâchée de dissiper le malaise.

Martina appelle sa mère quelques minutes avant l'heure convenue pour qu'elle vienne nous chercher. J'enfile mon short et mon top encore humides et Aster m'indique où est la salle de bains, pour que je puisse aller faire pipi avant de partir. Au milieu du couloir, je sens qu'on me regarde.

– Anna.

Je fais volte-face. Mr Spanos quitte l'ombre du salon et surgit dans le couloir éclairé. Il me paraît plus grand que tout à l'heure, et mal rasé. Une lueur étrange danse dans ses yeux, avide et sauvage. Il me fixe un instant, une éternité. Je suis comme un animal pris au piège dans des mâchoires d'acier.

– Je voulais juste vous dire que c'était un plaisir de vous rencontrer, lâche-t-il enfin.

Quelque chose frémit sous la surface de ses paroles amicales. Je suis pétrifiée, et pourtant, je tremble de tout mon corps. Il ne semble pas le remarquer. Il est captivé par mon visage.

– Quel est votre nom de famille ?

– Je, euh… Cicconi, dis-je d'une voix enrouée.

Ses épaules s'affaissent comme une marionnette aux fils sectionnés. Il s'appuie lourdement contre la porte d'un placard.

– Vous devriez partir.

Sa voix est douce, mais ses mots coupants. Son chagrin saute aux yeux.

– Je suis désolée.

Je ne sais même pas pourquoi je m'excuse. De le voir souffrir ? De ressembler à sa fille disparue ?

– On attend la mère de Martina. J'allais juste…

Je tends un bras tremblant vers la salle de bains.

– Bien sûr, dit-il en se ressaisissant.

Je sens qu'il me suit des yeux jusqu'au bout du couloir. Je m'enferme dans la salle de bains et m'assieds au bord de la baignoire pour tenter d'apaiser mes tremblements. Sa fille a disparu, et je viens me pavaner sous son nez. Quel manque de tact. J'entoure ma taille de mes bras. Il n'y avait pas seulement du chagrin dans le regard de George Spanos. Du reproche aussi, ou une rage pure, sans filtre.

Je me frotte les yeux et tente de soumettre mon cerveau. Il résiste. Je me penche, la tête entre les genoux. Mes cheveux se détachent, et un épais rideau noir balaie le sol. Je revois en pensée le visage dur de Mr Spanos.

J'inspire et expire plusieurs fois, profondément. J'ai pu me tromper sur son expression. Ce n'était peut-être que du chagrin, après tout. Un chagrin impossible à contenir, qui remontait à la surface en bouillonnant. Une blessure béante. Je me sens coupable d'avoir mal interprété la douleur de cet homme.

Cela me plairait-il d'avoir des parents aussi présents ? Des parents du genre « hélicoptère », pour reprendre les mots d'Aster. Mon esprit vagabonde, et je repense au deuxième épisode du podcast de Martina. À l'interview de l'amie d'Aster, la nageuse. Elle se disait choquée par les réactions des gens, sur Reddit, qui accusaient les Spanos de négligence. Maintenant que je les ai rencontrés, il me paraît évident que c'est tout le contraire. Je n'ai ni adresse mail ni numéro de téléphone pour joindre mon père. Je ne sais même pas dans quel État il réside. Et même si maman ne voyait pas mon départ d'un très bon œil au début de l'été, entre ses deux boulots et son emploi du temps irrégulier, on ne passe guère de temps ensemble quand je suis à la maison. Avoir deux parents à demeure un vendredi soir, qui supervisent ma soirée, ça dépasse mon imagination.

En même temps, leur sollicitude est touchante. C'est le plus important.

Je fais pipi et me prépare à partir. Quand la mère de Martina envoie un SMS à sa fille pour la prévenir qu'elle est garée devant la maison, j'ai retrouvé mon calme. Mr Spanos n'est pas aussi effrayant qu'il en a l'air. Ma peur a cédé la place à une nostalgie diffuse. Ça n'a rien à voir avec les fragments de souvenirs qui m'ont assaillie cet été. Ça ressemble plus à des regrets. Ceux de ne pas avoir eu une enfance différente, semblable à celles de Zoé ou de

Martina. Une enfance sans problèmes d'argent, avec des parents qui refusent de me prêter leur voiture parce qu'ils s'inquiètent pour moi. Qui ne me quittent pas des yeux tellement ils m'aiment.

Je me rappelle soudain que rien de tout cela n'a empêché Zoé de disparaître, et mon estomac se contracte.

# 24

## MAINTENANT

### Septembre

Herron Mills, État de New York

Martina rafraîchit son écran toutes les deux minutes, en vain. Aucune nouvelle mise à jour n'a été publiée depuis le début de l'après-midi. La révélation de Tiana Percy a fait les gros titres pendant une heure ce matin, mais elle est déjà passée au second plan. Martina devrait s'attaquer à ses révisions pour le SAT, ainsi qu'elle l'a promis à son père ce matin. Ou se plonger dans ses devoirs d'espagnol, qui lui donneraient moins de fil à retordre si Mami lui avait parlé dans sa langue maternelle quand elle était petite.

Elle appuie à nouveau sur la touche « play » de la vidéo. Les mots « FLASH INFO » emplissent l'écran, en lettres majuscules.

– Du nouveau dans l'enquête sur la mort de Zoé Spanos, annonce un présentateur trop enjoué, derrière son bureau. Tiana Percy, étudiante en quatrième année à l'université de Yale, vient de fournir un alibi à Caden

Talbot, le petit ami de Zoé Spanos, l'adolescente de Herron Mills victime d'un homicide. Miss Spanos a disparu de Herron Mills alors qu'elle se rendait à une fête chez des amis, le soir du 31 décembre. Son corps a été retrouvé au mois d'août dans le lac Parrish. Identifié par les enquêteurs comme suspect potentiel, Mr Talbot a coopéré avec la police.

Des photos de Zoé, Caden et Tiana emplissent l'écran, tandis que le présentateur enchaîne :

– Miss Percy s'est présentée d'elle-même au poste de police de Herron Mills ce matin, après qu'un ami du lycée a publié une série de photos où on la voit en compagnie de Caden Talbot à une fête du Nouvel An à Westchester, dans l'intervalle de temps où les enquêteurs situent la mort de Zoé. Miss Percy n'a pas voulu commenter la nature de sa relation avec son camarade de classe Caden Talbot, mais elle affirme avoir été informée de la relation que Mr Talbot entretenait avec Miss Spanos.

Martina s'affaisse sur sa chaise de bureau. Elle n'a jamais sérieusement soupçonné Caden d'avoir tué Zoé. Mais jusqu'à maintenant, un flou subsistait sur ce qu'il avait fait après 22 h 30, le soir du 31. Tiana ayant confirmé qu'il était avec elle dans sa ville natale de Westchester, l'innocence de Caden ne fait plus aucun doute. Elle a fourni des dizaines de photos de la fête, qu'elle avait conservées dans son téléphone. Celles-ci n'avaient jamais été diffusées sur Internet, à la demande de Caden. Mais les photos de Tiana peuvent être comparées à d'autres clichés de cette même fête, mis en ligne par les amis de Tiana. Elles prouvent que Caden se trouvait à Westchester, dans l'État de New York, entre vingt-trois heures quarante-cinq et trois heures du matin.

Dans le meilleur des cas, il faut compter deux heures de route pour aller de Westchester à Herron Mills. Caden n'était donc pas avec Zoé à la marina de White Sand quand la dernière activité GPS a été enregistrée sur le téléphone de la jeune femme. Il n'a pas pu acheter le billet de la compagnie de cars Greyhound – du moins, pas en personne. Il n'a pas pu aller à Herron Mills et revenir dans l'Upper West Side pour six heures et demie, quand Doreen Winn-Carey l'a vu sur le canapé de son salon.

Ni Caden Talbot ni Tiana Percy ne sont responsables de la mort de Zoé.

Martina affiche le numéro d'Aster et lui envoie un SMS.

Salut. Je suis là, si tu as envie de parler.

Tu me manques.

Elle n'attend pas de réponse.

– J'ai appris que tu avais interviewé Caden…

Anna a l'air joyeuse aujourd'hui. Pleine d'énergie. Martina s'en veut par avance de faire éclater sa bulle.

– Oui et non, dit-elle d'un ton las.

On est vendredi, le lendemain du jour où Tiana s'est présentée au poste de police. La fin d'une longue semaine.

Martina a retrouvé le laboratoire de chimie de Miss Fox-Rigg et contemple la pluie battante derrière la fenêtre. L'orage va perturber l'enregistrement, mais c'est sans importance. Elle n'a pas l'intention de diffuser cette interview. Elle veut juste profiter de l'occasion pour parler avec Anna.

Le sixième épisode, diffusé mardi, a été téléchargé trente mille fois. Martina avait raison : les gens voulaient entendre Caden s'exprimer. Même si ce qu'elle a finalement diffusé concernait Anna et l'incendie d'une écurie deux mois plus tôt, une affaire non élucidée. Elle était trop optimiste en pensant que Caden évoquerait sa relation avec Zoé – ou avec Tiana.

– Oui et non ? répète Anna. Qu'est-ce que ça veut dire ?

– Il m'a accordé l'interview, dit Martina. Mais il n'a pas voulu parler de la nuit de la disparition de Zoé. Je m'y attendais un peu, remarque…

Anna soupire.

– Merci de m'avoir donné cette adresse, au fait.

– De rien. Tu as reçu une réponse ?

– Pas encore. Je patiente.

– J'espère que tu auras des nouvelles, dit Martina. Tu me tiens au courant ?

Anna revient sur le sujet de Caden :

– Tu l'as interrogé sur les bouteilles vides dans l'écurie ? Est-ce qu'il t'a fait des confidences ?

Sa voix est pleine d'espoir. Martina peut le comprendre. Caden a beau avoir un alibi solide, il est évident qu'il sait quelque chose. Maintenant qu'il ne fait plus partie des suspects, c'est peu probable que la police l'interroge à nouveau.

Martina se frotte les yeux. Elle commence lentement à reconstituer le puzzle. À comprendre comment l'enchaînement des événements a conduit aux accusations qui pèsent sur Anna. Quand le corps de Zoé a été retrouvé en août, les policiers de Herron Mills ont de nouveau convoqué Caden, ainsi que toutes les personnes qu'ils avaient déjà interrogées dans cette affaire. Caden a culpabilisé, ou il a eu peur, c'est difficile à dire. Quoi qu'il en soit, quelque chose l'a incité à parler des bouteilles à la police. Martina devine ce que lui ont dit les enquêteurs : « Rapportez-nous le moindre détail de l'après-midi du 1^er^ janvier, même ce qui a pu vous paraître anodin sur le moment. »

Caden leur a parlé des bouteilles vides. Il leur a dit qu'il soupçonnait des jeunes des alentours de s'être introduits à Windermere pendant leur absence, à sa mère et lui. Et qu'il avait jeté les bouteilles. Qu'il n'avait pas fait le lien avec Zoé, puisqu'elle ne buvait jamais d'alcool.

Quand les policiers ont interrogé Anna, elle a affirmé qu'elle était allée avec Zoé à Windermere, cette nuit-là, et qu'elles avaient bu de l'alcool. Elle a probablement parlé de la bouteille de Glenlivet de Caden, et ils lui ont fait dire qu'elles avaient également bu de la bière. La police a vérifié que l'histoire d'Anna correspondait à celle de Caden. Et le tour était joué.

– Je lui ai posé la question, confirme Martina. Il m'a répondu la même chose qu'à la police. À ma connaissance, du moins.

Anna gémit au bout du fil.

– Ce n'est pas possible, dit-elle. Caden sait forcément qui est venu boire dans l'écurie. Combien de personnes savaient qu'il cachait du whisky dans la stalle vide ? Ils m'ont persuadée que c'était moi, mais c'est faux. J'en suis sûre, maintenant.

Martina aimerait la croire. Mais ce n'est ni Tiana, ni Caden qui ont tué Zoé. Le groupe de suspects se réduit comme peau de chagrin, et personne ne s'est présenté pour fournir un alibi à Anna Cicconi.

# 25

## AVANT

### *Juillet*

Herron Mills, État de New York

Le week-end s'achève et la semaine commence sous une pluie tenace. Paisley et moi nous lançons dans un nouveau projet de pâtisserie (des brownies à la menthe) et tuons le temps devant des films Disney. Le mardi, au retour du soleil, nous retrouvons la plage. Martina n'a toujours pas eu de nouvelles de Tiana Percy. Comme elle, je commence à perdre espoir. Tiana a peut-être compris à qui elle avait affaire. Peut-être que j'aurais dû lui envoyer un mail moi-même. Ou alors, elle n'ouvre pas sa boîte mail de la fac pendant l'été…

Le triangle Zoé-Caden-Tiana reste un mystère, et mes fragments de souvenirs de Herron Mills et de Zoé ne forment toujours pas un tableau assez net pour m'éclairer sur mon passé récent.

Le mercredi, Emilia m'a autorisée à emmener Paisley en excursion à New York pour la journée. Paisley tanne sa mère depuis mon arrivée pour qu'elle accepte. Juste après ma ressemblance avec Zoé, le fait que je vive en ville a clairement joué en ma faveur pour décrocher ce job.

Nous prenons le train du retour en fin de journée, épuisées et gavées de pierogi de chez Veselka et de frozen yogurt de chez 16 Handles. À la seconde où je monte dans la voiture d'Emilia à BridgeHampton, elle me signale qu'elle souhaite avoir une petite discussion avec moi dès que nous serons de retour à la maison. J'ai un mauvais pressentiment. Je passe les dix minutes du trajet à transpirer. Quelle bévue ai-je bien pu commettre ? Je me demande même si, après tout ce temps, les Bellamy ont vérifié mon CV et n'ont pas aimé ce qu'ils ont trouvé.

Pendant que je me ronge les sangs, Paisley livre à sa mère un récit détaillé de notre emploi du temps de la journée. Pique-nique à Central Park avec des bagels et du saumon fumé de chez Zabar en fin de matinée, suivi par les expositions « Let's Dance ! » et « Art, Artists, and You » au Children's Museum de Manhattan. Et pour finir, virée dans le Lower East Side pour une exposition sur le thème de l'immigration au Tenement Museum. Je n'étais pas sûre que cette dernière visite plairait à Paisley, mais elle a obtenu un franc succès, en seconde position juste après le dessert.

En entrant à Clovelly Cottage, la première chose que je vois, ce sont les fleurs. Un monceau de fleurs. Quatre énormes bouquets trônent sur la table de marbre blanc du hall d'entrée, composés d'iris violets, de pavots rouges, de tournesols jaune vif, et de tout un assortiment de fleurs dont j'ignore le nom. On dirait qu'un mariage a eu lieu, et que les tourtereaux se sont éclipsés en abandonnant leurs bouquets.

– Waouh ! s'extasie Paisley.

– C'est magnifique, Emilia ! dis-je. Vous organisez un nouvel événement ?

– En fait, Anna, ces fleurs sont pour toi, répond-elle sèchement.

Elle envoie sa fille se mettre en pyjama à l'étage, s'attirant une avalanche de protestations. Je promets à Paisley de monter lui souhaiter une bonne nuit quand j'aurai fini de discuter avec Emilia. C'est une faveur, car l'heure du dîner à Clovelly Cottage – et celle du coucher de Paisley – est passée depuis longtemps. La fillette disparaît dans l'escalier.

– Un jeune homme du nom de Max Adler est passé aujourd'hui, pendant ton absence, commence Emilia. Bien entendu, tu es autorisée à sortir ou à recevoir des invités en dehors des heures de travail... Mais il est arrivé avec deux amis, qu'il a dû recruter pour porter ces bouquets, en plein milieu d'un appel client. C'était déstabilisant.

– Je suis désolée ! dis-je, les joues en feu. Je n'aurais jamais cru qu'il viendrait ici. Je le connais à peine, et je n'ai pas eu de nouvelles de lui depuis plusieurs semaines. Je ne sais même pas comment il m'a trouvée.

La physionomie d'Emilia s'adoucit.

– Les hommes sont prêts à se donner beaucoup de mal pour retrouver une jolie femme, affirme-t-elle avec un petit sourire.

– Je suis vraiment désolée ! Vu comment on s'est quittés, je pensais ne plus jamais entendre parler de lui. Je lui dirai qu'il ne peut pas débarquer ici à l'improviste.

– J'ai eu une réaction un peu excessive, concède Emilia.

Elle jette un coup d'œil vers l'escalier et baisse la voix.

– C'est à moi de m'excuser. C'était un peu… compliqué… avec Tom, cet été. Les fleurs ont touché une corde sensible.

J'avale ma salive et repense au comportement furtif de Tom ces dernières semaines. Comme j'étais concentrée sur d'autres choses, je n'y ai guère prêté attention. Mais en voyant le visage douloureux d'Emilia, je me dis qu'il a peut-être une liaison avec Joan Spanos. Emilia a réagi bizarrement chaque fois qu'il a été question de la mère de Zoé. Aurais-je dû lui confier que j'avais vu Tom dans sa voiture à Herron Mills, un jour où il prétendait être resté tard au bureau ? Lui parler du type qui cherchait à le joindre, l'autre soir ?

– Il se passe quelque chose avec Mrs Spanos ?

Ma question est si culottée qu'une une chaleur envahit mon cou.

– Entre Tom et Joan ?

Emilia éclate de rire. Je retire ma sandale et frotte ma cheville avec mon gros orteil. Qu'est-ce que j'ai dit de drôle ?

– Non, ma chérie ! me détrompe-t-elle, retrouvant son sérieux. Quand j'avais dix-huit ans, des années avant de rencontrer Tom, j'ai fait mon premier stage de graphisme dans le magazine de Joan. On a eu une brève aventure, toutes les deux. Disons que Joan a été mon premier amour. Elle était séparée de son mari, à l'époque, mais ils se sont remis ensemble, et Joan et moi nous sommes perdues de vue.

– Ah.

Je revois en pensée la photo que j'ai trouvée dans son bureau quand je cherchais une clé USB. Emilia, toute jeune, posait bras dessus, bras dessous avec une femme un peu plus âgée qu'elle, aux longs cheveux bruns. Joan Spanos. Voilà pourquoi il m'a semblé la reconnaître, l'autre soir.

– Bref, c'est de l'histoire ancienne, lâche Emilia au bout d'une minute. Tom n'est pas… il n'a pas de liaison. J'ai cru qu'il voyait quelqu'un d'autre. On s'est disputés le 4 juillet. Mais ce n'est pas ça. Il a des problèmes au travail. Son entreprise est en difficulté. Les associés lui ont retiré la moitié de ses clients au début de l'été. Il n'osait pas me le dire.

Elle soupire et promène une main sur le marbre de la table.

– Je ne savais pas, dis-je finalement.

Je comprends maintenant pourquoi il évite son bureau.

– Vous avez cru que les fleurs venaient de lui ?

Emilia se redresse.

– J'ai eu tort de m'énerver. C'était idiot. Comme tu le sais sûrement déjà, les relations sont rarement simples.

Je reste pensive un instant, puis je demande :

– Je peux vous poser une question ? Vous avez reconnu ce type, Max, aujourd'hui ?

Elle fronce les sourcils.

– Je ne crois pas. Pas que je me souvienne, en tout cas. Pourquoi ?

– Simple curiosité. Il travaille à l'aquarium. Quand on l'a rencontré, là-bas, Paisley avait l'air de le connaître.

Emilia secoue la tête.

– Il ne m'a pas paru familier, mais Paisley a l'œil perçant.

Elle sourit.

– Tu veux de l'aide pour emporter tout ça dans le studio ?

Je regarde les somptueux bouquets, mais vois aussitôt s'y superposer le visage de Max, déformé par un mauvais rictus. L'expression qu'il arborait quand j'ai repoussé ses avances, à Montauk.

– Ça fait joli dans l'entrée. Ça vous dérange si on les laisse ici ?

– Pas du tout.

Emilia extrait une petite carte blanche du bouquet central.

– Mais prends quand même ceci.

Je jette un coup d'œil à la carte, qui dit simplement :

Anna, je suis tellement désolé. Max.

Je la glisse dans ma poche et monte souhaiter une bonne nuit à Paisley, pour qu'Emilia puisse aller la border dans son lit. En gravissant les marches, j'envoie un SMS à Max.

Merci pour le geste, mais tu ne peux pas débarquer comme ça chez mes employeurs. S'il te plaît, ne recommence pas.

Sa réponse arrive aussitôt.

Désolé. Je voulais juste m'excuser. Un bouquet pour chaque semaine où je t'ai laissée sans nouvelles. J'espère que tu me pardonneras, Anna.

Typique. Il n'appelle pas pendant presque un mois, puis claque du fric dans un geste hyper cliché. Même s'il m'avait plu au départ, j'aurais trouvé ça nul. Quatre semaines, c'est trois semaines et demie de trop. En plus, c'est un con.

Avant que j'aie pu lui répondre, il m'envoie un nouveau SMS.

Pas seulement de ne pas t'avoir appelée. Aussi pour la façon dont je me suis comporté le 4. C'était inacceptable, et je le regrette.

J'accepte tes excuses, mais je ne crois pas qu'on soit compatibles. Bonne soirée, Max.

J'appuie sur la touche « Envoyer » pour qu'il me lâche et mets mon téléphone en mode silencieux. Puis je me dirige vers la chambre de Paisley, une pièce agréable située au bout du couloir du premier étage, côté Windermere. On a joué plusieurs fois ici, mais je n'ai pas passé beaucoup de temps à l'étage. Il est presque neuf heures, et Paisley est en chemise de nuit. En temps normal, Emilia l'aurait déjà bordée dans son lit. Je la trouve assise sur un petit tabouret, devant une fenêtre. Elle scrute le ciel nocturne avec un télescope.

– J'avais oublié que tu étais fan d'astronomie, dis-je.

Elle se retourne et hausse les épaules.

– On n'est ensemble que pendant la journée. Mais tu peux regarder, si tu veux.

Je passe en revue les guides d'astronomie pour enfants étalés sur une table ronde près de la fenêtre. Une liste de constellations, de plans, de phases lunaires avec les dates d'observation correspondantes est fixée au mur, sur un panneau de liège.

– Le ciel est dégagé ce soir, dit-elle. On voit la Vierge et le Lion. C'est des constellations.

Paisley se lève pour me laisser regarder. Après avoir contemplé brièvement les étoiles, j'oriente le télescope vers Windermere. Je ne comprends pas tout de suite ce que je vois. La maison, trop éloignée du côté de la rue, ne se présente pas sous un angle intéressant. En tournant l'objectif, je fais le point sur l'enclos des chevaux, et distingue nettement l'étendue de terre carbonisée, à l'endroit où se trouvait l'écurie.

Je braque à nouveau le télescope vers le ciel et j'interroge Paisley :

– Ça t'est déjà arrivé de regarder à côté ? À Windermere ?

Elle fronce le nez.

– Ce serait de l'espionnage.

Je hausse les épaules.

– Je crois que j'aurais eu cette curiosité.

– Je vais me brosser les dents, annonce-t-elle en filant vers la salle de bain.

C'est ce qui s'appelle un vent.

Restée seule dans sa chambre, je songe que Paisley est bien mieux élevée que moi. À sa place, j'aurais passé mon temps à épier les voisins.

De retour dans le studio, je m'allonge sur le lit et fixe le plafond. J'allume mon téléphone machinalement, sans trop savoir ce que je cherche. Une information ? Une confirmation ? Un truc *réel*. Dans Messenger, j'évite les messages que j'ai envoyés à Starr et fais défiler de vieilles conversations avec Kaylee, Mike, et des filles du lycée auxquelles je n'ai pas pensé depuis la fin des cours. Personne à qui j'aie envie de parler. Par désœuvrement, je clique sur « Invitation par message », pour voir si quelqu'un a essayé d'entrer en contact avec moi dernièrement.

Mon cœur se fige dans ma poitrine.

Sous une série de « salut, ça va ? » et de « coucou ma belle » émanant de parfaits inconnus se cachent deux messages, datées du 10 et du 28 décembre.

Ils viennent de Zoé Spanos.

# $4^e$ PARTIE

## *Un corps*

Tu es une histoire, mais cela ne te rend pas moins vraie.

– Melissa Albert, *Hazelwood*

# 26

## MAINTENANT

### *Septembre*

Herron Mills, État de New York

– Ça s'appelle une requête en nullité préalable au procès. Mes avocats l'ont déposée hier, au motif que les policiers n'ont pas respecté la loi. Ils n'auraient pas dû m'interroger pendant des heures sans rien enregistrer, et avant l'arrivée de ma mère. Et bien sûr, mes aveux ne concordent pas avec les résultats de l'autopsie, ce qui devrait plaider en ma faveur.

Anna semble de bonne humeur aujourd'hui. Elle n'a plus cette voix morne et traînante à laquelle Martina s'est habituée.

– Et maintenant, que se passe-t-il ?

Il est presque cinq heures, samedi après-midi. Martina est de nouveau dans le placard de sa chambre, en train de parler avec Anna, alors qu'elle a un millier d'autres choses à faire. Elle est censée passer les examens d'entrée à l'université le week-end prochain, mais ses parents ne savent pas qu'elle s'est déjà inscrite à la session de rattrapage de novembre. Ce qui se passe ici est plus important qu'un examen, qu'elle est sûre de rater, en plus.

– On espère que la juge acceptera d'abandonner les poursuites. Mais beaucoup de choses peuvent encore se produire.

– Quoi, par exemple ?

– L'accusation va probablement contester notre requête. Mes avocats disent que c'est presque garanti, alors je m'y prépare. Ensuite, la juge fixe une date pour que les deux parties se présentent au tribunal et défendent leurs positions.

– Et elle décide d'accorder ou non la requête ?

– C'est ça. Si elle refuse, c'est retour à la case départ. Soit je plaide coupable, soit on va au procès. Mais si elle accepte, les accusations portées contre moi seront levées. Je pourrai rentrer chez moi.

Martina a l'impression qu'Anna est au bord des larmes.

– Combien de temps vas-tu devoir attendre ? lui demande-t-elle doucement.

– Je ne sais pas. Je pense que l'accusation doit réagir assez rapidement, mais ça dépend du calendrier de la juge et de la date qui sera fixée.

Martina exhale lentement entre ses dents. La famille de Zoé va être verte. Elle voit déjà les yeux d'Aster lui transpercer le crâne, lundi, au lycée. Mais si Anna est innocente, c'est une bonne nouvelle. La meilleure qu'elle puisse espérer. Martina décide de se concentrer sur ce point.

Elle aussi a des nouvelles pour Anna, qui ne sont probablement pas encore parvenues aux oreilles de ses avocats. Elle hésite à lui en parler depuis la seconde où elles ont été mises en communication. Mais il lui semble maintenant évident qu'elle doit le faire.

– Tu veux entendre un truc réjouissant ?

– Évidemment ! dit Anna.

– Ce matin, je travaillais à la boutique, et Emilia est passée avec Paisley, juste avant la fin de mon service.

– OK…, articule Anna.

Martina songe que ce ne doit pas être facile pour elle d'entendre parler de ses anciens employeurs. Même si ce n'est pas le plus grave, Anna a perdu son job d'été en plus du reste.

– Tiens-toi bien, continue-t-elle. Pendant qu'elles mangeaient leur glace, Emilia a reçu un appel. Je crois qu'elle parlait à son mari…

– Tom ?

– C'est ça, Tom. Donc, Emilia lui a dit qu'elles étaient chez Jenkins, et qu'elle était venue avec Paisley pour la récompenser – écoute ça – d'avoir parlé aux policiers ce matin.

– À quel sujet ?

La voix d'Anna est montée dans les aigus.

– Est-ce qu'elle l'a dit ?

– Non. Mais de quoi Paisley Bellamy pourrait-elle bien parler aux inspecteurs, sinon de ton affaire ? Elles sont peut-être allées déposer une attestation de moralité.

– Peut-être, répond Anna, pensive. Je vais me renseigner. Si on va au procès, peut-être que mes avocats voudront faire citer Emilia et Paisley comme témoins. Je ne sais pas trop comment ça fonctionne.

– Moi non plus, admet Martina. Mais c'est une bonne nouvelle, Anna. Forcément. Les choses bougent. Enfin !

– Je veux juste rentrer chez moi, répond Anna d'une petite voix. Je me fiche de ne jamais savoir ce qui s'est vraiment passé. Je suis tellement fatiguée.

– Je sais, dit Martina, même si c'est très loin d'être vrai.

Elle n'a aucune idée de ce que peut ressentir Anna, enfermée depuis des semaines dans un centre de détention pour mineurs. Mais si Anna est trop fatiguée pour se soucier de la vérité, Martina, elle, ne l'est pas. Le besoin de savoir brûle en elle comme un soleil. Elle est si proche de la vérité qu'elle sent presque son goût lui brûler la langue, comme de la lave en fusion.

# 27

## AVANT

### *Août*

Herron Mills, État de New York

Ces trois derniers jours, j'ai relu les messages de Zoé un nombre infini de fois.

10/12 : Salut. J'ai essayé de t'ajouter, mais apparemment, on n'a pas d'amis communs. Je sais que c'est un peu bizarre, mais j'aimerais vraiment te parler d'un truc. Je suis à Providence, à la fac, mais je vais bientôt rentrer pour les vacances de Noël. Tu es à Brooklyn, n'est-ce pas ? Je pourrais passer te voir, ou si tu veux venir à Herron Mills... Réponds-moi, s'il te plaît.

28/12 : Salut Anna. Je ne sais pas si tu as vu mon dernier message. Bref, je suis de retour à la maison. Si tu prends le train jusqu'à Bridgehampton, je viendrai te chercher. Je te rembourserai volontiers ton billet. J'ai des choses importantes à te dire. Je ne suis pas volontairement énigmatique, c'est juste mieux qu'on en parle de vive voix. Tu peux m'appeler au 631-959-4095.

En lisant ces messages, j'ai tantôt l'impression que Zoé s'adresse à une fille qu'elle connaît, tantôt qu'elle parle à une étrangère. Je les ai lus tant de fois que je peux les réciter dans mon sommeil.

Le samedi soir, je suis seule dans le studio. Les messages de Zoé s'affichent sur l'écran de mon téléphone. Quand je regarde ailleurs, je vois ses mots danser sur le mur de la chambre. Elle m'a donné son numéro. Je ne lui ai pas répondu sur Messenger, mais je l'ai peut-être appelée. Je ne me souviens pas de l'avoir fait, mais je ne me souviens pas non plus d'avoir lu ces messages. Pourtant, Messenger indique le contraire. Je clique sur mon journal d'appels, sachant d'avance que je n'y trouverai rien. Je n'ai ce téléphone que depuis le mois de juin.

Une voix insistante, dans ma tête, affirme que j'ai appelé Zoé en décembre. Que trois jours plus tard, je suis venue à Herron Mills, comme elle me l'avait demandé.

Puis elle a disparu.

Je regarde à nouveau ses messages. Et je lui réponds.

01/08 : Zoé ? Salut...

Deux semaines ont passé depuis ma dernière soirée cinéma avec Caden. Nous avons échangé des SMS, et je l'ai croisé plusieurs fois dans le quartier en sortant avec Paisley, mais on n'a pas parlé de se voir. Charlie est venu à Windermere la semaine dernière. À ma connaissance, il s'est contenté de semer du gazon derrière la maison. Les ruines de l'écurie sont intactes. Cela dit, je n'ai pas passé mon temps à épier les voisins.

Le dimanche, quatre jours après avoir découvert les messages de Zoé, je passe une énième soirée seule dans le studio. On a dîné de bonne heure, et la nuit va être longue. J'envisage d'envoyer un SMS à Martina, mais je me suis déjà incrustée le week-end dernier. Je préfère attendre qu'elle ou Aster m'invitent.

Finalement, je retrouve ma conversation avec Caden et lui envoie un SMS. Les choses ont changé entre nous, c'est évident, mais je suis la seule à savoir pourquoi. Si Caden pense que je me suis laissée impressionner par sa mère, que notre amitié m'indiffère, ou que j'ai quelque chose à voir avec l'incendie, il ne m'en a pas parlé.

Depuis quatre jours, mon cerveau est en ébullition. Les messages de Zoé ont fait émerger de nouveaux fragments de souvenirs que je n'arrive pas à relier entre eux. Il n'y a plus seulement la piscine couverte. Je me rappelle des détails précis sur Zoé elle-même. J'ai l'impression d'avoir déterré quelque chose ; j'ai juste besoin d'informations pour assembler le puzzle. Et je pense que Caden peut m'aider.

Salut. Ça fait longtemps.

Je fixe sa réponse, puis commence à taper :

Oui, je sais. J'étais occupée. Tu veux passer ?

Je ne peux pas vraiment sortir, comme d'habitude. Mais viens, si tu veux. Passe par la rue, tu verras le travail que j'ai fait sur l'étang.

Quelques minutes plus tard, j'attends devant le portail que Caden vienne m'ouvrir. Mon petit doigt me dit que c'est la dernière fois qu'il m'invite à Windermere. Après ce que je vais lui demander, il risque de m'éviter soigneusement. Mais c'est plus fort que moi. J'ai besoin de réponses, et Caden peut me les fournir.

Il est dix-neuf heures passées, et le soleil brille encore. Caden me fait admirer l'étang rénové, prêt à accueillir les poissons. Il a coupé les mauvaises herbes qui dissimulaient le joli rebord de pierre et m'explique qu'il a fallu tout vidanger, changer le liner et la pompe, etc. Quand je vois l'état général de la propriété, je me dis que rénover l'étang des carpes koïs revient un peu à mettre du rouge à lèvres à un cochon. Puis je repense à la santé mentale de Mrs Talbot et à sa volière intérieure. Je comprends que Caden ait voulu se fixer un objectif réalisable.

Je me laisse tomber dans l'herbe et enlace mes genoux. J'ai les cheveux détachés, et mes lunettes de soleil sont posées sur ma tête. Je dois être au summum de ma ressemblance avec Zoé, et je ne sais pas pourquoi, ça me semble approprié. Je me lance :

– Je ne sais pas trop comment t'expliquer, alors je vais juste me jeter à l'eau. J'ai besoin te poser quelques questions sur Zoé.

Caden fronce les sourcils et me rejoint dans l'herbe.

– Rassure-moi, tu n'enregistres pas notre conversation pour Martina ?

Il plisse les yeux, comme s'il me soupçonnait de cacher un micro sous mes vêtements.

– Quoi ? Non ! C'est juste que je me suis rappelé certaines choses, depuis quelques jours. Enfin, je crois que ce sont des souvenirs. Et donc, j'ai besoin de ton aide.

– Des choses qui concernent Zoé ? demande-t-il, dubitatif. Comme la piscine ?

– Je sais que ça paraît fou, dis-je, avant de me mordre la langue.

Ce n'est pas très cool d'employer ce terme avec une personne dont la mère souffre d'une maladie mentale.

– Enfin, ça risque de te paraître impossible, ou très étrange, mais je crois qu'on se connaît, Zoé et moi.

Je prends une profonde inspiration avant d'enchaîner :

– La semaine de mon arrivée, on est allées chez Jenkins, avec Paisley. Ils ont une glace au goût particulier : pop-corn chocolat caramel. C'est le parfum que j'ai choisi spontanément, alors qu'en principe, je n'aime pas le caramel. Et je me suis rappelé, des semaines plus tard, que c'était le parfum préféré de Zoé.

Caden me regarde, bouche bée.

– C'est vrai, n'est-ce pas ?

Mon cœur frappe contre mes côtes comme un animal captif. Voilà. Caden va m'aider à résoudre cette énigme. Il hoche la tête, avale sa salive et confirme :

– Elle prenait toujours ce parfum, en effet. Elle n'a jamais voulu en goûter un autre.

– Sa couleur préférée, c'est l'or. Elle choisira le jaune, faute de mieux, mais c'est le doré qu'elle préfère.

– L'or lui va très bien au teint, signale Caden. Elle disait toujours qu'il lui donnait l'impression…

– … d'être une princesse.

J'ai terminé sa phrase, parce que je le sais. Je m'en souviens. Zoé me l'a dit. Nous nous sommes bien rencontrées en décembre. Peut-être même se connaissait-on avant. Ce n'est pas juste le fruit de mon imagination.

– La vache…, murmure Caden.

Son expression oscille entre la surprise et l'effroi. Je continue, de plus en plus sûre de moi :

– Elle aimait tous les animaux. Elle recherchait leur compagnie. Mais les orages la terrifiaient. Elle faisait des crises d'angoisse, se couvrait de sueur. Il y avait ce placard chez elle, au rez-de-chaussée, entre la salle de bains et le salon, où elle se réfugiait pendant les orages. On pouvait y allumer une ampoule, et les manteaux étouffaient le bruit du tonnerre.

– Elle souffrait d'astrapéphobie, dit doucement Caden. On en a beaucoup parlé. Elle craignait que la peur des orages en mer l'empêche de participer à des expéditions de recherche.

J'acquiesce. Mon cerveau n'aurait jamais pu fabriquer ça, c'est trop précis. C'est forcément un souvenir. Comme ce qui suit :

– Et son poème préféré – notre poème préféré, en fait – était *La Dame de Shalott*, de Tennyson. Je l'adore depuis que j'ai vu *Anne de Green Gables*. En essayant d'interpréter ce poème, Anne manque de se noyer dans le lac.

Caden écarquille les yeux. Je continue :

– Ça pourrait te sembler morbide, mais Anne est sauvée par son ennemi juré, Gilbert Blythe. Je crois qu'on déclamait ce poème, avec Zoé. Comme Anne, on avait nos strophes préférées. Le poème est une tragédie magnifique. Et il nous appartenait.

Nous nous taisons. Les fragments de souvenirs épars, qui erraient comme des ombres dans mon esprit, s'étoffent et s'animent. Ces souvenirs sont réels. Caden vient de me le confirmer. Je ne m'explique toujours pas comment, mais Zoé faisait partie de ma vie.

Caden pose la question que j'attendais :

– Comment sais-tu tout cela, Anna ?

Je ne sais pas quoi répondre. Il n'y a que des faits : Zoé m'a envoyé un message en décembre, avant sa disparition. Je sais des choses sur sa vie que seule une amie pourrait savoir.

Tout le reste est flou.

– C'est une mauvaise plaisanterie ? demande Caden. C'est Paisley t'a raconté ça ?

– Non, je rétorque d'une voix ferme. Je te jure que non.

– Tu lui ressembles beaucoup. Mais tu le sais déjà. Tu es sûre que tu n'es pas… un peu obsédée ? Personne ne te reprocherait d'être curieuse. Mais cette histoire de piscine, et tous ces prétendus souvenirs avec Zoé, c'est malsain. Il faut que tu arrêtes.

Le souffle me manque. Au fond, je sais qu'il a raison. C'est malsain et dangereux. Mais...

– Je te le jure, dis-je. Je n'invente rien.

Caden semble se retenir de crier. Quand il reprend la parole, sa voix est calme :

– Quand on s'est rencontrés, tu m'as dit que tu faisais beaucoup la fête, avant. Que tu avais eu des black-out. Ça t'est arrivé souvent ?

– Plus souvent qu'il n'aurait fallu.

– Ça t'est arrivé au Nouvel An ?

Je ne réponds pas. Une ombre passe dans le regard de Caden. Un calcul est à l'œuvre, des variables se déplacent, une formule se dessine. Je me lève.

– Je dois y aller.

– Oui, c'est mieux, dit-il en se levant à son tour.

Il y a quelque chose de coupant dans sa voix. Un soupçon de méchanceté. J'éprouve le besoin de me défendre :

– Je ne te mens pas, tu sais. Ces souvenirs sont réels.

Après tout, c'est lui qui a menti à tout le monde sur sa relation soi-disant idyllique avec Zoé, alors qu'il se préparait à la quitter pour Tiana.

– Si tu sais où elle se trouve, tu dois en parler à quelqu'un, Anna, lâche Caden, le menton tremblant. Tu dois aller voir la police.

– Je ne sais rien.

Je recule d'un pas. Mon cœur bat à nouveau à tout rompre.

– Je te le jure.

Caden me fixe durement. J'essaie de soutenir son regard, mais il me transperce.

– Je pense que tu devrais éviter Windermere pendant quelque temps.

Je regarde machinalement vers la maison. Les corbeaux sont rassemblés sur la balustrade du balcon, au deuxième étage. Une fenêtre s'ouvre, et soudain, une nuée de plumages noirs emplit le ciel. Puis les oiseaux vont se poser sur un arbre voisin, et j'aperçois le fin visage de Mrs Talbot. Les mots qu'elle m'a adressés le soir de l'anniversaire de Tom, il y a un million d'années, me reviennent en mémoire : « Je ne souhaite pas vous revoir à Windermere. Nous n'avons pas besoin de… remuer la vase. »

Je fais volte-face et pars en courant.

# 28

## AVANT

### *Août*

Herron Mills, État de New York

Mes rêves sont remplis d'un crépitement, d'un sifflement persistant. Même réveillée, j'ai l'impression qu'un essaim d'abeilles furieuses a envahi mon crâne. Heureusement, Paisley est invitée à aller jouer chez Raychel le lundi matin, ce qui me laisse quelques heures de liberté. Je barbote dans la piscine des Bellamy en essayant de me vider la tête, de décompresser. Je dois me ressaisir. Je plonge, et l'étreinte fraîche de l'eau m'apaise un peu. Je vois en pensée les abeilles sortir de mes oreilles, de mon nez, de ma bouche. Se noyer et tomber dans le fond, sur les carreaux bleu marine.

Quand je remonte à la surface, le bruit est plus fort que jamais.

Je suis incapable de me concentrer. Ma peau me démange à l'endroit de mon coup de soleil, qui a pourtant disparu depuis plusieurs semaines. La simple évocation de la nourriture me retourne l'estomac. Quand Elizabeth raccompagne Paisley en début d'après-midi, je l'emmène chez Jenkins et je suce des glaçons pendant qu'elle mange. Nous allons revoir un film pour la troisième fois. Pendant la séance, mon esprit s'égare dans des salles remplies d'eau trouble, et je vois des filles en robe dorée dégringoler dans le noir. À la fin, je reste assise, pétrifiée, jusqu'à ce que Paisley me prenne la main.

– Anna, c'est fini.

J'ai oublié où nous sommes. J'ai oublié Paisley. Je ne suis plus capable de m'occuper d'elle. Deux pensées tournent en boucle dans ma tête.

« Zoé et moi étions amies. J'ai eu un black-out le soir du Nouvel An. »

Mes rêves la nuit suivante sont encore plus tourmentés. Le mardi matin, je ne suis pas sûre d'avoir dormi du tout. Dans le miroir de la salle de bains, je vois des cernes s'épanouir sous mes yeux comme de gros nuages d'orage. J'essaie de les dissimuler avec du correcteur, mais c'est pire. Je ressemble à un fantôme réchappé d'une rixe. Je fuis les abeilles jusque dans la cuisine, où Emilia regarde les infos régionales à la télévision. Je remplis un bol de fruits que je ne mangerai pas pendant qu'un journaliste annonce que la baignade et la pêche sont interdites dans le lac Parrish jusqu'à nouvel ordre.

– Ils ont trouvé des algues toxiques, dit Paisley, la bouche pleine de céréales. Je veux aller voir.

Je hoche la tête. Le lac Parrish, c'est dans mes cordes.

– D'accord. Je ne sais pas ce qu'on verra, mais on peut aller y jeter un coup d'œil après le petit déjeuner.

Le bourdonnement des abeilles est de plus en plus assourdissant.

La plupart des habitants Herron Mills ont eu la même idée. Tous ceux qui ne travaillent pas se sont rassemblés sur le rivage pour regarder les employés du parc naviguer sur l'eau dans de petits bateaux. Je frissonne malgré la chaleur. Certains employés vident dans l'eau de grands sacs de granulés qui ressemblent à de la litière pour chats, tandis que d'autres écument la surface avec des filets et ramassent des filaments d'algues brun-vert au fond du lac avec de longs râteaux. Paisley, qui a repéré Martina dans la foule, m'entraîne vers elle.

– C'est un herbicide chimique sans danger pour les poissons, dit celle-ci, en levant vaguement les yeux de son téléphone pour nous saluer. Je viens de demander.

Je regarde son écran, où s'affiche l'application « Notes ». Les mots dansent comme de petits insectes au soleil. Je pense à des fourmis qui grillent sous une loupe, et frissonne à nouveau. Martina tape encore quelques mots et range enfin son téléphone.

– Des choses passionnantes ?

Ma voix me paraît aiguë et tendue à travers le bourdonnement des abeilles. Elle hausse les épaules.

– Le lycée reprend dans quelques semaines. Je cherche des idées pour le journal.

Quand je hoche la tête, son visage oscille de haut en bas comme une figurine de plage arrière. Martina me regarde enfin.

– Ça va ? Tu es toute pâle.

– Ça va. Je n'ai pas très bien dormi.

Elle ouvre la bouche pour me répondre, quand Paisley tire sur la poche de sa robe.

– Dis-moi ce qui s'est passé.

Elle se tortille pour voir à travers la foule des adultes.

– À la télé, ils ont dit qu'il y avait des poissons morts, continue-t-elle…

– Exact, confirme Martina. Beaucoup de poissons ont été retrouvés morts ce week-end, et ils ont fait des analyses. Apparemment, une nouvelle espèce de végétaux a colonisé une partie du lac. Elle serait toxique pour les poissons. Peut-être aussi pour les humains et les animaux domestiques. Ils n'en ont pas trouvé dans la zone de baignade, mais par mesure de sécurité, ils recensent toutes les algues cette semaine, avant de rouvrir le lac.

– Waouh ! dit Paisley, impressionnée.

J'enroule un bras autour de ma taille. Je ne sais pas si j'ai faim ou si j'ai la nausée. J'ai avalé quelques bouchées au dîner hier soir, par politesse, mais je ne me rappelle pas à quand remonte mon dernier vrai repas. Probablement à dimanche soir, avant que Caden me demande d'éviter Windermere. J'ai un haut-le-cœur, puis mon ventre se contracte douloureusement.

Martina s'accroupit près de Paisley et lui montre du doigt une femme en uniforme de garde postée sur la rive, à quelques mètres de nous. Elle fait signe à l'une des embarcations de s'éloigner davantage vers le large.

– C'est Paula Aimes, directrice des parcs de Herron Mills. Extrêmement serviable.

Je laisse mon regard errer à la surface de l'eau. Vers le centre du lac, face au moulin d'Arling, une femme équipée d'un long râteau parle dans un talkie-walkie. Elle est beaucoup trop loin pour que j'entende ce qu'elle dit, mais je vois les occupants des autres barques porter leur talkie-walkie à l'oreille, puis converger vers elle. Le premier à la rejoindre braque un gros projecteur pour éclairer le fond de l'eau.

Sur le rivage, le talkie-walkie de Paula Aimes se met à crachoter. Mes abeilles se taisent.

– Paula, on a quelque chose ici. On dirait un petit bateau à moteur. Il est à une dizaine de mètres de profondeur. On va devoir faire venir un plongeur.

Le brouhaha de la foule remplace le vacarme des abeilles. Des bribes de phrases se détachent de la rumeur : « Le bateau disparu de Catherine Hunt », « Vous croyez qu'elle a essayé de l'emmener sur le lac » et « Zoé », « Zoé », « Zoé ».

Je garde les yeux rivés sur l'eau scintillante. Les voix s'assourdissent et le souvenir surgit, sombre et étouffant. *Je tombe à genoux sur le rivage devant l'eau noire, avide. Un vent froid cingle mes joues. L'estomac retourné par un trop plein de whisky, mélangé à Dieu sait quoi. Le hurlement de Kaylee résonne encore dans mes oreilles. Je sens ses mains agripper mes bras, me traîner en arrière.*

*Le corps de Zoé est dans l'eau. Il coule à pic.*

– Anna ?

Paisley me regarde. Je me force à sourire et la rassure : tout va bien.

Puis la police arrive et évacue la plage. Il est temps de rentrer. Nous nous mêlons à la foule qui reflue vers la sortie du parc. Martina est un véritable moulin à paroles. Paisley serre nos mains à les broyer. Je tente de la rassurer :

– On ne sait pas ce qu'ils vont trouver.

Ma voix sonne faux.

– Par une journée aussi claire, ils n'ont pas dû voir grand-chose avec ce projecteur. Ce n'est peut-être qu'un gros rocher…

Mais ce n'est pas un rocher. Je le sais. Zoé est au fond de l'eau, dans ce bateau. Mes jambes flanchent. Martina me serre le bras pour m'empêcher de tomber.

– Je te raccompagne, dit-elle. Tu n'as pas l'air bien.

– Ça va, dis-je, même si c'est faux.

Je ne peux plus isoler les uns des autres tous les fragments de vérité. Zoé m'a envoyé un message en décembre. Elle m'a donné son numéro. Elle m'a raconté des choses sur sa vie. Le soir du Nouvel An, elle a disparu. Le même soir, j'ai perdu connaissance…

– Je raccompagne Paisley chez Mrs Bellamy, insiste

Martina. Je lui expliquerai que tu te sens mal. Il faut que tu dormes.

Je hoche faiblement la tête. Paisley serre ma main et s'inquiète de me voir malade. Nous marchons jusqu'à Clovelly Cottage. Martina m'expédie dans le studio et ramène Paisley à Emilia.

J'entre dans ma chambre comme un zombie. Une fois seule, je prends mon téléphone, les mains tremblantes.

Quand Kaylee décroche, je vais droit au but :

– Dis-moi la vérité sur le Nouvel An.

Un long silence plane. J'insiste :

– Je commence à me souvenir. Il s'est passé quelque chose de grave...

Je m'appuie de tout mon poids contre la porte du studio. C'est à peine si mes jambes me portent.

– Anna..., lâche-t-elle enfin. Je veux bien qu'on parle du Nouvel An. Mais pas au téléphone.

– Il faut que tu me dises ce qui s'est passé. On est venues à Herron Mills toutes les deux. Qu'est-il arrivé à Zoé ?

– Écoute...

Elle parle comme une mère qui tente de raisonner sa fillette désobéissante.

– J'ai fait une recherche sur cette fille, Zoé Spanos. *On ne la connaissait pas.*

Kaylee semble catégorique. Mais elle ment.

– Je peux entendre la vérité, Kay. On était ensemble, toi et moi. Elle est *morte* cette nuit-là.

Kaylee pousse un profond soupir. Elle essaie de me protéger, mais je sais. Dans ce souffle, il y a toutes les choses qu'elle refuse d'avouer.

– Rentre à Brooklyn, Anna. Pour qu'on puisse vraiment parler.

Je raccroche sans lui dire au revoir. Les sombres pensées qui me hantent depuis le début de l'été prennent vie sur les murs du studio, une succession d'images d'une violence inouïe.

*Paisley qui flotte dans l'océan, sur le ventre. Ses cheveux blonds forment un halo autour de sa petite tête.*

*Des corbeaux sur la balustrade du balcon de Windermere. Un basculement. Une chute.*

*Le corps brisé de Paisley, affaissé sur la banquette arrière de la voiture. Des torrents d'eau noire s'engouffrent dans l'habitacle.*

*Une fille qui tombe. Son corps convulsé est drapé dans une longue robe de soirée blanche à la ceinture jaune pâle. Son visage est figé par la terreur. Mon visage. Celui de Zoé.*

*Encore une chute. La balustrade du balcon se désintègre.*

*Des formes dans l'eau sombre. La nuit se répand sur les vagues. Des corps que l'obscurité prive de visage.*

*Le cri de Kaylee déchire mes tympans. Ses mains agrippent mes bras, elle me tire en arrière.*

*Le corps de Zoé dans l'eau. Il coule à pic.*

Et soudain, je comprends. Ce n'est pas mon esprit qui me joue des tours. C'est la culpabilité qui cogne contre mon crâne. La vérité qui tente de surgir au grand jour. Mon cerveau essaie de me montrer ce que j'ai fait.

A Brooklyn, j'ai pu tenir cette vérité à distance pendant quelque temps. La museler grâce à l'alcool, à l'herbe, aux cachets. Mais ici, ce n'est plus possible.

Je m'écroule sur mon lit et enfonce le visage dans l'oreiller blanc et frais, en appelant le sommeil de mes vœux.

## TRANSCRIPTION PARTIELLE DE L'ÉPISODE 7 DE *MISSING ZOÉ* :

## MAX

[THÈME INSTRUMENTAL DE *MISSING ZOÉ*]

**MARTINA GREEN :** Notre seconde séquence donne la parole à une connaissance de Max Adler. Mr Adler a été interrogé par la police de Herron Mills dimanche dernier, le vingt-sept septembre. J'avais préalablement observé que les anciens employeurs d'Anna Cicconi, les Bellamy, s'étaient entretenus avec les policiers de Herron Mills le samedi vingt-six septembre. Hélas, je n'ai pas pu entrer en contact avec la famille Bellamy pour en avoir la confirmation, ou recueillir les commentaires éventuels.

Revenons à ce que nous savons avec certitude. Mr Adler n'est pas en état d'arrestation pour l'instant, mais la police le qualifie de « nouveau suspect présumé » dans l'enquête sur la mort de Zoé Spanos. Si les accusations qui pèsent sur Anna Cicconi n'ont pas été abandonnées, la juge Castera examine une requête en nullité préalable au procès déposée par la défense, afin de rejeter les accusations d'homicide involontaire et de dissimulation de corps portées contre Miss Cicconi. Si elle aboutit, l'affaire pourrait être rouverte et requalifiée en enquête pour homicide.

Concernant Max Adler, je me suis entretenue hier avec Michelle Heath, une étudiante en troisième année du cursus de biologie marine de l'université de Brown.

**MICHELLE HEATH :** Bien sûr que je connais Max. Il a passé son diplôme l'an dernier, mais quand il était encore sur le campus, c'était une personnalité incontournable du département de bio.

**MARTINA GREEN :** Pouvez-vous nous préciser ce que vous entendez par « personnalité incontournable » ?

**MICHELLE HEATH :** Max est un personnage. Ce n'était pas l'étudiant le plus brillant du cursus d'écologie et de biologie évolutionniste, mais il aurait pu l'être s'il avait un peu moins fait la fête. Il est charmant et plutôt beau gosse. Toutes les étudiantes en biologie le connaissent.

**MARTINA GREEN :** Revenons à l'automne dernier. L'automne de sa dernière année d'université. Max sortait-il avec quelqu'un ?

**MICHELLE HEATH :** Pas que je sache. Il avait une petite amie, Maxine, quand j'étais en première année. Je m'en souviens, parce qu'on disait « Max et Maxine ».

Mais ils ont rompu depuis longtemps. D'après les rumeurs, il serait sorti avec deux filles à l'automne, mais je ne sais pas trop. Je pense qu'il se réservait pour Zoé.

**MARTINA GREEN :** Une petite précision pour nos auditeurs, s'il vous plaît. Quand vous dites « Zoé », vous parlez bien de Zoé Spanos ?

**MICHELLE HEATH :** C'est ça. Max était amoureux de Zoé, ça sautait aux yeux. On n'était pas très proches, elle et moi, mais on avait un labo ensemble, durant l'automne. Un jour, à la fin du semestre, elle a reçu des dizaines de textos pendant un cours. On faisait équipe, et elle passait son temps à regarder son téléphone. C'était agaçant. Elle s'est excusée en me disant que Max la harcelait de SMS.

**MARTINA GREEN :** Êtes-vous certaine que ces messages venaient de Max Adler ?

**MICHELLE HEATH :** Absolument. Elle m'a montré l'écran ; il lui avait envoyé toute une série de textos pour lui demander de le retrouver, ce soir-là.

**MARTINA GREEN :** Vous souvenez-vous de l'époque où cela s'est produit ?

**MICHELLE HEATH :** Début décembre, je crois. C'était juste avant les vacances d'hiver.

**MARTINA GREEN :** Savez-vous si Zoé a vu Max, finalement ? Vous a-t-elle parlé de la nature de leur relation ?

**MICHELLE HEATH :** Non, désolée. Comme je l'ai dit, on se voyait seulement en cours. Je savais qu'elle avait un petit ami dans sa ville d'origine ; j'imagine que Max voulait la convaincre de rompre. Mais c'est une simple supposition.

**MARTINA GREEN :** Chers auditeurs, si nous ne connaissons pas la nature exacte de la relation entre Max Adler et Zoé Spanos, nous savons en revanche avec certitude qu'ils se connaissaient depuis Brown, et étaient assez proches pour avoir échangé leurs numéros de téléphone. Nous savons également que la police de Herron Mills a jugé utile de convoquer Mr Adler à un interrogatoire ce week-end. J'espère pouvoir vous donner plus d'informations sur ce point la semaine prochaine.

J'avais prévu de conclure cet épisode par un entretien avec Anna Cicconi, mais ses avocats n'autorisent plus aucune interview tant que la juge n'aura pas statué sur la requête préliminaire. Anna et moi avons échangé de manière officieuse samedi, et elle s'est réjouie d'apprendre que *Missing Zoé* avait gagné de nombreux auditeurs depuis notre dernière conversation téléphonique, au début du mois. Sachez que, grâce à vous, l'épisode 6 a atteint un record de soixante mille téléchargements.

Merci d'écouter ce podcast. Je suis Martina Green, et je serai de retour la semaine prochaine, pour un nouvel épisode de *Missing Zoé*.

[CODA AU THÈME INSTRUMENTAL DE *MISSING ZOÉ*]

# 29

## AVANT

### Août

Herron Mills, État de New York

À mon réveil, il fait nuit. La pleine lune brille derrière la fenêtre. J'ignore combien de temps j'ai dormi. Deux toasts froids et un verre de jus d'orange sont posés sur la table de chevet. Il semble que j'aie bu la moitié du jus, mais je ne n'en ai aucun souvenir. Je ne me rappelle pas davantage avoir reçu la visite d'Emilia. Pourtant, elle a dû venir, car je trouve un petit mot à côté de l'assiette.

*Dors aussi longtemps que nécessaire. Appelle-moi si tu as besoin de quelque chose.*
*– Emilia.*

Je m'oblige à m'asseoir et à mordre dans le pain, dur comme du bois. J'ai faim, mais mon estomac se contracte et je repousse l'assiette, au bord de la nausée. Je me lève, fouille dans mes poches, puis dans mon sac, à la recherche de mon téléphone. J'ai les jambes en coton et un goût de craie dans la bouche. Je finis par le trouver. Emilia l'a mis à charger dans la cuisine du studio.

Je m'appuie contre le comptoir et fais défiler les bulletins d'informations. Je redoute ce que je vais trouver, mais j'ai besoin de le voir.

George Spanos, domicilié à Herron Mills, dans l'État de New York, a été vu alors qu'il entrait dans le bâtiment de l'institut médico-légal, lundi, à quinze heures quarante-sept. Les autorités locales confirment qu'il est venu identifier le corps de la jeune femme trouvé dans le lac Parrish. Ce matin, la directrice des parcs, Paula Aimes, a alerté la police de la présence d'un petit bateau à moteur englouti, au centre du lac. Son équipe chargée de l'analyse des algues venait de repérer l'embarcation. Quand le bateau a été remonté à la surface, on y a trouvé le corps d'une jeune femme, recouvert d'une bâche.

Bien que les autorités n'aient pas encore rendu publique l'identité du cadavre, tous les habitants de Herron Mills ont fait le lien avec la disparition de la jeune Zoé Spanos, le 31 décembre dernier, à l'âge de dix-neuf ans. Un petit bateau à moteur appartenant à Catherine Hunt, également domiciliée à Herron Mills, avait disparu la même nuit, et la police soupçonne depuis longtemps l'existence d'un lien entre les deux affaires.

Je tibube jusqu'à la salle de bain et vomis mes deux tranches de pain de mie dans les toilettes.

De retour dans mon lit, j'ai peur de fermer les yeux. Les abeilles sont revenues et tourbillonnent furieusement dans mon crâne. Zoé a disparu trois jours après m'avoir envoyé un message. Et maintenant, ce bateau. Ce corps.

Je suis en pensée sur le balcon de Windermere. C'est l'hiver. De gros flocons tourbillonnent dans l'air, et un ruban de neige recouvre déjà la balustrade. La nuit est claire. Les lumières de la maison sont éteintes, mais une lune ronde brille là-haut, derrière la cime des arbres, et le ciel est parsemé d'étoiles. Zoé est là, dans une robe ondoyante en taffetas doré. Ses cheveux sont prisonniers d'un chignon. On dirait une ballerine.

Kaylee est là aussi, engoncée dans son gros manteau d'hiver, un verre de cocktail à la main. Quand elle le lève pour trinquer avec moi, il scintille d'un éclat doré. Puis elle le vide d'un trait, avant de rentrer dans la maison. À Windermere.

Je me vois du dessus. Je porte mes horribles bottes d'hiver marron et le manteau bleu marine que j'ai depuis la seconde. Dessous, j'ai une robe de soirée.

J'interroge Zoé :

– Tu n'as pas froid ?

Kaylee et moi sommes chaudement vêtues, alors qu'elle ne porte qu'une robe d'été. Zoé s'esclaffe. Son rire s'égrène dans la nuit, telle une poussière d'étoiles.

– Danse avec moi, Anna.

Elle virevolte une fois, deux fois. Ses ballerines dessinent des cercles délicats dans la neige. Puis elle croise les bras et les tend vers moi. Je prends ses mains dans les miennes et virevolte avec elle dans l'air glacial. Elle rit.

Je ris aussi. On tourne de plus en plus vite. Et soudain, je sens mes pieds déraper sur la neige.

– Anna ! crie Zoé.

Ses mains quittent les miennes, tels deux oiseaux prenant leur envol

L'instant d'après, Zoé vole aussi. Le creux de ses genoux a percuté la balustrade, et sa robe dorée flotte dans le clair de lune, tandis que je retombe brutalement sur le balcon. Mon dos, puis ma tête heurtent le sol, et tout devient noir.

Je ferme les yeux et presse les poings contre mes paupières jusqu'à ce que je voie des étoiles. Il serait si facile de rejeter en bloc tout ce que je viens de voir, de me persuader que c'est le fruit de mon imagination débordante.

Mais je ne peux pas.

Le soleil entre par les fenêtres du studio. Il est tard. Mon téléphone bourdonne sur le comptoir de la cuisine, me rappelant que j'ai reçu des SMS. Je crois qu'il vibre depuis pas mal de temps. Je sors de mon lit et me traîne jusqu'à la salle de bains. Je m'asperge le visage et avale plusieurs gorgées d'eau froide. Ma soif est insatiable. Je bois à en avoir mal au ventre. Mon téléphone vibre à nouveau. Il m'attire dans la cuisine. Les textos viennent de Caden.

Tu es sûrement déjà au courant.

Le père de Zoé a identifié son corps.

Je quitte le poste de police à l'instant.

Je te préviens par pure courtoisie, Anna.

La police a prévu de venir à Clovelly Cottage cet après-midi.

Je ne comprends pas, mais je sais que tu sais quelque chose.

Tu dois parler à la police.

Je ferme l'application et regarde l'horloge. Treize heures vingt. J'ai dormi plus de vingt-quatre heures. Je n'en reviens pas qu'Emilia ne m'ait pas réveillée. Ma poitrine se contracte sous l'effet de la culpabilité.

Je prends mon carnet de croquis et mes crayons de couleur sur la table de la chambre. Puis je cherche une page blanche et commence à dessiner, guidée par mes souvenirs.

Ma main vole sur le papier. Je fais une esquisse du célèbre tableau de Waterhouse, *La Dame de Shalott*. J'ai déjà copié ce tableau des dizaines de fois. Je n'ai même plus besoin de regarder l'original ; je le reproduis de mémoire. Mais à la place de la dame aux cheveux roux de Waterhouse, je dessine Zoé, avec ses cheveux noir corbeau, sa peau hâlée. Et la barque qui sera son tombeau.

Je respire.

Pour la première fois depuis des jours, tout m'apparaît avec clarté. J'avais l'impression d'avancer dans un épais brouillard, et soudain, le soleil est sorti. Je comprends enfin ce que mon cerveau essayait de me montrer.

Caden a déjà prévenu la police. Inutile d'attendre que les inspecteurs débarquent chez les Bellamy. J'ai encore une vague nausée et les jambes en coton, mais les abeilles sont parties. Je pose mon crayon et range le carnet de croquis. Sombre et déterminée, je sors de mon tiroir un débardeur rouge et un short propre, et je file sous la douche. Dès que je serai prête, je descendrai au poste.

# TRANSCRIPTION PARTIELLE DE L'ÉPISODE 8 DE *MISSING ZOÉ* : LE TÉLESCOPE

[MUSIQUE DE FOND ÉLECTRONIQUE]

**VOIX DE JEUNE HOMME :** … quelques jours après Noël, elle commence à m'envoyer des SMS. Elle propose qu'on se voie pendant les vacances… Puis le 31, au milieu de l'après-midi, elle me demande si je veux venir à Herron Mills, à une fête chez un mec, Jacob Trainer.

[FIN DE LA MUSIQUE DE FOND]

**MARTINA GREEN :** Merci d'écouter le huitième épisode de *Missing Zoé*. Nous sommes le mardi 6 octobre. Deux mois et deux jours ont passé depuis que le corps de Zoé a été retrouvé dans le lac Parrish. Les causes de sa mort n'ont toujours pas été élucidées et Zoé nous manque terriblement.

[THÈME INSTRUMENTAL DE *MISSING ZOÉ*]

**MARTINA GREEN :** J'irai droit au but aujourd'hui. Si vous avez suivi ce qui s'est passé la semaine dernière, vous devez savoir que Max Adler de Montauk, dans l'État de New York, a été interrogé par la police de Herron Mills dans l'affaire Zoé Spanos, après avoir été identifié comme suspect potentiel. Cet interrogatoire n'a été suivi d'aucune inculpation. J'ai rencontré Mr Adler pendant le week-end dans sa maison familiale de Montauk, et je suis heureuse de vous présenter cette interview aujourd'hui.

**MAX ADLER :** Il y a beaucoup de fausses informations qui circulent, et j'en ai vu passer pas mal à mon sujet, cette semaine. Pour être honnête, je me méfie des médias grand public. Mais les gens écoutent ton podcast, et je veux mettre certaines choses au clair.

**MARTINA GREEN :** Merci d'avoir accepté de me parler, Max. Peux-tu nous dire ce qui s'est passé au poste de police, le week-end dernier ?

**MAX ADLER :** OK. J'ai été convoqué au poste dimanche matin. J'y suis allé de mon plein gré. Les inspecteurs Holloway et Massey voulaient m'interroger sur la nuit où Zoé Spanos a disparu. Suite à une conversation qu'ils avaient eue avec la gamine qu'Anna a gardée cet été.

**MARTINA GREEN :** T'ont-ils révélé le contenu de cette conversation ?

**MAX ADLER :** Oui. Il semblerait que la gamine m'ait vu par la fenêtre, le soir du 31. Je crois qu'elle a un télescope dans sa chambre. Les Bellamy vivent à côté des Talbot. Caden Talbot était le petit ami de Zoé, comme chacun sait. Apparemment, les feux d'artifice ont réveillé la petite pendant la nuit. Elle est allée à la fenêtre pour regarder le ciel et nous a vus entrer dans l'écurie, Zoé et moi. Puis elle m'a vu ressortir seul.

**MARTINA GREEN :** Confirmes-tu ses dires ? Étais-tu avec Zoé dans la propriété de Talbot, le soir du Nouvel An ?

**MAX ADLER :** Oui. On y a passé environ une heure, cette nuit-là.

**MARTINA GREEN :** Peux-tu nous répéter ce que tu as dit à la police ?

**MAX ADLER :** Volontiers. Voici l'histoire. Zoé et moi, on s'est connus en cours de bio, à Brown. J'avais deux ans d'avance sur elle. Quand elle arrivée, en première année, je sortais avec une fille. Mais l'an dernier, j'étais célibataire, et Zoé et moi, on n'arrêtait pas de se croiser dans les couloirs. Je l'ai invitée à prendre un café, et elle m'a raconté qu'elle vivait des moments difficiles à la maison. Des problèmes avec son père. Elle ne m'en a pas dit plus. Ça n'allait pas fort non plus avec son mec. Il était distant depuis l'été, elle avait l'impression qu'ils s'éloignaient l'un de l'autre. J'ai pensé que ce n'était pas un hasard si elle se confiait à moi. J'ai cru que je lui plaisais. Je lui ai proposé plusieurs fois de sortir avec moi. Elle me répondait « pas maintenant », mais ce n'était pas un « non » catégorique. Je n'ai pas insisté, je me suis dit qu'elle attendait de voir comment les choses tournaient avec son petit ami. Je respectais ça. Puis, juste après Thanksgiving, quand elle est revenue sur le campus, elle m'a appelé, hyper remontée. Elle m'a donné rendez-vous à la bibliothèque. J'y suis allé. Elle m'a appris qu'elle avait trouvé des photos et des mails dans l'ordinateur de Caden. Il était amoureux d'une autre fille.

**MARTINA GREEN :** Zoé était au courant pour Tiana Percy ?

**MAX ADLER :** Tiana, oui c'est ça. Elle a fait la une des journaux il n'y a pas longtemps, quand elle a fourni un alibi à Caden pour le réveillon du Nouvel An. Bref, Zoé est venue me voir. Je pense qu'elle voulait se venger. Ou mieux, qu'elle était prête à passer à autre chose.

**MARTINA GREEN :** Et ensuite, qu'est-il arrivé ?

**MAX ADLER :** Rien. Elle me dit qu'elle regrette de m'avoir parlé, et qu'elle doit partir. C'est à peine si elle m'adresse la parole jusqu'aux vacances de Noël. Et le week-end avant les vacances, j'apprends qu'elle est partie voir Caden à Yale. Du coup, je suppose qu'ils ont recollé les morceaux, et bon, tant pis.

**MARTINA GREEN :** Est-ce que tu l'as revue avant la fin du semestre ?

**MAX ADLER :** Juste une fois, au labo. Mais quelques jours après Noël, elle commence à m'envoyer des SMS. Elle propose qu'on se voie pendant les vacances. J'accepte, mais je sens qu'elle traîne les pieds, elle ne veut pas faire de projet précis.

Puis le 31, au milieu de l'après-midi, elle me demande si je veux venir à Herron Mills, à une fête chez un mec, Jacob Trainer.

Jacob et moi, on a des amis communs, des potes de l'équipe de base-ball du lycée. Alors, j'accepte. J'avais prévu un truc à Montauk, mais je laisse tomber pour lui faire plaisir.

**MARTINA GREEN :** Zoé t'a-t-elle demandé de la retrouver à la fête ?

**MAX ADLER :** Non, elle prévoyait une pré-fête avant d'y aller. Elle m'a donné rendez-vous à Windermere et m'a envoyé l'adresse. Je pensais que c'était chez elle. Je ne savais pas que c'était la maison de Caden. Elle m'a rejoint au portail et m'a emmené à l'écurie. La petite Bellamy a dû nous voir y entrer.

**MARTINA GREEN :** Et c'était quand ?

**MAX ADLER :** Assez tôt. Vers neuf heures et demie…

**MARTINA GREEN :** D'accord. Que s'est-il passé dans l'écurie ?

**MAX ADLER :** Comme je l'ai dit, Zoé voulait faire la fête avant de sortir. J'avais apporté des bières, mais elle avait déjà une bouteille de whisky. À voir son comportement, elle s'était sifflé quelques verres avant mon arrivée.

**MARTINA GREEN :** Comment Zoé se comportait-elle ?

**MAX ADLER :** Elle s'est jetée sur moi. Elle m'embrassait, elle me caressait la poitrine…

C'était cool au début, on s'est embrassés un petit moment. Je lui ai proposé une bière, mais elle préférait rester au whisky. Vu son état émotionnel, je crois qu'elle n'avait pas trop l'habitude de boire.

**MARTINA GREEN :** Sais-tu quelle quantité d'alcool elle a ingurgitée cette nuit-là ?

**MAX ADLER :** La bouteille était presque vide quand je suis arrivé. Mais je ne sais pas ce qu'elle avait consommé. J'ai eu le temps de boire une bière et d'en entamer une seconde avant qu'elle pète vraiment les plombs. Elle n'arrêtait pas de passer les doigts dans son cou. Elle n'avait plus le bijou qu'elle portait d'habitude : une petite chaîne en or avec un pendentif à ses initiales. On aurait dit qu'elle le cherchait. C'est devenu vraiment glauque quand elle s'est mise à pleurer et à se rouler par terre, en se plaignant de Caden et de Tiana. Ça a carrément cassé l'ambiance.

**MARTINA GREEN :** Tu te souviens qu'elle ait dit quelque chose de précis ?

**MAX ADLER :** Elle n'était pas très cohérente, mais elle avait l'air de se réjouir d'être dans l'écurie de Caden, de boire son whisky. C'est là que j'ai fait le lien. Elle avait une clé USB dans la main. Elle a fini par la jeter contre une porte de l'écurie. Elle était dans un sale état.

**MARTINA GREEN :** Qu'est-ce que tu as fait ?

**MAX ADLER :** J'ai essayé de la consoler. Je lui ai proposé de la raccompagner chez elle. Mais elle m'a demandé de partir. Ça m'embêtait de la laisser comme ça, seulement, elle hurlait : « Casse-toi ! » et « Fous-moi la paix ! ». Alors, je suis parti.

**MARTINA GREEN :** Tu as laissé Zoé dans l'écurie ?

**MAX ADLER :** Je sais que je vais passer pour un salaud, mais elle voulait vraiment que je parte. J'ai pensé qu'elle avait voulu se taper un mec sous le toit de Caden – comme une espèce de revanche –, et qu'elle avait changé d'avis. Et je suis parti.

**MARTINA GREEN :** Et c'est là qu'on t'a aperçu à nouveau ? Depuis la maison des Bellamy ?

**MAX ADLER :** C'est probable. Il devait être dix heures et demie. Il y avait des feux d'artifice tout près et des gens qui faisaient la fête sur la plage. C'était bruyant, mais classique pour un soir de Nouvel An. J'ai quitté l'écurie et contourné la maison pour aller récupérer ma voiture dans la rue. Il n'y en avait pas d'autres. Zoé avait dû venir à pied. Puis je suis allé chez Trainer. Comme j'avais fait la route pour venir jusqu'à Herron Mills, autant aller à la fête. Et j'ai eu raison, parce que plein de gens m'ont vu. La police avait déjà regardé une série de photos. J'étais sur quelques-unes, et un tas de témoins ont pu confirmer mon alibi.

**MARTINA GREEN :** Tu as eu des nouvelles de Zoé après avoir quitté Windermere ?

**MAX ADLER :** Non. Honnêtement, je n'étais pas inquiet. J'ai pensé qu'elle était rentrée chez elle et qu'elle dormait. C'est seulement quelques jours plus tard que j'ai appris sa disparition aux infos.

**MARTINA GREEN :** Pourquoi n'es-tu pas allé trouver la police à ce moment-là ? Tu aurais pu les aider à faire avancer l'enquête, il y a plusieurs mois.

**MAX ADLER :** Je sais. Je n'en suis pas très fier. Mais je savais que je n'avais rien à voir avec sa disparition. Elle était ivre et bouleversée quand j'ai quitté l'écurie, mais elle allait bien. J'essayais de décrocher mon diplôme à Brown. Je ne voulais pas être impliqué dans une enquête pour disparition. Je ne sais pas plus que les autres ce qui s'est passé cette nuit-là.

**MARTINA GREEN :** Et tu n'as pas essayé de contacter Zoé ?

**MAX ADLER :** Non. Je sais qu'on va me prendre pour un blaireau, mais elle était complètement en vrac. J'avais lâché l'affaire. J'aurais dû prendre de ses nouvelles, c'est clair. Mais je n'ai rien à voir avec ce qui lui est arrivé ensuite. Partir quand une fille vous dit de la laisser tranquille, ce n'est pas un crime. La police est d'accord.

**MARTINA GREEN :** Le lendemain de la découverte du corps de Zoé, Caden Talbot a révélé à la police qu'il avait trouvé une bouteille de whisky et deux bouteilles de bière vides dans l'écurie, le 1er janvier. C'étaient les vôtres, à Zoé et toi, n'est-ce pas ?

**MAX ADLER :** Techniquement, le whisky était à Caden, si j'en crois ce que m'a dit Zoé. Mais oui, c'est moi qui ai bu les bouteilles de bière.

**MARTINA GREEN :** Tu étais bien seul avec Zoé dans l'écurie, ce soir-là ? Anna Cicconi n'était pas avec vous ?

**MAX ADLER :** Certainement pas. J'ai rencontré Anna pour la première fois cet été, quand elle est venue visiter l'aquarium où je travaille. Elle n'était pas avec nous le 31 décembre.

**MARTINA GREEN :** Et Kaylee Harrison ?

**MAX ADLER :** Kaylee…

**MARTINA GREEN :** L'amie d'Anna, de Brooklyn. Dans ses aveux du 5 août, Anna a affirmé qu'elle était avec elle à Windermere, la nuit où Zoé a disparu.

**MAX ADLER :** Ah oui, j'ai rencontré Kaylee. Anna l'a amenée à une fête pendant l'été. Mais non, elle n'était pas là ce soir-là. Je n'ai vu Kaylee qu'une fois, en juillet. À moins que Zoé n'ait invité quelqu'un d'autre après mon départ, il n'y avait qu'elle et moi dans l'écurie. Ce sont nos bouteilles que Caden a trouvées.

**MARTINA GREEN :** Merci, Max.

[MUSIQUE ÉLECTRONIQUE DOUCE EN FOND SONORE]

Chers auditeurs, le moment est venu de clore ce podcast. Vous êtes quatre-vingt mille à avoir écouté le dernier épisode de *Missing Zoé*. C'est énorme ! Vous êtes nombreux à nous avoir rejoints en cours de route, car vous souhaitez que justice soit faite pour Zoé, et vous savez que la justice ne peut être rendue que si toute la vérité est connue.

Aujourd'hui, c'est à mon tour de vous demander un service. Si vous avez des informations sur la nuit du 31 décembre, ou la matinée du 1er janvier... Des choses susceptibles d'aider la police à découvrir ce qui est arrivé à Zoé Spanos après que Max Adler l'a laissée seule dans l'écurie de Windermere, c'est le moment de vous manifester. Même si ce n'est qu'un détail qui vous semble insignifiant.

Au regard des éléments dont nous disposons maintenant, la probabilité qu'Anna Cicconi se soit trouvée à Herron Mills la nuit de la mort de Zoé est très faible.

Anna a demandé le retrait des accusations portées contre elle. Le tribunal examine sa requête. Si vous avez les moyens d'éviter la condamnation et l'emprisonnement d'une innocente, il est temps d'agir. Anna a besoin de vous. Il est de votre devoir de l'aider. Vous pouvez téléphoner anonymement au 631-958-2757, le numéro de recueil de renseignements mis en place par la famille Spanos, ou contacter directement le poste de police de Herron Mills.

[FIN DE LA MUSIQUE DE FOND]

La prochaine fois, je m'entretiendrai avec l'avocate de la défense, Katarina Wall. Mrs Wall ne représente pas Anna Cicconi, mais elle pourra vous donner un aperçu des procédures judiciaires relatives aux requêtes en nullité dans l'État de New York…

# 30

## Octobre

Herron Mills, État de New York

Il est tard. Alors que les premiers rubans d'encre tourbillonnent dans le ciel d'automne, Martina et Aster se faufilent à travers la haie mal entretenue qui sépare Windermere de Linden Lane. Une branche rebelle agrippe les cheveux de Martina, qui prend le temps de se libérer et refaire sa queue de cheval.

La jeune fille songe au rameau d'olivier qu'elle a tendu à son amie ce soir, en lui proposant de l'accompagner dans son expédition. Depuis que Martina a diffusé l'interview d'Anna, il y a trois semaines, ses relations avec Aster sont glaciales. Un dégel momentané est survenu quand Max Adler a été identifié comme suspect potentiel. La perspective d'une nouvelle arrestation a rendu un peu d'espoir à la famille Spanos, alors que les aveux d'Anna venaient de perdre toute crédibilité. Mais Max est reparti libre, et le jeune homme est apparu aux yeux du public pour ce qu'il est réellement (un abruti, certes, mais pas un assassin).

Aster marche quelques mètres devant Martina, d'un pas rapide et assuré. Sans attendre son amie, elle tourne à droite dans l'allée, contourne le porche et disparaît dans l'ombre.

Martina presse l'allure. Aster connaît le parc de Windermere comme sa poche. Elle y a passé de nombreuses après-midi avec Zoé et Caden, et pendant qu'elle gardait Paisley. Mais pour Martina, cette propriété, encore plus fantomatique sous le clair de lune, est un terrain inconnu. Elle s'immobilise un instant, lève la tête et contemple le balcon du deuxième étage. Depuis le mois d'août, cette image funeste plane dans son esprit. Il s'avance vers le ciel, telle une mâchoire de pierre édentée. « Personne ne survivrait à une chute d'une telle hauteur », songe-t-elle, avant de se rappeler : « Mais non, personne n'est tombé de ce balcon. »

Elle se remet en marche.

Faire le tri entre l'histoire vraie, les faits réels et les produits de l'imagination… C'est la raison pour laquelle Martina est ici ce soir. Du moins, elle l'espère. C'est surtout pour Anna qu'elle est venue. Martina a passé des semaines à douter, tout à tour convaincue de l'innocence d'Anna, puis de sa culpabilité. Aujourd'hui, elle est sûre qu'Anna n'a pas tué Zoé, même accidentellement. Le coupable est ailleurs.

Elle contourne la maison en silence et traverse à la hâte la pelouse négligée. Les herbes hautes s'étirent comme des doigts osseux pour agripper ses collants. Un frisson la traverse.

Aster foule déjà le sol noirci, à l'endroit où se trouvait l'écurie. Là où sont ensevelis les secrets de Zoé. Car il s'est passé quelque chose après que Max l'a laissée seule, cette nuit-là. Son histoire a continué, et s'est achevée quelque part entre l'écurie de Windermere et le lac Parrish. L'esprit rationnel de Martina lui dit qu'elle arrive trop tard. Que Caden a privé la police de précieux indices en jetant la bouteille et les canettes vides. Comme Max, qui n'est pas allé témoigner quand cela aurait encore pu être utile, c'est-à-dire, avant l'incendie de l'écurie, il y a trois mois.

Pourtant, son instinct lui commande de s'en assurer elle-même. En proposant à Aster de l'accompagner dans sa quête, elle s'est donné une chance, même infime, d'obtenir le pardon de son amie. Si elles trouvent quelque chose ce soir – une information, un indice – peut-être que le mur de glace qu'Aster a dressé entre elles commencera à fondre.

Martina se retourne pour jeter un coup d'œil à la maison. Aucune lumière ne brille derrière les fenêtres. Caden est à New Haven, de l'autre côté du détroit de Long Island, mais Mrs Talbot est là. Avec un peu de chance, elle dort profondément. Martina culpabilise un peu de s'être introduite chez elle à son insu, mais elle connait la mère de Caden de réputation. Elle sait qu'elle ne l'aurait jamais autorisée à venir fouiner à Windermere.

– Tu vois quelque chose ? chuchote-t-elle à Aster, en enjambant une poutre carbonisée.

Son amie est plantée au milieu des décombres, les pouces dans les poches de son jean. Elle hausse les épaules.

– Qu'est-ce qu'il y a à voir ? demande-t-elle, sans faire l'effort de baisser la voix.

Martina tressaille. Heureusement, elles sont trop loin de la maison pour que Mrs Talbot les entende, les fenêtres fermées. Du moins, elle l'espère.

– C'est juste un tas de bois brûlé et de métal noirci, poursuit Aster. S'il y avait quelque chose, ça a cramé avec l'écurie.

Martina se mord les lèvres. Son amie n'a sans doute pas tort, mais elle espérait qu'une fois sur place, Aster se prendrait au jeu. Au contraire, elle lui semble plus hostile que jamais. Comme si son ressentiment avait encore grandi.

– Bon, je jette un coup d'œil.

Martina enfile une paire de gants en latex et en tend une à Aster, qui la prend sans mot dire. Puis elle sort son téléphone et lance l'application lampe torche. Elle oriente le faisceau vers le sol en priant pour ne pas se faire repérer, puis se dirige vers le fond de l'écurie – ou ce qu'il en reste –, à l'endroit approximatif où se trouvait la stalle de Caden. Le charbon de bois s'effrite sous ses bottes.

Restée à l'avant, Aster s'assied sur un reste de poutre et remue distraitement les cendres du bout du pied.

Le téléphone dans une main, Martina commence à fouiller les décombres, sans trop savoir ce qu'elle cherche. Elle doit absolument trouver quelque chose. Un indice qui permettra à Zoé d'obtenir justice, obligera la juge à disculper Anna, et lui rendra l'amitié d'Aster. L'enjeu est énorme.

Dans les tréfonds de son esprit, une petite voix désagréable la met en garde : la police de Herron Mills n'appréciera pas qu'elle ait fouillé une possible scène de crime. Elle décide de l'ignorer. Les inspecteurs n'ont guère montré d'intérêt pour Windermere après les révélations de Max Adler. Ils sont venus ici, la semaine passée, mais leurs recherches sont restées superficielles. Ils n'ont laissé aucun balisage, aucune étiquette indiquant leur intention de revenir. Ils doivent partager l'avis d'Aster : les preuves qu'ils auraient pu trouver à Windermere ont été jetées par Caden en janvier ou brûlées dans l'incendie en juillet. Il est possible que Zoé ait quitté l'écurie juste après Max, la nuit du 31 décembre, et qu'il lui soit arrivé malheur ailleurs qu'à Windermere. Martina en est consciente, mais elle n'est pas encore prête à renoncer.

Elle est à quatre pattes depuis moins d'une minute, les collants et les gants noircis par la cendre, quand un petit objet brillant scintille dans la lumière de la lampe. Les poils de sa nuque se dressent. Le souffle court, elle éteint son téléphone, le range dans sa poche, et jette un coup d'œil par-dessus son épaule. Aster n'a pas bougé. Elle érafle toujours la terre du bout de sa chaussure, le visage fermé.

Le pouls de Martina s'accélère. Elle attend d'être sûre pour parler. Elle se baisse. Alors que ses doigts se referment sur l'objet brillant, frais, délicat et familier, une voix la fait sursauter :

– Vous.

Les deux filles se retournent brusquement. Mrs Talbot traverse la pelouse, vêtue d'une chemise de nuit rouge sang et chaussée de bottes d'équitation noires. D'une main, elle braque une lampe sur le visage des intruses. Dans l'autre, elle balance un objet allongé. Un fusil de chasse ? Martina retient son souffle.

Aster se lève d'un bond.

– On file !

Martina la rejoint et emprisonne le poignet de son amie dans son gant souillé de suie.

– Attends ! Elle a un flingue !

Elle voit en pensée Mrs Talbot lever son arme et tirer dans leur direction. Mais en fait d'arme, ce n'est qu'une ombrelle au long manche de bois sculpté. Un bel objet, même s'il paraît étrangement déplacé sous le clair de lune. Mrs Talbot l'utilise comme une canne, enfonçant son bout pointu dans l'herbe à chacun de ses pas.

– Vous ! répète-t-elle, tandis qu'Aster dégage brusquement son poignet. Je vous ai déjà vue ici !

Elle lève sa canne improvisée et la pointe sur Martina. L'élégance de l'objet ne le rend pas moins menaçant.

– Je n'ai pas..., proteste Martina.

Avant qu'elle ait pu achever sa phrase, la canne pivote vers Aster.

– Sur ma propriété ! poursuit Mrs Talbot. Vous étiez entrée par effraction, comme ce soir.

Elle s'arrête au seuil de l'écurie, comme si la porte se dressait encore devant elle. La pointe de l'ombrelle oscille dans l'air, à une trentaine de centimètres de la poitrine d'Aster.

Martina inspire profondément. Elle glisse une main dans la poche de sa veste et empoigne son téléphone.

– Je venais ici avec Paisley, se justifie Aster d'une voix chevrotante. Vous vous souvenez ?

– Je sais qui tu es ! rétorque Mrs Talbot. La petite Aster Spanos. Toujours accrochée aux basques de Zoé. Remercie ta sœur. C'est uniquement grâce à elle que je n'ai pas appelé les flics quand je t'ai vue fouiner ici. Ta famille a déjà eu assez de peine.

Sa voix s'adoucit, et elle baisse lentement l'ombrelle.

– Excusez-nous madame, dit Martina. On allait partir.

Elle attrape le coude d'Aster pour l'inviter à quitter l'écurie. Son amie tressaille et se dégage.

– Ce n'était pas moi, affirme-t-elle d'une voix haut perchée. Vous vous trompez.

– Attention ! grogne la femme. Ne me dis pas ce que j'ai vu.

L'ombrelle se redresse, menaçante. Martina frémit. Dans sa vie, Mrs Talbot a dû entendre un paquet de gens lui dire ce qu'elle avait vu ou pas, l'inviter à distinguer la réalité des productions de son cerveau. Aster ne l'a peut-être pas fait volontairement, mais elle s'engage sur un chemin périlleux.

Mrs Talbot plisse les yeux et braque son ombrelle sur Martina, qui hoquette et lève machinalement les mains.

– Et toi, tu es la fille Jenkins !

– Martina, lâche-t-elle d'une voix faible.

– Je sais, réplique Mrs Talbot avec une moue désapprobatrice. Tu n'as pas fait de cadeau à mon fils avec ton podcast. Es-tu venue lui causer de nouveaux problèmes ?

Martina avale sa salive, mais sa gorge reste sèche.

– On est désolées. Vraiment. C'est juste que… malgré ce que Max Adler a révélé à la police, les inspecteurs n'ont pas l'air de trop se démener. Alors, on s'est dit qu'on allait enquêter nous-mêmes.

– Et qu'avez-vous trouvé ?

Mme Talbot éclaire les mains levées de Martina. La jeune fille tient toujours son téléphone dans l'une d'elles. Dans l'autre, un petit objet luit d'un éclat doré.

Martina tente de le glisser dans la poche de sa veste, mais Mrs Talbot intercepte son geste.

– Je t'ai vu la sortir des cendres, là-bas. C'est celle de Zoé ?

Martina se tourne vers son amie.

– Non. Elle appartient à Aster.

Les implications de sa découverte se bousculent dans sa tête depuis la seconde où elle a ramassé dans les cendres la boucle d'oreille en or en forme de spirale. Martina n'a pas vu Aster porter ces boucles depuis le jour où elle a mis en ligne l'interview d'Anna. Elle soupçonnait son amie de les avoir ôtées par défi, pour lui signifier son mécontentement. Mais la lueur qui s'est allumée dans le regard d'Aster lui apprend qu'elle s'est trompée. Lourdement.

– Tu n'en sais rien, proteste cette dernière d'une voix aiguë. Elles ne sont pas uniques.

Mais Martina est sûre d'elle. Elle lit la peur sur le visage de son amie.

– Mrs Talbot t'a vue, dit-elle avec brusquerie. Elle t'a vue plusieurs fois rôder dans ce parc. Que faisais-tu à Windermere ?

Le regard d'Aster oscille entre Martina et Mrs Talbot. Elle fait un pas en arrière et semble prête à fuir. Martina tend la main vers elle. Aster recule encore.

– Je n'ai pas..., commence-t-elle.

– Je suis sûre que les autorités régleront cette question, tranche Mrs Talbot. Si tu n'as rien fait de mal, Aster, tu n'as aucune raison de t'inquiéter.

Aster se fige. Les deux paires d'yeux braquées sur elle transpercent sa peau. Un lapin pris dans les phares d'une voiture. Elle panique.

Pendant quelques secondes, interminables, personne ne parle. Personne ne bouge.

Et soudain, vive comme l'éclair, Aster plonge une main dans les gravats. Elle se redresse en brandissant une poutre métallique noircie, de la taille de son avant-bras.

Martina recule en titubant.

– Qu'est-ce que tu fais ?

– C'est ton foutu podcast ! gronde Aster en s'avançant vers elle.

Martina coule un regard vers Mrs Talbot, la suppliant de faire quelque chose. L'intéressée bat en retraite vers la maison, comme pour fuir le danger.

– Je suis désolée, articule Martina.

C'est faux. Elle est surtout troublée. Son cerveau mouline. Aster est venue ici, dans les ruines de l'écurie, le jour où l'interview d'Anna a été diffusée. Elle a perdu une boucle d'oreille. Ce n'était pas la première fois que Mrs Talbot la voyait dans le parc. Et maintenant, son amie la menace. Elle n'a pas assez d'éléments pour comprendre, et elle est incapable de réfléchir. Aster s'approche encore en serrant la poutrelle dans sa main tremblante.

– Tu as tout gâché, Martina. Tu ne t'en rends pas compte ?

Hypnotisée par la barre de métal tordu, Martina avale péniblement sa salive.

– J'ai tout gâché, répète-t-elle.

Son cœur bat la chamade. Elle n'est pas de taille à lutter contre Aster. La journaliste en herbe contre l'athlète accomplie. Elle n'a que ses mots, et pour l'instant, ils lui font défaut.

– Je n'aurais jamais dû me lancer dans ce podcast, regrette-t-elle. M'impliquer dans l'affaire…

– Tu t'es approchée beaucoup trop près, continue Aster. En juillet. Quelqu'un a pris la clé USB et la lamentable carte d'excuse de Caden. C'est toi.

« C'est Anna », songe Martina, mais le moment est mal choisi pour entrer dans des détails techniques.

– C'est toi qui as mis le feu, réplique-t-elle.

– Tu ne peux pas le prouver, panique Aster. Fais marche arrière. Oublie ce que tu crois avoir trouvé.

– Je suis désolée, répète Martina.

Ces mots laissent un goût amer sur sa langue. Même si son amie refuse encore de l'admettre, tout se précise. Aster surveillait la clé USB et la carte de Caden. Lorsqu'elles ont disparu, elle a mis le feu à l'écurie. Ce que Martina ignore encore, c'est pourquoi.

– Quand Anna a avoué, j'ai recommencé à respirer, lui confie Aster. Mais tu as continué à t'accrocher. La police l'a crue. Tout le monde l'a crue. Sauf toi, Martina.

Les paroles d'Aster sont empreintes d'un mélange de peur et de colère. Un flot de sang envahit la tête de Martina. Ses oreilles bourdonnent.

La voix de Mrs Talbot résonne derrière elle, mais elle ne comprend pas ce qu'elle dit. Elle est rentrée chez elle. Elle s'est enfuie en l'abandonnant. Elle ne lui a même pas laissé son ombrelle pour se défendre.

Aster avance et Martina recule. Elle pose le pied sur une poutre cassée et se tord la cheville. « Après Mrs Talbot, c'est mon corps qui me trahit », songe-t-elle avant de s'écrouler. Des échardes se fichent dans ses paumes et une décharge électrique la traverse quand son coccyx cogne brutalement le sol. La boucle d'oreille et le téléphone atterrissent dans la cendre. Martina laisse échapper un gémissement de douleur. L'instant d'après, Aster est au-dessus d'elle, un pied de chaque côté de sa poitrine.

– Laisse tomber, Martina.

C'est à la fois un avertissement et une supplication.

– Promets-le-moi.

Les yeux de Martina s'emplissent de larmes. Sa meilleure amie, la petite Aster, trop frêle pour devenir une nageuse, mais dix fois plus déterminée que ses coéquipières, menace de l'assommer avec une poutrelle métallique.

– D'accord. D'accord.

Aster regarde la poutrelle comme si elle la voyait pour la première fois.

– Merde, articule-t-elle.

Elle la balance dans l'herbe, s'effondre à côté de Martina et se prend le visage dans les mains.

– Je suis désolée. Je ne sais pas ce qui m'a pris. Je n'aurais jamais...

Martina s'assied et pose une main hésitante sur l'épaule de sa meilleure amie.

– Aster... Ça va aller, chuchote-t-elle. On va trouver une solution.

– Aster Spanos ! fait une voix de femme.

Les deux filles lèvent la tête. La femme s'approche.

– Je suis l'officier Gwendolyn Park, de la police de Herron Mills.

– … se sont introduites dans ma propriété, marmonne Mrs Talbot, en sécurité de l'autre côté de la pelouse. Et regardez-moi ça…

Martina distingue une deuxième silhouette en uniforme et se remémore les paroles de Mrs Talbot, tout à l'heure : « Remercie ta sœur. C'est uniquement grâce à elle que je n'ai pas appelé les flics quand je t'ai vue fouiner ici. »

Cette fois, elle les a appelés. Avant même de sortir, sans doute.

« Merci, songe-t-elle. Merci, Mrs Talbot. »

Aster se remet lentement debout. Elle tend une main à Martina, qui la prend et se laisse relever.

Elle cherche les yeux de son amie, mais Aster détourne le regard.

– Nous avons quelques questions à vous poser, dit l'officier Park.

Elle s'approche, balaie le sol de sa lampe de poche, et s'arrête quand le faisceau éclaire la boucle d'oreille d'Aster. Quelques secondes plus tard, son partenaire s'accroupit à ses côtés. Sans quitter Aster des yeux, il enfile une paire de gants, puis prélève le bijou dans la cendre. Il le place dans un sachet et interroge Martina :

– Tout va bien ?

La jeune fille lorgne brièvement la poutrelle qui gît dans l'herbe.

– Ça va, assure-t-elle.

Du coin de l'œil, elle voir Aster expirer. L'officier de police hoche la tête.

– Vous êtes priées de nous accompagner au poste. Toutes les deux.

Martina perçoit encore les mots « déposition spontanée », « vos parents » et « votre coopération ». Puis elle cesse d'écouter, tandis que les officiers les guident vers la voiture stationnée devant Windermere. Elle essaie à nouveau de capter l'attention d'Aster, mais son amie évite toujours son regard.

# 31

## *Octobre*

Centre de détention pour mineurs de Pathways,
East New York, Brooklyn

Je suis enfin réveillée.

Ce n'est pas tout à fait exact. Je suis réveillée *grosso modo* seize heures par jour – généralement plus – depuis mon arrivée à Pathways, il y a plus de deux mois. Ce qui fait au total mille quarante heures de veille environ. Pourtant, depuis quelques jours, j'ai l'impression d'émerger d'un long rêve confus. C'est le genre de sensation qu'on a, le matin, quand on a pris un somnifère la veille. La substance, toujours présente dans le sang, floute le contour des objets, atténue la lumière vive du matin. Mais on est réveillé. On se fraie un chemin jusqu'à la surface.

Je suis sûre de certaines choses. Un évènement s'est produit le soir du 31 décembre. Un truc terrible. Mais je n'étais pas à Herron Mills. Et je n'ai pas tué Zoé Spanos.

Presque deux semaines ont passé depuis que mes avocats ont déposé une requête en annulation. L'accusation a répondu depuis cinq jours. Nous attendons tous que la juge fixe la date de l'audition, quand on m'informe que Pathways a enfin accepté de modifier ma liste de visiteurs – ma demande date du mois d'août.

Mes avocats désapprouvent cette rencontre, et m'ont fait une liste des choses que je ne dois absolument pas dire. Aubrey, mon assistante sociale, affirme que je dois « penser d'abord à mon bien-être mental et émotionnel ». Merci, Aubrey. C'est vrai que, depuis quelques mois, il laisse un peu à désirer.

Mais j'ai besoin d'avoir cette conversation. J'ai écrit au père de Zoé depuis des semaines à son adresse professionnelle, pour éviter qu'Aster ou Mrs Spanos ne tombent sur mes lettres. Le vendredi après-midi, la gardienne qui sent le bois de santal m'annonce que George Spanos m'attend. Maintenant que je suis convaincue de mon innocence, j'ai plus que jamais besoin de le voir. Je la laisse m'escorter à l'étage.

Nous entrons dans le foyer, une pièce glaciale aux vitres crasseuses, meublée de canapés orange et jaunes tachés. Une poignée de détenus et leurs visiteurs ont déjà pris place sur les coussins et bavardent, les coudes sur les tables. Deux gardiens à l'œil de faucon sont adossés au mur, près de la porte. Assis devant une petite table blanche, le père de Zoé regarde fixement son café huileux. J'essaie de le rencontrer depuis des semaines, mais maintenant qu'il est là, mon estomac fait des sauts périlleux. Je gratte la peinture écaillée sur le plateau de la table.

– J'ai essayé de venir plus tôt, dit-il. J'ai reçu tes lettres, mais je n'étais pas sur la liste…

– Je sais.

Je croise ses yeux une demi-seconde, puis je détourne le regard, troublée par son chagrin animal, dévorant, qui m'avait déjà frappée quand je l'ai vu pour la première et unique fois, ce soir-là, dans sa piscine. Il veut savoir pourquoi j'ai avoué. Je veux savoir pourquoi il m'a caché la vérité.

Avant que j'aie pu aligner les mots « coercition », « faux souvenirs », « facultés de raisonnement altérées » ou « irrégularité de la procédure policière », il lâche :

– Je savais que tu finirais pas comprendre. Ce n'était qu'une question de temps. Et tu mérites de connaître la vérité.

J'arrête de m'acharner sur la peinture.

– Au début, j'ai cru que tu étais jalouse de la vie de Zoé, reprend-il. Elle avait tout. Quand Aster t'a amenée chez nous en juillet, mon cœur s'est arrêté. Un fille qui ressemblait tellement à la mienne. Employée comme baby-sitter chez les voisins de son fiancé. Amie avec Caden. Amie avec ma fille cadette. Une fille qui entrait dans la vie de Zoé.

– Ce n'était pas…

Il lève la main pour m'interrompre. J'en profite pour réfléchir. « Et s'il disait vrai ? »

– Quand tu as avoué, dix jours plus tard, j'ai pensé… que vous vous étiez forcément croisées. Que tu éprouvais naturellement du ressentiment contre elle.

Mon pouls s'accélère. Je me force à croiser son regard. Ses pupilles sont de vastes mares noires.

– Je ne crois pas… dis-je enfin.

Je m'interromps et recommence :

– On ne s'est jamais rencontrées, Zoé et moi. Pas comme je le pensais. Mais elle a essayé de me joindre. En décembre, juste avant sa mort. Elle m'avait trouvée sur Internet et me disait qu'elle avait besoin de me parler, en tête à tête. Elle m'a demandé de venir la voir à Herron Mills. C'est pourquoi j'ai cru… Mais en fait, non. Je n'ai pas répondu à ses messages. Je ne suis pas allée dans les Hamptons l'hiver dernier.

Mr Spanos hoche la tête. Une seule fois, prudemment. Sur la table, son café refroidit.

– Vous savez pourquoi elle voulait me parler. Pourquoi elle voulait me rencontrer.

Il expire longuement. Son corps se dégonfle comme un pneu crevé.

– Je crois que nous connaissons tous les deux la vérité, Anna. Je l'ai su à l'instant même où j'ai posé les yeux sur toi, cet été. Zoé était une fille intelligente. Je savais qu'elle avait des soupçons, mais j'ai refusé de lui en parler. Je n'étais pas prêt à admettre la vérité.

– Si nous nous ressemblons tant, c'est que nous étions sœurs, dis-je lentement, en scrutant son visage.

Je crois qu'il veut m'entendre formuler la suite à voix haute :

– Je suis votre fille.

Mr Spanos hoche la tête. La peau autour de ses yeux se détend.

– J'ai rencontré ta mère il y a des années, alors que j'étais séparé de ma femme. Elle venait en vacances à Herron Mills avec son mari. John ne l'a jamais su. Du moins, je ne crois pas. Ou peut-être que si. C'est peut-être pour cela qu'il a quitté ta mère. Le fait est, Anna, que je n'en étais pas sûr avant de te voir en juillet. Ta mère ne m'a jamais rien dit. Quand tu étais petite, j'avais des soupçons, mais Gloria m'a juré que tu n'étais pas de moi. Je ne t'avais pas vue depuis tes trois ans, et à l'époque, la ressemblance n'était pas aussi frappante. Mais quand tu es entrée chez moi… quand tu m'as dit ton nom…

– Pourquoi maintenant ?

Je m'adresse à l'homme debout devant moi. Mon père.

– Pourquoi n'avez-vous pas parlé plus tôt ? Vous auriez pu… Vous auriez pu me sauver. Faire la lumière sur tout ce bazar !

Il fronce les sourcils.

– Je n'irais pas jusque-là. Je te croyais coupable, comme tout le monde. Et en parler à ma femme, à Aster… ça aurait achevé de déchirer ma famille. Alors qu'on était convaincus que tu serais jugée pour le meurtre de Zoé.

« L'homicide involontaire au second degré. »

Je m'abstiens de le corriger, me contentant de demander :

– Et maintenant ?

– Maintenant, les choses ont… changé.

– Parce que vous me croyez ? Vous savez que je n'ai rien à voir avec la mort de Zoé ?

– Je sais que tu n'es pas coupable, dit-il, les yeux pleins de larmes. Sans l'ombre d'un doute.

– Comment ?

Mon cri a alerté les gardes, qui se mettent au garde-à-vous. Je l'implore :

– On va bientôt aller au tribunal pour plaider la motion. Si vous savez quelque chose, un truc susceptible de m'aider, vous devez me le dire. Mr Spanos, s'il vous plaît.

Il est déjà debout. Sa chaise racle le béton.

Le mot suivant reste collé à ma langue. Je le crache :

– Papa.

Il tressaille.

– Je suis désolé, Anna. J'en ai déjà trop dit.

Il ne va pas me répondre. Il va me laisser là.

## NEW YORK : CRIMINALITÉ ET TRIBUNAUX

Abandon des poursuites contre l'adolescente de Brooklyn accusée d'homicide involontaire. Une jeune fille de Long Island avoue avoir dissimulé la mort accidentelle de sa sœur, le soir du Nouvel An

Publié le 11 octobre à 12 h 56

L'adolescente de Brooklyn, qui attendait son procès dans un centre de détention pour mineurs après avoir avoué, en août dernier, son implication dans la mort de Zoé Spanos, dix-neuf ans, résidente de Long Island, a été libérée samedi. Anna Cicconi, dix-sept ans, a été inculpée en août d'homicide involontaire et de dissimulation de cadavre au second degré. La libération d'Anna Cicconi fait suite à l'arrestation et aux aveux d'Aster Spanos, également âgée de dix-sept ans, la sœur cadette de Zoé, dont le corps a été retrouvé dans un bateau au fond du lac Parrish, à Herron Mills, au mois d'août dernier.

Samedi, suite à l'arrestation d'Aster Spanos, la juge Emanuella Castera a annoncé la libération d'Anna Cicconi, confiée à la garde de sa mère, Gloria Cicconi de Bay Ridge, à Brooklyn. La juge avait déjà examiné une requête en nullité déposée par les avocats de Cicconi pour infraction à la procédure lors de l'enquête policière. La requête a été examinée et accordée samedi.

Les détails des aveux d'Aster Spanos n'ont pas été divulgués, mais l'avocat de la famille Spanos a déclaré ce matin que Miss Spanos s'était présentée à la police de son plein gré, afin de divulguer des informations concernant la mort tragique et accidentelle de sa sœur Zoé, la veille du Nouvel An. Miss Spanos n'a pas causé la mort de sa sœur, et n'a pas été inculpée. Elle coopère de son plein gré avec la police. La famille Spanos demande au public de respecter sa vie privée dans cette période extrêmement difficile. Selon la police, Aster Spanos a été emmenée au poste et interrogée jeudi soir, après qu'une voisine s'est plainte que la jeune fille s'était introduite dans sa propriété avec une autre adolescente. Lors d'un second entretien, vendredi, elle a livré à la police des informations sur le décès de sa sœur le 1^er^ janvier, et admis avoir trouvé et dissimulé son corps. Les raisons de ses actes ne sont pas encore connues.

Aster Spanos a été accusé de dissimulation de cadavre, selon les termes de la loi Amanda Lynn's Law, ce qui constitue un crime de classe E dans l'État de New York.

Ce crime est passible de quatre ans de prison et d'une amende de cinq mille dollars. Étant une mineure sans antécédents judiciaires, il est peu probable qu'Aster Spanos purge la peine maximale si elle est reconnue coupable.

# 32

## Octobre

Poste de police du village de Herron Mills,
Long Island, État de New York

L'inspectrice Mira Holloway a fini son service depuis une heure, mais elle est toujours dans la salle d'interrogatoire, en train de visionner l'enregistrement. Plus de vingt-quatre heures se sont écoulées depuis l'arrestation d'Aster Spanos. C'est la troisième fois qu'elle se repasse l'interrogatoire de A à Z, un stylo à la main. Ils se sont trop précipités avec la fille Cicconi. Toutes leurs certitudes ont été pulvérisées, leurs théories ont pris l'eau. Mais aujourd'hui, une deuxième chance s'offre à eux, un don du ciel.

Elle devrait rentrer chez elle, dormir un peu. Mais elle a besoin de s'assurer que, cette fois, ils ont fait les choses exactement comme il faut. Toute l'affaire en dépend. Son poste aussi. Elle appuie sur « Play ».

L'objectif de la caméra est braqué sur une jeune fille à la peau hâlée et aux muscles allongés de nageuse, coiffée d'une coupe pixie et vêtue d'un jean. Rencognée au fond d'un fauteuil métallique bancal, elle tire sur les manches de sa chemise de coton gris, chiffonnant l'étoffe dans ses mains.

Ses parents, ainsi qu'un avocat à la mine grave se tiennent à sa droite. La femme a les yeux profondément cernés. L'homme s'est rasé avant de venir, mais il a oublié plusieurs zones.

L'inspectrice Holloway et son adjoint, l'inspecteur Massey, sont assis en face de la famille Spanos et de leur avocat. L'inspectrice a les mains posées sur une fine table de métal, une nouveauté dans la pièce. Son adjoint avance et recule machinalement son fauteuil à roulettes.

– Vous pouvez commencer par le début, Aster, propose doucement l'inspectrice Holloway.

Le léger tremblement de sa mâchoire trahit ses efforts pour garder une voix neutre.

La jeune fille inspire profondément et se gratte la clavicule, sous le col de sa chemise. Sa mère lui serre la cuisse pour la rassurer.

– Tout a commencé pendant les vacances de Thanksgiving, il y a presque un an. Zoé était rentrée de Brown, et ça ne se passait pas très bien avec Caden. Elle ne voulait pas se confier à moi, mais je voyais bien qu'elle souffrait. Ça se lisait sur son visage. Ce samedi-là, Caden était parti voir des amis à New York. En tout cas, c'est ce qu'il avait dit à Zoé. Dans l'après-midi, elle est allée rendre visite à Mrs Talbot à Windermere. Ça n'avait rien d'inhabituel. Elles étaient très proches. Mais quand

Zoé est rentrée à la maison ce soir-là, elle était en larmes. Elle s'est enfermée dans sa chambre et a refusé de me parler. Le lendemain matin, elle est repartie pour Brown.

– Nous n'étions pas au courant…, commence Joan Spanos.

L'inspecteur adjoint Massey lève une main.

– C'est la déposition de Miss Spanos, dit-il. Elle seule a le droit de parler.

George Spanos prend la main de sa femme, et ils adressent un signe de tête aux inspecteurs.

– Que s'est-il passé après le retour de Zoé à Brown ? demande l'inspectrice Holloway.

Aster soupire.

– J'ai fouillé dans sa chambre. Elle avait emporté son ordinateur, évidemment, mais j'ai trouvé des clés USB dans le tiroir de son bureau. Sur l'une d'elles, il y avait une série de photos de Caden avec une jolie fille que je ne connaissais pas, et un tas d'e-mails copiés-collés dans un document Word. Les photos étaient enregistrées à la date du samedi, et le dernier mail était daté du 28 novembre, le jour de Thanksgiving. C'était tout récent, et je me suis dit que c'était sûrement ce qui avait fait pleurer Zoé.

– Avez-vous parlé à votre sœur de votre découverte ? A-t-elle confirmé vos soupçons ? demande l'inspectrice Holloway.

– Pas directement, non. Comme je vous l'ai dit, elle ne voulait pas m'en parler. C'est comme ça que j'ai deviné que quelque chose n'allait pas. Elle avait dû copier les photos et les mails dans le portable de Caden en allant voir Mrs Talbot. Si je n'avais pas trouvé la clé USB dans son bureau, rien de tout cela ne serait arrivé.

Le menton d'Aster frémit, et sa voix se brise. Sa mère lui serre à nouveau la cuisse.

– Si je pouvais revenir en arrière, je ne regarderais jamais dans la chambre de Zoé. Je regrette tellement…

George Spanos étouffe un sanglot derrière un mouchoir. L'avocat consulte ses notes.

– Que s'est-il passé ensuite, Aster ? demande l'inspectrice Holloway.

– Pendant les deux semaines suivantes, j'ai essayé de convaincre Zoé de se confier à moi. Caden la faisait souffrir, et elle ne réagissait pas. Je ne lui ai pas dit ce que j'avais trouvé ; j'étais sûre qu'elle se serait refermée encore plus. Je voulais qu'elle m'en parle elle-même, mais elle se comportait comme si de rien n'était. Quand Zoé est rentrée à la maison pour les vacances d'hiver, j'ai pensé que les choses allaient changer. Mais Noël est passé, et… rien. Si elle ne voulait pas se confier à moi, tant pis… Mais il me semblait de plus en plus évident qu'elle n'allait pas affronter Caden. Elle a toujours voulu rendre les gens heureux. Et il profitait du fait qu'elle était gentille. Ce salaud !

La voix d'Aster monte dans les aigus. Elle lâche les manches de sa chemise pour empoigner les accoudoirs du fauteuil.

– Désolée, ajoute-t-elle, à l'intention de ses parents.

Elle inspire, puis se tourne vers les inspecteurs.

– En réalité, j'ai toujours veillé sur Zoé. C'était la meilleure personne au monde, mais elle faisait toujours passer les autres avant elle.

– Continuez, l'encourage doucement l'inspectrice Holloway.

– Quand Caden lui a envoyé un SMS de New York, l'après-midi du 31 décembre, pour lui dire qu'il ne l'accompagnerait pas à la fête, elle m'a dit qu'elle allait se promener sur la plage. Qu'elle avait besoin d'être seule. Elle avait pleuré.

Les yeux d'Aster s'emplissent de larmes. Elle les essuie avec sa manche.

– Je ne pouvais pas la laisser continuer à se faire du mal. C'était trop injuste. Alors j'ai décidé d'envoyer un message à Caden. Pour le punir.

L'avocat d'Aster se racle la gorge, mais ne l'interrompt pas. Joan tripote nerveusement son col.

– Bien. Qu'avez-vous fait ensuite ? demande l'inspectrice Holloway.

– Je suis allée à Windermere.

– Aviez-vous accès au parc ?

– Vous voulez savoir si j'avais l'autorisation d'y entrer ? Non, mais on accède facilement à la propriété des Talbot. Il suffit de se faufiler à travers la haie. Ils étaient encore À New York. Il n'y avait personne dans les parages.

– Où êtes-vous allée, après avoir traversé la haie ?

– À l'écurie. Caden cachait de l'alcool dans une stalle, à l'arrière.

– Vous étiez déjà entrée dans l'écurie des Talbot ?

– Plusieurs fois, quand on était encore tous au lycée. Je connaissais la cachette. Si j'avais pu, j'aurais laissé la clé USB dans la chambre de Caden, mais je n'avais aucun moyen d'entrer dans la maison. Alors, je l'ai posée à côté de sa bouteille de whisky, pour être sûre qu'il la trouverait. C'était censé être un avertissement anonyme, pour qu'il sache que quelqu'un était au courant. Je ne voulais pas qu'il s'en tire à si bon compte.

– Que s'est-il passé ensuite ?

– Je suis rentrée chez moi. Zoé est arrivée un peu après et elle s'est enfermée dans sa chambre. Elle est partie pour la fête de Jacob Trainer vers vingt et une heures, comme tout le monde le sait. J'ai passé un moment avec mon amie Martina, mais ses parents voulaient qu'elle rentre avant onze heures, même le soir du Nouvel An. Ils sont très stricts. Après son départ, je n'ai pas réussi à m'endormir. Je suis restée debout dans ma chambre, à regarder des bêtises sur Netflix. Vers une heure, j'ai eu un mauvais pressentiment. J'ai commencé à culpabiliser d'avoir laissé la clé USB dans l'écurie. Je voulais punir Caden, mais c'était le petit ami de Zoé, pas le mien. Je savais qu'elle serait furieuse quand elle découvrirait ce que j'avais fait.

Comme j'étais sûre que je n'arriverais pas à trouver le sommeil, je suis sortie en douce. J'ai emprunté la voiture de mes parents et je suis retournée à Windermere.

J'aurais pu y aller à pied, mais comme je l'ai dit, j'avais un mauvais pressentiment. Je voulais arriver rapidement.

Aster inspire en tremblant et regarde sa mère. Mrs Spanos hoche la tête, comme pour l'autoriser à continuer.

– Quand je suis arrivée là-bas, reprend Aster, j'ai compris que quelque chose clochait. La porte de l'écurie était ouverte et la lumière allumée. J'ai couru, mais il était trop tard.

La voix d'Aster se brise. Elle prend son visage dans ses mains.

– Zoé était par terre, et elle était glacée. Elle ne respirait plus. Il y avait une bouteille de whisky vide par terre, à côté d'elle, et la clé USB avait disparu.

Elle lève la tête et fixe la caméra.

– Zoé ne boit jamais. J'insiste, parce que c'est important. Je n'aurais jamais pu imaginer qu'elle irait à l'écurie pendant la nuit. Je le jure.

– Elle y est allée, pourtant, souligne l'inspecteur adjoint Massey. Que s'est-il passé quand Zoé est arrivée, Aster ?

– Ne répondez pas, intervient l'avocat. Ma cliente ne peut pas savoir ce qui s'est passé avant son arrivée, inspecteurs.

– Je vais reformuler, propose l'inspecteur Massey.

Il se tourne vers Aster.

– Je veux que vous vous mettiez à la place de votre sœur. À votre avis, que s'est-il passé quand Zoé est arrivée à l'écurie ?

L'avocat d'Aster lève une main, mais la jeune fille l'ignore.

– C'est bon. Elle est allée là-bas avec Max, comme il l'a dit. C'est logique. Elle était blessée, elle cherchait une distraction. Mais elle a dû voir la clé USB, et la reconnaître. Elle était facile à identifier, avec ses pois jaunes. Peut-être a-t-elle cru que Caden l'avait trouvée dans sa chambre et l'avait emportée dans l'écurie ?

– Zoé sentait-elle l'alcool quand vous l'avez découverte ? demande l'inspectrice Holloway.

Aster hoche la tête.

– Veuillez répondre oralement pour l'enregistrement, Aster.

– Oui. Carrément. Et il y avait une bouteille de whisky vide à côté d'elle.

Elle coule un nouveau regard vers ses parents. George fixe ses chaussures. Joan s'essuie les yeux, puis prend la main d'Aster.

– Elle a dû, je ne sais pas… s'empoisonner à l'alcool. Ou faire une overdose de ses médicaments contre l'anxiété…

Le menton d'Aster frémit. Les larmes amassées au bord de ses yeux coulent sur ses joues. L'inspectrice Holloway pousse une boîte de mouchoirs vers elle. Elle en prend une poignée.

Au bout d'une minute, elle répète :

– Quand je suis arrivée, elle était morte. Son corps était étendu par terre, dans l'écurie.

L'inspectrice s'éclaircit la gorge et ajuste sa position sur la chaise à roulettes.

– Avez-vous déplacé le corps de Zoé, Aster ?

La jeune fille hoche la tête, puis articule « oui » avant d'y être invitée.

– J'ai paniqué. Ma sœur est morte à cause de moi. J'avais peur que tout le monde l'apprenne. Mes parents, mes amis, la police... Une pensée m'obsédait. Zoé était morte, et c'était ma faute. Il ne fallait pas que les gens découvrent ce que j'avais fait.

– Ce n'est pas vous qui avez fait boire votre sœur, Aster, intervient l'inspectrice Holloway. C'était sa décision. Dissimuler un corps est un crime dans l'état de New York. Êtes-vous sûre que vous nous dites tout ? Si vous protégez quelqu'un, nous pouvons vous aider.

L'avocat d'Aster se tortille sur son siège. Sa cliente secoue la tête.

– Je ne protège personne, affirme-t-elle.

L'inspectrice Holloway échange un regard avec son adjoint.

– Très bien. Dites-nous comment vous avez déplacé son corps.

– J'ai ouvert le portail de l'intérieur en appuyant sur le bouton et j'ai garé la voiture dans l'allée. Puis j'ai traîné Zoé sur le côté de la maison et je l'ai hissée sur la banquette arrière. Elle était lourde, mais j'ai réussi. Je n'ai même pas pensé à retourner à l'écurie pour nettoyer, mais j'imagine que Caden s'en est chargé. Je devais à tout prix éloigner Zoé de Windermere, pour que personne ne la trouve. Et j'étais terrorisée à l'idée de me faire surprendre.

– Que s'est-il passé après que vous avez placé Zoé sur la banquette arrière ?

Aster étouffe un sanglot et prend un mouchoir propre.

– Je crois que je n'avais pas vraiment de plan avant d'arriver à la marina. Je me suis arrêtée au bord de la route et j'ai cherché le téléphone de Zoé. Puis j'ai acheté un billet Greyhound. J'ai choisi Asbury Park pour brouiller les pistes. Pour donner l'impression qu'elle avait fugué. Je crois même qu'à un moment, je me suis convaincue que c'était ce qui s'était vraiment passé. Que Zoé était arrivée à Philadelphie, qu'elle vivait une nouvelle vie fabuleuse et se moquait de nous.

– Mais vous saviez que ce n'était pas vrai, Aster.

L'intéressée se tamponne les yeux.

– C'était un fantasme, mais je voulais y croire. C'est l'histoire que je me suis racontée pour ne pas sombrer complètement.

L'inspecteur adjoint Massey se frotte la nuque et recommence son manège avec sa chaise à roulettes. L'inspectrice Holloway se penche en avant.

– Que s'est-il passé après que vous avez acheté ce billet, Aster ?

– J'ai éteint le téléphone de Zoé et roulé au hasard. Je ne savais pas ce que je faisais, mais je ne pouvais pas laisser son corps dans la voiture. Je me suis retrouvée devant Parrish

Park. Le portail était ouvert. Habituellement, le parc ferme à la tombée de la nuit, mais c'était le Nouvel An. Les lieux étaient déserts. Il ne devait pas être loin de trois heures du matin. Un bateau à moteur était amarré sur la rive, de l'autre côté, près du moulin d'Arling. Des gens avaient dû faire la fête là-bas, apporter le bateau et le laisser en partant. Il y avait des bouteilles et des canettes dans l'herbe. C'était sale.

Holloway et Massey échangent un regard. Les indices accréditent la thèse d'Aster. Il y avait des empreintes de pas et des traces de pneus dans le parc, mais personne n'a pensé à chercher Zoé dans les parages. Avec le recul, tout est d'une atroce évidence.

– Parlez-nous du bateau à moteur, suggère l'inspectrice.

– Il n'était pas vraiment amarré. Juste coincé, à moitié sur la rive, à moitié dans l'eau. En le voyant, j'ai compris ce que j'avais à faire. C'est ce que j'ai ressenti. Comme si j'avais trouvé la solution. La seule façon de faire disparaître ce cauchemar. J'ai traversé la pelouse avec la voiture et je me suis garée au bord de l'eau. J'ai traîné le corps de Zoé dans le bateau. J'avais tellement peur que quelqu'un me voie que je tremblais de tout mon corps. Je ne sais pas comment j'ai réussi. L'adrénaline, je suppose.

– Et comment avez-vous fait couler le bateau, Aster ?

– J'ai charrié les plus grosses pierres que j'ai pu trouver sur le rivage et je les ai placées autour de Zoé, répond-elle d'une voix sourde. On aurait dit une sépulture…

– Êtes-vous sûre que les rochers provenaient du lac Parrish ? l'interrompt l'inspecteur adjoint.

– Oui, confirme Aster. De la rive.

Les policiers échangent un nouveau regard. Les pierres trouvées au fond du bateau provenaient en effet de la rive du lac, et non de Windermere, comme Anna l'avait affirmé au début. Un picotement parcourt la peau de l'inspectrice Holloway. L'histoire d'Anna tenait debout, jusqu'à ce qu'elle s'effondre comme un château de cartes.

– Que s'est-il passé ensuite ? demande-t-elle.

– Je ne savais pas combien je devais en mettre pour faire couler le bateau. Je me suis arrêtée quand je n'ai plus trouvé de pierres. Puis j'ai fait le nécessaire. On avait un démonte-pneu dans le coffre. J'ai frappé plusieurs fois la coque, jusqu'à ce que ça fasse un trou assez gros.

George se prend la tête dans les mains. Joan tient la main de sa fille, mais elle fixe un point au plafond. Aster continue :

– Il y avait une bâche par terre, près du bateau. La personne qui l'avait emprunté avait dû la retirer. Bref, je l'ai remise dessus, et je l'ai attachée soigneusement. Puis j'ai démarré le moteur, j'ai passé la première vitesse et j'ai poussé la barque vers le large. Au début, j'ai eu peur qu'elle ne coule pas. C'est arrivé assez loin du bord. Mon cœur battait si fort. J'ai cru qu'il allait exploser. Puis de l'eau a dû entrer par le trou, et la barque a sombré d'un coup.

Tout le monde se tait. Même l'inspecteur adjoint Massey a immobilisé sa chaise.

– Souhaitez-vous ajouter quelque chose, Aster ? demande l'inspectrice Holloway.

– Je sais que je n'aurais pas dû prendre la clé USB dans la chambre de Zoé, ni la laisser dans l'écurie. Mais je n'ai jamais imaginé qu'elle la trouverait, ou qu'elle boirait ce soir-là. Je n'ai jamais voulu que Zoé meure. Je voulais que Caden avoue, qu'il s'excuse. J'ai fait tout ça pour Zoé. Le reste, c'est parce que j'ai paniqué. Je ne me le pardonnerai jamais.

# 33

## Octobre

Bay Ridge, Brooklyn, État de New York

– J'ai besoin que tu me le dises.

Je suis à la maison depuis moins de quarante-huit heures. Maman a pris quelques jours de congé pour me tenir compagnie. La cagnotte qu'elle a lancée en ligne a couvert presque tous les frais de justice, mais elle ne peut pas se permettre de rester trop longtemps sans travailler. Pour l'instant, ça me va. Je ne suis pas prête à sortir, à affronter les regards des voisins.

Il est tard, et maman regarde une de ses émissions préférées à la télé. Je suis assise avec Kaylee sur l'escalier de secours. Il fait froid, mais pas assez pour nous dissuader de rester dehors. Maman nous a préparé un chocolat chaud, un geste étonnamment maternel. C'est étrange de siroter cette boisson sucrée et laiteuse dans nos thermos, à la place de notre vodka pamplemousse habituelle. Étrange, mais agréable.

Kaylee soupire et appuie la tête contre le mur de brique.

– J'ai voulu t'en parler, répond-elle au bout d'une minute. Je t'ai demandé de rentrer à Brooklyn pour qu'on puisse discuter. Mais tu as préféré aller voir les flics.

– Je sais.

– Il faut que tu comprennes que tu n'avais aucun souvenir. Pendant des mois. On a pensé que c'était le mieux, Ian, Mike et moi. De te laisser oublier.

– Mais ensuite, c'est revenu. J'ai commencé à me rappeler.

– Et tu as tout mélangé.

– Alors, aide-moi, Kay. Dis-moi ce qui s'est passé au Nouvel An.

Kaylee boit une longue gorgée de chocolat. Puis elle ferme les yeux et commence à parler. Je ferme les yeux à mon tour, et la soirée défile derrière mes paupières, comme un des films de Caden, sur l'écran de Windermere.

*C'est le soir du Nouvel An. On est dans l'appartement de Starr, et j'ai du mal à garder les yeux ouverts. J'ai trop bu, trop tôt. Je suis pelotonnée sur son vieux canapé bleu, dans ma robe de soirée. Kaylee, accroupie devant moi, essaie de m'enfiler les grosses bottes d'hiver que j'ai tenu à porter ce soir. Pas question de ruiner mes ballerines dans la neige, qui va geler sur les trottoirs avant que les employés les saupoudrent de sel au petit matin.*

*– Allez, Anna, s'agace-t-elle. C'est l'heure de faire la fête.*

*– Mmmm…*

*– Tout le monde veut aller à la plage. Lève-toi, ma belle. Tu vas trouver un second souffle.*

*Renonçant à me mettre mes bottes, elle se laisse tomber près de moi, écarte les cheveux de mon visage et les glisse derrière mon épaule.*

*– Vous venez ?*

*C'est la voix de Mike. Je cligne des yeux une fois, puis deux. J'essaie de le faire le point sur son visage, mais tout est flou.*

*– On arrive, dit Kaylee. Sérieusement, Anna, il faut que tu te réveilles.*

*Un quart d'heure plus tard, on est sur la plage de Coney Island, blottis sur la bande de sable entre les eaux grises et les planches grinçantes de la promenade. Derrière nous, les manèges fermés de Luna Park se dressent en silence dans le froid de l'hiver. Il est dix heures, ou pas loin. Trop tôt pour aller danser, mais trop tard pour rester enfermés dans un appartement, à attendre qu'il se passe quelque chose. Ian sort de sa poche une flasque de whisky bon marché. Il en boit une gorgée, puis la passe à Kaylee.*

*J'ai du mal à rester éveillée, malgré le froid. Je regarde autour de moi. Nous ne sommes pas seuls. À une trentaine de mètres de nous, sur la plage, plusieurs mecs font des pompes et des tractions sur les vieux équipements de l'aire de jeu cimentés dans le sable, comme s'ils étaient dans leur salle de gym privée. De loin, sous la lueur des réverbères, on dirait des enfants. Quelques magasins sont ouverts sur la promenade, et des passants dégustent des glaces à l'italienne. Personne ne se baigne ici en basse saison, mais la plage n'est pas interdite, sauf dans la zone où nous avons établi notre camp. Plusieurs drapeaux rouges claquent dans le vent pour dissuader les gens de s'approcher de la jetée en bois, qui s'étend tel un doigt osseux dans l'océan. On n'a pas le droit d'être ici, mais on s'en fout. Nous ne sommes que des ombres parmi les ombres, à l'abri des regards des flics et des vieux pochards.*

*– Je vais nager, annonce Starr.*

*Ses mains et son visage pâles luisent dans le clair de lune.*

*– Je ne te crois pas, pouffe Mike.*

*– Regarde-moi, insiste-t-elle en se dirigeant vers la jetée.*

*Mais on ne la regarde pas. Le téléphone de Mike sonne. Il lève un doigt, comme pour signifier « attends une seconde », puis s'éloigne vers l'aire de jeu. Kaylee étend la couverture drapée sur ses épaules et s'effondre avec Ian sur le sable. Je les laisse se tripoter dans un flou de mains, de lèvres et de langues. Il y a un gars que je connais sur la promenade, les bras posés sur la rambarde. On s'est déjà embrassés. Le vent soulève ses cheveux et me rappelle qu'il est hyper mignon. Peut-être qu'une fois, à l'automne dernier, j'ai passé la nuit chez lui. Je crois qu'il était gentil. Je m'avance vers lui.*

*– On se connaît, non ?*

*Il me regarde. Il n'a pas l'air de se rappeler mon prénom, mais comme j'ai oublié le sien, on est quittes. Il s'accroupit pour mettre son visage au niveau du mien et me tend la moitié d'un joint. On fume un instant en silence. Je lui donne le nom du club où on a prévu d'aller. Il le rentre dans son téléphone.*

*– On se verra peut-être, dit-il.*

*Je souris, mais mon visage est douloureux.*

*– Où est Starr ?*

*La voix de Kaylee déchire l'air de la nuit, à la fois proche et lointaine. J'ai un problème. J'ai l'impression de flotter au-dessus de l'océan, tout en étant enterrée sous le sable. Je me force à fléchir les doigts, et je ne sais pas ce que je touche. C'est doux, granuleux, un peu humide.*

*– Anna, réveille-toi ! On y va, et il faut retrouver Starr.*

*Kaylee me secoue, une main sur mon épaule. Sa voix résonne dans mon oreille, aussi puissante que si elle parlait dans un mégaphone. Je marmonne :*

*– Pas si fort.*

*J'ouvre les yeux et j'essaie d'y voir clair. Je suis allongée à plat ventre sur la couverture de Kaylee. L'instant d'après, je suis sur un tapis volant, et je plane au milieu des nuages.*

*Je tente de me concentrer. Il n'y avait pas que de l'herbe, dans ce joint. Je ne sais pas ce que j'ai pris.*

*Je me hisse péniblement sur les coudes. Kaylee est partie. Je regarde autour de moi jusqu'à ce que je la voie courir sur la jetée.*

*– Starr ! crie-t-elle. Putain, les gars !*

*Je me mets en position assise, puis à genoux. Quelqu'un m'aide à me relever. C'est Ian. Ses yeux me transpercent.*

*– Anna ? Ça va ? Tu nous fais un K-hole*[1]*, ou quoi ?*

*– Tu crois ? dis-je d'une voix pâteuse.*

*Le beau gosse aurait-il coupé son joint à la kétamine ?*

*La voix de Kaylee flotte au-dessus du sable. Elle est toujours sur la jetée.*

---

1. Le K-hole est décrit comme un état de dissociation consécutif à la prise de kétamine, un anesthésique utilisé comme drogue.

*– C'est son manteau ! Sa robe ! Oh mon Dieu !*

*Une minute plus tard, Mike est à côté d'elle.*

*– Calme-toi, Kay.*

*Je me force à mettre un pied devant l'autre. L'océan reflète les nuages gris terne. Je longe la jetée en titubant, aux côtés de Ian.*

*Arrivée à l'extrémité, je comprends enfin. Le manteau, la robe et les chaussures de Starr gisent sur les planches. La besace qui lui sert de sac à main n'est pas en vue. D'une main, Kaylee plaque son téléphone contre son oreille. De l'autre, elle frappe nerveusement sa cuisse.*

*– Elle ne décroche pas. Putain, Starr !*

*– Elle va bien, affirme Mike. Elle se fiche de nous.*

*– Qu'est-ce qui te fait dire ça ? demande Ian.*

*Mike hausse les épaules.*

*– Son sac a disparu. Soit elle est allée nager avec, soit elle a apporté des vêtements de rechange. Ce ne serait pas la première fois que Starr nous joue la comédie.*

*Nous restons un instant silencieux. Mike n'a pas tort pour la besace. À moins, bien sûr, que quelqu'un l'ait volée. Mais l'un de nous a-t-il vu Starr entrer dans l'eau ? Mes jambes se dérobent. Je m'agenouille au bord de la jetée et je scrute l'eau. Elle est trouble, impénétrable. C'est facile de croire Mike. De croire que Starr va bien, qu'elle est debout, là-bas, sur la promenade, et se fiche de nous. Car, s'il a tort, on est tous coupables. On l'a tous entendue dire qu'elle allait nager, et aucun de nous n'est allé la voir, vérifier si elle allait bien. Je regarde l'eau fixement, et soudain, je crois voir une main blanche traverser la surface. Je halète.*

*– Starr !*

*J'ai hurlé. Kaylee m'attrape par les poignets et me tire en arrière, loin du bord.*

*Car il n'y a rien. Juste de l'eau trouble, qui écume comme la gueule d'un animal sauvage et affamé quand elle engloutit les pieds de la jetée, au-dessous de nous.*

– Tu es tombée dans les pommes dans le taxi, me dit Kaylee.

Son menton tremble, mais sa voix est ferme.

– Pendant qu'on allait au club. Mike a insisté pour qu'on y aille tous, même si Starr avait disparu. Il disait qu'on devait se comporter normalement. Je crois surtout qu'il nous a convaincus qu'elle nous avait fait une blague. Et que, si ce n'était pas le cas, on s'attirerait des ennuis en appelant le 9-1-1. Si elle était entrée dans l'eau, c'était trop tard pour la sauver.

Elle boit une nouvelle gorgée de chocolat, lentement.

– J'ai quand même appelé, depuis les toilettes de la boîte. J'ai dit au standardiste que j'avais vu une femme s'éloigner de la jetée à la nage. J'ai raccroché sans donner mon nom.

Elle se retourne, me fixe dans les yeux.

– À ce moment-là, je savais déjà. C'était trop peu. Trop tard.

– Et moi, j'étais où ? J'étais où, bordel ?

– Tu n'es pas arrivée jusqu'à la boîte, ma belle. Tu as tourné de l'œil dans le train. Je t'ai mise dans un taxi qui t'a ramenée chez toi.

Je ferme à nouveau les yeux.

Le taxi sentait les épices indiennes et le vieux cuir.

Je crois que je m'en souviens, mais je n'en suis pas sûre.

J'appuie la tête contre le mur de brique. Les paroles de Kaylee tourbillonnent autour de moi, elles entrent en moi comme des couteaux, profondément. « Starr ». Je laisse libre cours au souvenir. Je me rappelle l'océan, le vent qui giflait mes joues. L'obscurité. Les embruns. Je me revois fixer l'eau, convaincue au plus profond de moi que ce n'était pas une plaisanterie. Que mon amie était là, quelque part. Son corps enseveli sous les vagues. Je me souviens de ma culpabilité. On n'a même pas essayé de la sauver. On a préféré croire Mike. Parce qu'envisager l'alternative était trop horrible.

Alors, je n'y ai pas pensé. J'ai laissé le whisky bon marché, l'herbe, et tout le reste étouffer la vérité. Je l'ai laissée dormir au fond de mon esprit pendant des mois, intacte, jusqu'à ce que j'arrive à Herron Mills et que j'entende parler de Zoé. Jusqu'à ce que les deux histoires – des filles avalées par l'eau sombre – se mêlent dans ma tête.

J'ai laissé Mike me convaincre que Starr avait déménagé à Orlando la semaine d'après. Il a prétendu qu'elle avait trouvé un job dans un parc à thème, et qu'elle avait commencé aussitôt. Je l'ai cru. Pourquoi aurait-il menti ?

Personne ne l'a cherchée. Toutes les filles n'ont pas de famille comme Zoé. Starr avait coupé les ponts avec la sienne depuis ses seize ans. À cause de nous, à cause de ce qu'on a fait, personne n'a su qu'elle avait disparu.

Starr parlait toujours de partir vers le sud, vers la chaleur. Elle me manquait. Je lui en voulais de ne pas me répondre, de ne pas avoir gardé le contact.

Mais j'étais surtout heureuse pour elle.

Kaylee tend les bras, enlace mes épaules. Je presse la tête contre ses cheveux, son cou, sa poitrine. Et j'éclate en sanglots.

# 34

## Octobre

Herron Mills, État de New York

Caden est en retard. Le mardi, après les cours, Martina l'attend dans le plus récent des deux cafés de Main Street, à une table près de la porte. Elle tapote sa tasse du bout des ongles, un mug en céramique géant orné d'un motif pied-de-poule noir et rose. Le cadre est mignon, mais le café n'est pas assez fort.

Martina allume son téléphone et vérifie l'heure. Il n'est pas très en retard. Juste quelques minutes. Elle est arrivée en avance, stressée à l'idée de voir Caden en tête à tête. Maintenant qu'elle est là, elle a hâte d'en finir.

Cela fait cinq jours que Martina et Aster sont allées explorer les décombres de l'écurie de Windermere. Cinq jours qu'elles ont été emmenées au poste, puis interrogées. Martina a été rapidement libérée après que Mrs Talbot a refusé de porter plainte pour l'intrusion dans sa propriété. C'est déjà ça. Mami et papa sont toujours furieux, bien sûr. Elle est privée de sortie jusqu'à nouvel ordre, et a dû prétexter un exposé à préparer pour pouvoir venir ici. Elle consulte à nouveau son téléphone. Si Caden tarde trop, elle devra partir. Il ne lui reste que quelques minutes.

Aster a été mise en examen hier. Elle est privée de sorties, elle aussi, mais au moins, elle est chez elle. Elle a échappé au centre de détention. Martina n'a pas pu la joindre. Elle sait qu'on l'accuse d'avoir dissimulé le corps de sa sœur, mais c'est à peu près tout. Elle a vu le policier ramasser la boucle d'oreille par terre, dans l'écurie. Elle sait qu'Aster a été interrogée cette nuit-là, et qu'elle est revenue le lendemain matin avec ses parents. Que peu de temps après leur départ de Windermere, Aster a décidé de passer aux aveux.

– Salut.

Martina lève brusquement la tête. Caden tire une chaise, déroule son écharpe et s'assied en face d'elle.

– Désolé pour le retard. J'ai mis plus de temps que prévu.

– Pas de problème.

Martina lui adresse un petit sourire. Le jeune homme est de passage à Herron Mills. Il est arrivé dans l'après-midi et repart demain matin. Elle a de la chance qu'il ait accepté de la rencontrer, après avoir fait une dernière déposition au poste de police.

Ils prennent la parole en même temps :

– Je voulais…

– Je n'ai pas…

Caden rit.

– Je t'écoute, Jenkins.

Martina s'éclaircit la gorge et boit une petite gorgée de café.

– Je voulais m'excuser. L'hiver dernier, ça me rendait vraiment dingue de voir comment l'enquête était menée. Je ne regrette pas de t'avoir harcelé pour que tu acceptes une interview, mais je m'en veux d'avoir dit certains trucs dans mon épisode sur la « théorie du petit ami ». Ce n'était pas très malin. Je te voyais comme un suspect, pas comme une personne.

– Merci, dit Caden. J'apprécie.

Martina expire et se renverse en arrière sur sa chaise.

– Comment ça s'est passé, euh… au poste ?

Caden se penche en avant, un petit sourire aux lèvres.

– Tu n'enregistres pas, rassure-moi ?

– Croix de bois, croix de fer ! affirme Martina. J'ai arrêté le podcast pour l'instant. Je dois enregistrer un dernier épisode, mais je… Honnêtement, je ne suis pas prête. Tout ce temps, j'ai essayé de comprendre les choses, d'aider la famille de Zoé à obtenir justice. Mais…

– Mais c'était Aster la méchante ?

– Oui. Quelque chose comme ça.

Elle termine son café.

– Je peux te demander quelque chose ?

Caden acquiesce.

– La clé USB. Pourquoi l'as-tu laissée en évidence, où n'importe qui pouvait la trouver ?

– Comment as-tu… ? commence Caden.

– Ah oui. Euh… Anna l'a trouvée cet été, avec la carte adressée à Zoé. Juste avant l'incendie.

– Ah.

Caden se frotte les yeux, puis laisse retomber sa main sur la table.

– D'accord. J'ai trouvé la clé USB dans l'écurie, quelques jours après la disparition de Zoé. Je pensais qu'elle était en colère contre moi, qu'elle avait quitté la ville pour me punir. Qu'elle voulait disparaître quelque temps. J'étais quasiment sûr qu'on la reverrait au début du semestre.

Il s'arrête, regarde ses mains.

– Bref, quand je suis rentré à Herron Mills, au printemps, j'ai mis la clé dans la stalle et écrit la carte. Au cas où… Je n'ai pas pensé que quelqu'un d'autre irait fouiner là-bas. C'était autant pour me souvenir que pour m'excuser auprès de Zoé. Je savais que, si elle ne rentrait pas chez elle…

Le silence plane un instant.

– Et Tiana ? demande finalement Martina.

– Ouais… Ça n'a pas vraiment décollé entre nous. Après la disparition de Zoé, c'est devenu compliqué. Et triste. On culpabilisait pas mal, elle et moi.

– Je suis désolée, répète Martina au bout d'une minute.

Caden hausse les épaules.

– Merci pour tes excuses. On a tous les deux des regrets, j'imagine. J'aurais aimé pouvoir m'excuser auprès de Zoé.

Martina regarde fixement sa tasse vide. Un résidu de mousse tapisse les parois.

– Encore une chose, dit-elle en levant les yeux. Pour le dernier épisode de mon podcast, je voudrais demander à des proches de Zoé d'évoquer leurs souvenirs avec elle. Ça t'intéresserait ?

Caden sourit.

– Bien sûr. Je serais heureux de parler de Zoé dans ce genre d'interview.

– Merci.

Martina sourit, puis lorgne son téléphone.

– Je dois y aller. Je suis privée de sortie, après m'être introduite chez toi la semaine dernière.

Caden rit.

– Je vais commander un café. Prends soin de toi, Jenkins.

Martina recule sa chaise et soulève son sac. Puis elle tend spontanément une main à Caden, qui la serre.

– À bientôt.

# 35

## *Octobre*

Bay Ridge, Brooklyn, État de New York

Les mensonges ont commencé dès ma naissance. Maintenant que je suis rentrée chez moi, je passe mes journées à démêler le vrai du faux, à ranger les souvenirs dans l'époque et le lieu auxquels ils appartiennent. J'ai beaucoup discuté avec maman de ma petite enfance. Après avoir entendu ses récits, vu les photos qu'elle avait gardées en secret, je progresse. J'ai vu ce visage cette année-là. Cet événement s'est produit à tel endroit… Sous ce nouvel éclairage, je comprends mieux certaines choses. Ce qui s'est emmêlé se démêle. Je peux examiner un fragment de souvenir sans que les autres n'interfèrent et forment le genre de désordre qui a brouillé mon cerveau cet été.

Mais je ne peux pas me débarrasser des cauchemars. La nuit, je rêve que je suis à Pathways, recroquevillée sur mon lit. Ou à Windermere, entourée d'oiseaux. Je rêve que je suis dans l'écurie en feu, et que je péris dans l'incendie.

C'est bientôt Halloween. À Bay Ridge, certains de nos voisins ont abondamment décoré leur porche et leur pelouse, comme de coutume. Il y a des sorcières et des zombies, des scènes de meurtre et de mutilation assez réalistes. Je ne les regarde pas de trop près. Quand maman m'envoie à l'épicerie, à la laverie ou à la pharmacie, je fixe le trottoir, où les petits tas croustillants de feuilles d'automne s'éparpillent. J'enroule deux fois mon écharpe autour de mon cou, je boutonne ma veste en jean, et j'inspire l'air frais avec délices.

C'est l'automne. Je suis dehors.

Compte tenu des circonstances, la fac m'a autorisée à entamer mon cursus au semestre de printemps. Mon nouveau départ devra attendre quelques mois, mais ça va. Je suis chez moi, à Brooklyn. Libre.

Comme je n'ai rien à faire de spécial aujourd'hui, je marche en écoutant crisser les feuilles sous mes pieds. Je passe devant des maisons et des appartements, et je laisse venir les souvenirs.

Le premier est moins un souvenir qu'une histoire que maman aurait dû me raconter depuis longtemps. Elle prétend que c'était son secret, mais elle commence à comprendre que c'était aussi le mien.

Maintenant qu'on peut enfin en parler, maman me dit qu'elle a su, à la seconde où je suis née, que je n'étais pas la fille de son mari, John. J'étais le fruit d'une aventure qu'elle entretenait avec un architecte paysagiste aux mœurs décontractées, lorsqu'elle venait en vacances avec

John à Herron Mills. Car c'est bien à Herron Mills qu'ils allaient, et non à Stone Harbor. Et si John n'était pas radin, ce n'était pas pour autant un mari très attentionné. Il passait ses vacances à ignorer maman, absorbé par son travail. C'est dans ces circonstances qu'elle a rencontré George Spanos.

Ça explique en grande partie sa réaction quand je lui ai parlé de ce job de baby-sitter. Elle ne voulait pas que j'aille à Herron Mills. Elle craignait que je tombe sur George, ou sur Zoé, dont elle ignorait la disparition. Qu'ils s'aperçoivent, après tout ce temps, que j'étais des leurs. Car maman n'avait jamais révélé à personne la vérité sur mes origines. Pas à John, même après leur divorce. Pas à George. Et pas à moi, bien sûr. À l'entendre, nous étions bien toutes les deux. Nous n'avions pas besoin de John ni de George, qui, quand mes parents se sont séparés, s'était déjà remis avec sa femme, Joan. Je comprends ses arguments, mais elle aurait quand même dû m'en parler. Si elle l'avait fait, rien de tout cela ne serait arrivé.

Après mes aveux, quand j'ai juré à maman que je connaissais Zoé, que nous avions passé du temps ensemble à Herron Mills l'hiver dernier, elle m'a crue. Pour elle, c'était évident que nous nous étions retrouvées. Je comprends maintenant pourquoi j'y ai cru moi-même. C'est vrai que je buvais trop et que j'étais sujette aux black-out. C'est vrai que la police me ramenait à la maison. Il y avait juste assez de vérité dans mon histoire pour la rendre plausible.

Après avoir entendu les récits de maman, je sais ce qui est vrai :

J'ai trois ans et Zoé cinq. Zoé est mon amie de vacances. Elle n'a que deux ans de plus que moi, mais elle est infiniment plus sage. Son père et ma mère nous emmènent déguster des glaces chez Jenkins, sur Main Street, pendant que mon père travaille. Papa travaille tout le temps. Sur son ordinateur portable, dans notre petite maison de location, entouré de papiers, le téléphone à l'oreille. Papa est un homme d'affaires ; il est toujours occupé. Je suis contente que maman ait un ami, contente d'avoir Zoé.

Je commande une glace au chocolat dans un cornet en gaufrette. Mr Jenkins me garantit qu'elle ne coulera pas sur mes doigts, car le fond est doublé de chocolat. Zoé commande toujours le même parfum, encadré en bleu sur le tableau noir : pop-corn au chocolat et au caramel.

– Dans un pot, insiste-t-elle, même si c'est mieux dans un cornet.

Zoé n'aime pas avoir de la glace autour de la bouche. Elle préfère manger proprement avec une cuillère en plastique.

Son père rit quand nous quittons le glacier et tournons dans Main Street. J'ai déjà la figure toute barbouillée de chocolat, tandis que Zoé tamponne ses joues propres avec une serviette.

– Ma petite princesse, l'appelle-t-il.

Nous sommes dans la piscine vitrée, derrière la maison de Zoé, installées sur les chaises longues aux coussins moelleux. L'après-midi s'achève. Il doit être quatre ou cinq heures, le moment le plus chaud de la journée. J'ai un maillot de bain bleu vif constellé de petites étoiles blanches. Zoé porte un deux-pièces jaune, son préféré. Son père a allumé la clim. Assis sur une balancelle derrière nous, il sirote des cocktails et rit avec maman.

Zoé et moi avons nos propres cocktails : de la limonade rose, de l'eau gazeuse et de la glace. Son père appelle ça des « lemon spritz ». Un petit parasol jaune repose contre le verre de Zoé. Comme le mien est muni d'un couvercle, j'ai posé le parasol sur la chaise longue près de moi.

Belle, le petit bichon maltais de Zoé, est étendu aux pieds de se maîtresse. J'aimerais bien qu'il vienne me voir, mais Zoé l'attire comme un aimant. Elle sait y faire avec les animaux. Les écureuils ne s'enfuient pas quand elle sort répandre des graines contre le mur du jardin.

Je l'interroge :

– Où est ta mère ?

Zoé aspire une longue gorgée.

– Elle travaille en ville, répond-elle enfin. Papa dit que son travail est très important, alors, elle doit vivre là-bas avec ma petite sœur pendant quelque temps. J'irai leur rendre visite à la fin de l'été, mais papa restera ici. Ils « font un break » en ce moment.

Elle entoure les mots de guillemets aériens.

– Mon père aussi a un travail important, dis-je. Il est très occupé. C'est pour ça qu'il ne peut jamais être avec nous.

Zoé hoche la tête d'un air solennel, et je me demande si mes parents aussi vont « faire un break ». Mais ils vivent tous les deux en ville. Où papa irait-il ?

Le ciel s'assombrit brusquement et un éclair zèbre le ciel, derrière le plafond de verre. Alors que la lumière persiste sur nos rétines, un formidable coup de tonnerre retentit. Zoé pousse un cri de frayeur. Je regarde le ciel au-dessus de nous, fascinée, tandis que la pluie martèle le verre.

– Ce n'est rien, dis-je à Zoé.

Mais elle est déjà recroquevillée par terre, et sa citronnade renversée forme une flaque sous nos chaises. Mr Spanos la prend dans ses bras et l'emmène dans la maison, en lui promettant que l'orage ne lui fera pas de mal, qu'ils attendront que ce soit passé dans le placard du couloir.

Maman vient s'asseoir sur la chaise longue que Zoé a abandonnée. Elle glisse sa main dans la mienne.

– Ça va, ma puce ?

Je hoche la tête.

– Pourquoi Zoé a peur des orages ? Ils ne peuvent pas entrer ici.

Maman hausse les épaules.

– Beaucoup d'enfants craignent le tonnerre et les éclairs. Je suis contente que tu n'en aies pas peur. J'espère que ça ne durera pas, pour Zoé.

***

Je suis sur le balcon, à Windermere. C'est la fin de l'après-midi, la fin de l'été, le dernier été que mes parents passeront à Herron Mills. Le ciel est clair et sans nuages, il ne fait pas trop chaud. Les Talbot ont organisé une fête pour célébrer la fin des beaux jours. Maman sirote un verre de rosé en discutant avec les épouses des amis de George. Mon père est en bas. Il s'est réfugié au calme, près de l'écurie, afin de répondre à un appel professionnel sans être dérangé par le brouhaha de la fête. Si maman et George flirtent trop ostensiblement, il n'est pas là pour le voir.

Je joue avec Zoé et Caden dans un coin du balcon, au sud-est. Caden nous sert de public, bien que ce ne soit pas son fort. Il a cinq ans, comme Zoé, et se laisse facilement distraire. Ils sont ensemble à l'école, tandis que c'est la première – et dernière – fois que je le vois. Pour les quatorze prochaines années, j'entends. Zoé et moi, adossées à la rambarde, récitons quelques vers d'un poème qu'elle m'a appris, pendant que Caden tripote son nœud papillon.

*No time hath she to sport and play*
*A charmed web she waves alway.*
*A curse is on her, if she stay*
*Her weaving, either night or day,*
*To look down to Camelot.*
*She knows not what the curse may be ;*
*Therefore she weaveth steadily*

*Therefore no other care hath she,*
*The Lady of Shalott.* [1]

Je bute sur ces mots étranges, mais Zoé les connaît par cœur. Elle les a appris à la télé, dans un film intitulé *Anne de Green Gables*. Maman m'a promis qu'on pourrait le regarder à la maison, si elle le trouve au vidéo-club près de chez nous. Elle dit que je suis trop petite pour comprendre, mais ça m'est égal. Si ce film a plu à Zoé, il me plaira aussi.

Caden attend qu'on ait terminé de réciter le poème pour filer dans la maison.

Zoé me tend ses bras croisés en X et nous dansons en tournoyant sur le balcon. Son rire scintille comme un rayon de soleil dans l'air tiède. Je porte une robe blanche ornée d'une ceinture jaune, car c'est la couleur préférée de Zoé, après l'or. La sienne rappelle un tutu de ballerine, avec son bustier doré et sa jupe en tulle, couleur crème. Des barrettes roses assorties ornent nos cheveux corbeau. Nous tournoyons, et le soleil filtré par le feuillage des chênes et des érables danse comme des flocons de neige sur notre peau.

---

1. Nuit et jour, pour l'éternité,
Elle tisse sa toile enchantée.
La malédiction frapperait
Si jamais elle s'interrompait
pour regarder vers Camelot.
Ne sachant rien du mauvais sort,
Toujours elle tisse avec effort,
Sans se soucier de l'au-dehors,
La Dame de Shalott.

Soudain, des mains puissantes enserrent ma taille. Zoé tombe à la renverse, tandis qu'on me soulève du sol. L'instant d'après, je suis suspendue au-dessus de la balustrade, et je gémis en voyant le sol onduler, tout en bas.

– Dis-moi qui est son père, Gloria !

– Tu es fou ! Qu'est-ce qui te prend ?

Maman a parlé tout bas, partagée entre la panique et la crainte d'attirer l'attention des autres invités.

Le sol enfle, telle une vague géante.

– Ce n'est rien, on s'amuse ! fait une voix d'homme dans mon oreille.

L'haleine du père de Zoé empeste le whisky.

– N'aie pas peur, Anna, chuchote-t-il.

– Pose-la, George ! Immédiatement !

Les yeux de ma mère s'emplissent de larmes, qui ruissellent sur ses joues. Je pleure plus fort.

– Dis-moi la vérité, Gloria. Je suis son père, n'est-ce pas ?

Ses paumes couvertes de sueur glissent sur le tissu chatoyant de ma robe. Je ferme les yeux et prie en silence pour qu'il me dépose. Pour que ça s'arrête vite. Ses mains glissent encore, et l'espace d'une seconde, je tombe, dans un flou de jaune et de blanc.

Puis il agrippe mes bras potelés, et mon corps oscille au-dessus du vide. Je ferme les yeux. Il me hisse sur le balcon, où je retrouve les bras de ma mère, qui sanglote en silence.

Après cet été-là, nous n'irons plus à Windermere, ni à Herron Mills. Maman décide de donner une chance à son couple, mais deux ans plus tard, papa s'en va. On lui a proposé un meilleur poste. Quelque chose qui l'intéresse plus que nous. Il s'installe à Los Angeles, et on déménage dans un petit appartement, à Bay Ridge, avec maman. Elle prend un premier job, puis un second. J'oublie Zoé. J'oublie Herron Mills. Jusqu'à ce que, quatorze ans plus tard, on m'offre un job en or chez les Bellamy. Des bribes de ma petite enfance s'accrochent aux coins de mes yeux, telles des traînées d'ombre à la fin d'une longue journée d'été.

Maintenant, je vis au jour le jour. Je laisse les récits et les photos de maman donner de la consistance à mes souvenirs. Je tourne à l'angle de la 2e avenue et de la 80e rue, dépasse le marché aux fruits, puis la maison au store violet. Kaylee a pris un appartement dans le Queens avec Ian. Pour l'instant, tout se passe bien. Elle suit avec assiduité ses cours au community college. C'est super.

Personne n'a eu de nouvelles de Starr. Nous sommes retombés dans notre silence coupable. Peut-être fait-elle semblant d'être morte. Peut-être vit-elle une nouvelle vie dans un endroit de rêve. J'ai fait des recherches. Les gens ont recours à ce stratagème plus souvent qu'on ne le pense. J'ai besoin de croire que c'est possible, même si, au fond, je connais la vérité.

Martina et moi échangeons des SMS tous les jours. Elle a prévu de venir passer un week-end avec nous à Bay Ridge, dès que ses parents la laisseront partir. J'espère qu'en janvier, quand j'emménagerai à New Paltz, elle aura commencé un nouveau podcast. Une nouvelle affaire, qui éclipsera la mienne et reléguera le nom d'Anna Cicconi aux oubliettes.

La nuit, quand je lutte contre le sommeil pour retarder l'arrivée des cauchemars, je songe à Zoé et Aster. Mes sœurs. Aux brefs instants que nous avons passés ensemble. Maintenant que j'ai compris ce qu'elle était pour moi, Zoé me manque terriblement. Elle était mon amie, et bien plus encore, sans qu'on le sache. Les secrets de nos parents, telle une rivière coulant entre nous, nous ont poussées sur des rives opposées.

Aster n'était qu'un bébé quand nos parents ont eu une aventure. Si je l'ai rencontrée à l'époque, je ne m'en souviens pas. Parfois, quand je pense à elle, je vois rouge. Comment a-t-elle pu me laisser moisir pendant deux mois à Pathways ? Espérer que rien ne viendrait contredire mes aveux, alors qu'elle gardait la vérité emprisonnée dans son cœur ? Puis je me rappelle qu'elle a fini par faire ce qu'il fallait.

Elle a de la chance. Elle peut rester chez elle jusqu'au procès. Je suis contente qu'elle n'aille pas dans un centre de détention juvénile, comme moi, mais je sais que ce n'est pas toujours facile pour autant. J'aimerais lui rendre visite, mais je ne suis pas prête. Ça viendra.

Après tout, c'est la seule sœur qui me reste.

# 36

## Octobre

Herron Mills, État de New York

J'ai un secret. Je ne dis pas ça par coquetterie, pour attirer l'attention. Ce n'est pas un vilain petit truc de gosse, anodin. Mon secret est toxique, corrosif ; il me brûle de l'intérieur.

J'ai tué Zoé.

Et c'est une terrible erreur.

Tout a commencé l'an dernier, quand maman a été opérée d'une rupture de la coiffe des rotateurs. Après l'intervention, le chirurgien lui a prescrit un médicament antidouleur, le Demerol. Elle n'en a pris qu'une fois, pour être soulagée le temps d'un dîner qu'elle organisait pour sa revue, *Wayfare & Ramble*. Comme à son habitude, elle a refusé de le repousser, alors qu'elle sortait tout juste de l'hôpital, et que mon père voulait qu'elle se repose.

Maman a bu ce soir-là. Un peu de champagne, puis trop de vin rouge. Je l'ai vue entrer en titubant dans la salle de bains, et je l'ai entendue vomir au-dessus des toilettes, bien qu'elle ait pris le soin d'ouvrir le robinet du lavabo. Après ça, elle a rangé le Demerol au fond de l'armoire à pharmacie, et l'a remplacé par de l'Advil.

Je n'ai jamais voulu tuer personne. C'est la stricte vérité. Comme je l'ai avoué aux policiers, je voulais punir Caden d'avoir brisé le cœur de ma sœur.

Mais je ne leur ai pas tout dit. Quand je suis arrivée dans l'écurie, cet après-midi-là, il restait moins d'un quart de whisky dans la bouteille. J'ai commencé par y verser quelques gouttes de Demerol. C'était un truc liquide, qui sentait la banane. Puis j'ai vidé le flacon. Je pensais qu'à son retour de New York, Caden trouverait la clé USB et qu'il aurait envie d'un verre pour se réconforter. C'était un plan parfait. Il se servirait un whisky et vomirait ses tripes. Un juste retour de bâton.

Hélas, ce n'est pas du tout ce qui s'est passé.

Quand j'ai dit à la police que j'avais eu un mauvais pressentiment cette nuit-là, c'était vrai. Mais je ne culpabilisais pas seulement à cause de la clé USB. Je savais que j'étais allée trop loin. J'avais versé trop de Demerol dans la bouteille.

Je suis arrivée beaucoup trop tard. Zoé avait vidé la bouteille. Le Demerol, le whisky, les médicaments qu'elle prenait pour l'astrapéphobie et l'anxiété ont formé un cocktail fatal.

Je suis désolée, Zoé. Je suis tellement désolée.

Quand ils ont trouvé son corps, il n'en restait pas grand-chose. Le médecin légiste n'a pas pu détecter la présence de Demerol dans son sang, mais je le sais. J'ai tué ma sœur. C'était une erreur, la pire erreur qu'on puisse imaginer. Mais ils n'auraient jamais considéré sa mort comme accidentelle si j'avais raconté toute l'histoire.

La vérité est établie, désormais. Du moins, une version de celle-ci. C'est bien une tragédie, et les gens qui l'examinent et la jugent ne s'y trompent pas. Mais Windermere gardera à jamais certains secrets – mes secrets – piégés sous la cendre, tel du sang répandu.

# Remerciements

Quand j'ai commencé à écrire *J'ai tué Zoé Spanos*, au début de l'année 2018, j'étais en proie à deux obsessions : *Rebecca*, le thriller classique de Daphné du Maurier, et le récent boum des podcasts «True Crime», dans le sillage du très populaire «Serial». Je voulais mêler l'intrigue romantique en bord de mer de *Rebecca* à l'immédiateté du format podcast. «Et si Rebecca de Winter disparaissait aujourd'hui ?» Quand j'ai décidé de placer l'action dans les Hamptons, tout le reste s'est mis en place rapidement.

Tant de gens ont contribué, par leur enthousiasme et leur intelligence, à la création et la publication de *Zoé Spanos*.

Je tiens tout d'abord à remercier mon incroyable agent, Erin Harris. Son engouement instantané pour ce livre – bien avant qu'il devienne un vrai livre – et sa connaissance intime des lieux m'ont incitée à approfondir mes recherches, dans un souci de réalisme.

Mes éditeurs chez McElderry Books ont été des partenaires fantastiques. Ils se sont assurés que l'intrigue tenait la route, que les personnages avaient une épaisseur, qu'ils étaient convaincants.

Je veux témoigner toute ma gratitude à Ruta Rimas et Nicole Fiorica pour leurs conseils éditoriaux et leur fabuleux soutien. Quelle chance j'ai eue que vous ayez prêté vos mains et vos esprits à ce projet.

Chez McElderry et Simon & Schuster, je remercie sincèrement l'éditeur Justin Chanda, l'attachée de presse Audrey Gibbons, la directrice artistique Debra Sfetsios-Conover et l'illustratrice Levente Szabó, qui ont si brillamment donné vie à Anna – ou était-ce Zoé ? Laura Bernard, qui a dessiné la superbe carte de Herron Mills, exactement comme je l'avais imaginée. Les designers graphiques Irene Metaxatos et Rebecca Syracuse, qui ont si bien coordonné la conception graphique de ce livre. L'éditrice Bridget Madsen et son assistante Anne Zafian. La correctrice Ellen Winkler. Les directrices de production Elizabeth Blake-Linn et Mandy Veloso, ainsi que les fantastiques équipes de vente, de marketing et d'exploitation. Un grand merci pour votre soutien !

Chez WME, je remercie de tout cœur Hilary Zaizt Michael, mon agent pour le cinéma et la télévision. Chez Folio, un grand merci à la directrice des droits internationaux Melissa Sarver White et à la responsable des droits audio Kat Odom-Tomchin. Chez Brillstein et eOne, merci à Amy Powell et Kaleb Tuttle pour votre enthousiasme et votre dynamisme.

*J'ai tué Zoé Spanos* aurait été un livre beaucoup moins passionnant et bien plus maladroit sans les retours enthousiastes de mes premiers lecteurs, Karen M. McManus et Osvaldo Oyola. Je ne vous remercierai jamais assez pour votre patience et l'acuité avec laquelle vous avez identifié les points sur lesquels je devais me concentrer.

J'ai une chance folle d'avoir la famille et les amis les plus solidaires dont une écrivaine puisse rêver.

À maman, papa, tante Sally, Sonia, Lissette et Angel. Vous êtes les meilleurs !

À Katie, Francie et Winnie, vous faites les meilleurs câlins du monde (et beaucoup de bêtises !)

Mes chéries, vous êtes tout pour moi.

À Osvaldo – Ce n'est pas pour rien que tu es mentionné deux fois. Je n'aurais pas pu faire ça sans toi.

Et enfin, merci à mes chers lecteurs. Vous n'imaginez pas la joie que j'ai à partager mon troisième livre avec vous ! Comment l'écrire pour que ça se voie ? JE SUIS FOLLE DE JOIE !!!

Merci d'avoir choisi mon roman pour jeunes adultes « Rebecca-dans-les-Hamptons ». J'espère que vous l'aurez trouvé aussi intéressant et surprenant à lire qu'il l'a été à écrire.

Cet ouvrage a été mis en pages
par DV Arts Graphiques à Saint-Nazaire

Impression réalisée par GRAFICA VENETA
en mars 2023
pour le compte des Éditions Bayard

*Imprimé en Italie*